LAS AGUAS
REBELDES

LAS AGUAS
REBELDES

SARA RAASCH

PRIMER LIBRO DE LA SAGA

Traducción de Daniela Rocío Taboada

Argentina – Chile – Colombia – España
Estados Unidos – México – Perú – Uruguay

Título original: *These Rebel Waves*
Editor original: BALZER + BRAY, un sello de HarperCollins Publishers
Traductora: Daniela Rocío Taboada

1.ª edición: marzo 2019

Copyright © 2018 by Sara Raasch
Map art © 2018 by Jordan Saia
Interior art © 2018 by Michelle Taormina
All Rights Reserved
Publicado en virtud de un acuerdo con New Leaf Literary & Media, Inc.
gestionado a través de International Editors'Co.
© de la traducción 2019 *by* Daniela Rocío Taboada
© 2019 by Ediciones Urano, S.A.U.
Plaza de los Reyes Magos, 8, piso 1.º C y D – 28007 Madrid
www.mundopuck.com

ISBN: 978-84-92918-32-4
E-ISBN: 978-84-17545-16-1
Depósito legal: B-5.194-2019

Fotocomposición: Ediciones Urano, S.A.U.

Impreso por: Rodesa, S.A. – Polígono Industrial San Miguel
Parcelas E7-E8 – 31132 Villatuerta (Navarra)

Impreso en España – *Printed in Spain*

Para O: te rebelaste desde el principio. Nunca te detengas.

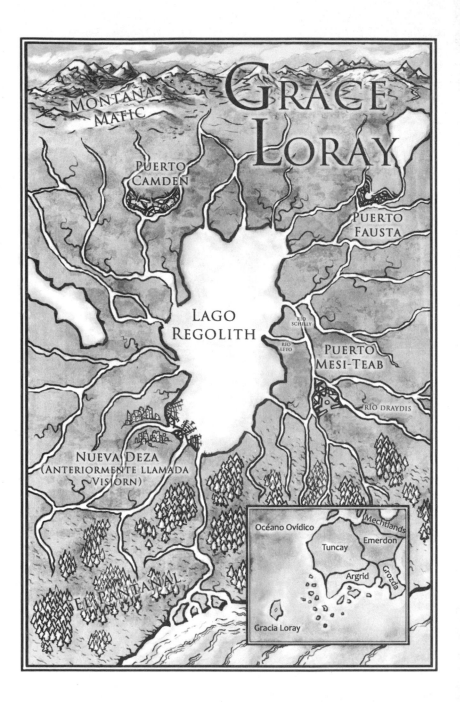

Igneadera

Disponibilidad: extremadamente común.

Ubicación: bancos de arena junto
   a la orilla de los ríos.

Aspecto: pequeñas semillas blancas sobre
   largas ramas blancas.

Método: fricción: frotar la semilla
   entre los dedos y lanzar.

Uso: combustible

Prólogo

Benat Gallego tenía trece años cuando vio a su tío y a su primo arder hasta la muerte.

Se había dicho a sí mismo que esta sería igual a otras incineraciones. Espectadores ansiosos se reunirían en el jardín de la catedral, pisoteando el césped mientras luchaban por ver el espectáculo que tendría lugar en un extremo del patio. Los *monxes*, servidores de la Iglesia vestidos con túnicas negras y pesadas, correrían alrededor de las piras, añadiendo madera, supervisando a los soldados que custodiaban el lugar y preparando las cadenas. Y Ben observaría horrorizado en silencio desde la sombra de la Catedral Gracia Neus; las vidrieras de sus torres demasiado similares a los ojos solemnes del Dios Piadoso.

Pero cuando Ben estuvo de pie en el patio, con soldados que lo separaban de la multitud escandalosa, supo que aquello era distinto. Había sido distinto desde el instante en que su padre había declarado la sentencia: no solo como Elazar Vega Gallego, rey de Argrid, Eminencia de la Iglesia eterna, sino también como un hombre que condenó a su hermano por herejía.

La mente de Ben se rehusaba a que la oración coincidiera con los recuerdos felices que tenía de su tío Rodrigu. El hombre que los había perseguido a él y a su primo Paxben por el palacio cuando eran niños, con las extremidades largas como telarañas pegajosas que atrapaban a Paxben en mitad de un delirio de risas; el hombre que había colocado el símbolo plateado de los Inquisidores en la túnica de Ben frente a la corte real respetuosa un mes atrás.

Aquella ceremonia Inquisidora había sido el día en que Ben se había sentido más orgulloso. Había estado de pie en la catedral, listo para unirse a la sociedad que juzgaba los crímenes según la doctrina del Dios Piadoso. Paxben recibiría su cargo cuando cumpliera trece años, y un día ocuparía el lugar de su padre como Inquisidor Supremo, mientras que Ben sería rey y líder de la Iglesia como su propio padre.

Eso ahora era un sueño imposible, destruido por los pecados de Rodrigu.

El pecho de Ben tembló, un sollozo amenazaba con ponerlo de rodillas.

«Tu tío y tu primo son traidores», le había dicho Elazar. «Traicionaron Argrid al darles dinero a los rebeldes de Gracia Loray. Traicionaron al Dios Piadoso, por tratar con la magia del Diablo que proviene de esa isla. Por eso, debemos purgar sus almas».

—Pero él fue mi maestro —susurró ahora Ben, como si revivir la conversación pudiera cambiar el presente—. Me habló sobre la magia de Gracia Loray. Me enseñó qué plantas eran buenas y cuáles eran malas. Él *conocía* el mal. No puede ser una herramienta del Diablo. Es imposible.

A su alrededor, el ruido de la multitud se unió en una oración cantada:

Pureza, para tener una vida divina.

Honestidad, para un alma que ilumina.

Castidad, pureza garantizada.

Penitencia, humilde y recatada.

Caridad, para compartir su corazón.

Los cinco pilares del Dios Piadoso,

nuestros para aceptar, nuestros para acatar.

Los pulmones de Ben se llenaron de plomo. Había recitado esa oración junto a su primo durante las ceremonias religiosas. Paxben siempre había tenido la voz aguda, pero cuando notó el esfuerzo que Ben hacía para reprimir la risa, comenzó a chillar a propósito. Habían estado de pie uno junto al otro, Ben intentando cantar sin reír, y Paxben chillando de una forma tan desafinada que Ben imaginaba las estatuas de las Gracias santas cubriendo sus orejas de mármol.

La oración terminó y destruyó la concentración de Ben. Se obligó a abrir los ojos.

Llevaban a su tío a la primera hoguera. Su primo lo seguiría pronto.

Los habían atrapado comprando y vendiendo magia dañina de la colonia de Argrid, Gracia Loray. Rodrigu tenía conexiones con los rebeldes allí. Había alentado la expansión de la magia del Diablo en Argrid. Y había involucrado a Paxben en ello.

Ben echó un vistazo por encima del hombro, deslizando la lengua sobre sus labios salados. En los escalones de la catedral, su padre estaba de pie vestido con una túnica anaranjada brillante que representaba a la Gracia Aracely, la santa que simbolizaba el pilar del Dios Piadoso de la penitencia.

Elazar miró las piras apagadas con convicción férrea en los ojos. Sin arrepentimiento. Sin dolor.

Una ráfaga de viento trasladó el hedor intenso a hollín, ceniza y brasas que flotaba permanentemente en aquel patio, un tributo tras décadas de purgar el mal. Ben se enfrentó a las piras, porque él era Benat Elazar Asentzio Gallego, y un día ocuparía el lugar de su padre. El Dios Piadoso lo había elegido para ser un líder.

Pero yo quería a Rodrigu. Quería a Paxben.

Los quería tanto que eso también debe convertirme en alguien maligno.

A los once años, Adeluna Andreu ya había sido una soldado durante un año.

La taberna poco iluminada de Nueva Deza estaba llena hasta el techo de clientes, y en el área de la capital de Gracia Loray significaba piratas de río. El hedor de sus cuerpos se mezclaba con la humedad, y mientras Lu deslizaba un trapo aceitoso sobre una mesa vacía cercana a la salida trasera, contuvo la respiración.

«Necesitamos saber si los piratas están dispuestos a unirse a la rebelión», le había ordenado su madre mientras preparaba a Lu para salir del refugio. «Hemos oído rumores de que están reuniéndose, pero...».

«No traigo rumores. Traigo información», había dicho Lu, repitiendo las palabras que sus padres le habían enseñado. Los hijos de los otros revolucionarios la habían observado con los ojos abiertos de par en par entre las barandillas de la escalera, y el miedo enderezaba la columna de Lu incluso ahora.

Regresaría con la información correcta. Haría lo que fuera que sus padres necesitaran para enviar a los argridianos de regreso al otro lado del océano, donde pertenecían.

Unos piratas gritaron borrachos desde una mesa cercana y Lu se sobresaltó. Sus dedos sujetaron el trapo. Sentía el fantasma de la mano de su padre sobre la espalda, alentándola a recoger cualquier información que pudiera obtener como sobras caídas de los platos de los clientes.

Parecía que una mesa era el centro de atención del lugar. Los otros piratas miraban hacia allí cada cierto tiempo, manteniendo las armas cerca y la postura alerta.

Lu se acercó despacio, deslizando su trapo sobre la barra que estaba contra la pared trasera.

—¿Por qué lado te inclinas? —preguntó un hombre pálido con ojos azules intensos. Llevaba tirantes de piel de cocodrilo y botones alargados de madera en su barba rubia—. Los rebeldes también han estado molestándote, ¿verdad?

—Es imposible librarse de ellos —dijo un hombre gordo con piel de color café dorada y ojos oscuros, abiertos de par en par. Lu vio un tatuaje en su mejilla: dos puntos verticales sobre dos puntos horizontales.

Aquel era el símbolo de los cuatro dioses alabados por un país continental llamado Tuncay. Y Lu había visto personas como el hombre rubio en toda Nueva Deza, el centro del territorio que el sindicato de piratas de Mecht había declarado propio en Gracia Loray.

Cuando llegaron los colonos por primera vez, esta isla selvática vacía, ubicada lejos del Continente, no había sido reclamada por ningún rey o emperador durante más de un siglo. Era un lugar de oportunidades y libertad... hasta que Argrid la convirtió en su colonia.

Como respuesta, surgieron cuatro sindicatos piratas, compuestos por los inmigrantes de los otros países que llamaron hogar a Gracia Loray: las Mechtlands, Tuncay, Emerdon y Grozda. Los sindicatos divididos protegían a los suyos de Argrid con sangre y pistolas, decían los padres de Lu, pero la rebelión necesitaba que todos los grupos de Gracia Loray crearan su propio país juntos. Y hasta ahora, los piratas no habían querido unirse.

Lu observaba a miembros de dos de los cuatro sindicatos hablando entre sí, y su pulso se aceleró.

—La Iglesia ha quemado todo en sus territorios. Queman las plantas; queman *personas* —decía el tunciano. Bebió un sorbo de cerveza—. Sabía que Argrid estaría en nuestra contra, pero ¿qué evita que los revolucionarios derroten a Argrid y gobiernen Gracia Loray del mismo modo nefasto?

—No confío en ellos. —El pirata mecht se puso de pie y golpeó la mesa con el puño, lo que hizo que su propia cerveza se derramara en una cascada de líquido ámbar—. *Yo* gobernaría Gracia Loray mejor que cualquier revolucionario. ¡Los piratas mecht deberíamos hacernos con el control!

El tunciano se puso de pie de inmediato. Sus piratas se acercaron a él, pero el mecht tenía su propia tripulación para enfrentarlo:

las espadas salieron de sus fundas, los percutores sonaron y las pistolas apuntaron.

Lu dejó caer el trapo y salió corriendo por la puerta trasera mientras intercambiaban insultos:

—¡Maldita sea, nunca permitiremos que los bárbaros mecht tomen el poder!

—Perra tunciana, ¿dónde están ahora tus cuatro dioses?

La horrible taberna obligó a que Lu saliera a medianoche a las calles de Nueva Deza. Cada edificio a su alrededor resplandecía por la humedad, y las decenas de ríos que cruzaban la isla en todas direcciones contaminaban el aire cálido con la saturación del agua. Pero no era eso lo que dificultaba su respiración: era terror lo que asfixiaba a Lu mientras corría por el pavimento.

Su padre salió de las sombras entre las farolas tenues. El sombrero tricornio de Tom cubría sus ojos, pero tenía una sonrisa triste mientras apartaba la vista de su hija y la dirigía hacia el griterío en la taberna.

Lu necesitaba contar lo que había oído. Pero lo único que pudo decir, mientras alguien disparaba una pistola, fue:

—¿Por qué no nos ayudan a detener a Argrid, papá? ¿No quieren la paz?

Con los miembros de los sindicatos piratas, los revolucionarios por fin podrían expulsar a Argrid de Gracia Loray. La guerra terminaría y Lu no tendría que realizar misiones, y los hijos de los otros rebeldes no tendrían que encogerse de miedo porque Argrid decidiera que debían purificarlos…

Su padre sujetó el mentón de Lu.

—Obtener el apoyo de los piratas era una esperanza débil, cariño. Hay otras cosas que debemos hacer para terminar la guerra.

El corazón de Lu dio un vuelco.

—Tienes otra misión para mí, ¿no?

El remordimiento atravesó la cara de Tom. Pero cuando sonrió, lo hizo con orgullo.

Lu se aferró a aquel orgullo tanto como se aferraba a la esperanza. Incluso cuando su garganta se cerraba. Incluso cuando ya podía percibir el olor penetrante a hierro característico de la sangre. Los piratas no estaban dispuestos a hacer lo que fuera necesario para terminar la guerra. Pero ella sí. Apretó los puños. Tenía los dedos fríos a pesar del calor de la isla.

—Esa es mi pequeña Lulu. —Tom besó su frente—. Siempre puedo contar contigo.

Devereux Bell tenía trece años y esa era la única característica suya que ellos no consideraban maligna.

Tuvieron que amarrarlo a una silla para evitar que intentara huir. Veía los rasguños en las bisagras de la puerta causados por su último intento, cortesía de un clavo que había quitado de su cama haciendo palanca.

Vex no había esperado que funcionara. Solo se había sentido bien haciéndoles saber que aún lo intentaba.

La campana colgada sobre esa iglesia —esa prisión— anunció la hora con seis tañidos fuertes. Un coro comenzó a cantar en uno de los pisos superiores, y las voces llegaban hasta las celdas solitarias. Salmos sobre la honestidad, la caridad, la pureza, la penitencia, y otras cosas que Vex se obligó a ignorar.

Las bisagras rayadas chirriaron cuando abrieron la puerta. La luz centellante de las antorchas del pasillo invadió la celda de Vex y él inclinó la cabeza y cerró los puños, por lo que la cuerda de sus muñecas chilló.

Cuando el carcelero se detuvo frente a él, Vex alzó la cabeza y lo escupió en la cara.

El guardia limpió la saliva de su mejilla con la manga de su túnica negra.

—Una noche más no ha podido cambiar tu corazón, *herexe.*

Herexe. «Hereje», en argridiano adecuado. Hizo que Vex recordara dónde estaba, en un infierno creado por Argrid en suelo lorayano.

Vex inclinó la cabeza. El pelo engrasado se balanceó mientras tragaba aire viciado, tan húmedo que parecía más bien que bebía en vez de respirar. Sabía lo que vendría a continuación. Más guardias se reunirían y rezarían por él o recitarían las escrituras. Así había sido cada día, desde…

No lo recordaba. Y aquello era absolutamente gracioso. Vex rio.

—¿Te resulta divertida la situación, *herexe?* —lo presionó el guardia.

—Soy joven —respondió Vex, estirando la espalda hacia atrás en la silla—. Pero tú no. Y haré que la misión de mi vida sea ver cómo este trabajo te mata.

Las otras celdas que había en el pasillo estaban llenas de rebeldes y de otras personas que Argrid había atrapado con magia de Gracia Loray.

—Eres débil. —Las voces de los guardias se oían mientras cantaban en otras celdas—. Eres maligno. Has resultado susceptible a las tentaciones del Diablo. Que el Dios Piadoso te purifique. Que el Dios Piadoso salve lo que resta de tu alma. Eres débil. Eres maligno…

El guardia de Vex emitió un suave suspiro de decepción y comenzó a caminar de un lado a otro. Vex apartó el pelo de su ojo sano moviendo la cabeza. Su herida no le había molestado desde su encarcelamiento: ¿para qué necesitaba dos ojos funcionales cuando la rutina de la prisión era tan predecible? Pero ahora sentía que estaba en desventaja, solo podía seguir al hombre desde la izquierda.

El guardia se detuvo, reflexionando.

—El Dios Piadoso tiene un plan para las almas que no ceden.

El pánico atravesó a Vex de pies a cabeza. La mirada en su rostro debía haber dicho suficiente.

—No es la hoguera. —El guardia sonrió. Extrajo de entre los pliegues de su túnica un frasco de cristal que contenía una hoja.

¿Un guardia eclesiástico, responsable de castigar a quienes atrapaban con la magia del Diablo, *tenía magia*?

Pero el guardia no dio explicaciones. Abrió el frasco y empujó la cabeza de Vex contra la silla. Él gritó, pero abrir la boca fue un error: el guardia introdujo en ella la hoja.

Vex tragó. No pudo evitarlo. La hoja amarga se rompió mientras se deslizaba por su garganta.

Cada músculo en su cuerpo suplicaba que los relajara. Vex gritó, su sangre circulaba a toda velocidad por sus venas, los tendones en cada extremidad amenazaban con romperse bajo sus ataduras.

—Eres débil —rezó el guardia—. Eres maligno. Que el Dios Piadoso te purifique. —Palabras, palabras vacías, y *dolor*—. Que el Dios Piadoso salve lo que queda de tu alma.

1

Seis años después

Cuando la campana de la iglesia de Nueva Deza sonó diez veces consecutivas en el aire matutino lleno de vapor, Lu movió los dedos dentro de sus gastados zapatos de hebilla. Las negociaciones del tratado entre el Consejo Democrático de Gracia Loray y la delegación argridiana comenzarían de nuevo en el castillo, pero allí estaba ella, atascada en el mercado que rodeaba la orilla oeste del lago. Solo faltaba una compra, y después tendría todo lo que necesitaba para pasar por la enfermería antes de regresar al castillo para continuar escuchando los debates extenuantes que habían tenido lugar durante el último mes.

Aquel pensamiento disipó su ansiedad. Quizás no debía apresurarse *tanto* por ir.

—No vale más que seis galles —le dijo Lu al vendedor, que tenía una mesa con mercancía sobre la cubierta de su barco a vapor. El barco a la derecha del hombre ofrecía cocos, plátanos verdes y yacas grandes llenas de picos que provenían de las granjas isleñas; el barco a su izquierda vendía objetos artesanales de cuero originarios de las curtidurías del norte. Pero el vendedor con el que ella hablaba vendía magia botánica.

El hombre dejó caer una caja de madera sobre la cubierta, lo cual hizo que los frascos de plantas tintinearan con el movimiento del barco.

—Ha subido mucho la demanda de helecho soporífero. Veinte galles.

—Ha subido la demanda —repitió Lu, inexpresiva. Le ardía la parte posterior de la garganta; ah, la ironía de regatear el precio de una planta que causaba un estado de inconsciencia cuando podría haberse dormido allí mismo con facilidad. Había pasado demasiadas noches seguidas sentada junto a Annalisa en la enfermería.

El vendedor la miró entrecerrando los ojos.

—Sabes lo que es el helecho soporífero, ¿no? Basta oler su humo para que un hombre adulto quede inconsciente durante horas. Si buscas ayuda para dormir, los boticarios de la mejor parte de la ciudad preparan tónicos para chicas refinadas como tú.

Aquel era precisamente el motivo por el que Lu había ido a lo que sospechaba que era el puesto de un saqueador. Los vendedores de magia que acataban la ley ofrecían plantas individuales para usos sencillos, como protectores para la piel y represores de apetito, o plantas más peligrosas diluidas y convertidas en tónicos, como pociones relajantes o pócimas que otorgaban más fuerza. Combinar las plantas para preparar elíxires era un trabajo delicado que solía llevar mucho tiempo y que solo unos pocos privilegiados hacían, y hubiera sido demasiado esfuerzo para Lu convencer a un vendedor respetable de que ella sabía lo que hacía con un ingrediente puro tan potente como el helecho soporífero.

Si hubiera tenido otra opción, no habría estado tan impaciente por comprar magia botánica de alguien que la había robado del lecho de los ríos de la isla. Lechos que pertenecían, ahora, al Consejo de Gracia Loray.

La inminente tormenta hacía que el aire soplara fuerte y tuviera un sabor a agua de río fétida, con la amargura de la electricidad, como una chispa a punto de encenderse. Un grupo de chicas y chicos a medio vestir paseaban por el extremo del muelle, silbándoles a los marineros y a los vendedores.

Lu colocó los mechones rebeldes de pelo negro dentro del recogido que tenía en la nuca, esforzándose por recobrar la compostura.

—Si quisiera gastar cincuenta galles en una sola dosis de lo que los boticarios llaman erróneamente *tónico para dormir*, pero que realmente es té liviano de manzanilla mezclado con enredadera Narcotium, entonces sí, iría a la zona más respetable de Gracia Loray. Pero imagino que no habrías sobrevivido en esta profesión tanto tiempo si cuestionaras así a todos tus clientes, *pirata*.

Lu se arrepintió de haber hablado tan precipitadamente, pero resultaba claro que el vendedor ya había tomado una decisión respecto de ella también. A juzgar por los botones de madera en su larga barba rubia, su piel pálida y los trozos de piel de animal a modo decorativo en su ropa, estaba claro que el vendedor formaba parte del sindicato Mecht que había reclamado el área de Nueva Deza que llegaba a la costa sur como su «territorio» en Gracia Loray.

—Quiero asegurarme de que sabes en qué te metes —dijo el vendedor—. No puedo venderle a nadie por tan poco, y mucho menos a alguien que puede hacerse daño a sí misma con magia.

—¿Lastimarme a mí misma? —Lu extrajo su copia de *Maravillas botánicas de la Colonia de Gracia Loray*, el libro de referencia escrito por los primeros colonos de la isla—. Tus ojos inyectados en sangre indican que estás familiarizado con las propiedades alucinógenas de la enredadera Narcotium, pero ¿sabías que es posible mezclarlo con tu helecho soporífero sobrevaluado para crear un tónico que…?

¿…ayudará a mi amiga a dormir un poco? Se está muriendo en la enfermería y ese es el único tónico que puede ayudarla…

Lu se detuvo, la desesperación se apoderaba de ella.

Grupos de soldados lorayanos avanzaron por el muelle enlodado y pasaron por el extremo del muelle en el que se encontraba Lu. La siguiente embarcación contenía equipamiento para travesías oceánicas, y otra de tres mástiles hizo sonar un cuerno a modo de saludo antes de bajar su rampa.

Un barco inmigrante de las Mechtlands, el país que estaba al norte del Continente, transportaba a aquellos que huían de las guerras de clanes de su país camino a la libertad de Gracia Loray.

El vendedor esperó que los soldados pasaran para acercarse rápidamente a Lu por encima de su mesa con mercancías.

—¡Calla, niña! Vosotros los argridianos sois demasiado buenos como para meter a los demás en problemas.

La ofensa ardió en el pecho de Lu.

—No soy argridiana. Soy *lorayana*.

—¿Qué significa eso, cariño? Pareces argridiana. Incluso también tunciana. Significa que, en algún momento a lo largo del camino, le perteneces a uno de esos países, al igual que yo les pertenezco a los clanes distantes de un páramo glacial dividido por la guerra, sin importar que estemos en esta isla. No hay nadie que sea de Gracia Loray. Ahora, *argridiana*, ¿vas a comprar algo o no?

Lu se enfureció.

Cuando descubrieron Gracia Loray siglos atrás, una isla inhabitada con magia en sus ríos, aquella tierra había representado una nueva oportunidad.

Cuando los inmigrantes del Continente se trasladaron allí en grupos, habían representado la libertad.

Cuando, después de doscientos años de paz tentativa entre los cinco países del Continente, Argrid había declarado que la isla le pertenecía y la había llamado Gracia Loray en honor a uno de sus santos, aquella tierra aún logró representar la esperanza.

Y cuando, después de pasar cincuenta años llamando a Gracia Loray su colonia, la Iglesia de Argrid decidió que la magia hacía que las personas fueran impuras y las apartaba del Dios Piadoso, aquella isla había representado la resistencia.

Eso era lo que significaba ser lorayano. Creer en lo que esa isla solía ser, y en lo que podía ser de nuevo. Un país de unidad, de aceptación de sus maravillas, de *esperanza*.

Lu no era tunciana, y sin duda no era en absoluto argridiana, sin importar que la ascendencia de su madre le hubiera otorgado a su piel morena el tono dorado tunciano, o que la ascendencia de su padre le hubiera dado a sus facciones los ángulos marcados típicos de los argridianos.

Ahora, sus padres eran lorayanos. Y ella también.

—¿Cómo puedes quedarte ahí —Lu se acercó más al pirata— y vender magia libremente (e ilegalmente, dado que ambos sabemos que eres un criminal) mientras desestimas la sangre derramada y los sacrificios que han sucedido para que consiguieras esta libertad?

El pirata resopló.

—Ah, ¿y tú comprendes los sacrificios realizados, niñita? ¿Cuántos años tenías cuando la guerra terminó?, ¿eh? ¿Nueve? ¿Diez?

—Tenía doce cuando los revolucionarios derrotaron a Argrid —respondió Lu. Apretó la mano sobre *Maravillas botánicas*, sintiendo la suavidad de la cubierta bajo sus dedos—. Pero era lorayana mucho antes que eso. Y seré lorayana incluso después de que comprendas que el Consejo ofrece la protección y la seguridad de tu sindicato, solo que de una forma mejor.

Los sindicatos piratas comenzaron cuando Argrid convirtió aquella tierra en la colonia de Gracia Loray. Protegían a los suyos en una isla donde un país opresivamente religioso había quebrantado la ley implícita de coexistencia pacífica. A los sindicatos les preocupaba que la colonización de Argrid significara opresión.

Y les demostraron que tenían razón cuando la Iglesia de Argrid comenzó a purificar personas.

Pero los revolucionarios ganaron la guerra y formaron el Consejo para sancionar leyes, aplicar impuestos, propagar el trabajo, el crecimiento y la asistencia: para ayudar a *todos* en la isla. Gracia Loray ya no necesitaba sindicatos piratas. Ahora era un país.

El pirata curvó el labio superior.

—¿Sabes qué? Bien. Llévate el helecho soporífero por seis galles, y aléjate de mi barco.

Lu reprimió sus pensamientos, su furia, su tristeza. Depositó el dinero en la palma extendida del vendedor.

—Gracias —dijo ella. Él puso los ojos en blanco.

—Déjame seguir con mis asuntos en paz.

Lu sujetó su compra, se volvió y caminó por el muelle. Nadie quería interrumpir el negocio de aquel hombre. El Consejo solo quería que él, y todos los piratas, contribuyeran con Gracia Loray como un solo país funcional, no como cuatro sindicatos piratas separados que se disputaban los recursos y se enfrentaban entre sí.

Mientras guardaba el helecho soporífero en su bolso, Lu alzó la vista, sujetando el libro; su dedo tocó el agujero de bala en la cubierta.

Los nuevos inmigrantes mecht se habían reunido cerca de los puestos del mercado. Una niña sujetaba la falda de su madre. *Esperanza*, decían sus ojos abiertos de par en par. *Asombro*.

El corazón de Lu dolía. ¿Qué haría esa familia cuando su esperanza se desgastara? No todos los inmigrantes del Continente se unían al sindicato que trabajaba en representación de su país de origen. Y muchos piratas habían renunciado a sus vidas criminales cuando el Consejo les había presentado la oportunidad de ser lorayanos. Ahora, la isla estaba viva en los ciudadanos e inmigrantes con trabajos, viviendas dignas y futuros respetables, productivos y lorayanos.

Pero era imposible contrarrestar completamente casi un siglo de lealtad a los sindicatos.

Por suerte, el Consejo impartiría orden. Completaría el tratado de paz con Argrid. Y Lu deseaba centrar su atención en algo inocente... como las pócimas de magia botánica.

Lu cerró los dedos con más fuerza alrededor de *Maravillas botánicas*. El lodo de la orilla tiraba de su calzado mientras la multitud del mercado la rodeaba. Introdujo la mano en su bolso, en busca del frasco que contenía el helecho soporífero.

Pero descubrió que ya había otro par de dedos callosos allí.

—Oh —dijo el dueño de los dedos, curvando los labios en una sonrisa—. Este no es *mi* bolso.

El instinto llegó a Lu antes de que pudiera reaccionar como debía hacerlo una dama: cerró el puño y golpeó al ladrón en la nariz.

El chico reclinó la cabeza hacia atrás con un aullido. Sujetó su propia cara y la observó con un ojo alarmado, abierto de par en par; el otro estaba cubierto con un parche y un enredo de pelo negro.

—¡Me has golpeado! —gritó. Sonaba genuinamente sorprendido.

No era mucho mayor que ella, sus facciones estaban afectadas por el clima y eran oscuras, así que era probable que no fuera parte del sindicato mecht local. Tenía la ropa raída, y la mano con la que cubría su rostro exhibía una *R* marcada detrás de la *V* curva y las espadas cruzadas de Argrid. La marca que la Iglesia de Argrid les hacía a aquellos a los que capturaba y *purificaba* del uso de la magia.

Mientras Lu asimilaba esos detalles, el pánico también se apoderaba de ella. Había atacado a alguien.

Los vendedores y los clientes observaban. De pronto, dos de los soldados que habían estado custodiando el barco inmigrante centraron su atención en ella.

Lu miró al ladrón. Con los ángulos de sus facciones y el tono rojizo de su piel de color morena parecía argridiano, lo cual la fastidiaba más allá de su pavor. Su padre era argridiano, al igual que los primeros revolucionarios. Aunque todos habían luchado para que los aceptaran como lorayanos que acataban la ley, otros, como aquel chico, alentaban el odio que muchos sentían hacia Argrid.

El chico tocó su nariz, y apartó las manos cubiertas de sangre. Su ropa le resultaba familiar, en particular su parche...

—¿Devereux Bell? —Lu se dio cuenta, y el chico alzó rápido las cejas hasta el nacimiento de su pelo—. ¿Intentas parecerte a Devereux Bell?

Un pirata famoso y conocido en la isla por tener un solo ojo... y por el hecho de que no formaba parte de ningún sindicato pirata. La única brújula moral que la mayoría de los piratas tenían era la lealtad hacia sus sindicatos. Pero la fama de Devereux Bell provenía de ser uno de los pocos piratas que se atrevían a navegar y robar solo con la compañía de su tripulación. Había vivido exitosamente como un pirata errante por más tiempo que cualquier otro, durante más de un año.

Exitosamente significaba que no se había rendido, no se había unido a un sindicato y no había sido asesinado.

Los niños imitaban la falta de su ojo cuando fingían ser el infame forajido. Los sindicatos piratas lo odiaban por robar magia de sus territorios sin pagar lo debido; el Consejo de Gracia Loray lo detestaba prácticamente por la misma razón, pero nunca lo habían capturado, dado que él conocía la isla tan bien que era capaz de escapar incluso de las persecuciones más difíciles.

El chico sonrió, con los dientes rojos.

—¿Quién no querría ser el pirata más temido de Gracia Loray?

Los soldados ya estaban a punto de llegar hasta ellos. El chico no lo había notado. Lu los señaló con la mirada, algo que el pirata sin duda notaría.

Pero él continuó sonriéndole.

—¿Quién eres? —preguntó.

Los soldados se lanzaron sobre él y sujetaron cada una de sus extremidades.

—¿Molestando a la dama? —rugió uno de ellos.

La sonrisa del chico menguó cuando alzó la vista.

—Ah, prendedme —dijo con entusiasmo—. No me atrevo a luchar por ver otra vez là luz del día.

Lu y los demás alzaron las cejas, confundidos. Pero el pirata aún sonreía con satisfacción. ¿Acaso estaba loco?

Uno de los soldados tosió antes de hablar.

—Disculpe, señorita; no la molestará de nuevo.

Lu asintió, ausente. Los soldados se llevaron al pirata y este, de la mejor forma que podía con un solo ojo, le dedicó un guiño mientras la sangre caía sobre su rostro.

Una campanada aguda atravesó el aire marcando la hora. Eran las diez y media.

Lu flexionó sus dedos doloridos y se volvió a la izquierda, mientras los soldados se dirigían en dirección contraria, hacia el castillo que yacía en el acantilado sobre el lago Regolith. Ahora Lu se sentía incluso más agradecida por su visita planeada. Vería a Annalisa en la enfermería antes de tener que regresar a las negociaciones del tratado... lo que le daría a su corazón tiempo para abandonar su garganta.

Lu miró a los soldados y al pirata por última vez. El grupo se abría paso entre la multitud de personas con pañuelos empapados de sudor, sombreros tricornios con manchas de sal en el borde, ornamentos de piel de cocodrilo sobre los pantalones deshilachados y los bajos cubiertos de lodo. La mayoría eran ciudadanos de la isla, lorayanos buenos llenando puestos de venta aprobados por el Consejo o recibiendo entregas de plantas por parte de los soldados, trabajando tanto como las personas que habían derramado su propia sangre para otorgarles la libertad.

La isla había avanzado mucho desde la soberanía de Argrid. Toda la protección y el apoyo que los sindicatos ofrecían, el Consejo podía proveerlos; todas las libertades que los piratas creían tener al desobedecer, serían mucho más sostenibles en la unión. Y los chicos como aquel pirata, que desperdiciaban sus días robando, podrían convertirse en algo que los beneficiaría a ellos mismos y a la sociedad.

Gracia Loray era el país de las segundas oportunidades. Eso creía Lu, con todo su corazón.

De todas las ciudades de Gracia Loray, Nueva Deza era la que más representaba la historia de la isla. El lugar había comenzado como un asentamiento mecht llamado Puerto Visjorn, en honor a un tipo de oso blanco sagrado en las Mechtlands, hasta que Argrid eligió el lugar como su capital y le cambió el nombre a su imagen y semejanza. Las cabañas de una sola planta, restantes del asentamiento mecht original, se encogían junto a las edificaciones argridianas de seis pisos, estructuras de madera calzadas contra otras de piedra. Era caótico a la vista y en cierta manera desolador, un recordatorio evidente de la afición de Argrid por incrustarse donde nadie lo quería.

Pero había algo reconfortante en Nueva Deza. Como si dijera: *Oíd, he sobrevivido a la revolución; vosotros también podéis hacerlo, y es probable que estéis mucho menos destrozados que yo.*

Y por esa razón, Vex lo había elegido como el puerto en el que permitiría que lo arresten. Le gustaba esa ciudad.

Pero no había esperado que su objetivo lo *golpeara*. Había creído que ella gritaría o se resistiría al robo del bolso lo suficiente como para que los soldados se enfurecieran y lo arrestaran, pero no había esperado que la chica fuera tan jodidamente precisa con su puño.

Cuando los guardias lanzaron a Vex al interior de una celda comunitaria debajo del castillo de Nueva Deza, su nariz *todavía* sangraba. Eligió un lugar donde su ojo sano pudiera observar el resto de la celda, pero dado que debía mantener la cabeza reclinada hacia atrás, no podía ver bien quién estaba allí dentro con él. Oía voces —ásperas, masculinas— y entró en pánico durante un instante cuando tuvo que elegir entre no desangrarse hasta morir y observar a sus compañeros de celda.

Debería haber esperado que la chica fuera agresiva. Lo que lo había atraído hacia ella había sido el agujero de bala en la cubierta del libro que la muchacha sujetaba: era sin duda un recuerdo de la revolución. La mayoría de las personas quería curarse de las heridas de guerra y seguir adelante, pero esa chica estaba allí, de pie en mitad del mercado después de haberle *gritado* al vendedor, que sin duda era un pirata, sujetando una reliquia de la guerra entre sus brazos.

Vex había caminado hacia ella y había colocado la mano dentro de su bolso. Y solo después se había dado cuenta de lo estúpido que había sido hacerlo. La chica seguramente había sobrevivido a lo peor de la guerra si tenía recuerdos con agujeros de bala, y lo había atacado sin pensar ni una vez en las otras heridas que debía poseer.

Vex cerró el ojo. Sus dos compañeras tripulantes le habían dicho que su plan era estúpido. Nayeli lo había abofeteado. Edda le había dicho que, si lo arrestaban, lo lanzarían a una celda comunitaria y alguien lo reconocería.

¿De qué servirá eso, eh? ¿Y si el Consejo se da cuenta de que tienen a Devereux Bell bajo su custodia? No tendrás que temerle a Argrid, porque Gracia Loray colgará tu trasero.

Aunque Argrid había perdido la guerra con Gracia Loray, todavía había escoria argridiana que vivía en la isla. Y pensaban que un pirata con ascendencia argridiana y sin sindicato que lo apoyara debía ser *leal* en alguna forma a su país de origen. O al menos eso era lo que los extorsionadores de Vex continuaban diciendo cada vez que amenazaban con hacerle daño a él y a su tripulación, a menos que robara magia para ellos. Una y otra, y *otra vez*.

Pero ¿para qué diablos necesitaba Argrid magia? Que buscaran otro pirata al que acosar. Vex estaba harto.

Permitir que lo capturaran era la única manera en que Vex podría quitarse de encima a los matones argridianos. Necesitaba tiempo para comprender cómo perderles el rastro de una vez por todas, para que él y su tripulación pudieran regresar a ocuparse de un objetivo mucho más noble: comprar la mansión mayor, más bonita y mejor fortificada en Gracia Loray para permanecer fuera del camino de todos.

Vex suspiró y se atragantó con la sangre que caía en el interior de su garganta.

Pasó una hora antes de que pudiera inclinar la cabeza hacia abajo. Otros nueve prisioneros estaban allí con él, todos eran piratas. Uno de ellos era tan viejo que parecía una pila de trapos viejos y cabello blanco en una esquina. Quizás la magia ahora era legal, pero robar y revenderla, hacer pasar plantas no mágicas por plantas mágicas o amenazar a las personas que se negaban a pagar lo esperado en el territorio del sindicato todavía era ilegal, aunque la mayoría debía elegir entre eso o morir de hambre. Ser un marino honesto costaba mucho dinero: un barco propio, provisiones, *impuestos*. Era mucho más sencillo unirse a un sindicato y permitir que ellos te cuidaran a cambio de cosas que sí podías dar, como tiempo y lealtad.

En Nueva Deza, la mayoría de los piratas formaban parte del sindicato de Mechtlands liderado por Ingvar Pilkvist. No era una de las personas favoritas de Vex. Aunque ninguno de los cuatro líderes piratas lo era tampoco.

Vex miró de nuevo a sus compañeros de celda, pero esa vez, captó la mirada de uno.

Maldita sea.

El hombre tenía el pelo castaño engrasado y prendas raídas sobre más prendas raídas, sujetas con un cinturón grueso de piel de cocodrilo.

—¿Qué miras, basura argridiana? —gruñó.

De todos los defectos de Vex —aunque no poseía muchos— el que más odiaba era lo odiosamente argridiano que era su aspecto. No podía librarse del tono rojizo de su piel o de las facciones angulosas de su rostro que hacían que lo clasificaran de inmediato como *miembro de los enemigos*, por más que él había sido víctima de Argrid al igual que todos los demás.

Vex sonrió con superioridad.

—Oye, ¿no me arrestaste hace un mes? ¿No eres un soldado?

La muñeca del prisionero no tenía ninguna marca, pero aquello no implicaba que no fuera un pirata. Solo significaba que no había tenido el placer de experimentar la rehabilitación de la Iglesia.

Vex extendió las piernas y reclinó el cuerpo contra la pared lo más relajado posible. Había capturado la atención de la celda, todos lo miraban como si él fuera una forma divertida de pasar el tiempo.

El prisionero grasiento resopló.

—¿Acaso ahora arrean a los argridianos? Diablos, ¿el Consejo permite que los de Argrid vengan a hablar sobre la paz y lo compensan arrestando despojos? —Hizo una pausa. Entrecerró los ojos—. Espera. ¿Acaso no eres...?

—Estás *demasiado* desaliñado —lo interrumpió Vex—. Como si estuvieras intentando encajar. ¿No es verdad?

Algunos de los otros prisioneros se acercaron más a él.

—¿Eres un soldado?

—¡Ha venido a espiarnos! ¡A obtener nuestras confesiones mientras pensamos que estamos solos!

—¡NO SOY NINGÚN SOLDADO! —bramó el hombre y sujetó a Vex—. ¡Eres Devereux Bell! ¡Lo vi huir con una caja de curatea en el puerto, el mes pasado! ¡Es él!

Mierda, mierda, mierda.

Nayeli ya era bastante insufrible cuando tenía razón. Pero Edda era peor.

¿Cuánto tiempo tardaron en descubrirte? Ajá. Eso esperaba. Qué plan brillante, capitán.

El resto de los prisioneros se volvió hacia Vex. El anciano ubicado en la esquina no se había movido. Sí, probablemente estaba muerto.

—¿*Tú eres* Devereux Bell? —repitió uno con incredulidad—. Eres muy... joven.

Otro sujetó el brazo de Vex.

—La Líder Cansu tendrá algunas cosas que decirte.

Vex dejó caer la cabeza. Genial. No solo había piratas del sindicato de Pilkvist allí dentro, sino también miembros del sindicato tunciano.

El primer prisionero tiró del cuello de la camisa de Vex.

—Claro que no; ¡el Líder Pilkvist se encargará de él!

Vex podía usar aquello a su favor y hacer que los piratas pelearan entre sí. Pero cuando alzó la cabeza para decir algo sustancioso sobre Pilkvist, la puerta que llevaba a aquel sector de celdas se abrió. La mitad de los prisioneros retrocedió a la parte trasera. Cuatro continuaron rodeando a Vex.

—¿Cuál es el problema? —gritó un guardia.

Vex contuvo el aliento. Los prisioneros no serían tan estúpidos como para responder, ¿verdad?

—¡Es Devereux Bell! —dijo el hombre que lo había reclamado para Cansu.

Vex gruñó. Al parecer, *eran* muy estúpidos.

—¡Es él! —confirmó el hombre grasiento, sacudiendo a Vex.

—Se llevarán el crédito por haberme encontrado y esto se convertirá en asunto del Consejo —le susurró Vex al hombre grasiento—. No tendrás ni una sola oportunidad de entregarme a Pilkvist.

El hombre quedó boquiabierto.

—Yo… eh… No, no, ¡no es él!

—¡Has dicho que lo era! —chilló el pirata de Cansu.

Vex miró horrorizado al primer hombre.

—¿*Qué* has dicho sobre su madre?

El pirata de Cansu apartó a Vex a un lado para fulminar con la mirada al pirata de Pilkvist.

—¡Será mejor que cierres la boca! ¡El sindicato mecht no sabe cuándo retirarse!

El prisionero grasiento dio un grito ahogado.

—¡No he dicho nada!

Pero el pirata Cansu lanzó un puñetazo. Se desató el caos: las piernas regalaban patadas, los nudillos partían labios.

Vex dejó caer el cuerpo de nuevo en su banco. ¿Sería una distracción suficiente como para que los guardias olvidaran las afirmaciones de los prisioneros? Lo dudaba.

Abrieron la puerta de la celda y media docena de guardias entraron rápidamente y se dirigieron hacia los revoltosos. Uno de ellos avanzó hacia Vex y lo miró cruzando los brazos.

—¿Devereux Bell? —preguntó.

Vex alzó la vista, sonrió y parpadeó con inocencia.

—¿Quién?

El soldado sujetó con fuerza la garganta de Vex. Él se ahogó, y antes de que pudiera recordar cualquier movimiento defensivo que Edda le hubiera enseñado —algo relacionado con torcer la muñeca del atacante, o la propia, o tal vez un pulgar— el soldado le arrancó el parche que cubría su ojo.

Una oleada de frío recorrió el cuerpo de Vex e hizo que se quedara clavado en su asiento como si estuviera encadenado. Sabía lo que el soldado miraba: dos cicatrices en forma de X que atravesaban el agujero donde había estado una vez su ojo derecho. Su propio souvenir de guerra.

El soldado sonrió. Soltó a Vex pero siguió apretando el parche con su puño fornido.

Eres débil, dijeron las voces que Vex no podía extirpar de su memoria. *Eres maligno.*

Vio a los hombres que lo habían entregado a la custodia de la Iglesia durante la guerra. Vio las sonrisas burlonas en los rostros de los soldados argridianos mientras disfrutaban purgando la costa de Gracia Loray de *escorias* e *impurezas*. Vio a los monjes en el calabozo donde él había pasado cuatro meses, y el recuerdo de las plantas y el veneno que introducían en su cuerpo a la fuerza invadió su garganta. Cuando por fin rezó, no lo hizo por la redención: rezó pidiendo que, si *existía* un Dios Piadoso, tuviera piedad de él y le permitiera morir.

El parche cayó sobre las piedras a sus pies. Vex lo asió y lo colocó en su lugar, y el mundo regresó a su eje lo suficiente como para que él escuchara la orden del soldado.

—Llévenlo a aislamiento hasta que podamos averiguar todo esto. No necesitamos más peleas.

Vex mantuvo la mano sobre el parche como si pudiera soldarlo a su piel.

No se encontraba en una situación ideal.

2

Ben estaba apoyado contra el muro de un pabellón en la capital de Argrid, Deza, obligándose a no vomitar.

Estaba en tierra firme, pero el movimiento y el balanceo del agua golpeando los barcos en el muelle frente a él revolvían su estómago. Aunque la verdadera causa de su estado actual era la bebida de la noche anterior, la especiada que el cantinero había llamado *o Golpe de Veludo do Inferno*: Golpe Aterciopelado del Infierno. Ahora le hacía honor a su nombre con su efecto tardío y con el hecho de que regresar al palacio tambaleándose la noche anterior, después de haber bebido demasiado de aquella maldita cosa, había resultado en que le asignaran un turno en las patrullas inquisitivas por la mañana.

Supervisar las defensas, los soldados de la Iglesia, mientras patrullaban los barcos entrantes había sido una de las responsabilidades valiosas de los Inquisidores. Ahora, solo era un «castigo» leve para la juventud pecaminosa.

Ben apretó el tabique de su nariz e inhaló el aire salado de la bahía.

—Mi patrulla evitó que un barco con enfermedades llegara a puerto la semana pasada —comentó una voz. Era el hijo de un duque, uno de la media docena de nobles que había en la tienda que estaba detrás de Ben, aunque no hubiera podido recordar el nombre del chico ni aunque su vida dependiera de ello—. No es tan emocionante como encontrar magia ilegal, pero es un trabajo útil.

Oyó que brindaban con un cáliz. El aroma a vino floral perfumó la tienda sin ventilación.

Otro chico gruñó. Ben reconoció aquel sonido en particular: provenía de un conde llamado Claudio, que tenía un año menos que Ben. Había asistido a algunas de las clases de etiqueta e historia de la Iglesia con Ben, durante su infancia.

—Lo juro —gruñó Claudio—, la mayoría de estas inspecciones son *muy aburridas.*

—Se supone que no deben ser entretenidas —dijo el hijo del duque—. Deben expiar nuestros pecados.

—No hemos hecho nada malo, Sal —replicó Claudio. *Salvador,* aquel era el nombre del chico—. Tus padres nos descubrieron besándonos. Estamos comprometidos, por el Dios Piadoso. No debería tener importancia.

El resto del grupo dio un grito ahogado.

—Tranquilos —resopló Claudio—. No hemos hecho algo *tan* malo. No somos pecadores de verdad como vosotros, infieles.

Alguien carraspeó, recordándole a Claudio que el príncipe heredero era uno de los aristócratas que estaba trabajando en la patrulla inquisitiva. Uno de los *infieles.*

Se hizo silencio.

Ben masajeó sus sienes y miró hacia atrás. Sillas aterciopeladas y asientos acolchonados formaban un círculo para el reducido grupo de aristócratas, vestidos con elegantes pantalones de seda, botones y cuentas de oro pulidos, pañoletas de encaje y redes para el pelo con joyas incrustadas; estilos adecuados para una misa, no para estar cerca del muelle en busca de magia.

Ben movió la cabeza de un lado a otro. Hubiera jurado que veía a todas las personas duplicadas. Maldita bebida.

Tiró del cuello de su camisa, quería derribar las paredes del pabellón y permitir que la brisa entrara. Pero aquello exhibiría el mundo a su alrededor y les recordaría a los aristócratas presentes los problemas reales. Con los muros en alto, la élite podía permanecer en la ignorancia mientras una cantidad excesiva de soldados montaba guardia para mantener a los desesperados a raya; los enfermos que hacían fila fuera de los hospitales, los pobres que mendigaban en las calles.

—Este deber solía significar algo —susurró Ben, sin hablarle a nadie en particular. Salvador entrecerró los ojos.

—¿Está bien, mi príncipe?

El resto de los Inquisidores inclinó el cuerpo hacia adelante; algunos preocupados; otros, intrigados.

Ben los miró a los ojos, reprimiendo el hipo. Pero su reputación no era ningún secreto.

Incluso nuestro príncipe cae ante las tentaciones del Diablo, decían los argridianos. *Pobre príncipe Benat: ¡cae en los excesos! ¡Es promiscuo! Trabaja en las patrullas inquisitivas para purificarse. Si nuestro príncipe divino puede sentirse tan seducido por el mal, y aún ser redimido, entonces ¡hay esperanza para nuestras almas frágiles!*

Ben imaginaba su vida como un vals torpe. ¿Cuántos pasos erróneos podía hacer en una dirección, atrás, adelante, antes de que las personas dejaran de decir *pobre príncipe Benet* y comenzaran a decir *hereje*?

Lo descubrían bebiendo; servía una semana en las patrullas inquisitivas y la Iglesia lo perdonaba, como a cualquier otro aristócrata. Sexo: si los rumores se propagaban, haría otra semana de patrullas, y todo quedaría expiado.

Pero ¿y si lo atrapaban con magia de Gracia Loray, hablando a favor de ciertas plantas? Sería imperdonable.

Ben disipó la preocupación de los nobles.

—Estoy bien —replicó.

Claudio enderezó más la espalda en su asiento. Sus ojos oscuros centelleaban.

—Mis padres rezan por usted en cada misa. Rezan para que nuestro país tenga la fuerza suficiente para enfrentar las tareas más difíciles del Dios Piadoso.

Ben alzó una ceja.

—¿Dice que ahora no soy fuerte, conde?

El rostro de Claudio se volvió rojo. No había imaginado que Ben pudiera responder así. Había pensado que guardaría silencio, tímido y avergonzado por ser tan propenso a pecar como el resto de ellos.

—Por supuesto que no, mi príncipe. —Salvador se entrometió, colocando una mano sobre la rodilla de Claudio—. Lo que quiere decir es que usted es un ejemplo para nosotros. Su resiliencia ante el mal nos da la esperanza de que nosotros también podremos superar cualquier pecado.

—Incluso ser lo bastante estúpido como para besar a tu prometido en el estudio de tu padre —susurró una chica sentada junto a Salvador.

Claudio le lanzó un cojín ornamentado.

Ben miró de nuevo hacia el exterior, mostrando suficiente rechazo como para dar inicio a otra conversación. Claudio y Salvador comenzaron a charlar, haciendo su mayor esfuerzo por no mirar a Ben, que aún estaba en la puerta.

En otro momento, quizás se hubiera unido a la conversación, un intercambio frívolo sobre la próxima celebración de la Iglesia. Hubiera bromeado respecto del motivo que lo había llevado a aquella patrulla, o les hubiera dado a Claudio y a Salvador consejos para que no los atraparan.

Pero Ben no podía apartar las palabras de Salvador de su cabeza.

Argrid quería que él fuera fuerte, que los inspirara; pero también quería que él cayera, porque el Dios Piadoso recompensaba a aquellos que se sacrificaban… y ¿qué sacrificio sería mayor que renunciar a ser un líder religioso?

El pueblo argridiano había celebrado la muerte de Rodrigu y la de Paxben. Habían *suplicado* que ocurriera.

Por el Dios Piadoso, le dolía la cabeza.

—¿Príncipe Inquisidor? Requieren su presencia.

Ben se dio la vuelta. Jakes Rayen estaba de pie, con una postura atenta en el muelle, su uniforme de defensor ondeaba en el viento, exhibiendo el escudo marfil de Argrid: la *V* curva, las manos en cuenco dispuestas a llevar una vida de pureza; la *X*, representando las espadas cruzadas, para proteger esa vida. Jakes enderezó su uniforme, tiró del cuello hacia abajo y expuso la piel bronce y enrojecida de la parte superior de su pecho; tenía un poco de vello erizado que Ben sabía que llegaba hasta la piel suave por debajo de su estómago.

El cuerpo de Ben ardió con un calor que no estaba en absoluto relacionado con la calidez del día. Parte de la razón por la que le alegraba tener a Jakes en su guardia era porque al joven le sentaba muy bien el uniforme.

—¿Es un barco enfermo, defensor? —preguntó Ben, pero sabía que Jakes no habría venido por algo tan simple. El aludido frunció el ceño.

—No —respondió—. Piratas.

Algunos de los Inquisidores gruñeron, celosos porque la patrulla de Ben había encontrado algo que lo libraría de la tarea durante el resto del día. Él los ignoró y siguió a Jakes bajo el sol.

El barco pirata era una fragata a vapor anclada en un muelle que ahora representaba el abatimiento de Argrid. Los tablones eran frágiles y poseían parches en mal estado; tenían percebes y suciedad pegada en los postes y en el borde. Ben caminaba detrás de Jakes sobre el muelle, pisando donde él lo hacía para no caer a través de la madera podrida.

Ben se detuvo en la base de una rampa de desembarco. Había más de sus defensores pululando por el muelle, algunos transportaban un baúl por la borda, con tanto cuidado que Ben supo de inmediato lo que contenía. Estuvo a punto de pedirles que lo abrieran para ver los frascos con magia. ¿Aún podría nombrar las plantas como Rodrigu le había enseñado?

Pero otro recuerdo apareció en su mente: monjes despiadados, y su propio padre, golpeándolo en la boca cuando se atrevía a decir algo positivo de la magia después de la muerte de Rodrigu en la hoguera. Ahora, lo único importante que había que saber sobre la magia era que se trataba de un pecado, en su totalidad: y sus pecados quedarían expiados en cuanto él les diera el discurso necesario a los piratas.

—¿Estás bien? —preguntó Jakes, alcanzando a Ben mientras subía por la rampa. Después, se percató de que había cerca otros que podrían oírlos y añadió—: ¿Mi príncipe? —Y repitió, más fuerte—: ¿Está bien, mi príncipe?

Ben le sonrió.

—Buena corrección, defensor Rayen. Pero estoy bien.

—¿*Bien* significa *borracho y con resaca a la vez*? —susurró Jakes.

—Ah, defensor, su coqueteo me deja sin aliento.

Jakes abrió los ojos de par en par.

—*Shh…* —Pero interrumpió el sonido e inclinó la cabeza—. No quiero darles a esas arpías —señaló la tienda de los Inquisidores detrás de ellos— un motivo para causarte problemas. Aunque los aristócratas de la corte vean con malos ojos a un noble con un guardia, tengo que creer que el Dios Piadoso, al menos, puede perdonarnos.

Si bien hacía un año que era uno de los defensores de Ben, Jakes aún era el huérfano más comprometido que había llegado a Deza, desesperado por servirle al Dios Piadoso.

Ben exhaló algo parecido a un gruñido.

—Tengo suficiente experiencia tratando con rumores y el interés macabro de la corte. Déjalos intentar hallar otro hereje en la familia Gallego: no encontrarán nada irredimible en mí. El sexo antes del matrimonio es un pecado, pero no uno por el que ser condenado.

Jakes inclinó la cabeza en una reverencia, y Ben odiaba la formalidad del gesto, aunque era necesario. Había algunos aspectos en la vida de Ben que cruzaban límites políticos más que religiosos... y el hecho de que el heredero de Argrid hubiera tenido una relación con un plebeyo durante diez meses ahora rozaba el límite de lo condenable.

Argrid permitía cierta libertad entre los nobles a la hora de elegir sus propias parejas... siempre y cuando esas parejas también fueran aristócratas, para no estar en *desigualdad de condiciones*. Elazar aún no había obligado a Ben a encontrar una pareja, pero de haber sabido que le había entregado su corazón, su alma y la mayoría de sus pensamientos a uno de sus guardias, hasta su puesto como defensor, al hijo huérfano de un comerciante, bueno...

Ben hacía su mejor esfuerzo para no pensar en lo que su padre haría. Su relación con Jakes solo era una cosa más que él debía mantener bajo un control acérrimo.

Suavizó la voz, pero sonaba dolorosa en sus oídos.

—Sabes que no pienso en ti como un pecado... Es decir, no me avergüenzo de nosotros.

Jakes alzó las cejas.

—Deberías. Ni siquiera soy capitán, por el Dios Piadoso. —Sonrió.

Ben le guiñó un ojo y avanzó para evitar sujetar la mano de Jakes.

El calor matutino era apenas más tolerable en la cubierta del barco. Ben tiró del terciopelo grueso de sus mangas mientras se acercaba a la fila de piratas que estaban de rodillas en mitad de un círculo de defensores. No sabía cómo era posible que alguien lograra sobrevivir a las condiciones de Gracia Loray para partir de allí en primer lugar. La isla estaba a una semana de navegación, y se suponía que era más cálida y húmeda que la capital asfixiante de Argrid.

El viento salado intentó robar el sombrero de Ben, empujando la pluma contra su cara. Cuatro de los piratas parecían argridianos:

tenían la piel de diversos tonos oscuro y rojizos, cabello negro, facciones angulosas y ojos negros; nada poco común, dado que los piratas que se atrevían a vender magia allí solían mezclarse con la multitud. Pero el último pirata, un mecht, llamó la atención de Ben. Rubio, pálido y tosco, era la personificación de todo lo que él había oído sobre los clanes de aquel país y sus eternas guerras sangrientas.

El mecht alzó la vista, sus ojos poseían una intensidad que Ben reconoció.

La flor Ojo de Sol otorgaba la habilidad temporal de controlar el fuego. Los mecht habían descubierto cómo canalizar su poder... Y, además, cómo hacer que fuera permanente. Los guerreros Ojos de Sol eran infiernos con piel humana, prueba viviente de que la magia botánica era obra del Diablo.

Antes de que Ben pudiera preguntar si el mecht había realizado un ritual para absorber las habilidades de la flor, el pirata exhaló, emanando humo de las fosas nasales.

—*Bárbaro diaño* —masculló un defensor. «Diablo bárbaro».

Otros susurraron plegarias. Pero Ben sonrió.

Un guerrero Ojo de Sol. Fascinante. Los únicos que había visto hasta entonces habían sido arrastrados hasta Argrid por los misionarios de la Iglesia como ejemplo por negarse a aceptar al Dios Piadoso. Sus ejecuciones habían sido con pistolas, no con llamas.

—¿Cómo ha llegado un guerrero Ojo de Sol a Argrid? —preguntó Ben.

—Él no es parte habitual de nuestra tripulación —dijo un pirata, probablemente el capitán, con la voz empapada del acento de Gracia Loray que marcaba las *erres*—. Lo subimos como ayudante temporal en las Mechtlands, hace menos de un mes. Si él es la razón de todo esto, llévenselo.

El mecht gruñó en dirección a la cubierta.

No era tan simple. El capitán lo sabía. El mecht lo sabía. Y Ben también, su estómago se contrajo con el balanceo del barco.

Jakes pasó a su lado, rozando discretamente la cadera de Ben con su mano, antes de unirse al círculo de defensores que rodeaba a los piratas.

Ben presionó las manos contra el pecho, con las muñecas juntas, y los dedos en forma de cuenco hacia arriba en posición de oración. Los defensores en la cubierta hicieron lo mismo.

—Dios Piadoso nuestro, muéstranos el camino de la pureza, la honestidad, la castidad, la penitencia y la caridad —rezó Ben—. Te damos las gracias por abrir las puertas del cielo para aquellos creados con el fuego infernal y el mal del Diablo. Purga nuestras vidas de tentaciones para que podamos vivir a imagen y semejanza de tus pilares. Bendito sea el Dios Piadoso.

—Bendito sea el Dios Piadoso —repitieron todos, excepto los piratas.

—Han sido detenidos por los Inquisidores de la Iglesia de Argrid de Su Majestad —prosiguió Ben, ahora hablándoles a los piratas—. Han encontrado artículos profanos en su posesión. Si no se arrepienten, la Iglesia purificará a Argrid de sus almas irredimibles.

La Iglesia había escrito aquel discurso para que los detenidos tuvieran la oportunidad de arrepentirse. Cualquier persona descubierta en posesión de plantas era culpable, y admitirlo era lo único que podía salvar sus almas. Irían a rehabilitación durante un tiempo, pero no los quemarían.

La palabra *justo* había tenido un significado diferente bajo el mando del tío de Ben; en ese entonces, los acusados eran presuntos inocentes hasta que los Inquisidores dictaminaban una sentencia basada en un análisis detallado de la doctrina de la Iglesia. ¿Sus pecados estaban ligados a la magia? De ser así, ¿poseían plantas malignas que se había comprobado que eran peligrosas o tenían magia pura utilizada para sanaciones o crecimiento?

Pero la traición de Rodrigu había destruido el lujo de presumir que las personas eran inocentes. Después de su muerte, la Iglesia había destituido a los Inquisidores restantes, y aquellos que se habían resistido también habían ardido en la hoguera. El único deber de los Inquisidores que no habían sido eliminados era registrar los barcos que llegaban al puerto, pero incluso habían oscurecido esa tarea entregándosela a aristócratas descuidados.

—No me arrepentiré por pecados inventados. —El capitán habló de nuevo—. Mi tripulación y yo somos tan inocentes como vosotros, en especial con aquel grupo de Argrid, ahora en Gracia Loray. Queréis condenarnos por cosas que sus propios hombres usan para negociar…

—¡Silencio! —replicó un defensor—. ¡Estás hablándole al Príncipe heredero!

Ben mordió su lengua. *Tienes razón*, quería decirle al capitán. La Iglesia aún ordenaba arrestar a cualquiera que tuviera magia botánica de Gracia Loray, incluso cuando un contingente de diplomáticos argridianos negociaba un tratado de paz con el Consejo gobernante de la isla.

Cuando el tío y el primo de Ben habían intentado cambiar la postura de la Iglesia ante la magia, Ben los había visto morir. Todos los que habían apoyado la guerra habían sido exterminados.

Ben no tenía grandes esperanzas de que un nuevo tratado fuera a cambiar Argrid.

Otro de los piratas se atrevió a reír.

—El príncipe. No eres tan apuesto como dicen, pero quizás si estuvieras de rodillas…

Jakes golpeó al hombre con tanta fuerza que chocó contra el pirata que se encontraba a su lado. El movimiento causó una distracción, y Ben lo notó, al igual que el pirata mecht.

El mecht se puso de pie de un salto y golpeó a Ben con el cuerpo. Aunque tenía las muñecas amarradas detrás de la espalda, aquello no afectaba la fuerza de sus músculos… ni a su Ojo de Sol.

Ben corrió hacia la barandilla del barco. El mecht lo empujaba con cada gramo de furia que había reprimido mientras había estado de rodillas. El rostro del pirata estaba tan cerca que cuando respiraba, el calor acariciaba la frente de Ben, y sus sentidos resplandecían con cenizas y llamas.

Los recuerdos irrumpieron en su mente. Su tío y su primo retorciéndose de dolor en las hogueras. *Gritos.*

El pánico se apoderó de él. Su columna vertebral chocó contra la barandilla, y el mecht exhaló un río de fuego que Ben evadió por instinto. Saltó a la izquierda, las llamas pasaron por encima de su hombro, y el mecht retrocedió sorprendido. Ben recuperó el control suficiente como para plantar los pies en el suelo y hundir el codo en el estómago del mecht. El chorro de fuego cesó mientras el hombre emitía un sonido asfixiante.

—¡Derribad al bárbaro! —gritó un defensor.

—¡Esperen! —ordenó Ben. Se incorporó para sentarse en la barandilla mientras colocaba una pierna detrás de las rodillas del mecht. Este trastabilló, desequilibrado, y mientras caía, Ben colocó la otra pierna sobre su estómago. Aquel movimiento hizo que quedara tendido en cubierta, mientras los defensores le apuntaban con una docena de armas diferentes.

Ben bajó de la barandilla.

—El mal lo obliga a reaccionar así —ladró—. Este hombre aún tendrá la oportunidad de arrepentirse, junto a todos. Se los suplico: miren más allá de la corrupción del Diablo en sus corazones, arrepiéntanse y escojan la libertad. De otro modo, arderán.

¿Acaso Ben había salvado ahora al pirata solo para que muriera más tarde frente a una multitud enardecida?

Pero no le importaba. Si los piratas querían arder, que ardieran: Argrid ofrecía un modo de sobrevivir, si aquellos culpables no eran tan orgullosos.

Tres defensores arrastraron al mecht lejos mientras los otros soldados se acercaban al resto de la tripulación.

Ben inclinó más su sombrero, la cubierta daba vueltas.

Jakes tocó su hombro.

—Esto hará feliz a tu padre.

—¿Por qué? —Ben exigía una respuesta—. No he hecho nada. Desde que la Iglesia se deshizo del proceso de justicia real y apropiado, no tengo utilidad alguna.

Jakes abrió los ojos de par en par.

—Serás rey algún día…

—De un país construido con cenizas y miedo. No… —*No creo que la magia sea maligna. Y la echo de menos.*

Nunca había estado tan borracho como para decir eso. En todo caso no como para decirlo delante de Jakes.

Un murmullo bajo surgió de Jakes, la cadencia de una canción eclesiástica. Un tic que él tenía cuando estaba nervioso o ansioso o pensando demasiado en responsabilidades que deberían haber sido solo de Ben.

—Si el tratado con Gracia Loray llega a darse —dijo Jakes—, no arrestaremos a más marineros. El mal no será tan fácil de identificar. Necesitarán de nuevo a los Inquisidores para juzgar los casos.

—Puras ilusiones, defensor —suspiró Ben.

La Iglesia ahora poseía el poder absoluto. Cualquier tratado con Gracia Loray significaría más de esto, solo que en su costa. Patrullas. Pureza. *Purificaciones.*

¿Acaso Gracia Loray sabía lo que les esperaba?

3

La ruta más rápida hacia el ala de la enfermería dedicada a la Enfermedad Temblorosa era a través de los establos. Lu corrió por el pasillo, alzando polvo mientras pasaba junto a caballos somnolientos que movían las colas por el calor.

Un niño apareció frente a ella, desde el techo, colgado de sus rodillas en una viga.

—¡Dame tus plantas!

Lu chilló y soltó el paquete de sus brazos.

—¡Ah, Lu! —dijo Teo—. No eres la enfermera.

La sorpresa de Lu se relajó con una risa.

—Y no tengo plantas mágicas para que robes. —Se inclinó para recoger el bocadillo que había comprado de camino hacia allí. El relleno de una de las masas había chorreado, y el envoltorio de papel estaba pegajoso; el aire era excesivamente empalagoso por el coco azucarado en contraposición al aroma dulce de la paja—. Sin embargo, eres muy atemorizante; dime, pirata, ¿quién eres?

Pero ya lo sabía: el hermano de Annalisa siempre escogía ser el mismo pirata, sin importar el juego.

No es el primer niño que he conocido que pretende ser Devereux Bell, pensó Lu.

Teo se balanceó hacia arriba, sujetó la viga y aterrizó en el suelo, con una agilidad sorprendente para sus seis años de edad.

—¡Soy Devereux Bell! —confirmó, cerrando un ojo de color marrón y alzando el puño en el aire—. ¡Imposible de capturar! ¡Imposible de derrotar! ¡Soy tan atemorizante que no necesito un sindicato que me proteja!

—Entre otras cosas —añadió Lu, pero sonrió ante el deleite del niño—. Como decía, señor Bell, solo soy una simple dama. Pero ¿tal vez puedo ofrecerle un dulce?

Teo cayó de rodillas, inclinándose sobre dos de las masas dulces que ella había logrado recuperar.

—Luuuuu —canturreó él—. ¿Puedo comerme una?

—Sí.

—¿La otra es para Anna?

—La otra es para Anna.

—Pero entonces tú no te comerás ninguna —dijo él, desanimado.

Lu le entregó el bollo dulce mayor.

—Ya me he comido una, Teo, pero eres un buen niño por preocuparte.

—Teo Casales… ¡Ah, allí estás!

La enfermera con la que había estado jugando apareció en la puerta del establo. Su sonrisa luchaba por ocultar el agotamiento causado por pasar demasiado tiempo cuidando a los necesitados de Gracia Loray.

Cuando la enfermedad de Annalisa había empeorado y ya no había podido cuidarse por sí sola, había insistido en permanecer en la enfermería donde había sido voluntaria, para dedicarse a ayudar a los pobres de Nueva Deza.

«Si tengo días buenos, puedo ayudar», había dicho.

Haz lo que sea que te dé esperanza, había pensado Lu.

—¡Lu ha traído dulces! —Teo saltó para enseñarle el bollo a la enfermera.

Ella se puso de pie y apartó el pelo de la cara de Teo, liberando los mechones negros pegados a sus mejillas mientras él masticaba un gran bocado del dulce cubierto de chocolate. Casi resultaba difícil decidir si los matices rojizos de su piel se debían al esfuerzo infantil o a su ascendencia argridiana.

Casi.

—¿Por qué no sales al jardín? —le dijo Lu—. Estoy segura de que les vendría bien tu ayuda.

La enfermera asintió cuando Lu alzó la vista hacia ella en busca de apoyo. Teo abrió los ojos de par en par.

—¡Quizás encontraremos plantas mágicas! Ya sé que crecen solo en los ríos. Pero puede ocurrir. Nunca se sabe.

Lu sonrió. Las plantas de jardín tenían sus usos, pero no ofrecían los efectos garantizados y sobrenaturales de la magia de Gracia Loray. Y aunque la enfermería cultivaba plantas sanadoras mágicas, ninguna tenía efecto alguno sobre la Enfermedad Temblorosa.

Lu había pasado mucho tiempo buscando una cura.

—Quizás —le dijo a Teo—. De todas formas, los jardineros apreciarán tu ayuda.

Teo se marchó a toda velocidad, pero se detuvo de pronto y miró hacia atrás.

—¡Gracias por los dulces! —exclamó, y comenzó a correr de nuevo, sujetando el bollo con ambas manos.

La enfermera endureció su expresión.

—¿Ha traído más tratamientos hoy?

Lu apretó los labios.

—Lo haré pronto. —No podría crear la pócima soporífera con los ingredientes del mercado durante unos días—. ¿Cuánto ha pasado?

Como si Lu hubiera olvidado cuánto tiempo hacía desde que Annalisa había ingresado en el hospital. Siempre tenía la esperanza de haber calculado mal.

—Doce días, señorita. —La enfermera mordió su labio inferior—. Perdimos a otro esta mañana. Un hombre que había estado aquí durante… —Juntó las manos y las presionó—… diez días.

La Enfermedad Temblorosa era tan misteriosa como la magia de Gracia Loray. Ningún tratamiento, mágico o no, tenía efecto sobre ella; no se transmitía de persona a persona; algunos pacientes la padecían durante años, otros morían en cuestión de días. Lo único predecible en ella era que se manifestaba primero con temblores que después de un tiempo deterioraban los huesos de la persona hasta que ya no podía ponerse de pie o caminar sola, y quedaba limitada a una cama de la enfermería.

Annalisa había ingresado en el hospital hacía doce días.

La enfermera juntó sus muñecas, formando un cuenco con los dedos hacia arriba. Lu reconoció el gesto utilizado por los seguidores de la Iglesia de Argrid.

Arrugó la nariz. ¿Cómo era posible que las personas en Gracia Loray aún creyeran en la Iglesia después de todo lo que esa religión tóxica había destruido? Era algo que superaba la comprensión de Lu.

—Rezo por los hermanos Casales —dijo la enfermera, refiriéndose a Annalisa y a Teo—. Y también por su alma, señorita.

Reza todo lo que quieras, quería decirle Lu. *Tu dios nunca aceptará mi alma.*

—Gracias —respondió, con los dientes apretados. Avanzó con el resto de los dulces. Annalisa le hubiera dicho que se los entregara a Teo, pero ese pequeño gesto la hubiera hecho sentir feliz solo un momento.

Ahora, lo único que tenían eran momentos.

Al principio, la guerra había parecido un juego divertido: recibir clases escolares en la cubierta inferior de los barcos a vapor o dormir en despensas llenas de mantas, siempre en movimiento, despertando en lugares nuevos rodeados de personas nuevas. Pero la ilusión se había hecho trizas cuando se habían llevado a Lu de una bodega una mañana, mientras su madre, Kari, gritaba órdenes a sus soldados, y Tom sujetaba la mano de Lu y la arrastraba entre los escombros causados por las explosiones de los cañones.

Lu aprendió que cuando Tom le cantaba por la noche para que conciliara el sueño, no siempre lo hacía para reconfortarla: era para cubrir los alaridos de los soldados en la parte superior mientras otros extraían balas de sus extremidades. Y cuando las personas llamaban a su madre *Kari, la Ola*, no era porque a ella le encantaba el océano, como le decía a Lu: era porque había liderado a decenas de rebeldes armados dentro de un cuartel argridiano, para robar sus planes de batalla, había hundido una flota de barcos a vapor enemigos, había rescatado prisioneros del sótano húmedo de una misión, y había participado en cientos de otros actos que habían mantenido a los rebeldes a flote.

Nada de ello era un juego. La guerra era una necesidad. Y mientras Lu crecía, se había convertido en parte de esa necesidad, más que los otros hijos de los rebeldes. Al igual que Annalisa, ellos habían creído en la diversión de la revolución incluso después de que ella hubiera descubierto la verdad.

«¡Terminará pronto!», afirmaba Annalisa con frecuencia. «Mi madre me lo ha prometido».

Mis padres jamás me prometieron eso, pensaba Lu. Pero sonreía y jugaba con los otros niños, y usaba la inocencia de ellos como combustible cuando sus padres le asignaban misiones.

Estaba con Annalisa cuando la guerra llegó a su fin. Lu intentaba no recordar aquel día por muchos motivos. Era un quiebre definitivo: antes del fin estaba la guerra y su deber como soldado; después de él, la paz, y su deber de ayudar a sus padres a construir un país funcional.

No había lugar en su nueva realidad para los niños junto a los que había crecido. Pocos meses después del fin de la revolución la madre de Lu le preguntó:

«¿Por qué no has quedado con Annalisa? Creía que erais amigas».

Ver a Annalisa era como revivir los sacrificios de la guerra. A Lu le había alegrado tener otros niños que la motivaran durante su curso, pero ya había terminado. Annalisa había escapado sin un rasguño. ¿Qué más podía ocurrir?

Aparentemente, la enfermedad. Después de que la madre de Annalisa y Teo, Bianca, muriera por la Enfermedad Temblorosa y que Annalisa contrajera la misma enfermedad, Lu había regresado a la vida de su amiga. Había evitado que una guerra la lastimara: no permitiría que algo ínfimo e inútil como una enfermedad le hiciera daño.

O al menos eso había intentado. Y aún lo hacía.

Lu llegó al ala donde se encontraba Annalisa. Los muros de yeso descascarillado rodeaban a una docena de pacientes en sus camas. La mayoría eran de descendencia mecht, gracias a la posición de Nueva Deza en el territorio declarado del sindicato mecht. Solo los hospitales sin dinero tenían habitaciones enteras dedicadas a la Enfermedad Temblorosa: en general, afectaba a los pobres. Pero Annalisa probablemente la había contraído, al igual que Bianca, por ayudar a aquellos que se negaban a ayudarse a sí mismos. Esa era la recompensa de Annalisa por ser más altruista de lo que Lu jamás hubiera podido ser: una sentencia de muerte.

Los ojos oscuros de Annalisa se posaron sobre el dulce cuando Lu se acercó.

—¿Has conseguido pasar con eso sin que Teo lo viera?

Lu se sentó a su lado, colocando su falda alrededor de sus piernas para evitar que las chinches se dieran un festín con ellas. Ignoró el hedor de las sábanas apestosas, los gritos amortiguados de la sala de operaciones y el vómito ocasional de otros pacientes.

—Insistió en que tú comieras —respondió Lu—. Es un niño generoso.

Annalisa sujetó el dulce. La férula en su brazo llegaba solo hasta su muñeca, lo cual dejaba su mano libre. Algunas magulladuras decoraban sus dedos, pero Lu se obligó a no prestarles atención.

—¿Ya han terminado el tratado? —preguntó Annalisa.

Lu se mordió el labio inferior. El Consejo aprobaría el tratado en semanas, según la madre de Lu. Técnicamente, la guerra había terminado cinco años atrás, pero aquel tratado garantizaría que por fin terminara, de verdad.

Lu luchó contra la incomodidad que la invadía desde la llegada de los diplomáticos argridianos. No quería pensar en ellos. Abrió *Maravillas botánicas,* y la cubierta crujió tanto como la cama. Las descripciones de los primeros exploradores de Gracia Loray la miraban junto a sus propias anotaciones, y se zambulló en la distracción.

—¿Dónde nos quedamos la última vez? ¿En la planta digestiva?

Annalisa vaciló, su dedo estaba cubierto por el glaseado de ron dulce. Abrió los ojos de par en par y su cara comenzó a sudar. Los temblores violentos hicieron tiritar sus dientes, y soltó el dulce mientras un temblor atravesaba su cuerpo y retorcía las extremidades, como si tratara de echar a volar.

Cuando pasó, Annalisa presionó la frente contra el brazo de Lu. Los mechones de pelo negro caían sobre su cara. Los pacientes en las otras camas no la miraron, así que no fue la vergüenza lo que hizo que Annalisa apartara el rostro. Podría haber sido el dolor: aunque su cuerpo ocasionalmente tenía temblores, sus órganos internos estaban en un estado de convulsión constante. Aquello era parte del motivo por el cual estaba cubierta de mantas a pesar del calor. No quería que Teo viera las marcas amarillas y azules en sus extremidades.

—La digestiva —Lu lo intentó de nuevo—. Tallos de color púrpura con hojas de tonalidad magenta. Se encuentra en la turba del Pantanal. Consumir un tallo sacia el hambre durante siete días. Basándonos en eso —Lu se obligó a sonreír—, ¿cuándo sería el momento más inoportuno para consumirla?

Annalisa alzó la cabeza. Una vena en su ojo había estallado y había manchado de rojo el borde de su iris oscuro.

—¿Nunca te vas a rendir? —preguntó. Bianca había huido de Argrid cuando Annalisa tenía diez años, y los ataques dolorosos hacían que apareciera el acento con el que Annalisa había crecido.

Luché en la revolución para mantener felices a las personas como tú, pensó Lu. *Si puedo aliviar tu sufrimiento ahora, de alguna forma, de alguna manera… No, Annalisa. No me voy a rendir.*

—La digestiva —la instó Lu, haciendo mucho énfasis en la palabra.

—Bueno, bueno. —Annalisa reclinó su cabeza contra la pared, su pelo oscuro se deslizó lejos de su cuello—. La digestiva. Si sacia el hambre durante días, entonces… entonces el momento más inoportuno para consumirla sería el día anterior al Festival de la Estación Templada. Piensa en toda la comida que no podrías ingerir. Berenjenas asadas y guiso de rabo de cerdo… y oh, ¡el pescado ahumado! Sería un tormento.

—Entonces, será mejor que consigamos un poco para Teo antes del próximo festival. ¿Recuerdas el año pasado? Comió puñados de esa azúcar batida importada y vomitó todo en el puesto del comerciante emerdiano. Tuviste que comprar dos docenas de anillos de piedra y una pila entera de sombreros de cuero emerdiano porque él los echó a perder.

La sonrisa de Annalisa se paralizó.

—Lu —dijo.

Ella apretó las manos sobre *Maravillas botánicas,* sus dedos encontraron el camino hasta el agujero de bala en la cubierta trasera.

—Ya has hecho mucho. Pero ¿vas a cuidar de él? Me refiero a Teo.

—Él no llegará a necesitar eso.

—Soy todo lo que tiene. Cuando yo… Necesito saber que lo cuidarán. —Inhaló. No ayudó demasiado a estabilizar su voz—. Su ascendencia argridiana es tan innegable como la mía. ¿Y si termina en la calle un niño de su edad con evidente sangre enemiga? Aunque el Consejo firme un tratado, ese tipo de prejuicios no mueren. Él estará...

—Basta. —Lu colocó una mano sobre el brazo de la chica—. Él no es argridiano y tú tampoco. Eres lorayana. Te cuidarán y a él también, y no necesitas preocuparte por esas cosas.

La sonrisa de Annalisa igualaba sus ojos inyectados en sangre.

—La isla es muy simple desde tu perspectiva.

—¿Por qué no debería serlo? —El tono de Lu era más severo de lo que hubiera querido, pero las palabras salían de su inquietud—. ¿Por qué no deberíamos ser un país que trabaja hacia la misma meta? ¿Por qué no deberíamos dejar atrás nuestros males pasados? Si todos aceptaran acatar las leyes de este nuevo país, podríamos empezar de nuevo. Podríamos dejar de temer a las personas con sangre argridiana, y de asumir que aquellos con aspecto mecht o tunciano o grozdano son piratas, porque *todos* seríamos lorayanos. Ni siquiera necesitaríamos un tratado para garantizar que Argrid no nos atacará de nuevo. Tendríamos tanta fuerza en nuestra unidad que nunca podrían hacernos daño.

Lu se detuvo, agitada. Annalisa colocó una mano sobre la suya, que sujetaba *Maravillas botánicas*. El libro ahora se burlaba de ella, por haber pensado que un juego podría distraerla de la reunión que la esperaba.

—Lu —comenzó a decir Annalisa, con voz cautelosa—. ¿Estás...?

—¡Anna!

El chillido de Teo hizo que los ocupantes de la sala se sobresaltaran. El niño corrió por el pasillo. Sus rizos negros estaban pegados de nuevo sobre su cara sudorosa, evidencia de que había estado jugando bajo el sol.

—Anna —susurró cuando llegó al pie de su cama, al recordar la regla de su hermana en la enfermería: voz baja—. ¿Lu te ha dado el dulce? ¿No está delicioso?

Annalisa sonrió.

—Muy delicioso, Teo. Dudo que pueda terminarlo… ¿me ayudas?

Él subió a la cama y se acurrucó contra el lateral de su hermana, sus manos dejaron manchas de crema de chocolate en las sábanas ya sucias.

Los ojos de Teo se iluminaron cuando vio el libro en el regazo de Lu.

—¡Lu! ¡Has traído el libro mágico! —gritó él y los pacientes gruñeron ante el volumen.

Lu sonrió y se lo entregó.

—Un día serás mejor que yo en este juego.

—Soy bueno en *todos* los juegos.

—Ah, ¿sí? —Annalisa lo empujó despacio con el codo—. Demuéstralo, hombrecito.

Unos pasos sobre las tablas deformadas del suelo se acercaron a ellos. Lu se puso de pie, esperando ver enfermeras corriendo para asistir a un paciente, pero solo una enfermera se detuvo al pie de la cama de Annalisa.

—Señorita Andreu —dijo, jadeando—. Un mensajero ha traído una nota para usted, pero la noticia ya se está propagando. ¡Lo han atrapado! Está preso en el castillo.

—¿A quién han atrapado? —preguntó Teo.

Lu aceptó la nota ofrecida mientras la enfermera le sonreía al niño.

—A un pirata. Pero no a *cualquier* pirata… Uno que no pertenece a ningún sindicato. Es…

La incredulidad apretó la garganta de Lu e hizo que su voz fuera aguda cuando leyó el nombre escrito en el mensaje de su madre.

—Devereux Bell.

4

El castillo de Nueva Deza tenía la mejor vista de Gracia Loray. Argrid lo había construido hacía décadas, en lo alto de uno de los acantilados de ébano que sobresalían sobre el lago Regolith. El puerto se extendía debajo de él como un banco de arena, fraccionado por ríos angostos que llenaban el aire de columnas de niebla gris provenientes de los barcos a vapor. Más allá, la vista desaparecía en el entramado de ríos que dividían Gracia Loray en un alboroto de pantanos húmedos, jungla espesa y puertos en ruinas, sobre los que se cernían las montañas volcánicas durmientes al norte, en la distancia.

Normalmente, la encantadora vista hubiera paralizado a Lu. Pero ese día, su nerviosismo era demasiado potente para ser superado por la belleza. Se detuvo en la parte más alta de la escalera de piedra que llevaba a las puertas del castillo, abriendo y cerrando los puños.

Detrás de esas puertas, la negociación argridiana esperaba. Y ahora, también el destino de Devereux Bell.

La sospecha sabía amarga en su boca. Pero no; era una coincidencia que su ladrón fuera similar a Devereux Bell. El pirata más famoso de Gracia Loray jamás habría *fallado* en robarle, y tampoco era tan joven y… sin duda no era él.

Con aquel pensamiento frágil pero firme, Lu abrió las puertas del castillo.

Los recuerdos que tenía de los meses siguientes a la revolución eran aislados, y estaban llenos de la confusión del alivio y la alegría y el caos de la victoria. Pero unos pocos eventos habían quedado marcados a fuego en su cerebro: ella jugando con un pequeño perro en un mercado libre y seguro de Nueva Deza; Tom preparando su chocolate caliente; el sabor de un dulce que le provocaba ganas de llorar; atravesar con sus padres y otros revolucionarios la entrada de ese castillo con los argridianos que se habían rendido.

El vestíbulo vacío del castillo tenía ventanas resplandecientes esparcidas a cada lado de la puerta. El cielo de la cúpula y el suelo de mármol estaban enfatizados por los candelabros de cristal marino y caracolas de oro. Unas imponentes puertas blancas y doradas indicaban la ubicación de la corte, y estaban bien engrasadas, por lo que no delataron la presencia de Lu mientras entraba a la reunión en curso.

Los azulejos negros y blancos recién pulidos de la larga sala resplandecían bajo la luz de los candelabros. Las columnas enmarcaban dos sectores de bancos de madera, frente a un estrado que tenía una mesa y sillas para los miembros superiores del Consejo. Las cuatro personas que supervisaban la votación y los veinticuatro miembros generales del Consejo, moviéndose sin cesar, estaban sentados en los bancos.

Uno de los miembros superiores, Lazlo Spits, abrió una hoja nueva en su libro de registro.

—Petición aprobada —afirmó, y realizó una anotación. Los asistentes no demostraron una gran reacción, por lo cual la ley no debía haber sido controversial.

Los miembros generales del Consejo y otros políticos ocupaban varios de los primeros bancos, mientras que el resto estaba abierto al público. Lu conocía a la mayoría de los miembros tanto como conocía a Annalisa y a Bianca, desde la época en que todos habían sido rebeldes. En la primera fila había cinco personas que habían luchado bajo el mando de Kari en la emboscada de un depósito argridiano en la costa; a la izquierda, había dos mujeres sentadas que habían conseguido entrar en un edificio de la Iglesia con su madre, y habían liberado a dos docenas de rebeldes cautivos.

Ahora, las mujeres estaban extraordinarias con sus chaquetas de lino y sus faldas ligeras; los hombres vestían chaquetas con botones metálicos y sombreros tricornios; todos tenían la piel morena y facciones oscuras. Nadie habría adivinado que una vez habían sido insurgentes.

Los delegados argridianos en el extremo de la sala estaban centrados en los miembros superiores. Lu ignoró a propósito a los delegados y el zumbido de incomodidad que surgió ante la presencia de los hombres. *Enemigos,* le dijo su instinto. No podía reprimir años de haber aprendido a temerles y a luchar contra ellos.

Lu se acercó a un banco y se sentó, exhausta, junto a su padre.

Tom sonrió. El tono argridiano de su piel le otorgaba una calidez permanente a su expresión, siempre cercano a sonreír o a guiñarle un ojo.

—No era nuestra intención apartarte de Annalisa —susurró él—. Sé que solo hace poco tiempo que has retomado tu amistad con ella. Es una locura que dos personas puedan sobrevivir a una revolución, pero que una enfermedad pueda matarlas con dos años de diferencia, es demencial.

Bianca quizás murió, pero Annalisa aún vive, quería decir Lu.

—No hay problema —mintió ella. Pero ¿qué lugar sería menos miserable? ¿La enfermería, donde veía sufrir a su amiga, o aquel lugar, a pocos metros de los diplomáticos argridianos que habían masacrado a personas en su isla?—. En especial si han arrestado a un pirata sin afiliación. ¿Qué sabemos?

—Bell estaba en el calabozo con criminales comunes, y otros piratas delataron su identidad.

—¿Y su tripulación?

Tom movió la cabeza de un lado a otro y abrió la boca para decir más mientras Lazlo golpeaba su martillo.

Al igual que todos a su alrededor, Lu enderezó la postura en su asiento. Había probado su valía durante la revolución descubriendo detalles de los enemigos, dado que aquellos que tenían algo que ocultar solían bajar la guardia ante los niños. Sus padres ahora confiaban en ella por el mismo motivo: con su madre como miembro superior del Consejo y su padre como miembro general, creían que, si ella estaba presente en la reunión, podía captar algo que para los oficiales podría pasar desapercibido.

—El siguiente asunto se desvía de nuestras negociaciones —dijo Lazlo—, pero si nuestros invitados lo permiten, sentenciaremos a un criminal condenado y después regresaremos al procedimiento judicial en menos de una hora.

La madre de Lu se giró hacia Lazlo.

—El acusado aún no ha sido condenado. Ni siquiera lo hemos interrogado —dijo Kari.

—¿Qué sentido tendría hacerlo? —Lazlo consultó su libro—. Devereux Bell es el sospechoso en más de tres docenas de cargos por robo en Gracia Loray. Los testigos afirman que robó acebo multicolor de las reservas del castillo; también lo vieron llevándose dos cargamentos de igneadera, así como los barcos que los contenían; se ha hecho pasar por miembros del Consejo y podría continuar. Los sindicatos al menos mantienen cierto nivel de honor y no roban bajo nuestra custodia. Un pirata sin sindicato como Devereux Bell no merece compasión alguna. Debemos condenarlo de inmediato y regresar al asunto del tratado, que es mucho más apremiante.

—Bell merece ser consciente de la razón de su sentencia —replicó Kari—. Nuestros invitados argridianos no esperan que este país abandone los procedimientos adecuados.

Uno de los diplomáticos argridianos se puso de pie desde su lugar en el primer banco. No, no uno de ellos: el único que importaba. Milo Ibarra, el general favorito del rey argridiano.

El cuerpo de Lu se puso rígido. Cuando Argrid había dejado de llamar colonia a Gracia Loray y había comenzado a llamarla una abominación, Milo había supervisado su purificación. Ahora allí estaba, la personificación de la guerra, de regreso bajo una bandera de paz.

—Por supuesto que no, señora Andreu —dijo Milo, enderezando su abrigo de seda—. De hecho, nos encantaría ser testigos de cómo lidia Gracia Loray con los piratas.

Kari frunció el ceño.

—¿Lidiar?

—Cuando terminemos este tratado, las amenazas hacia Gracia Loray se convertirán en amenazas hacia Argrid. No es secreto que los piratas son un peligro. —Milo dio un paso al frente, con las manos detrás de la espalda. Los candelabros iluminaron su cabello negro engrasado, los angulosos rasgos argridianos de su mandíbula y de su nariz—. Los piratas tratan con la magia botánica más peligrosa y propagan peligros semejantes en todos los países del Continente.

—Todo comercio de magia botánica con el Continente ahora está atentamente controlado —dijo Lazlo, moviéndose en su asiento—. El Consejo tiene acuerdos comerciales vinculantes con la emperatriz de Tuncay, la reina de Emerdon y con quince de los veinte líderes de los clanes de las Mechtlands. Y, cuando este tratado esté terminado, nos enorgullecerá incluir también a Argrid en esa lista.

La expresión de Milo era sarcástica. El tratado argridiano aún no había discutido qué magia, si es que consideraría alguna, estaría aprobada para la venta legal en Argrid.

—Los tratados entre los gobiernos no detendrán a los criminales —respondió Milo—. Las amenazas de los piratas se extienden más allá de comerciar con magia. Alientan la desunión al aferrarse a sus países de origen, Emerdon, Tuncay, las Mechtlands y Grozda, y hacen pasar inmigrantes pobres entre las naciones, lo cual propaga enfermedades debido a su indigencia y a su estilo de vida insalubre.

Comprendo que lo han tolerado debido a una promesa errónea durante la guerra, pero las promesas no deberían justificar un crimen.

Quienes estaban alrededor de Lu se movieron con embarazo. La vergüenza teñía sus mejillas de rosa por la plaga de los piratas. Pero a Lu la invadía la furia hacia Milo por ignorar la razón por la cual les habían hecho esa promesa.

Si quieres cambiar una forma de vida, debes ofrecer un beneficio que la vieja forma no poseía, había dicho la madre de Lu. *Algo más valioso, o algo que resuelva un problema más inmediato.*

En el transcurso de los ocho años de guerra, Kari y los otros líderes habían intentado innumerable cantidad de veces lograr que los piratas unieran fuerzas con ellos. Ni Argrid ni los rebeldes tenían números a favor: en Argrid estaban acostumbrados a imponer la obediencia amenazando con la condena eterna, y los rebeldes solo eran un grupo conformado por personas dispuestas a arriesgar sus vidas por la libertad.

Pero hacia el final, Argrid se hizo con el control de un cuartel rebelde. Los líderes de la revolución, al ver en riesgo su refugio y sus recursos dentro del cuartel, se desesperaron. No tenían la cantidad de soldados suficiente para recuperar el refugio en manos de la mayoría de las fuerzas de Argrid... así que Kari y algunos revolucionarios más les dijeron a los piratas que si los ayudaban a finalizar la guerra, tendrían un lugar en el nuevo gobierno. Los piratas, deseosos de poseer un control inigualable sobre Gracia Loray, accedieron.

A pesar de los meses de negociaciones posteriores a la guerra, los sindicatos piratas se burlaron del sistema de leyes propuesto, pidieron la anarquía y se retiraron a sus territorios declarados cuando no se salieron con la suya.

La unidad con los piratas debería haber ocurrido. Sin leyes que los mantuvieran bajo control, eran lo que Milo había dicho: una fuente constante de peligro y amenazas, un drenaje de la economía.

—Esa promesa no fue mal construida —dijo la madre de Lu. Ella sonrió: siempre podían confiar en que Kari abogara por lo mejor para Gracia Loray—. El apoyo de los piratas permitió que la paz entre Gracia Loray y Argrid fuera posible. La existencia de los piratas habla de las diferencias culturales que debemos aceptar, y trataremos a los piratas, incluso a Devereux Bell, como los ciudadanos dignos que son.

Milo resopló.

—Lo único que merecen los criminales como Devereux Bell es la muerte, señora Andreu. He tenido la impresión de que quería que viéramos a Gracia Loray como una nación funcional, no como una vergüenza.

Lu cerró los puños sobre la tira de su bolso; su mente resonaba con una plegaria infantil.

Iros, por favor, iros, dejad mi isla, dejadnos en paz...

La piel dorada de Kari empalideció. Ese fue el único signo de su descontento, y no habló más con Milo. El resto de los miembros superiores permanecieron en silencio, ya fuera por miedo o por vergüenza, Lu no estaba segura.

Transcurrieron unos segundos, y Kari le hizo señales a un soldado que estaba de pie junto a una puerta detrás del estrado.

—Traiga a Bell —ordenó, en un tono de voz que les recordó a todos su apodo durante la revolución: la Ola. Podía romperse con un fervor imparable y permanecer a la vez completamente indiferente, sin importar lo que se encontrara frente a ella.

La atmósfera de la sala cambió. Las personas se pusieron de pie, alzándose para ver la puerta. Lu no pudo evitar pensar en Teo, en cómo habría reaccionado ante la entrada de Devereux con la misma curiosidad desesperada.

El soldado abrió la puerta. Otro guardia entró, cubriendo de vista al hombre que se encontraba detrás de él, seguido de un último soldado. Dos más aparecieron... lo cual parecía una exageración de vigilancia para un solo hombre encadenado por las muñecas y los tobillos con esposas que crujían, pero la fama de Devereux Bell los hacía ser prudentes.

El hombre se puso de pie delante de los miembros superiores, los soldados cubrían a Devereux de la vista de la sala. Habían colocado una barra alta hasta la cintura con un círculo de hierro en la parte superior ante el estrado. Un soldado sujetó las esposas de las muñecas de Devereux al poste, y los guardias retrocedieron a un costado.

Devereux Bell, de espaldas a la sala, estaba de pie como un hombre muy consciente del poder que poseía, apoyando su peso casualmente sobre una pierna. Era delgado pero alto, y sus prendas eran lo que se esperaba de un pirata: pantalones raídos, botas hasta la rodilla, las mangas de su camisa enrolladas hasta los codos, con diversos tonos de negro y salpicadas de parches y manchas. A diferencia de la mayoría de los hombres, él no llevaba el pelo recogido hacia atrás: los mechones negros caían sueltos hasta sus hombros.

Recolectar magia botánica de Gracia Loray tenía sus peligros: la mayoría de las plantas crecían en lo profundo de los lechos de los ríos, y solo los explosivos podían desprender los especímenes más raros. Aquello acababa provocando heridas como la que tenía Devereux: la falta de su ojo derecho. Inclinó la cabeza hacia la izquierda, miró por encima de su hombro, pero lo único que Lu vio fueron los músculos de su mandíbula. ¿Estaba sonriendo?

El chico miró de nuevo hacia adelante.

Kari se quedó boquiabierta. Incluso Lazlo parecía conmocionado y lanzó una mirada hacia Milo, quien estaba lo bastante cerca como para poder hacerse oír en caso de que quisiera entrometerse.

Lu comprendió lo peligroso que sería ese juicio. Milo solo quedaría satisfecho si el Consejo demostraba su autoridad sobre los piratas condenando a muerte a Devereux Bell... sentencia que el Consejo aún no le había impuesto a nadie. ¿Qué significaría para la paz tentativa del Consejo con los sindicatos que su primera sentencia de muerte fuera para un pirata? ¿Serían capaces de llegar a eso?

—Devereux Bell… —comenzó a decir Lazlo.

—Vex —corrigió él.

Lazlo lanzó una mirada dando a entender que, sin importar lo apropiado que fuera, él no llamaría al pirata *Vex*.

Lu se movió en su asiento. El agotamiento causado por el estrés del día la hizo flaquear. Recobró el equilibrio apoyándose en el brazo de su padre. Tom la miró con una pregunta en los ojos, pero ella meneó la cabeza.

—Eres el criminal sospechoso de cuarenta y dos casos de piratería contra la República de Gracia Loray, que abarcan desde comercio en el mercado negro hasta robo —comenzó a decir Lazlo—. ¿Cómo te declaras?

Devereux resopló.

—¿Solo cuarenta y dos casos oficiales? Maldición, acabo de perder una apuesta.

Lu sujetó con más firmeza el brazo de su padre. Aquella voz. La falta de seriedad.

Fue Kari quien preguntó:

—¿Solo cuarenta y dos? ¿Cuántos deberíamos tener archivados?

—Esa es una pregunta ingeniosa. Sería como preguntar cuánto tiempo quiero pasar en prisión. Aunque si hacerlo significa que podré ver otra vez un espécimen tan grandioso, tal vez confiese todo.

Lazlo golpeó la mesa con el puño.

—¡Cómo te atreves a hablarle así a una mujer tan reconocida!

—Qué insolente, señor. Me refería a usted. —Devereux hizo un gesto burdo con el brazo y el puño.

Kari inclinó la cabeza mientras el resto de los miembros superiores estallaban en un escándalo. Lazlo le apuntó con el dedo a Devereux, pero no dijo nada; su papada se balanceó. Sin embargo, una vez más, no habló. Su saliva ardía pero aún no encontraba una respuesta para la insinuación del pirata.

El agotamiento invadió a Lu de una forma horrible e inesperada.

Una sensación efervescente comenzó en su estómago, y antes de que pudiera recobrar la compostura lo suficiente como para razonar que *no* era gracioso ver a Lazlo tan nervioso... comenzó a reírse.

Toda la atención recayó en ella, cuatro hileras la observaban con las manos sobre la boca.

Por fin, Devereux se volvió, buscando la risa entre la multitud. No la encontró de inmediato, lo que le permitió a Lu tener tiempo para observarlo y confirmar su sospecha.

Devereux Bell había intentado robarle aquella mañana, y había fracasado.

Ahora comprendía lo que había perturbado a los miembros superiores. Los crímenes que Devereux había cometido, el modo en que había pasado el último año escapando de la justicia... Todos habían esperado encontrarse con un forajido avejentado, pero ese hombre no podía tener más de veinte años.

Kari colocó la mano sobre el brazo de Lazlo para apartar la atención del hombre de Devereux... y de Lu. El movimiento hizo que Lu saliera de su trance, y el peso de sus acciones cayó sobre ella.

Los miembros superiores se reagruparon alrededor de su madre. El resto de la sala dejó en claro su desprecio por el exabrupto de Lu con expresiones maliciosas... ninguna tan grave como la de Milo.

Ella se obligó a mirarlo. Su expresión de furia reflejaba las que estaban a su alrededor, pero contenía repulsión. Para él, ella era una dama que había incumplido con los buenos modales. Nada más, nada menos.

Lu exhaló, pero el alivio no llegó. Miró a Tom, quien observaba a Devereux.

—¿Padre? —susurró ella.

Él movió la cabeza de un lado a otro y entrelazó los dedos.

—¿Demasiado entusiasmo para ti, mi pequeña Lulu?

No la había llamado así en cinco años, desde la revolución. Desde que le había confiado misiones especiales que ni siquiera Kari había conocido y había tocado su nariz con una sonrisa.

Eres mi pequeña Lulu: puedes guardar muy bien un secreto, como si te hubieras tomado una planta mágica que ha sellado tus labios. Confío en ti. Puedes hacerlo.

Toda la sangre en las mejillas de Lu corrió hacia su corazón.

—¿Estás bien?

Tom asintió antes de que ella terminara la pregunta.

¿Su padre estaba preocupado porque compartía ancestros con Devereux? Eso también le había molestado a ella en el mercado, que alguien de ascendencia argridiana alentara los prejuicios que eran tan difíciles de superar para personas como su padre.

Cuando Lu miró de nuevo hacia el frente, encontró a Devereux contemplándola.

Lo fulminó con la mirada, y él respondió con sorpresa.

—Nuestra ley declara que los crímenes como los que ha cometido Devereux Bell tienen como castigo la muerte —declaró Lazlo—. Voto por la horca. ¿Alguien lo apoya?

Vex sonrió. La chica estaba allí. Tenía puesta la misma ropa que llevaba esa mañana, pero su postura era diferente. Tenía los hombros rígidos y el mentón en alto, como si tuviera la intención de gobernar sobre algo un día.

La nariz de Vex aún latía en el lugar donde ella lo había golpeado. Y ella se había reído ante su broma… y después lo había fulminado con la mirada. La suya no era como las miradas que había recibido de Nayeli y de Edda más veces de las que podía contar. Era una mirada que decía, con claridad absoluta, *asesinato*.

Ella se tornaba más interesante con cada segundo que pasaba.

Uno de los miembros superiores —Lazlo, había dicho un guardia— habló de nuevo.

—…por la horca. ¿Alguien lo apoya?

Vex se giró con rapidez. *¿Qué? ¿Ya?*

—¡Apoyo! —exclamó un miembro del Consejo desde algún lugar detrás de él.

Otro de los miembros superiores inclinó el cuerpo hacia adelante.

—¿Estamos seguros de que él es Devereux Bell?

Vex suspiró.

—Es por mi pelo, ¿verdad? Las personas siempre esperan que sea rubio.

Las puertas de la sala rebotaron en los muros y una voz diferente intervino.

—Es él.

Vex se volvió junto al resto de la sala para ver al nuevo invitado: Ingvar Pilkvist, Líder del sindicato pirata que llamaba a Nueva Deza su puerto base.

Pilkvist tenía la piel pálida de aquellos de ascendencia mecht, pero su pelo había sido rubio hacía muchos años. Unas cuentas de madera decoraban el cabello aglutinado que colgaba hasta su cintura, y vestía un chaleco de piel de cocodrilo que sujetaba decenas de cuchillos. El resto de su imagen no estaba en consonancia con las tareas de los sindicatos piratas: robar magia, vender las plantas más peligrosas, asesinando a quien se interpusiera en el camino. El rostro de Pilkvist era el que primero atraía a las personas, un abuelo amoroso que prometía justicia y seguridad.

Pilkvist se detuvo al frente de la sala. Había traído tres lacayos, y todos fulminaban con la mirada a Vex. Uno tenía una bufanda de piel de cocodrilo de aspecto extraño colgando de su cuello...

Mierda. No era una bufanda. Una cría de cocodrilo siseaba en el hombro del pirata. Vex tragó saliva y se obligó a sonreírle a Pilkvist.

—¡Bicsist! Ha pasado demasiado tiempo. ¿Cuándo nos vimos por última vez? Había un cargamento de flores aireadas, ¿no? Me hubiese gustado pagarte por ello.

Pilkvist lo ignoró, pero Vex vio un atisbo de rubor en sus pómulos.

—Les pido que me entreguen a Devereux Bell —dijo Pilkvist.

—El Consejo no se ocupa de entregar prisioneros a los sindicatos piratas, Líder Pilkvist —respondió uno de los miembros superiores.

—El Consejo tampoco se ocupa de cumplir con sus promesas. —Pilkvist avanzó y los soldados del Consejo lo imitaron. Los piratas de Pilkvist sujetaron sus armas.

—Líder Pilkvist —intentó decir otro miembro superior—. Por favor...

—No. Cuando arrastraron a mi sindicato a la revolución de Gracia Loray prometieron que tendríamos voz en nuestro gobierno. Cinco años, y lo único que han hecho es ignorar nuestros pedidos y robar nuestro dinero. Dejen de fingir que no estamos separados.

Uno de los miembros superiores, un hombre con la cara manchada, resopló.

—No les hemos robado nada a los criminales.

—El comercio con el Continente. Se llevan dinero del sindicato con cada barco de magia que venden.

—El comercio regulado por el Consejo garantiza que cualquier ganancia obtenida de la magia botánica beneficie al pueblo de Gracia Loray, no solo a los sindicatos individuales —replicó otro miembro superior, una mujer, que parecía más tranquila que el hombre de manchas—. El comercio de la magia debería haber sido legal y controlado por el gobierno desde el inicio de la fundación de Gracia Loray. No hemos hecho nada más que restructurar esta isla para convertirla en un lugar funcional...

—Funcional. Claro. ¿Llamas *funcional* a permitir que los sindicatos se pudran en la pobreza? ¿Qué esperaban que hiciéramos ahora que el Consejo controla el comercio con el Continente? Lo menos que pueden hacer es aceptar mi reclamo legítimo sobre Devereux Bell. Él es un pirata, y *me pertenece* para que pueda tratar con él, Andreu.

Un momento. ¿Andreu, Kari Andreu? ¿La infame Kari, la Ola, quien había planeado los ataques de estilo guerrilla que habían socavado el estilo militar más formal de Argrid durante la revolución? ¿Kari, la Ola? ¿Quien había planeado personalmente más de una docena de acciones rebeldes contra Argrid, apoderándose de depósitos, hundiendo barcos, liberando personas encerradas en las misiones, y que *no había perdido* ninguno de los ataques que había liderado? ¿*Esa* Andreu?

Aquello podía ser divertido.

—Ve a acostarte con una chimenea, Silkcyst —interrumpió Vex.

A diferencia de Lazlo, Pilkvist no vaciló: golpeó la cara de Vex con el dorso de la mano. *Ay.*

—¡Líder Pilkvist! —dijo Andreu—. No permitiremos que traiga violencia a nuestra...

—Este niño malcriado —la interrumpió Pilkvist, y cuando Vex se enderezó, un puño golpeó su estómago— es un insulto para los sindicatos. Es una peste que debe ser erradicada. —Vex se recuperó del segundo golpe, y Pilkvist se preparó para propinar un tercero—. ¡Y es mi derecho erradicarlo!

Andreu apareció junto a Pilkvist y sujetó su brazo. La cara de la mujer estaba roja, su falda de color crema golpeó las botas de Vex.

Detrás de ella, los soldados avanzaron con las armas en alto. Los piratas de Pilkvist se adelantaron un poco y el cocodrilo que rodeaba el cuello de uno abrió y cerró las fauces.

Vex sintió el sabor a sangre. Tuvo que enfocarse en el dolor para evitar sonreír: había sido demasiado fácil causar revuelo en la sala.

—¿Así permiten que funcionen los juicios? —preguntó una voz desde la primera fila de bancos.

Vex buscó la fuente: un miembro del Consejo con cabello negro aceitoso y una gabardina brillante. Uno de los diplomáticos argridianos.

Una cascada de terror hizo gemir a Vex. Andreu soltó a Pilkvist.

—Nos reuniremos de nuevo en una semana —les dijo ella a los otros miembros superiores—, para tener tiempo para la reflexión.

El alivio recorrió el cuerpo de Vex. Una semana era mejor que nada.

Miró hacia la multitud, encontró a la chica de nuevo y le guiñó un ojo.

Uno de los piratas de Pilkvist extrajo una pistola y lo golpeó en la base del cráneo.

Devereux cayó sobre los azulejos. Sus manos esposadas mantuvieron su cuerpo colgando del poste.

El Líder Pilkvist hizo una reverencia breve.

—Un placer hacer negocios contigo, Kari, la Ola.

Las fosas nasales de Kari aletearon como si quisiera decir más, pero se contuvo. Los piratas se marcharon, seguidos del siseo suave del pequeño cocodrilo. Milo se puso de pie.

—Permites que los piratas te falten el respeto, ¿y encima unos del sindicato mecht? ¡Son salvajes! ¿Acaso tienes algún control sobre tu país?

La sala contuvo el aliento y Lu pensó que, de haber podido, todos los presentes se hubieran hundido en los azulejos del suelo. Kari se volvió hacia él.

—No pretenda conocer el funcionamiento de esta isla.

Era un desprecio que Argrid hubiera malinterpretado a su colonia cuando esta había sido controlada.

Milo movió las manos.

—Hemos aceptado que Gracia Loray posea estándares de pureza distintos a los nuestros, pero sin duda su gobierno tiene un registro de inmigrantes, ¿verdad? Úselo para comenzar a limitar a aquellos que se hayan unido a un sindicato y para garantizar que no puedan dañar a este gobierno… o al nuestro por extensión, cuando finalicemos el tratado de paz. Si usted…

Milo se detuvo, girando la cabeza mientras observaba al Consejo boquiabierto.

—Oh —suspiró—. ¿*No* poseen un registro?

—Sería mejor invitar a los Líderes piratas a una reunión y fomentar la paz con ellos —dijo Kari, pero Milo no le prestó atención.

—Un apéndice de nuestro tratado. —Le hizo una seña a Lazlo para que escribiera y Lazlo, atónito, sujetó su pluma—. Argrid exige que Gracia Loray erradique a los piratas y la amenaza que presentan para ambos países, comenzando por condenar al forajido Devereux Bell a muerte.

—¿Erradicar a los piratas? —repitió Kari. Las náuseas eran evidentes en su cara—. Son ciudadanos de Gracia Loray. Son muchos y están bien armados, y como Pilkvist mencionó, están resentidos con el Consejo porque este ha reestructurado el comercio con el Continente. Lo que puede llevar a una guerra civil.

—Y lo que ha tolerado es un motín. Sin acciones firmes que prueben que Gracia Loray valora el orden por encima del crimen,

Argrid no puede, sinceramente, vincularse con esta isla a través de un tratado.

Aquello apuñaló el pecho de Lu.

Lazlo propuso un debate sobre la sentencia de Bell y la propuesta de Milo. Los miembros del Consejo gritaron sus objeciones; otros vociferaron su acuerdo. Milo no se movió de donde estaba, de pie frente a los miembros superiores, como si cada opinión necesitara primero pasar por sus oídos.

El pavor invadió a Lu y le nubló la vista, pero respiró hondo y sacudió la cabeza para recuperar la visión. Argrid había querido limpiar la isla y ahora exigía que Gracia Loray continuara con su trabajo.

No importaba lo que Milo deseara ni cómo habían llegado a eso. Lu quizás no estaba de acuerdo con los sindicatos, pero sin duda ellos no merecían la erradicación. El Consejo negociaría una solución mejor, y los argridianos se terminarían yendo. No sería necesario tomar acciones precipitadas o —no lo quisiera Dios— entrar en guerra civil con los piratas.

Lu ahora era una dama, una política como sus padres, luchando con sus palabras y la diplomacia. Nunca más tendría que pelear por Gracia Loray de otra forma.

5

La vista desde el estudio de Elazar una vez había sido imponente. Las catedrales se habían alzado hacia el cielo, los faros habían marcado el camino para los perdidos, y la sede de la universidad de los Inquisidores había brillado. Las tiendas habían estado atiborradas de importaciones lujosas de países vecinos: especias aromáticas del oeste, de Tuncay; gemas pulidas y armas intrincadas de Grozda; ropa extravagante traída a través de los valles del norte desde Emerdon; pieles y baratijas de madera oriundas de las Mechtlands, distante y dividida por la guerra. Los ciudadanos habían admirado el palacio, con las manos alzadas en agradecimiento hacia el Dios Piadoso por bendecir a Argrid con un rey santo que les había traído prosperidad.

Sus campos y bosques ofrecían exportaciones de cultivos comerciales y madera. Su costa les otorgaba botines abundantes de vida marina y acceso fácil al comercio. Ben había sido un niño, pero había aprendido aquellas lecciones de monxes orgullosos, entusiasmados por formar parte de un país tan próspero y consagrado.

El ejército de Argrid nunca había necesitado de los fondos de las exportaciones, así que cuando fue evidente que la amenaza de la hoguera no era suficiente para mantener a raya a los colonos lorayanos, Elazar se había visto obligado a reubicarlos. Los edificios se desmoronaron sin reparaciones; las tiendas fueron tapiadas; el hambre y la pobreza atacaron las aldeas periféricas e invadieron los distritos más pobres de Deza. Columnas de humo se alzaron donde las pertenencias infectadas habían sido quemadas para evitar la propagación de la enfermedad.

Mientras Ben permanecía de pie en la ventana la tarde siguiente a su patrulla inquisitiva, observó a los ciudadanos pasando con las manos en postura de reverencia hacia el rey, la Santa Eminencia que los guiaba a través de su lucha.

Su respiración empañó el cristal. A veces, envidiaba la democracia de Gracia Loray. Era mejor tener un país en el que las personas participaban en su gobierno en vez de uno en el que las personas aceptaban como verdad todo lo que su rey decía.

Sin embargo, aquella creencia inquebrantable era la razón por la cual Argrid nunca había necesitado un ejército fuerte antes de la revolución. La amenaza del Infierno era suficiente para disuadir cualquier oposición.

Abrieron y cerraron la puerta del estudio. La consciencia de Ben despertó, pero no se giró. Escuchó que se deslizaba una silla.

—Me decepcionas, Benat.

Ben miró a su padre. Elazar estaba sentado en un escritorio con estantes detrás de él, que contenían tomos religiosos y estatuillas de las Gracias. La Gracia Aracely, la santa que simbolizaba el pilar del Dios Piadoso de la penitencia; la Gracia Loray, del pilar de la pureza; el evangelista que siglos atrás había comenzado con la misión de purificar la isla que después había adoptado su nombre; y más.

Los retazos le daban un aire de importancia a Elazar, incluso cuando vestía una camisa de seda, una corbata y pantalones en vez de llevar la ropa ceremonial. Aunque Ben no podía recordar a su padre siendo menos que imponente. Su cabello negro acababa de comenzar a abrirle paso al gris, y su piel suave de color café apenas parecía más experimentada que las facciones más elegantes de Ben. Años de llevar el título de Elazar, de balancear las políticas del reinado con la guía religiosa de la Eminencia, luchando contra el mal y las rebeliones… nada de eso había avejentado a su padre. Todo lo que él había hecho, lo había hecho sirviendo al Dios Piadoso. No había razón mejor.

No había excusa más segura.

—¿Por qué? —Ben ubicó el escritorio entre ellos, con las manos detrás de la espalda.

Pobre príncipe Benat, dirían las personas cuando escucharan que, una vez más, su padre lo había convocado para regañarlo. Y nada menos que después de una patrulla inquisitiva.

Elazar alzó una ceja oscura.

—Asististe a tu patrulla con resaca. Permitiste que el condenado hablara, razón por la cual se sintieron libres de atacarte. Las cosas podrían haber terminado en un desastre si tus defensores no hubieran sido capaces de detener al pirata.

—Con el debido respeto, aquello no fue…

—Y poco después de que regresaste tambaleándote en la niebla, los embajadores de las Mechtlands se fueron. —Elazar se puso de pie, con los nudillos sobre la mesa. No había golpeado a su hijo en años; sin embargo, Ben tuvo que reprimir el instinto de apartarse—. Te necesitaba aquí, ayudándome a convencer a los embajadores para que le dieran un préstamo a Argrid y reparar nuestro ejército después del desastre de Gracia Loray. El mundo está cambiando. No es suficiente persuadir a las almas de las personas con la verdad; el éxito de los misioneros depende de los ejércitos que los respaldan. Abandonaste a tu país por tus propios deseos.

—Estuve allí con los embajadores de la reina emerdiana —replicó Ben—. Y con los representantes de Grozda, y los virreyes de Tuncay. Estuve allí cuando se burlaron a nuestras espaldas diciendo que Argrid estaba en quiebra y que éramos incapaces de conservar nuestros recursos. ¿Por qué habría sido diferente con los mecht? Las guerras entre clanes agotan los recursos de su propio país. No podía ver cómo se burlaban de nosotros de la misma manera.

Elazar alzó una mano para silenciarlo y Ben se encogió de miedo. Elazar no reaccionó.

—He permitido tus... distracciones porque esperaba que hallaras el camino del Dios Piadoso y te convirtieras en un faro de curación para nuestro pueblo por tu propia cuenta —dijo Elazar—. Pero me equivoqué al asumir que no necesitarías la misma guía que otros para alcanzar un estado de pureza. Lo siento. Te he fallado como tu Eminencia.

—Fantástico. Supongo que debería... Espera. ¿Qué?

Ben había tenido aquella reunión con Elazar al menos media docena de veces. Elazar lo reprendía, Ben discutía, y Elazar lo sentenciaba a hacer patrullas inquisitorias o a pasar un mes en un monasterio. Su pueblo se regocijaba mientras Ben cumplía con sus sentencias. Que su príncipe hiciera enmiendas los alentaba a expiar sus propios pecados.

La disculpa de Elazar detuvo a Ben en seco.

—Gran parte de tu rebeldía nace de la falta de responsabilidad —dijo Elazar—. Es hora de que te confíe parte del deber que un día cumplirás en mi lugar. A pesar de sus tendencias barbáricas, los mecht han accedido a asistirnos. Con esa ayuda, te otorgo la tarea de desarrollar una cura para las enfermedades que plagan Argrid.

La ansiedad de Ben se convirtió directamente en pavor.

—¿*Las* enfermedades? ¿Todas ellas?

—Sí. Influenza. Furúnculos. Pero particularmente para la Enfermedad Temblorosa.

La Enfermedad Temblorosa. Una dolencia con causa y cura desconocidas, que destrozaba a las personas desde el interior.

«¿Ves?», dijo el devoto, «el mal te hará pedazos».

—El contingente en Gracia Loray está cerca de finalizar el tratado de paz. —La voz de Elazar era cauta—. La rebelión lorayana sucedió porque los isleños deseaban la independencia. Ahora la poseen ... pero aún tememos por ellos. Se aferran al estilo del Diablo. Tenemos la oportunidad de acercarnos a ellos con la purificación otra vez, pero de una nueva forma: quiero que desarrolles una poción curativa con la magia botánica de Gracia Loray.

Ben se quedó boquiabierto. Los recuerdos atravesaron su mente, recuerdos de su tío enseñándole las maravillas de Gracia Loray, de él y Paxben recitando los nombres de las plantas que eran malignas.

Los rebeldes de Gracia Loray se habían rebelado debido a que la magia maligna había corrompido sus mentes y sus almas. Eso decía Elazar, y eso había creído Ben, hasta que *toda* la magia se había convertido en maligna, y Elazar había supervisado la quema de su hermano y la de su sobrino sin vacilar.

Después, Ben sintió una pequeña semilla de comprensión hacia los rebeldes de Gracia Loray. Hacia su libertad. Hacia su conexión acérrima con la magia cuando el propio mundo de Ben se volvió tan limitado.

¿Acaso Elazar acababa de decir que quería que Ben realmente usara la magia? ¿Era un sueño?

—¿Por qué utilizar la magia ayudaría a curar esos males ? ¿Y por qué yo? ¿Por qué yo podría hacer algo al respecto?

Elazar entrecerró los ojos.

—¿Cuestionas la tarea que el Dios Piadoso ha esbozado para ti?

Ben se quedó sin aliento, tensó el cuerpo como lo había hecho durante tantas lecciones después de que hubieran quemado a Rodrigu y los Inquisidores hubieran quedado despojados de cualquier poder verdadero. «Todos deben comprender la importancia de los pilares del Dios Piadoso, en especial el de la pureza», les había dicho Elazar a los monxes que eran los tutores de Ben, en lugar de su padre. «Tratadlo como a cualquier otro alumno. No os limitéis. Él debe aprender lo que es correcto».

—No —tartamudeó Ben—. No te cuestiono. Solo… solo…

Una sonrisa emergió del desdén de Elazar.

—Como Eminencia, enfrentarás muchas cosas que oscilan entre el pecado y la salvación. Es sabio que cuestiones tus tareas, pero conoce tus límites, Benat.

El corazón de Ben dio un vuelco.

—Antes de que la guerra con Gracia Loray empeorara —prosiguió Elazar—, la Iglesia permitía la magia curativa. La estudiaste una vez, y como mi heredero predestinado estás protegido de sus tentaciones. Utiliza la Universidad para desarrollar una cura para las enfermedades que plagan nuestro país.

Elazar salió de detrás del escritorio. Ben mantuvo su posición, pensando con detenimiento en lo que había hecho o dicho, pero nada era digno de una paliza.

—Si puedes curar la maldición del Dios Piadoso con lo que Argrid más teme —dijo Elazar—, le demostrarás a Gracia Loray que el Dios Piadoso acepta su magia. El mundo verá que somos capaces de adaptarnos. Yo facilitaré la transición en la Iglesia y el gobierno, pero tú te ganarás a nuestro pueblo si alivias sus dolencias. He admitido que te fallé, y ahora admito que…

—Padre —lo interrumpió Ben. No podía oír más. Elazar ya había dicho demasiadas cosas imposibles.

Cada año, en la celebración en honor al pilar de la castidad del Dios Piadoso, se hacían peregrinaciones a los cementerios. El día celebraba abstenerse de las impurezas, vivir *sin* ellas, pero también se había convertido en un día para recordar a aquellos que el Dios Piadoso había sacado de la Tierra.

Elazar y Ben caminaban hasta el cementerio real, donde la madre de Ben estaba enterrada junto a decenas de miembros de la familia Gallego, en ataúdes de piedra sellados. En la quietud de la cripta, Elazar reprimía las lágrimas mientras contaba cómo la madre de Ben había muerto en el parto junto a la hermana menor de Ben. Cómo los padres de Elazar habían muerto antes que ellas, debido a la plaga; y cómo los dos hermanos mayores de Elazar habían muerto en la adolescencia, entregándoles la carga del nombre Elazar al padre de Ben y Rodrigu al padre de Paxben.

«Nuestra familia es una familia trágica», decía Elazar. «El Dios Piadoso nos ha destinado a la sangre».

Ben siempre había creído que su familia trabajaba para un llamado superior... hasta que había visto a Rodrigu y a Paxben arder. A pesar de todo su poder, Elazar no había salvado a su hermano y a su sobrino. *No lo había hecho*, no, no había podido hacerlo. Ben había comenzado a ver cada vez más esta distinción: la Iglesia no le había dado una oportunidad a ninguna de las personas que habían sido quemadas en Gracia Loray. No habían explicado por qué de pronto la magia era considerada obra del Diablo. No habían intentado salvar a los Inquisidores cuando el público había exigido que les quitaran su poder.

Ben había fingido plegarias desde que había visto arder a su tío y a su primo. Pecaba de modo evidente para que aquellos que buscaban debilidad no tuvieran que esforzarse en hallarla. Sabía *exactamente* dónde estaba el límite entre irredimible y perdonado, y había pasado tanto tiempo viviendo entre esos límites que había olvidado lo restringido que estaba por el dogma de la Iglesia.

Pero allí estaba su padre, diciéndole a Ben que su país lo necesitaba para trabajar otra vez con magia.

Una parte infantil de Ben gritó antes de que pudiera razonar con ella.

—Está bien —dijo—. Lo haré, padre.

Cuando Ben llegó a la Universidad, era el final de la tarde. Media docena de defensores lo acompañaron, incluso Jakes, quien cargaba el baúl del barco pirata... que antes había sido contrabando y ahora era provisiones.

Dejaron el carruaje y los caballos en los establos ubicados en el exterior del complejo universitario. Ben a duras penas era consciente de su avance, incapaz de apartar la vista de su pecho.

El entusiasmo inicial causado por la orden de trabajar con magia de nuevo había desaparecido en cuanto Ben había salido del estudio de su padre. Debía estar borracho, o desmayado en una taberna, soñando con cosas *imposibles*. ¿Acaso Elazar realmente había cambiado su postura ante la magia? Argrid necesitaba ayuda con desesperación: ver la ciudad confirmaba que ninguna cantidad de rezos ayudaba.

Quizás Elazar había cambiado. Quizás el tratado con Gracia Loray traería aceptación.

Pensarlo parecía imposible.

Ben siguió a dos defensores a través de las puertas de entrada al complejo universitario. Los ladrillos pálidos del muro perimetral estaban gastados por el paso de los siglos. Apartó los ojos del pecho para clavarlos en el cartel arqueado sobre la entrada. Los opositores habían grabado algo allí hacía años, pero Ben podía ver las palabras como si estuvieran escritas en su piel.

UNIVERSIDADE RODRIGU.

Rodrigu, nombre dado al segundo hijo del rey, puesto que Elazar se le otorgaba al primogénito. El primogénito estaba destinado a ser rey y líder de la Iglesia; el segundo, cuando había uno, se convertía en el guardián del conocimiento y en Inquisidor Supremo.

Después de la ejecución de Rodrigu, los defensores habían purgado la Universidad de cualquier cosa asociada a la magia: todas las copias del libro que él había utilizado, *Maravillas botánicas de la Colonia de Gracia Loray*; su investigación; sus plantas almacenadas. Ben no había estado allí desde la muerte de Rodrigu y Paxben, pero la Universidad ahora parecía igual que el resto de Deza: decrépita.

Los hierbajos se expandían sobre los senderos del patio. Los árboles y los arbustos que necesitaban una poda desde hacía tiempo, se mecían con el viento. El edificio principal, una estructura inmensa de marfil bifurcada en decenas de salas, estaba cubierta con grafitis del símbolo de la Iglesia hechos con pinceladas amplias.

—Organizad una patrulla —dijo Ben mientras sus defensores le abrían la puerta. Entró, alzó los ojos al techo, donde una bóveda de cristal permitía la entrada de la luz difusa—. Llamad al director de la Universidad. Necesitaré hablar con él para encontrar el laboratorio y otros suministros.

Los hombres se separaron para cumplir con las órdenes. Ben caminó hacia una puerta que se encontraba a la izquierda. Recordaba la Universidad tan bien como recordaba cada planta que Rodrigu le había enseñado. Toda la información yacía en su mente, encerrada en una caja cubierta de cenizas... pero no permitiría que nadie supiera que él recordaba aquellas cosas pecaminosas tan bien. Aún no.

Las ventanas altas iluminaban una mesa de roble plagada de frascos vacíos, morteros y fregaderos, fragmentos de cristal, abrazaderas rotas, cubiertos por una película de polvo y telarañas. El delicado ramo de flores aún perfumaba el aire, con su aroma amargo y térreo, el olor a noches largas, a la risa de su tío y a Paxben haciéndose el bizco detrás del cristal torcido de un vaso de precipitados.

Ben sentía que había estado en esa habitación el día anterior, con Rodrigu de pie en un rincón, moliendo plantas; Paxben sentado en la mesa, pateando su taburete con las piernas; los Inquisidores correteando por la sala, preparando tónicos, llenando informes.

«Están probando plantas», habría dicho Rodrigu.

Paxben habría arrugado la nariz con incredulidad.

«¿Cómo pruebas que algo es maligno?».

«Las pruebas revelan el efecto. Si el efecto causa daño, es maligno».

Jakes entró en la habitación y dejó el baúl en la mesa. Ben se sobresaltó.

Ninguno de los otros defensores había seguido a Jakes, así que solo ellos estaban allí, iluminados por el sol que entraba, rodeados de ruinas.

Elazar había planeado con un año de anticipación que la delegación iría a Gracia Loray. ¿Durante cuánto tiempo habría planeado la tarea de Ben? Elazar sabía cuánto había querido Ben a su tío y a su primo, así que también debía saber lo que eso —*la magia*— significaba para él. ¿Quería liberar a Ben de vivir una mentira, llevar la aceptación a Argrid y reavivar la paz con Gracia Loray?

—¿Has oído algo? —le preguntó Ben a Jakes—. ¿Alguno de los defensores ha…? ¿Ha habido rumores de magia? ¿Hay otros que deban informar de mis acciones?

Elazar había informado a los defensores sobre la naturaleza delicada del proyecto antes de que hubieran partido hacia la universidad. Pero Ben hacía mucho tiempo que había aceptado que los miembros de su guardia personal siempre serían más leales al rey que a él.

Jakes le sonrió a Ben con empatía.

—No había oído nada hasta hoy.

—Pero ¿lo has escuchado? —Ben señaló el resto de la Universidad con la cabeza—. Toda mi guardia sabe que estamos involucrados. Si algo está en marcha, nos mantienen a los dos a ciegas.

Jakes frunció el ceño.

—¿Qué crees que está pasando?

Ben se encogió de hombros, fingiendo indiferencia.

—Supongo que tengo miedo. —Golpeó con el dedo un fragmento de cristal roto, empujándolo hacia el otro lado de la mesa—. Todos los que se entrometen con la magia terminan en un lugar donde no pueden ser alcanzados. Como dijiste.

—El rey y el Dios Piadoso te encomendaron esta tarea. El toque del Diablo no te corromperá.

Ben rio, una risa seca y triste.

—Tienes demasiada fe en mí, Jakes.

Y no sé lo lejos que caería sin ti.

Ben dio un grito ahogado. Quería purgar la sensación de falta de mérito que lo carcomía cada vez que iban a misa y observaba a Jakes cantar los salmos, con los ojos cerrados en veneración. Aquello era lo primero que le había atraído de él: Jakes personificaba la devoción que él no había sentido en años.

Jakes sujetó el brazo de Ben, su rostro estaba lleno de devoción.

—Sabes que vine a Deza después de la muerte de mi familia. Mis padres por influenza. Mi hermana y sus hijos por la Enfermedad Temblorosa. Pero me marché porque no podía… —Jakes se detuvo—. Mis padres y mi hermana creían en este país. En mejorarlo. Así que me fui para servirle a Argrid. El Dios Piadoso me tiene a su servicio al igual que te tiene a ti a su servicio… porque somos las mejores herramientas para sus tareas.

Ben separó los labios. Quería decirle a Jakes la verdad. Que una cura que podría haber salvado a su familia no estaba en la bendición de un Dios ausente: estaba en aquel baúl. Ben había observado a Rodrigu hacer una prueba en esa misma sala, utilizando magia botánica para curar a un paciente con influenza en un día. Las plegarias quizás funcionaban, pero la magia *siempre* era efectiva.

Excepto contra la Enfermedad Temblorosa. Por ahora.

En cambio, dijo otras palabras imposibles.

—Las Mechtlands.

Jakes entrecerró los ojos.

—Si no hubiera responsabilidades. Ni Dios Piadoso, ni llamado superior. Iríamos a las Mechtlands —dijo Ben—. Sería un lugar frío y árido, y un guerrero delirante probablemente nos mataría. Pero construiríamos una cabaña. Podrías enseñarme a pescar. Nunca tendríamos que enfrentarnos a…

Ben señaló con la mano la Universidad a su alrededor. Argrid. La Iglesia y su padre.

Jakes dejó traslucir el sol de la ventana en su sonrisa.

—Ten un poco de piedad con este chico, ¿quieres?

—Lo siento, defensor. Intentaré ser más repulsivo.

—Es lo único que pido.

Ben se puso de pie delante del baúl. Lo abrió, esperando que lo ayudara a sentirse más estable. Los frascos de magia botánica lo miraron, cada uno desde su compartimento de terciopelo ceñido. *Acacia. Curatea. Flores aireadas.* Después... una planta de color marrón. Ben se movió con dificultad. ¿Raíz purificante? Una de las plantas más poderosas, capaz de curar heridas internas y externas.

—Los defensores y los opositores destruyeron la mayoría de los recursos de la Universidad después de la herejía de mi tío —dijo Ben—. Tendremos que encontrar a alguien que nos ayude. Alguien que...

Cargue con la culpa, quería decir Ben. Aunque Jakes creyera que aquella misión era lo correcto, Ben nunca admitiría que él podía nombrar las plantas que estaban dentro del baúl, y ya estaba pensando en cómo usar la curatea y la raíz purificante...

Sin importar cuánto lo tentara su nueva responsabilidad, Ben participaba en un juego peligroso con personas que ante la más mínima provocación gritarían: «¡Hereje!».

—Necesitamos a alguien que comprenda la magia —dijo Ben. Pero los únicos que sabían algo al respecto eran curas y defensores, quienes solo utilizaban la magia para condenar a las personas.

Hubo un instante de silencio en el que Ben oyó a Jakes tarareando en voz baja. No reconoció el salmo, pero eso no era sorprendente: Jakes conocía muchos más que Ben.

Por fin, Jakes dijo:

—Los piratas. Quizás uno puede ayudarnos como forma de limpiar su alma.

Ben asintió, la idea tomaba cuerpo. También sabía a qué pirata se lo pediría. Aquel que ya había demostrado que estaba familiarizado con la magia.

El guerrero mecht.

6

La reunión del Consejo prosiguió con discusiones alentadas por Milo y los diplomáticos argridianos, quienes ofrecían sugerencias ocasionales que rozaban los insultos. La sala estaba a punto de explotar: ¿debían complacer al líder pirata, a los argridianos o tratar con Devereux de otra forma? ¿Debían aceptar la ley propuesta por Milo de erradicar a los piratas de río o tomar otra postura ante la sentencia de Devereux? La decisión sería terminante. Demasiado decisiva.

Si el Consejo mataba a Devereux Bell, habría una guerra con los piratas: el Líder Pilkvist lo interpretaría como evidencia de que el Consejo no negociaría, y el contingente argridiano presionaría al Consejo para que apoyara la ley de Milo para eliminar a los piratas. Si el Consejo entregaba al sentenciado a Ingvar Pilkvist, las tensiones con Argrid aumentarían y el tratado de paz quedaría anulado: los argridianos estarían furiosos porque el Consejo habría cumplido con las exigencias de unos criminales.

El destino de Devereux enfurecería a los piratas o a los argridianos.

Ninguna de las dos amenazas eran ideales.

En la fila que estaba delante de Lu, un miembro del Consejo habló a favor de la muerte de Devereux… que apoyaba la ley para erradicar a los piratas. Lu palideció y se acercó más a su padre.

—O matamos a Bell y lanzamos una cerilla encendida que hará estallar la guerra civil —le susurró Lu a Tom—, o Ingvar Pilkvist mata a Bell y el tratado argridiano se desintegra.

Tom frunció los labios.

—Demasiadas cosas dependen de un solo chico. Aparentemente, atraparon a Bell en el mercado, asaltando a una mujer, ¿no? Un error estúpido para alguien con su reputación, en especial en tiempos como estos.

Las mejillas de Lu ardieron, pero su vergüenza fue aliviada por la deducción de su padre.

—¿Crees que podría haber sido planeando?

—No tenemos información suficiente para hacer suposiciones. —La mirada de Tom se volvió hacia la puerta a través de la cual los soldados habían arrastrado a un Devereux Bell inconsciente—. Si contásemos con alguien que hubiese demostrado en el pasado tener talento para sacar información a los prisioneros… Alguien que Devereux Bell quizás no espera.

Tom la miró de nuevo con una chispa en los ojos. Estaba siendo evasivo y ella quería responder con amabilidad, bromear sobre lo hábil que había sido ella durante la guerra. Pero de pronto sintió un agujero en su estómago, y miró hacia un extremo de la sala, donde se encontraba Milo, que discutía otra vez vehementemente con Kari.

—Ya no soy esa persona —susurró Lu—. No debería serlo.

Tom sujetó su mano y recobró su atención.

—No, cariño. No irías tras él como espía o soldado. Solo lo interrogarías, como una política.

Lu pensó en ello. Como política. No como alguien que iría con armas escondidas en los calcetines o con rutas de escape planeadas.

Ella esbozó una sonrisa suave y honesta, y apretó con dulzura la mano de Tom. Eso era lo único que necesitaba para huir de la reunión con una excusa: todos estaban tan distraídos que simplemente salió caminando por el pasillo.

Todos los miembros superiores del Consejo poseían recámaras en el castillo, donde se hospedaban durante sesiones particularmente largas, así que Lu pasó por la habitación de su familia para reunir provisiones antes de dirigirse al calabozo del castillo.

Los dos soldados que estaban de guardia despertaron su atención cuando Lu entró en la sala que unía las secciones del calabozo. Un llavero se tambaleaba en la cadera de uno de los soldados. Contenía las únicas llaves que abrían las cuatro puertas que se ramificaban de esa sala despojada.

Uno de los guardias dio un paso al frente para interceptarla. Ella tiró de su bolso.

—He traído unas provisiones para el señor Bell. Es probable que esté más dispuesto a cooperar si le demostramos cierta cortesía.

Los ojos del soldado se iluminaron.

—Ahhh. ¿Viene a echarle un vistazo al famoso pirata?

El otro soldado sonrió con picardía.

—Apuesto a que Bell tiene amantes en cada puerto. Tenga cuidado, señorita: los criminales solo causan corazones rotos.

—Y enfermedades —añadió el primero en un susurro.

El otro soldado bufó y lo ocultó tosiendo.

Lu había anticipado que aquello ocurriría. Recolocó su bolso sobre el vestido que se había puesto. El traje escarlata caía sobre el miriñaque angosto que le otorgaba a la falda un drapeado moderno desde su cadera, completo con un corsé decorado con una enredadera bordada, de color dorado, y mangas acampanadas acentuadas con volantes. Fingir estar enamorada había sido la segunda excusa que había planeado.

Con un suspiro delicado, le dio unas palmaditas a sus propias mejillas.

—Ah, no, es una visita inocente, de verdad…

Los soldados compartieron otra risa. Uno se encogió de hombros y agarró las llaves de su cinturón.

—Bah, está bien amarrado. No hay peligro en una visita breve.

—Quizás lo que ella quiere es peligro. —El primer soldado le guiñó un ojo a Lu.

Abrieron una de las puertas de hierro que llevaban a una de las bifurcaciones. Un pasillo apareció ante Lu, el suelo de piedra estaba resbaladizo por la humedad, las barras de hierro marcaban cada celda. Dos soldados más estaban de pie junto a una celda, a la izquierda. Cuando la puerta tronó, miraron hacia ella.

El soldado que la abrió les sonrió a sus compañeros.

—Bell tiene visitas. —Miró a Lu—. Los últimos días han sido tranquilos respecto de crímenes graves, así que no tiene que preocuparse por otros prisioneros.

Lu comenzó a avanzar por el pasillo, su silencio avivó las risitas mientras cerraban la puerta. Los guardias que se encontraban en el exterior de la celda de Devereux se apartaron para darles privacidad, pero permanecieron lo bastante cerca para intervenir de ser necesario.

Bell estaba en una de las celdas que tenía ventana, y la luz de la luna entraba a través de ella; las velas del pasillo iluminaban todo lo demás. Ahora él estaba consciente, recostado sobre un banco con una pierna cruzada sobre la otra y el pie oscilando. Tenía el ojo cerrado, y el brazo doblado debajo de la cabeza.

Lu se acercó a los barrotes.

—Señor Bell —dijo.

Vex oyó que abrieron la puerta de su sector y asumió que era alguien que venía a interrogarlo, así que permaneció recostado, moviendo el pie en el aire.

Pero la voz que pronunció su nombre fue infinitamente más interesante.

Vex sonrió y giró la cabeza para mirar hacia el pasillo. Algunos cortes causados por los golpes de Pilkvist ardieron con el movimiento, pero su sonrisa traviesa permaneció firme cuando vio a la chica fuera de la celda. Tenía puesto un elegante vestido rojo que acentuaba los tonos dorados de su piel morena y hacía que su pelo pareciera más brillante bajo la luz de las antorchas que colgaban en la pared.

—Vaya, esto sí que es una sorpresa. —Alzó las piernas en el aire y abandonó el banco, pero su estómago le recordó que hacía poco había recibido una paliza.

Mientras respiraba con dificultad, la chica dijo:

—No le han dado nada para las heridas.

Vex alzó la vista.

—¿Has venido a ocuparte de mis heridas?

Ella movió algo sobre su hombro: un bolso, el que él había intentado robar, y extrajo un frasco con ungüento.

—¿De verdad? —Vex abrió el ojo de par en par—. Pero si insistes en que me desvista, debo pedirte que hagas lo mismo.

La chica sostuvo el frasco a la altura de su estómago.

—Tengo asuntos que discutir con usted, señor Bell.

Él arrugó la nariz.

—Es Vex.

—Vex. ¿En serio?

Él sonrió con picardía de nuevo.

—Absolutamente.

Ella se acercó bastante, así que si él hubiera estado contra los barrotes, prácticamente habrían estado pecho contra pecho. Él dio un paso al frente, sin notar hasta ese instante que tal vez ella no apreciaba estar tan cerca del hombre que por poco la había matado de un susto en el mercado. Pero ¿hubiera bajado hasta allí si eso fuera verdad?

Eso le indicaría a Vex cuánto daño le había hecho. Si necesitaba arreglar las cosas.

Caminó hacia ella y apoyó los codos sobre uno de los barrotes horizontales, con mirada desafiante.

La chica alzó una ceja negra y delgada, pero no se apartó. No era mucho más baja que él, y el ángulo le daba cierto punto de ventaja que a Nayeli le gustaba usar durante las estafas. Por ese motivo gastaba tanto dinero en corsés de seda *tan bonitos*. *Alzaban* y *empujaban* ciertas cosas, *elevándolas*, *ajustándolas más* y…

Vex tragó saliva, reprimiendo un estremecimiento, pero la sensación apareció de todos modos y tragó de nuevo.

—¿Qué quiere preguntarme, señorita…? —Esperó.

—Andreu.

—¿Andreu? ¿Como la hija de Kari, la Ola?

La chica era imperturbable.

—La hija de un miembro superior del Consejo, sí.

—Supuse que no eras la típica gentuza que le compra a los piratas, pero nunca habría adivinado que eras la hija de alguien importante. Sé cómo elegir mis objetivos —dijo Vex, sonriendo con picardía.

La joven tensó los músculos de la mandíbula. Miró con rapidez a los guardias, pero ellos no estaban interesados en su conversación.

—Algo que sería prudente no divulgar, a menos que quiera que la ira del Consejo recaiga sobre usted —susurró la chica.

Un rizo de pelo negro rozó su clavícula. Había una pizca tunciana en ella, lo cual le otorgaba a su piel ese tono dorado, pero quizás también tenía algo argridiano.

—No está muerto aún, gracias a mi compasión —dijo ella.

—Ah. Entonces, ¿estoy en deuda contigo?

—En cierto modo.

—¿Qué quiere a cambio de su asistencia, señorita Andreu? —dijo él y amplió la sonrisa.

—He prestado atención a varios detalles de su espectáculo en la corte, sobre todo su indiferencia hacia la gravedad de sus circunstancias.

Ella esperó con las cejas en alto, y Vex puso su ojo en blanco.

—De todas las cosas que podríamos estar haciendo… Está bien, *milady*. —Vex retrocedió y movió el brazo en una reverencia exagerada—: Sorprendentemente, no es la primera persona que me acusa de querer estar aquí, y apostaría lo que queda de mi reputación a que no será la última.

—¿Lo que queda de su reputación?

—Me he convertido en el pirata sin afiliación sindical más famoso de Gracia Loray. —Apoyó de nuevo el cuerpo contra los barrotes—. ¿Qué posible razón cree que tendría para estropear eso? Si bien me halaga que los suyos crean que soy un genio criminal, estoy aquí en contra de mi voluntad, *Túa Alteza*.

Su Alteza, dicho en el idioma elegante de la clase superior de Argrid, lo que constituía una prueba para ver si ella reaccionaba ante esas palabras con la misma arrogancia con que lo hacían los matones argridianos. Aunque él solo había tratado con hombres, eso no significaba que sus extorsionadores no fueran capaces de enviar a una chica para sacarle información. De hecho, deberían haber enviado desde el inicio chicas bonitas para persuadirlo.

Pero ella ni siquiera parpadeó.

—Lo atraparon, solo, en el mercado. No intentó huir.

Vex gruñó.

—¿Tienes idea de cuántas veces he repetido esta historia desde que me han encerrado aquí, princesa?

La chica se avergonzó.

—Como en la mayoría de los aspectos de la vida pirata —comenzó a decir la mentira que había esculpido—, las cosas se volvieron peligrosas, y me separé de mi tripulación. Fui al mercado para reunir provisiones suficientes para encontrarlos de nuevo. Vi a cierta joven, cuyo nombre no revelaré, y supuse que ella tendría varios galles encima, así que… —Sonriendo, se frotó la nariz con magulladuras—. Ella me sorprendió. Fue estúpido, pero fue un accidente, princesa.

La chica frunció los labios. Era evidente que no le gustaba ese título.

—Debe comprender la curiosidad que genera esto. —Golpeó despacio el frasco contra el hierro—. Su reputación dice que ha evitado ser capturado porque conoce Gracia Loray mejor que nadie. Sin duda no perdería a su propia tripulación.

Vex hizo una mueca. Si la madre de la joven era un miembro superior del Consejo, ella no era una agente argridiana... pero ¿eso significaba que el Consejo la había enviado allí?

—¿Ese es el motivo por el que has venido hasta aquí? —preguntó él, con cierta irritación—. ¿El Consejo cree que compartiré mis secretos con un par de ojos bonitos y un corsé ajustado?

La chica sonrió como si él hubiera revelado algo importante.

—Ya conozco sus secretos.

—¿Sí? —Él replicó la sonrisa de ella, pero con más astucia.

La joven se acercó. Olía a... ¿plantas? Vex inhaló de nuevo, atraído por el aroma. Sí, reconocía la magia botánica prohibida cuando la olía. La chica habló.

—Creo que los argridianos dijeron que permitió que lo capturaran para que su presencia generara discordia en el Consejo, y eso ayudara a aprobar la propuesta de Milo Ibarra. Sea lo que sea que haya planeado, señor Bell, estoy aquí para decirle que no permitiré que sus planes avancen más.

Él parpadeó, sorprendido de nuevo: esta vez, por la seguridad de la chica. A ella le importaba esa isla tanto como a Edda le importaba mantener a salvo a su tripulación. Como si fuera una tarea sagrada para la que había nacido.

Pero ella tenía razón. En parte. ¿Debía decírselo?

De hecho, los argridianos me extorsionan para que les venda magia. Lo que he hecho. Pero no por ello he hecho esto. Es decir, Argrid no me pidió que me dejara capturar, pero lo hice por ellos... no, espera...

Sí, mejor mentir.

—¿Crees que trabajo con Argrid? —Vex rio—. Por favor. Había olvidado que nuestro querido país materno nos había visitado hasta que estuve esposado en tu corte.

—Entonces, quizás no fue un esquema elaborado. Quizás lo único que quería era crear conflictos en el gobierno que llevarían a objetivos más fáciles y pagas mayores.

—Que serían difíciles de aprovechar al máximo estando preso. O muerto.

—Ah, ese es el motivo real de mi visita.

La chica alzó el frasco hasta el escote de su corsé. El ojo de Vex se posó en él y se maldijo a sí mismo, pero ya estaba mirando su escote, y la chica estaba *observándolo* mientras lo hacía y... maldita sea, ella había planeado que eso ocurriera, ¿verdad?

—Estoy dispuesta a hacer un intercambio —dijo ella—. El contenido de este frasco por una respuesta.

Vex inclinó la cabeza.

—Creí que ya estaba en deuda contigo.

—Esa deuda permanecerá pendiente. Esto es aparte.

Vaya.

—Continúa.

—La habilidad de la curatea para aliviar las dolencias cutáneas debería curar sus heridas en menos de un día. —La chica presionó las palmas sobre los laterales del frasco—. ¿Tenemos un trato?

Era extraño que la hija de un político supiera algo sobre la magia, más allá de cómo los marinos la recolectaban en el lecho de los ríos y la vendían. La clase alta confiaba en los boticarios y en los comerciantes para que les indicaran qué tomar y cómo hacerlo.

—¿Estás dispuesta a confiar en mí? —insistió Vex—. ¿Incluso si soy tan terrible como piensas que soy?

—¿Eso es un sí?

Él asintió con la cabeza, no apartó la mirada de la de ella.

—Hay tres salidas posibles en su situación actual —explicó la joven—. Dos que llevarán a un conflicto e involucran su muerte: o el Consejo lo mata y enfurece al Líder Pilkvist, o el Líder Pilkvist lo mata y enfurece a Argrid. La única forma de que sobreviva es a través de la tercera opción... así que sea cual sea el plan que usted o Argrid tuvieran para generar disturbios en Gracia Loray no se llevará a cabo.

Vex frunció el ceño. ¿Qué ganaría Argrid con su muerte? ¿Qué había mencionado ella antes? ¿Alguna clase de propuesta de uno de los diplomáticos? Eso no podía ser bueno.

—La tercera opción —prosiguió la chica— será poco popular, pero tal vez la aceptarán con más facilidad si coopera. ¿Pagaría los cientos de galles de las multas que debe o trabajaría para pagar su deuda bajo nuestra supervisión?

La sonrisa de Vex se volvió más rígida. Ella intentaba comprobar si él aceptaría una salida en vez de elegir permanecer allí y continuar causando alboroto, si estaba allí por llevar a cabo un plan nefasto o no.

Él nunca había tenido la intención de causar problemas. Solo había querido que fuera muy difícil para sus perseguidores argridianos alcanzarlo hasta que se le hubiera ocurrido algo brillante para librarse de ellos.

Pero sería estupendo que el Consejo no lo matara primero.

—¿Cómo trabajaría para vosotros? —preguntó él—. ¿Haría que los pobres pagaran con sangre sus impuestos?

La chica retrocedió.

—Nadie hace que el pueblo de Gracia Loray sangre para…

—Sí, sí. «Es por el bien del país; trabajamos para el pueblo». La cuestión es que quieres que trabaje para el sistema corrupto al que me he *opuesto* tal como indica la reputación que he construido.

La joven abrió la boca como si no hubiera nada malo en lo que él había dicho, salvo por una palabra a la que Vex sabía que ella se aferraría.

Se mantuvo firme, apenas tembló.

—Gracia Loray no es corrupta. Pero sí, es lo que quiero.

Él inclinó la cabeza.

—Está bien. Si ese es el precio que tengo que pagar por la libertad.

Extendió la mano hacia el bálsamo, pero la chica mantuvo los dedos en el frasco, sorprendida por su respuesta. Él se detuvo mientras su mano permanecía cerca del escote. La marca en su muñeca brillaba bajo la luz de las antorchas, revelando el símbolo de Argrid entrelazado con la *R* tosca.

—Si eso es todo, *Princesa*… —Cerró los dedos sobre el puño de la chica, rozando el encaje que recorría su escote. Un rayo eléctrico se disparó en sus entrañas—. ¿Esto es mío?

Los pulmones de la chica se sacudieron, y soltó el frasco. Vex amplió la sonrisa.

Desenroscó la tapa. El frasco contenía una pasta color marfil.

—No hay princesas aquí —dijo la chica, recobrando la compostura—. Soy una política.

Vex la miró y frunció el ceño, con un dedo inclinado hacia el ungüento.

—Si bien mentir es quizás parte de tu naturaleza, pirata —ella se acercó más—, controlar la verdad es parte de la mía. Nunca he dicho que el contenido del frasco sea un bálsamo curativo.

Vex movió la cabeza de un lado a otro. ¿Qué? Ella había dicho… Ella había dicho que un bálsamo lo curaría. No que el frasco contuviera ese bálsamo.

Apartó el dedo del ungüento.

—¿Qué hay en el frasco?

—Quizás un bálsamo curativo. Quizás aceites venenosos de hojas digestivas. —Ella hizo una reverencia—. Ha sido un placer hablar contigo.

Maldita sea. Lo *había* engañado. El atuendo ceñido, su cuerpo contra los barrotes de la celda, cada maldita palabra que había dicho había sido parte de un juego cuidadoso que tenía la intención de hacerlo caer.

La joven se apartó unos pasos antes de girar el cuello y mirar a Vex.

Él inclinó el frasco contra su frente a modo de saludo.

—Bien jugado, *Princesa*.

Ella se volvió antes de que él pudiera atisbar en su expresión algo más. Abrieron la puerta que llevaba a la sala de los soldados y ella se marchó.

7

E l carruaje de Ben se detuvo en la base de los escalones de
Gracia Neus. No bajó de inmediato, hundía los dedos en el
asiento cubierto de terciopelo.

La Catedral Gracia Neus era el corazón de Deza. Sus vidrieras
eran explosiones de rojo, lavanda y naranja; sobre las puertas principales había estatuas que representaban los cinco pilares del Dios
Piadoso: la pureza, la honestidad, la castidad, la penitencia y la caridad. Debajo de ellas, gritando en el feroz infierno del Diablo, había representaciones del libertinaje, los excesos, la prostitución y
otras impurezas. En lo alto de todo, como en cada catedral, estaba
el símbolo de la Iglesia tallado en piedra blanca: la *V* curva, manos
en forma de cuenco rogándole al cielo.

A pesar de toda su belleza, la catedral también era donde estaban las celdas de Deza. Debajo del santuario donde los coros cantaban y las congregaciones se reunían, se escondían aquellos que
luchaban por purificar sus almas. Siervos de la iglesia marcaban a
los exitosos y los liberaban; los que no tenían éxito, bueno…

El patio de la catedral estaba atestado de personas, algunos
cantaban salmos, balanceándose con las muñecas apretadas y las
manos en cuenco como símbolo de la Iglesia. Otros gritaban: *¡Nos
purificar!* «Purifícanos».

El único lugar que no estaba atiborrado con espectadores era el
círculo del extremo sur, tan cargado de los cuerpos quemados de

aquellos que se habían negado a arrepentirse que Ben se preguntó si alguna vez sería algo más que una mancha negra en el suelo.

La puerta de su carruaje se abrió. La vigilancia de Jakes se convirtió en preocupación mientras se inclinaba hacia él.

—¿Has cambiado de opinión? —Ben no respondió. Jakes movió la puerta en un ángulo que los ocultó de la multitud mientras colocaba su mano sobre el muslo de Ben—. No tenemos que hacerlo.

La comprensión de Jakes hizo que Ben recordara su deber allí. No debía observar las incineraciones diarias para las que se había reunido la multitud. No debía hurgar en los recuerdos. Había venido a obtener acceso a los piratas que habían sido detenidos, particularmente al mecht.

Ben colocó sus dedos sobre los de Jakes, los apretó y bajó del carruaje.

Una fila de defensores estaba de pie entre la multitud y Gracia Neus, constituyendo un semicírculo de túnicas azul oscuro y sombreros con plumas. Detrás de ellos, los nobles se agrupaban en los escalones de mármol: Claudio, con su brazo entrelazado al de Salvador, y otros pocos aristócratas de la patrulla inquisitiva de la mañana. Lo observaban, con esperanza y prejuicios y una docena más de sentimientos agotadores en conflicto.

Alguien se separó de un grupo de monjes y consiguió que todos los que estaban en las escalinatas se volvieran como estandartes que seguían al viento.

—¡Benat! —exclamó Elazar. Su túnica de Eminencia blanca y roja rozó las piedras—. Creí que estarías en la Universidad.

—He venido por ese asunto. Si puedo hablar contigo…

Un vitoreo captó la atención de la multitud. Ben apretó los puños y se giró, conteniendo la respiración. Al otro lado del largo patio, los defensores guiaban a los condenados con esposas en las muñecas.

—¡*Nos purificar!* —gritaban los espectadores mientras los soldados colocaban sacos sobre las cabezas de los condenados.

Después:

—¡Quemad al salvaje!

Ben forzó la vista para ver a uno de los prisioneros: enorme, rubio e inconfundiblemente mecht. La cabeza del hombre desapareció debajo del saco de tela.

—Los piratas. —Ben se volvió hacia Elazar—. Es imposible que ya sean quemados.

La expresión de Elazar era apesadumbrada, después de haber salvado durante años demasiadas almas al borde de la destrucción.

—Los piratas que arrestaste son culpables de demasiados crímenes. El Dios Piadoso exige que entreguemos sus almas y cuerpos al Infierno.

Ben recordó el ataque del mecht, el fuego que había separado sus labios, el humo en su aliento.

—Padre. —Ben se acercó más—. Todos merecen una oportunidad para elegir al Dios Piadoso. Ofréceselas... El mecht estaba defendiendo a su capitán. Tú hubieras hecho lo mismo.

—¡No compares a la Eminencia real con esos pecadores viles! —gritó un monje. Su voz cortó como lo hubiera hecho un cuchillo sin filo sobre la piel y captó la atención de todos: los nobles; grupos desparramos entre la multitud, alzaron la vista hacia sus líderes con ojos curiosos abiertos de par en par.

Ben podía apartar a Elazar, pedirle una audiencia privada. Pero los salmos continuaban mientras los soldados amarraban a los condenados a las hogueras. Le dispararían al mecht: el Ojo de Sol evitaba que ardiera, pero podían purificar su alma de todas maneras.

—Padre. —Ben lo intentó antes de que prendieran los cuerpos—. Necesito al guerrero mecht que mi patrulla capturó. Él tiene conocimientos sobre la magia que...

Las propias palabras de Ben murieron en su boca antes de que Elazar le lanzara una mirada atónita.

El príncipe heredero había pedido que perdonaran a un prisionero utilizando la magia como razón.

El cuerpo de Ben comenzó a sudar frío. Recordó de nuevo por qué Argrid nunca había necesitado poseer un gran ejército antes de la guerra con Gracia Loray: solo necesitaban una palabra, un susurro de pecado imperdonable, para dominar a toda la población.

Los monjes a su alrededor dieron un grito ahogado, alzaron las manos en posición de oración pero bien podrían haber sido puños en alto. Los nobles comenzaron a susurrar *magia*, una palabra que ninguno quería que los oyeran decir pero que todos querían pronunciar.

Elazar enderezó la espalda. Ben ya sentía el golpe de los nudillos en su mandíbula y la sangre derramada en su lengua.

—Benat tiene razón —dijo Elazar en voz alta—. Nuestro Dios es piadoso.

Se inclinó para susurrarle algo a un monje cercano, quien alzó sus manos temblorosas.

—Por orden del príncipe heredero Benat, ¡deben ser perdonados! —anunció el monje.

El patio entero hizo silencio.

Hereje era lo único que Ben podía pensar. *Hereje, hereje…*

Días después de las muertes de Rodrigu y Paxben, Ben había suplicado ir a Gracia Loray. Había oído historias de multitudes que vencían a los monjes y salvaban a los condenados; de luchadores guerrilleros que interceptaban el transporte de prisioneros; de un país entero rebelándose contra la Iglesia.

¿Por qué Argrid quería asesinar personas? ¿Por qué el país de Ben se reconfortaba en las atrocidades recubiertas de palabras como *decreto divino* y *honrado*?

Había formulado esas preguntas a sus maestros monjes y a Elazar. Lo único que había recibido como respuesta habían sido magulladuras y después de cierto tiempo, una mandíbula rota.

El pulso de Ben latía en su cuello, su mentón dolía donde el hueso se había roto bajo la mano de su padre hacía muchos años.

Los ojos de la multitud y los de los nobles se hundieron en él, ardientes como el fuego. Los susurros de perplejidad y horror se amontonaban a sus pies, tan mortíferos como la leña seca.

—¡*Nos purificar*! —comenzó a decir de nuevo la multitud, junto a otras plegarias que parecían no estar dedicadas al Dios Piadoso, sino a Elazar, que estaba de pie en la escalera, inmóvil.

—Te encomendé esta tarea —dijo Elazar de forma que solo Ben lo oyera—. Sabes lo delicada que es. Ha pasado menos de un día y ya estás causando disturbios. ¿Me equivoqué al confiar en ti?

Ben tembló y realizó una reverencia. Su miedo llegó al máximo y se apoderó de él.

¿Pueden perdonar al príncipe Benat por esto?, oía cómo susurraban los espectadores. El Dios Piadoso ahora era claro respecto de la magia. Solo había un final: la muerte.

Ese había sido el motivo por el que Elazar le había ordenado que creara una poción curativa: para desterrar las creencias que asfixiaban a su país, para terminar con el extremismo y la violencia.

Ben miró a su padre. ¿Era eso lo que Elazar quería? ¿Era posible que alguien que había condenado a su hermano y a su sobrino y golpeado a su hijo se hubiera convertido en alguien que deseaba la tolerancia?

Los defensores guiaron a otro grupo de prisioneros afuera. Los primeros nueve no estaban, los habían llevado de regreso a las celdas. La histeria de la multitud apareció de nuevo, felices de que alguien muriera, evidencia de que era posible purgar el mal. Sin embargo, unas pocas miradas permanecieron sobre Ben, llenas de odio y miedo.

Elazar tenía las manos sobre el pecho y movía los labios en una oración de la que Ben solo comprendió fragmentos.

—…entregamos estas almas para probar nuestra penitencia. Pagamos con sangre las impurezas…

Elazar haría lo que fuera para servirle al Dios Piadoso. *Sacrificaría* lo que fuera. O el trabajo que Elazar le había dado a Ben era lo que él prometía que era —una mejora para su país— o Elazar intentaba realizar el sacrificio que Ben había sentido que pesaba sobre él durante los últimos seis años.

La realeza le daba esperanzas a Argrid mientras estuviera viva, pero Ben había visto el impacto de los nobles muertos: Rodrigu y Paxben habían ardido y habían causado desesperación por obtener seguridad a cualquier precio, y un poder desenfrenado para la Iglesia.

¿Qué causaría un príncipe muerto?

Ben retrocedió y se tropezó con Jakes. Un espacio mínimo los separaba, así que cuando Jakes preguntó: «¿Estás bien?», solo Ben lo escuchó.

Jakes sujetó el codo de Ben y lo hizo bajar los escalones. En el extremo remoto del patio, las llamas se alimentaban de la madera seca, apresurándose por engullir a las almas dañadas antes de que pudieran seguir lastimando al país. Un ruido invadió el aire, un grito que nunca podría haber pasado desapercibido.

Los monjes decían que era el sonido causado por la expiación del mal.

Confundido, Ben terminó en sus aposentos en el palacio. El resplandor tenue de las llamas de la chimenea tenía la intención de hacer que las habitaciones fueran acogedoras, pero solo le causaban ardor en los ojos.

Pasó junto al fuego y se detuvo para apoyar las manos sobre su escritorio y dejar salir un grito.

Una mano se posó en su hombro. La puerta de su habitación estaba cerrada. Él y Jakes estaban solos bajo la luz del hogar y la oscuridad creada por las cortinas cerradas de la sala de estar.

Un príncipe mejor le habría ordenado a Jakes que se fuera lejos hacía mucho tiempo. Un defensor mejor se habría disculpado por cruzar la línea que existía entre los nobles y los sirvientes.

—Es tu deber hacer que se cuestionen las cosas, hacer que cambien de opinión —intentó decir Jakes.

—¿Lo es? —Ben lo miró—. Siento que es herejía.

Jakes sonrió. Ben se volvió más.

—Herejía... o esperanza.

La luz del fuego detrás de Jakes brillaba entre los mechones de su cabello. El cuarto se balanceó, las pinturas en los muros y los muebles de cerezo oscuro latían con el chisporroteo de cada llama.

Jakes tarareaba ese salmo que Ben aún no podía identificar.

—¿Cuál es? —susurró Ben—. El salmo que cantas cuando estás nervioso.

Jakes sonrió.

—No estoy nervioso. —Su expresión se volvió rígida—. Y no es un salmo. Mi hermana solía escribir canciones. Es una de las suyas.

Ben retrocedió, frunciendo el ceño.

—Nunca me lo contaste.

—Nunca me preguntaste.

No lo dijo como una acusación, pero el corazón de Ben igual se hundió de vergüenza.

—¿Por qué me quieres? —preguntó Ben—. Soy egoísta. Estoy distraído la mitad del tiempo. El Dios Piadoso exige castidad hasta el matrimonio. Soy malo para ti en todo sentido.

Jakes suavizó su expresión.

—Mi hermana solía decir que uno puede saber cuál es el carácter de una persona en base a cuáles considera que son sus debilidades, en vez de sus fortalezas. —Su sonrisa era frágil—. Tú eres mi debilidad.

La luz del fuego se avivó, y Ben sujetó a Jakes para no perder el equilibrio. Su tacto era lo único que necesitaba. Ben siguió el movimiento de las llamas para acurrucarse en el hueco del cuello de Jakes.

Si trabajar con magia lo sentenciaba a morir quemado, esperaba que aquel aroma —el que impregnaba el cuello de Jakes, allí mismo, el jabón de canela especiada y la sal amarga en el sudor de su piel— llenara sus últimos momentos.

Entrelazó las manos en los pliegues de la camisa de Jakes, embriagándose con el más dulce de los vinos.

8

Lu no tuvo oportunidad de hablar con ninguno de sus padres hasta la mañana siguiente. El Consejo había estado reunido cuando ella había salido de la celda de Vex, y Tom era uno de los miembros del Consejo que se hallaba al inicio de la estancia, gritando y discutiendo, lo que había hecho que fuera imposible que ella le informara sobre lo que Vex le había dicho. Cuando Kari y Tom por fin regresaron a sus aposentos después de un largo tiempo, somnolientos y exhaustos, Lu estaba encorvada sobre su escritorio, medio dormida, trabajando en el tónico para Annalisa.

Pero por fin, el nuevo día había comenzado. La luz del sol entraba a través de cada ventana junto a la que Lu pasaba de camino al comedor del castillo. Además de la calidez de la suave luz blanca, sintió algo familiar que hizo que sus pasos fueran más pesados.

La guerra contra Argrid había comenzado cuando ella era demasiado pequeña como para que la recordara. Cada vez que Lu había buscado información en la calle o en las salas donde solo una niña diminuta pasaba desapercibida, había sentido que estallaría con la seguridad de que esa vez sería la definitiva. Esa información, que como niña no había comprendido realmente —números de tropas o la ubicación de una batalla— había permitido que terminara la guerra. Más tarde, cuando Tom la envió a misiones más sangrientas, había hecho todo con la certeza de que mejoraría las cosas.

Ahora sentía esa misma certeza. Vex estaba dispuesto a cooperar... lo cual significaba que no estaba involucrado en una conspiración mayor con Milo, lo cual también implicaba que quizás ni siquiera existía una conspiración. Tal vez Lu había sido una tonta por creer en el pirata, pero su respuesta le había parecido sincera.

Sintió pavor cuando abrió despacio la puerta del comedor... Ni una sola vez la seguridad que había sentido de niña había finalizado la guerra.

El comedor tenía vistas al lago, un paisaje milagroso que Lu una vez había creído que abarcaba toda Gracia Loray. Paneles de cristal en la pared externa se abrían para permitir la entrada de oleadas de aire fresco y masas de humedad. La mesa en el centro del salón tenía decenas de asientos, y los sirvientes mantenían una mesa más pequeña a un lado llena de fruta fresca y bollos mientras los visitantes entraban durante el transcurso de la mañana.

Los miembros generales del Consejo y algunos del contingente argridiano estaban presentes. Milo, no.

Los padres de Lu estaban sentados en la mesa principal. Ella ocupó una silla frente a Kari. Tom estaba sentado junto a su madre, y su presencia funcionó como un alivio temporal.

Tom le sonrió sobre una copa de acacia caliente, una de las plantas populares más usadas. Causaba alerta y mantenía a quien la bebía despierto durante largos períodos de tiempo cuando se la disolvía en agua. El aroma térreo pintaba el aire mientras él le ofrecía su plato de comida.

—No te despertamos cuando nos marchamos esta mañana, ¿verdad? Parecías exhausta, como si hubieras estado probando aquel tónico soporífero. No lo has hecho, ¿verdad?

Lu bostezó a modo de respuesta y agarró un buñuelo de bacalao.

—Claro que no, padre. ¿Cuándo se reunirá de nuevo el Consejo?

—No te preocupes por eso —dijo Kari—. ¿Vas a regresar al hospital? Dile a Teo que, si no pasa la noche con nosotros, lo arrastraré hasta aquí yo misma. Un hospital no es lugar para un niño sano.

Lu logró sonreír.

—Veré si lo tienta la promesa de dormir bajo el mismo techo que Devereux Bell, pero dudo que algo lo aparte de su hermana. —Hizo una pausa—. Hablando de eso… ¿se ha tomado una decisión con respecto al futuro del señor Bell?

—Es difícil. —Tom suspiró—. Los argridianos se negaron a avanzar con nuestro tratado a menos que aceptemos colgar a Bell. Una actitud que no complació demasiado a la mayoría del Consejo.

—Hablé con él —dijo Lu, quitando la cubierta crujiente del buñuelo de bacalao. El aceite brilló en sus dedos.

Los ojos de Kari estaban posados en la puerta que se encontraba a espaldas de Lu.

—¿Con quién, corazón?

Lu miró a Tom. ¿Él no le había hablado a Kari sobre su pequeña reunión con Devereux?

Unas voces fuertes interrumpieron su conversación, llamando la atención de todo el comedor hasta la puerta. Lu se giró mientras Branden Axel, capitán de la guardia del castillo, se abría paso entre argridianos furiosos.

Kari se puso de pie de inmediato. Lazlo era el otro único miembro superior presente, y se unió a ella mientras Kari rodeaba la mesa para interceptar a Branden.

—¿Capitán?

Branden extendió un puño cerrado hacia Kari y abrió los dedos. Lu se puso de pie de un salto, y posó los ojos en el pañuelo que yacía abierto en la palma de Branden. Dentro, una cinta sujetaba un ramillete de plantas. Su color indicaba que alguien las había secado y remojado.

Kari movió la cabeza de un lado a otro.

—¿Qué es esto? ¿Qué sucede?

—¡Es una atrocidad! —gritó un argridiano detrás de Branden—. Es algo más que condenable...

Kari lo ignoró.

—Capitán, ¿qué...?

Pero Lu fue quien preguntó:

—¿Helecho soporífero?

Branden la miró.

—¿Eso es? ¿Cómo lo sabes?

Lu sintió calor en la cara ante la acusación en el tono del soldado. *¿Cómo es posible que la hija de un político reconozca una planta peligrosa al verla?* Pero quizás él simplemente estaba nervioso por los delegados furiosos que se encontraban a su espalda.

—He estudiado *Maravillas botánicas* —explicó Lu, sin mencionar que tenía helecho soporífero en su habitación en aquel instante. Pero ella no había remojado su reserva: la planta solo era efectiva cuando la quemaban e inhalaban su humo.

—¿Helecho soporífero? ¿Una de vuestras despreciables plantas? —espetó el argridiano. Parecía a punto de golpear algo, tenía la mano cerrada en un puño, todo en tensión—. ¿No solo ha desaparecido, sino que ha sido *envenenado*?

Una ola de silencio cayó sobre la sala. Lu permaneció inmóvil mientras su madre preguntaba:

—¿Quién ha desaparecido?

—El general Milo Ibarra —respondió Branden.

Un latido, y la sala estalló, las preguntas se superponían en una maraña de furia.

Lu se resistía a creerlo. *¿Milo ha... desaparecido?*

Kari alzó las manos para pedir un silencio que no llegó mientras Branden daba más detalles.

—No han visto al general en horas. La tetera en su mesa estaba volcada, y allí encontramos el helecho soporífero. En su té.

Aquellos detalles no ayudaron en nada a tranquilizar a la sala… de hecho, la furia y las preguntas aumentaron. *¿Por qué Milo? ¿Quién haría algo semejante?*

Y cada vez más y más fuerte: *¿Cómo se atrevía Gracia Loray a permitir que aquello ocurriera?*

Lu sintió un nudo en el estómago. Tiró del brazo de Branden para ver de nuevo el helecho soporífero, y lo miró bien antes de que su madre hablara.

—Capitán Axel, ordene a sus hombres que busquen en las instalaciones —dijo Kari—. ¡Sacaremos a la luz lo que sea que haya ocurrido!

—¡Este secuestro no es una coincidencia! —replicó uno de los argridianos.

El helecho soporífero no había sido quemado. De haber sido así, la planta hubiera estado carbonizada, irreconocible, o al menos chamuscada en parte… pero el helecho que Lu había visto estaba entero, solo mojado.

O alguien había tenido intenciones de usar la planta para dejar inconsciente a Milo, pero la había ocultado en la tetera después de cambiar de planes, o habían colocado el helecho soporífero allí para hacer que otros creyeran que lo habían drogado.

Lu fulminó con la mirada a los argridianos, mientras su estómago se retorcía.

Los miembros del Consejo se reunieron, hablaron juntando las cabezas, y Tom se apartó para unirse a otro grupo.

Lu agarró su brazo.

—Padre, no fue…

—Lu, no puedo…

—¡Escucha! —Lo obligó a mirarla—. El helecho soporífero no se consume a través de la bebida. Hay que quemarlo e inhalarlo para…

Lazlo alzó las manos.

—¡Silencio! ¡Orden!

Otro diplomático argridiano subió de un salto a una silla.

—¡Sí, les encantaría que guardáramos silencio! ¿Por qué otro motivo desaparecería el hombre que lidera la oposición a su isla?

—¡Suficiente, señor! —gritó Kari. Lu se quedó paralizada. Su madre rara vez, si es que alguna vez lo había hecho, alzaba la voz—. ¡No puede acusar a Gracia Loray de un crimen semejante!

—¡Un argridiano ha *desaparecido*! Por este motivo pedimos que libren su isla de piratas. Ellos no tienen respeto por la autoridad y claramente han secuestrado al general para mostrar su disconformidad con la ley propuesta. Los piratas son un peligro para ustedes, y también para Argrid, ¡y no permaneceremos callados! *¡Non máis silencio!*

Los otros diplomáticos repitieron su canto en perfecto argridiano, un rechazo evidente hacia el Consejo: «¡No más silencio!».

—Si bien estoy preocupada por el general Ibarra —dijo Kari—, también me preocupa que hayamos colocado nuestra indignación en el lugar equivocado. Esto podría ser un malentendido…

—Entonces, ¿dónde está Ibarra? —gritó un argridiano.

—¡Los piratas se lo han llevado! —exclamó otro, como si cada uno se turnara para luchar por la causa—. ¡El Líder Pilkvist profirió ayer muchas amenazas! ¿Quién más utilizaría una planta peligrosa como el helecho soporífero? Por esta razón debemos eliminarlos. ¡Por esto debemos movernos!

El canto comenzó de nuevo.

—*¡Non máis silencio!*

—¡Investigaremos la desaparición de Ibarra! —dijo Kari—. ¡Pero lo haremos con un debate meticuloso!

Lazlo la encaró.

—Si descubrimos que Ibarra fue secuestrado por piratas, ¿qué nos dirá que hagamos? ¿Que debatamos, también? Particularmente ahora, cuando estamos tan cerca de sellar la paz con Argrid, ¡y los piratas la ponen en riesgo! Quizás Ibarra tenía razón… ¡quizás es hora de posicionarse contra los piratas!

—Si el helecho soporífero en el té es el único motivo para creer que Ibarra fue secuestrado —dijo Tom— y no hay más pruebas, uno podría preguntarse por qué nuestros delegados argridianos han reaccionado con tanta furia y tanta rapidez.

—¿Qué está diciendo? —gritó un delegado.

—Digo —Tom inhaló— que si este secuestro fue fingido, e Ibarra participó en su propia desaparición para promover la causa de Argrid... ¿qué nos pedirían que hiciéramos entonces?

Kari abrió de par en par los ojos, horrorizada. Lu retrocedió rápido. Su cadera golpeó una silla.

—¡Cómo se atreve!

—¡Nos acusa de traición!

—¡BASTA! —Un argridiano se puso de pie por encima del resto, con los brazos extendidos—. Cuando acordamos firmar este tratado, creímos que podíamos alcanzar la paz. Han carcomido cada ley que hemos propuesto, ¡y nos minan a nosotros cuando pedimos justicia!

Algunos argridianos llenaron el aire con palabras entusiastas de acuerdo.

—¡He dicho basta! —prosiguió él—. Demuestren su compromiso con la paz: recuperen el control de su isla. ¡Ya no callaremos ante estos peligros! *¡Non máis silencio!*

—*¡Non máis silencio!* —repitieron los argridianos.

Los miembros del Consejo generales y superiores los observaron, algunos atónitos, otros asustados.

Lu había crecido con discusiones como esa y miedo como ese. Habían dejado la misma sensación en su piel, cosquilleos de urgencia y acción. Pero habían pasado más de cinco años desde que había sentido eso... ¿Y solo se habían necesitado dos días para que resurgieran esas actitudes provocativas?

Lu hizo una pausa. Todo aquello había ocurrido en cuarenta y ocho horas. El plan de Milo de oponerse a los sindicatos piratas; su secuestro. ¿La captura de Devereux encajaba en ello? Y todavía estaba el asunto del helecho soporífero... beberlo en el té no podía haber hecho que Milo perdiera la consciencia.

Algo más sucedía. ¿Argrid estaba detrás de ello? ¿O era Milo el responsable?

El sudor cayó por la columna de Lu. Los delegados lorayanos y argridianos habían pasado el último mes negociando por la paz... ¿por qué Argrid lanzaría por la borda todo eso? La revolución los había agotado; su país estaba prácticamente en bancorrota, y Argrid también había perdido muchos soldados. Gracia Loray no era el único país que quedaría dañado con otra guerra...

Las piezas encajaron en su lugar y Lu dio un grito ahogado. Con Gracia Loray en guerra contra los piratas, *consigo misma*, Argrid estaría libre e intacta. La isla se haría trizas, lo cual le dejaría a Argrid el camino libre para hacer con ella lo que deseara.

Lu observó la sala como si estuviera viéndola desde lejos. Los gritos de justicia, la división entre argridianos y lorayanos.

—*¡Non máis silencio!* —entonaban los argridianos—. *¡Non máis silencio!*

A Vex nunca le había interesado demasiado la política. Como huérfano durante la guerra, solo le había importado qué reacciones podía obtener de las personas y cómo utilizarlas a su favor. Y esa, según alguien le había dicho una vez, era la forma en que funcionaban los gobiernos del mundo: a través de la manipulación.

Pero se había comportado. No estaba *manipulando* a nadie. Les robaba solo a personas horribles; no cobraba de más cuando vendía plantas; y nunca había llegado a los extremos de otros piratas cuando alguien le hacía daño. Por ese motivo nunca se había unido a un sindicato. Él era, con toda su humildad evidente, mejor que ellos.

Pero ¿qué bien le había hecho eso a él?

—¿Te has enterado de lo ocurrido? —Un nuevo soldado llegó a relevar a uno de los dos que custodiaban a Vex esa noche. Extendió la mandíbula a modo de saludo hacia su camarada—. Uno de los visitantes argridianos ha desaparecido. El general ese, Milo Ibarra.

El otro guardia alzó las cejas.

—¿Qué? ¿Cómo?

—Creen que lo han secuestrado. —El nuevo guardia cruzó los brazos y miró hacia la celda de Vex—. Un día *después* de que propusiera una ley para librarse de los piratas.

Vex permaneció donde estaba, recostado de nuevo sobre el banco, pero paralizó cada músculo mientras hacía un esfuerzo por escuchar.

—Mierda —dijo el otro—. ¿No vino Pilkvist ayer? ¿El Consejo piensa que él secuestró a Ibarra?

—Quizás, pero sería terriblemente obvio, ¿no?

Vex puso su ojo en blanco. *Sí*, pero además, Pilkvist no era tan hábil.

—Pero apuesto a que fue un pirata. Otro sindicato, o incluso escoria como este. —El nuevo guardia golpeó los barrotes de la celda de Vex, y él se estremeció—. Odio decirlo, pero Argrid tenía razón: necesitamos limpiar esta isla. La tienda de mi padre tuvo un problema de ratas unos años atrás. Librarse de ellas fue una lucha, pero habría sido peor si hubiésemos esperado más. Hay que erradicar la plaga antes de que *realmente* se pierda el control.

Vex obligó a su ojo a permanecer clavado en el techo sucio.

Había oído antes la palabra *erradicar*. La Iglesia la había pronunciado: «Erradicar la magia maligna; erradicar a aquellos que la usan; erradicar las impurezas de tu alma».

Una presión aumentó en el pecho de Vex, pero no se permitió temblar o caer en los recuerdos que siempre estaban a punto de consumirlo. Recuerdos de la guerra, de soldados sujetándolo y declarándolo hereje y otras palabras que era demasiado joven para comprender, o para *ser*.

Sabía que Argrid quería recuperar Gracia Loray. ¿Por qué si no se esforzaban tanto en explotar a los piratas? ¿Por qué otro motivo habían registrado los errores de Vex cuando había estado en aquella maldita prisión años atrás para después usarlos como extorsión? Sabían que habían perdido la guerra por su débil ejército. De esa forma, romperían al Consejo, separarían la isla, y lograrían que fuera más fácil hacerse con el control. Los rezos, los salmos y las piras asfixiarían esa isla de mercados libres y ríos llenos de magia.

Vex siempre lo había sabido. Pero lo había ignorado, porque lo único que tenía era su boca astuta, la afición de Nayeli por los explosivos, los músculos de Edda, y su barco, el *Sinuoso veloz*. ¿Cómo podían ellos luchar contra un imperio? Apenas podían mantener a Argrid lejos y lo único que habían querido era crear un hogar más allá del desastre de Gracia Loray y también de Argrid. De la guerra y de la purificación.

Al oír al guardia que hablaba de *erradicar*, Vex debería haber hecho algo. Debería… no sabía qué debería haber hecho. ¿Qué habría hecho la chica? A ella le había importado mucho esa isla en la única conversación que habían mantenido, y él por poco se había enamorado de ella por la pasión que había transmitido.

Ella hubiera hecho algo. Ella no era una pirata inútil sin afiliación sindical, viviendo de la fama por cosas sin importancia.

La puerta del balcón de Lu se abrió.

Se incorporó, haciendo una mueca de dolor cuando los músculos de su cuello sufrieron un espasmo. Las partes de su pócima soporífera estaban encima del escritorio. Morteros y fregaderos; frascos vacíos; dos retazos de tela sobre los que había puesto el helecho soporífero y la enredadera Narcotium. Se había sentido muy orgullosa cuando había pensado en aquella campana de cristal, el envase perfecto para encerrar el humo tranquilizador del helecho Narcotium. Había encendido una hoja y la había colocado debajo del cristal, con la intención de impregnar con él la enredadera Narcotium y crear un tónico.

Pero había estado cansada y había sido torpe, y lo único que había hecho falta había sido un golpe de su codo. La campana de cristal había caído y había liberado el humo, y ella no había tenido la precaución de colocar acacia cerca para neutralizar el helecho soporífero.

La inconsciencia se había apoderado de ella.

Lu se reclinó en su silla, hundiendo las palmas de sus manos en sus ojos. Ese era el problema con el helecho soporífero: generaba un estado de inconsciencia, pero no un estado de *reposo*. No estaba más descansada ahora de lo que había estado antes de haberse desmayado sobre el escritorio.

Un segundo: ¿qué la había despertado?

Parpadeó mirando alrededor del cuarto oscuro. Las cortinas diáfanas sobre las puertas abiertas del balcón flameaban con la brisa embriagadora de la medianoche. Lejos, el susurro de las olas del lago Regolith entonaba una canción de cuna. ¿El viento había abierto la puerta? La había cerrado con llave desde el secuestro de Milo…

Lu se puso de pie, descalza sobre los azulejos de mármol fríos, con el corazón acelerado. Lo único que tenía puesto era un camisón delgado y su ligereza la hacía sentir desnuda mientras la sensación espectral de ser observada recorría su columna como una gota de sudor.

Alguien estaba en su habitación.

Lu había pasado el día siguiente al secuestro de Milo en reuniones del Consejo, saliendo solo por períodos breves para cuidar de Annalisa. Esperando, con la esperanza de llegar a un acuerdo;

pero lo único en lo que el Consejo y los argridianos concordaban era en que no estaban de acuerdo en nada.

Lo de Milo es inexplicable, susurró su terror. *Nadie sabe dónde está…*

Lu hurgó en su escritorio, entre frascos cuyas etiquetas no podía leer en la oscuridad. La sensación de ser observada creció, y Lu sujetó un puñado de frascos, con la intención de hacerlos trizas en el suelo.

Pero una voz la detuvo en seco.

—¿Lu? Lo siento, pero…

Unos pasos suaves avanzaban sobre el mármol; unas manos tiraron de su camisón.

Entonces, Lu lo vio. Teo siempre estaba escalando, colgando de vigas en el granero, demasiado ligero y rápido para su propio bien; su agilidad —y su angustia— podrían haberlo hecho subir los dos pisos hasta llegar al balcón de Lu.

Un agujero doloroso se abrió en el estómago de Lu mientras caía de rodillas, y los frascos con plantas rodaban en el suelo. Sujetó la cara de Teo, pero estaba demasiado oscuro para verlo… Podía sentir las lágrimas en las mejillas del niño.

—Se ha… ido, Lu —dijo respirando con dificultad—. Como mamá. Ambas se han ido…

Él se apoyó en ella, llorando.

Está bien, Tee, intentó decirle, pero en cambio escuchó a Annalisa hablando mucho tiempo atrás.

«Todo irá bien», había susurrado Annalisa mientras se escondían debajo de la cama y el pisoteo de las botas y los disparos invadían el refugio. «Todo irá bien, todo irá bien, todo irá…».

Unos dedos habían apretado el brazo de Lu y la habían sacado fuera de su escondite bajo la cama. El atacante la había lanzado contra los estantes que delineaban la habitación. Los libros habían caído a su alrededor, y al oír el *clic* de la pistola había alzado el libro más cercano y lo había utilizado como un escudo.

«Todo irá bien», había dicho Lu, repitiendo aquellas palabras porque no podía pensar en nada más mientras miraba el cañón de la pistola. «Todo irá bien…».

La guerra había terminado esa noche. Pero nada había ido bien.

Tras semanas de observar el deterioro de Annalisa, a Lu le dolía el corazón. Solo sentía que un niño lloraba en su regazo y un vacío que la hizo parpadear sin hablar mientras la luz invadía su habitación.

Kari atravesó la puerta. Una bata delgada ondulaba alrededor de su camisón. No dijo ni una palabra mientras se arrodillaba y rodeaba con los brazos a Teo y a Lu, y el aroma a coco brotaba de su pelo negro suelto, que formaba rizos gruesos por la humedad.

El perfume apartó a Lu de la realidad por un latido, por un instante.

Kari había aprendido la pócima de su propia madre, una inmigrante tunciana: curatea para regenerar la piel; coco para cubrir el hedor de la curatea; y varias especies de Tuncay que se decía que hacían todo, desde aumentar la energía a disipar malos pensamientos. Lu se sintió abrumada por el aroma intenso a nuez, que hizo que se acordara de cuando se dormía en el regazo de su madre siendo una niña.

Tom entró al cuarto, y sobre el hombro de Kari, Lu observó que apoyaba un candelabro encendido y una pistola sobre su escritorio.

El consuelo del momento se rompió. Lu miró el arma, cada nervio gritaba: *¡No! ¡Llévatela!*

Pero el decoro no importaba… que hubiera una docena de rifles en su habitación, que su mundo no fuera nada más que armas y sangre de nuevo.

Nada de eso importaba. Annalisa había muerto, al igual que Bianca había muerto. Lu no había sido capaz de salvarla.

Las lágrimas aparecieron, y cubrieron las mejillas de Lu a borbotones mientras sollozaba.

Kari presionó los labios contra la frente de Lu. En lo profundo de su garganta, comenzó a tararear, acariciando la espalda de Teo. Lu reconoció una canción de la revolución. Se había convertido en la favorita de Teo desde la muerte de Bianca.

—*Mugre y arena en la isla entera, las corrientes siempre nuestras serán* —cantaba Kari, como una canción de cuna. Teo se tranquilizó, su pequeño cuerpo estaba agotado—. *Ni dios, ni soldado, ni emperador, ni rey, mi corriente robarán.*

Lu había oído a los revolucionarios cantar eso en la oscuridad abarrotada de los refugios, con voces suaves y susurrantes.

—*Fluid amigos, fluid conmigo, como uno solo hay que fluir.* —Lu comenzó a cantar con ella. Su voz sonaba amortiguada en el hombro de Kari—. *Ni dios, ni soldado, ni emperador, ni rey, lo que hicimos pueden destruir.*

9

Los rumores sobre Ben crecieron.

«El príncipe Benat frecuenta la Universidad», oyó mientras pasaba junto a los nobles en los pasillos, mientras estaba sentado en los bancos durante los servicios religiosos en la Iglesia. «¿Tiene algo que ver con el incidente durante la quema? ¿Con… la magia?».

Aquella palabra lo seguía como una sombra. Los guardias prestaban más atención cuando él se acercaba. Los aristócratas de las patrullas inquisitivas se mantenían a distancia. Sabía que era observado, que esperaban que cayera al suelo, apostando si el impacto lo haría añicos o si había alguna forma, cualquier forma, de que pudiera ser perdonado.

Elazar no anuló la orden que le había dado a Ben de crear una poción curativa con la magia de Gracia Loray. No había guardias esperando para prohibirle a Ben la entrada a la Universidad o para destruir sus plantas. Pero sin duda, después de la reacción en la Catedral Gracia Neus —el miedo, los rumores—, ¿iba a reconsiderarlo Elazar?

Cada vez que Ben miraba a su padre, veía la chispa y el movimiento de las llamas que habían matado a Rodrigu y a Paxben. El modo inflexible en que Elazar se había quedado en los escalones de Gracia Neus, como si los gritos de su hermano y su sobrino no lo mantuvieran despierto por la noche, porque el Dios Piadoso lo había ordenado.

Ben sospechaba que Elazar observaría un día la muerte de su hijo con la misma frialdad.

Cuando era más joven, Ben había estado celoso de que Paxben creciese y ocupara el lugar de Rodrigu. Ahora, Ben *estaba* en el lugar de Rodrigu. Le habían confiado que clasificara plantas: «curatea, utilizada para curar heridas internas o externas; enredadera Narcotium, maligna, un alucinógeno que alienta los males del Diablo de los excesos y la intoxicación». Con el préstamo de los mecht con el que habían comprado frascos y morteros y más equipamiento, Ben tenía todo lo que necesitaba para preparar las plantas y combinarlas en un tónico, quizás, o probarlas en distintas preparaciones… pero necesitaba un mínimo de protección para hacerlo.

Lo cual podía causar las peores consecuencias: arrastrar al mecht a la Universidad o que Ben prosiguiera su investigación solo. Cualquiera de las dos opciones atraería interés. La primera porque los ciudadanos de Deza sabían que el príncipe heredero había perdonado al pirata sentenciado, y ahora trabajaba con él. La segunda porque si Ben admitía poseer un vasto conocimiento de la magia de Gracia Loray, demostraría que era aquello con lo que las personas habían identificado a Rodrigu y Paxben: hereje.

¿Habría tónicos curativos que aliviaran el odio de Argrid? ¿Sería posible alcanzar la paz con Gracia Loray? ¿Llevaría a Argrid a la tolerancia?

Ben estaba atrapado, moliendo plantas mágicas, encorvado en la esquina trasera del laboratorio, demasiado asustado para actuar, demasiado asustado para no hacerlo.

Después de tres días ocupado con la tarea de Elazar, Ben había logrado moler la mayoría de las plantas del baúl del barco pirata.

Algunas estaban en pasta; otras en polvo, otras no necesitaban molienda. Al menos, no que recordara en base a lo que Rodrigu le había enseñado.

Pero ahora que Ben tenía esos ingredientes, ¿qué iba a hacer con ellos? ¿Cómo crearía una cura para la Enfermedad Temblorosa? ¿Debía hallar una forma de hacerlas más potentes o de combinarlas para ver si sus efectos funcionaban bien en conjunto? Pero no tenía una cantidad infinita de plantas. Y en quién las probaría...

¿Sería capaz de encontrar a algún participante voluntario antes de que Argrid se impacientara por los rumores de que su príncipe trabajaba con la magia del Diablo?

Ben suspiró y guardó sus frascos de plantas.

Tras golpear la puerta, Jakes entró.

—Mi príncipe, su carruaje está...

Alguien dio un portazo en el pasillo, seguido de unos gritos.

La entrada de la Universidad era angosta, con paneles de madera y luz natural. Los defensores que la habían custodiado estaban de pie cerca de la puerta del laboratorio, pero los superaban en número otros que parecían ciudadanos normales, no sirvientes universitarios. Cuerpos que atravesaban las puertas abiertas, algunos con farolillos que emitían una luz inestable que impactaba en los muros.

Ben solo tuvo segundos para asimilarlo. En cuanto apareció en la puerta, las personas se volvieron para enfrentarlo.

—¡*Príncipe herexe!* —gritaban. Príncipe hereje.

El título dejó a Ben atónito e inmóvil. Las llamas centelleantes en sus manos. No podía pensar.

La multitud avanzó hacia él sobre los defensores que gritaban para poner orden. Jakes maldijo, y cubrió la puerta con su cuerpo.

—¡Juegas con el mal mientras el peligro real aumenta día a día! —exclamó un manifestante, con su farolillo tembloroso. Ben vio atisbos delirantes en los ojos del hombre mientras observaba la horda. Los defensores habían sometido a algunos de los intrusos, pero otros atravesaron las puertas y había más en el patio, gritando amenazas en una ola de ruido—. ¡Estás contaminado con el mal de Gracia Loray como tu tío! ¡No toleraremos la corrupción!

—¡Estoy intentando ayudarle! —suplicó Ben. Apretó los dedos sobre el hombro de Jakes, su propio frenesí era un animal vivo que no podía dominar—. ¡Intento detener el mal! ¡Lo *intento*!

—Eso dices —gruñó el hombre—. Pero Rodrigu también decía que ayudaba a Argrid mientras en secreto traía el mal de Gracia Loray a nuestro país y liberaba a los monstruos que lo diseminaban. Estás continuando con el trabajo de Rodrigu y pronto los piratas se alzarán de sus antros de perdición en Gracia Loray para propagar su depravación en Argrid. ¡Estaremos perdidos por *tu* culpa!

—¡Suficiente! —rugió Jakes y le dio un puñetazo a la mandíbula del manifestante.

El hombre se tambaleó hacia atrás. La histeria de los manifestantes aumentó. Alzaron los puños, dieron patadas, las voces desgarraron el aire con gritos de *¡Príncipe herexe!*

—¡Pon al príncipe a salvo! —le gritó un defensor a Jakes.

Jakes empujó a Ben hacia una de las puertas en el muro trasero que llevaba a los pasillos y a otras salidas. Pero Jakes estaba de espaldas a la multitud, y el manifestante atravesó la fila de defensores y entró al laboratorio. Ben apartó a Jakes cuando el hombre intentó golpearle la cabeza con su farolillo, y los dos cayeron en la mesa que se encontraba a sus espaldas, y a duras penas evitaron el golpe.

Los ojos del manifestante se posaron en el trabajo de Ben. Sin pausa, el manifestante alzó el farolillo y lo hizo añicos sobre la mesa.

El cristal quedó destrozado y el calor estalló en llamas que devoraron las pilas de provisiones y documentos inofensivos que Ben había recuperado de las viejas despensas de Rodrigu.

Ben se giró hacia un lado, observando cómo se propagaba el fuego. Aquel espacio polvoriento proveía mucho combustible y, en un segundo, las llamas cubrieron la mitad de la mesa.

Jakes arrastró a Ben aferrándolo de la camisa hacia la puerta que estaba en la parte trasera de la habitación. El manifestante vio su intento de escape y dio un paso hacia ellos, pero las llamas cubrieron rápidamente las patas de la mesa y las tablas agrietadas del suelo. El hombre gritó y cayó hacia atrás, los defensores por fin recobraron el control lo suficiente como para poder sujetarlo por la espalda.

El humo invadió el cuarto, cubrió todo lo que Ben hubiera podido ver. El fuego se extendía demasiado rápido, como si él también desaprobara lo que Ben hacía.

Jakes tenía la puerta abierta, pero Ben se libró de su mano. El cofre mágico aún estaba sobre la mesa.

—¡Ben! —gritó Jakes, el fuego crepitante intentaba ahogarlo.

Ben agarró el cofre segundos antes de que el infierno llegara a ese rincón de la mesa. Se dio la vuelta, sin detenerse a ver el laboratorio en llamas.

Jakes lo empujó a través de la puerta y la cerró al salir. Los dos corrieron por los pasillos vacíos, pero el humo los seguía, ahora de fuentes nuevas: otros manifestantes habían visto el fuego y habían añadido sus propios farolillos al incendio.

Ben y Jakes serpentearon por otras áreas, intentando aumentar la distancia entre ellos y el frente de la Universidad. Finalmente, Ben abrió una puerta lateral que lo llevó junto a Jakes a un patio vacío, al norte del edificio. La noche se acurrucaba sobre los arbustos descuidados y la fuente despintada, como si no tuviera idea de la destrucción que se propagaba a pocos pasos.

Ben cayó en un banco junto a la fuente, tosiendo cenizas y humo. Jakes se desplomó a su lado.

—No podemos quedarnos aquí —dijo Jakes, con la voz irritada en la garganta que estaba en carne viva. Respiró con dificultad, tosió en su puño—. Debemos llevarte a un lugar seguro.

Ben sujetó el cofre. En la distante ala oeste donde estaba el laboratorio, el fulgor anaranjado aún resplandecía, centelleante. La neblina suave y etérea en la noche negra azulina era casi hermosa.

Apoyó el cofre en el suelo.

—Dios, he sido tan estúpido al creer que no llegaría a esto. Estúpido al pensar que tendría tiempo…

Jakes se puso de rodillas para agarrar las manos de Ben. El hollín manchaba su rostro, la sangre caía de un corte en su frente.

—¿Sabías que esto ocurriría? ¿Por qué?

La insensibilidad atravesó el cuerpo de Ben.

—Sucedió antes. —Tosió, las lágrimas arrastraban las cenizas. *Rodrigu. Los herejes arden, Jakes, ardemos…*

—Entonces, lo sabemos. —Jakes no pidió aclaración alguna—. Sabemos que ahora debemos tomar precauciones.

—¿Qué? Dices… ¿Quieres que continúe?

Jakes frunció el ceño.

—¿Tú no quieres? Tu padre te encargó este trabajo. El Dios Piadoso lo aprobó, y creará una Argrid más fuerte. ¿Por qué deberías detenerte?

Ben tenía miles de razones para detenerse. Se había repetido aquellas razones desde la muerte de Rodrigu y Paxben, para mantenerse vivo, para aplastar su miseria. Cada una nacía del miedo y la autopreservación.

Pero Ben veía las llamas a lo lejos, olía la universidad de su tío ardiendo, y sabía que ninguna de sus razones importaba. Argrid necesitaba la tolerancia que surgiría de su trabajo tanto como ellos necesitaban el tratado de paz con Gracia Loray. Necesitaban hacer desaparecer ese miedo.

Los gritos surgieron del ala oeste de la Universidad. Alaridos. Y aquel título, un canto en el viento, una invocación del Infierno: *Príncipe herexe.*

10

Lu despertó con el ronquido suave de Teo. Le ardían los ojos, pero los abrió un poco y, como esperaba, el niño estaba hecho un ovillo ajustado, profundamente dormido a su lado. No sabía hacía cuánto tiempo. Se había despertado llorando a cada hora la noche anterior. Y Lu tampoco había dormido mucho: los recuerdos habían perturbado el poco sueño que había logrado conciliar.

La revolución la había separado de Annalisa, las habían metido en refugios o en barcos con otros niños. Lu había conservado la inocencia de Annalisa como una especie de faro que la guiaba, que le recordaba por qué estaba luchando.

Habían estado juntas la noche en que la revolución había terminado, en el refugio, cuando Argrid había irrumpido en él. Los soldados no habían encontrado a Annalisa… pero habían estado cerca de hacerlo. Demasiado cerca. Después de eso, Lu juró que nunca permitiría que una consecuencia de sus actos amenazara a alguien inocente de nuevo. Asumiría las repercusiones; dejaría que las personas como Annalisa fueran felices.

Pero ahora Annalisa estaba muerta, sin importar cómo Lu la había protegido una vez, sin importar cómo había pensado erróneamente que solucionaría las cosas terribles que había hecho.

Cerró los ojos, concentrándose en la respiración de Teo. Cuando los abrió de nuevo, su atención se posó en su escritorio. La luz matutina en las puertas del balcón iluminó el cañón de la pistola de Tom.

No había mucho tiempo para llorar a Annalisa. El Consejo estaba en plena revuelta política, aún debían decidir cuál sería el destino de Vex, y debían vengar el destino de Milo. ¿Quién estaba detrás de aquel caos?

Teo lloriqueó dormido. Lu subió la manta hasta el mentón del niño, y cuando él se tranquilizó, salió de la cama.

La pistola permaneció en el límite de su visión hasta que abrió la puerta de su cuarto y salió.

Tom y Kari estaban de pie junto al sofá mullido, cerca de las ventanas con vista a la costa oeste del lago Regolith. Cuando les habían dado los aposentos por primera vez, los tres se habían acurrucado en ese sofá, contemplando su isla, sin decir ni una palabra. Simplemente abrazados.

Lu se aferró a su recuerdo como si fuera lo único flotante en el naufragio de su mundo.

Hasta que el susurro severo de Kari la trajo de regreso al presente.

—No podemos decírselo. Dale tiempo. Tal vez yo aún sea capaz de detenerlo.

Tom gruñó a modo de respuesta.

—Es mejor que lo sepa por nosotros, antes de que…

—¿Que sepa qué?

Tom y Kari se giraron hacia ella, suavizando la expresión.

—Adeluna. —Kari atravesó el cuarto y la abrazó. Ahora tenía puesta su ropa habitual, un vestido color crema con encaje en el borde de las mangas acampanadas y en el dobladillo, y el pelo recogido hacia atrás en un moño trenzado. Su piel resplandecía con aquella mezcla de aceites tunciana, y una oleada fresca de coco especiado rodeó a Lu en un capullo de terciopelo.

La necesidad de saber era abrumadora. Lu retrocedió.

—¿Qué ha ocurrido? —insistió ella.

—Nada, cariño…

—Hubo una votación esta mañana, temprano —dijo Tom, dando una patada a los azulejos del suelo por pura frustración. Kari le lanzó una mirada, pero no hizo nada por detenerlo, como si supiera que era inevitable—. Por el anexo de Ibarra a nuestro tratado, para erradicar a los piratas. Lo han aprobado.

Los azulejos del suelo se movieron, o quizás la misma isla tembló lejos bajo los pies de Lu.

—¿Qué? —preguntó—. ¿Cómo? ¿Estabais allí? ¿Dejasteis…?

—Los argridianos han utilizado la noticia de la desaparición de Ibarra para propagar el miedo, diciendo que cualquier autoridad puede ser la próxima víctima mientras los piratas crean que están fuera de la ley. —La voz de Tom sonaba exhausta. Dio un pisotón y dejó quieto el pie mientras movía la cabeza de un lado a otro—. El Consejo envió equipos de búsqueda para Ibarra, colocó alertas en cada puerto y pidió información de puestos en toda la isla… pero los argridianos dicen que no es suficiente. Reunieron solo a los miembros del Consejo que votarían a favor de su ley. Obtuvieron el apoyo necesario para aprobarla; más de la mitad de los miembros generales del Consejo y dos de los miembros superiores. Es un hecho.

—No lo es. —Kari obligó a Lu a mirarla a los ojos—. Lo que negociamos es un borrador de un tratado. Nada ha sido firmado. Pelearé … —Miró a Tom—. *Lucharé*. Tú también, Tomás. Mantendremos en marcha las negociaciones del tratado durante todo el tiempo que sea necesario, prolongaremos las conversaciones mientras encontremos la forma de deshacer esto. No vale la pena tener una guerra civil para obtener la paz con Argrid.

—¿Cuánto tiempo? —preguntó Tom—. ¿Cuánto tiempo tolerará Argrid que retrasemos la justicia?

—No dejaremos de buscar a Ibarra —respondió Kari—. Haremos todo lo posible por encontrarlo. Pero acusar a los piratas sin pruebas no es justicia.

Tom suspiró, pero no insistió más. Los delegados argridianos no se preocuparían por nimiedades. Exigirían acción. ¿Y qué ocurriría cuando la noticia de la desaparición de Milo llegara al rey? Un mensajero ya había partido, sin duda. El Consejo tenía semanas, quizás un mes, antes de que un poder superior sumara su peso al pedido de acción.

Lo único que Lu sentía mientras observaba a su hermosa madre, furiosa, prometer que la guerra no llegaría de nuevo, era vacío. La muerte de Annalisa había succionado cada gota de emoción en ella.

Argrid quería que Gracia Loray se autodestruyera. Quería que la isla estuviera como antes, atrapada bajo la amenaza de muerte constante. Los puertos controlados con toques de queda, personas asesinadas en las calles por cualquier ofensa. Los ríos nublados de sangre mientras los soldados lanzaban en ellos los cadáveres de las celdas de las iglesias. Ahorcamientos y quemas cuando la humedad lo permitía: muerte en todas partes. Pero esta vez, el gobierno que Lu había luchado tanto por instaurar sería responsable de ello.

Argrid obtendría la purificación que quería. Pero Gracia Loray sería quien la llevaría a cabo.

Kari deslizó las manos de arriba abajo sobre los brazos de Lu, y ella notó que su madre había estado diciéndole algo. Cuando Lu alzó la vista hacia ella, Kari inclinó la cabeza hacia abajo.

—Tomás, envía a los mejores al Consejo —dijo Kari—. Nosotros tenemos otras responsabilidades hoy… Ninguno de los dos podrá…

—¡No! —Lu por poco gritó, pero recordó que Teo dormía cerca. El pánico causado por la ausencia de Kari o Tom en cualquier reunión del Consejo, ahora más que nunca, hizo crecer la desesperación en ella—. Gracia Loray os necesita.

—Tú nos necesitas más —dijo Tom mientras rodeaba el sofá y Lu ahogaba un sollozo.

—Iros. Estaré bien. Además, hoy es… —Pensó un momento—. Sería el primer día del interrogatorio de Devereux Bell. Aunque ahora supongo que…

Kari apretó la mandíbula, y miró el techo.

—Lo condenarán a muerte. Pronto.

El destino de Vex estaba sellado… Aunque aún no hubieran firmado el tratado, los argridianos insistirían en su ahorcamiento. Habían logrado que el Consejo aprobara la propuesta de Milo. Vex estaría muerto al final de la semana.

La probabilidad de que él fuera un peón argridiano era cada vez más remota. ¿Milo se hubiera molestado en encerrar a Devereux Bell y a crear el espectáculo de su juicio si Argrid planeaba fingir un secuestro? Era poco probable.

Un plan muy básico apareció en su mente. Si es que podía ser denominado plan: la idea tenía una parte de lógica y cinco partes de locura.

Devereux Bell conocía Gracia Loray mejor que cualquier otro pirata en la isla. Al menos, eso decía su reputación. Pronto estaría muerto… lo cual significaba que era un hombre con nada que perder, pero con mucho por ganar. Y él ya había demostrado estar dispuesto a hacer tratos.

—Los informes de la búsqueda de Milo llegarán hoy también —insistió Lu.

—Sí —dijo Tom—. Ya hemos recibido algunos. Nada nuevo por ahora.

—¿Nada en absoluto? —preguntó Lu—. ¿No es sospechoso que…?

Kari colocó las manos en las mejillas de Lu.

—Ahora no, mi dulce niña. Nos esforzamos mucho para alcanzar la paz aquí. Lucharé contra esto hasta que Argrid ceda, o hasta que expongamos su conspiración.

Lu emitió un suspiro.

—Tú también crees que ellos han planeado esto.

Kari frunció los labios y miró a Tom.

—Tenemos miembros del Consejo leales a nosotros que están hurgando en el asunto. Están investigando el helecho soporífero e intentan rastrearlo, al igual que otras pistas. Pero ahora no: cuida de Teo. —Besó la frente de Lu—. Y de ti misma.

Lu tragó con dificultad. *No más lágrimas; por favor, no más lágrimas.*

—Sí, madre.

Kari se apartó, como si permanecer allí fuera a estropear su determinación. Tom ocupó su lugar y depositó un beso en la frente de Lu mientras Kari reunía sus anotaciones para la reunión.

—Sé que quizás es tentador, con tu conocimiento de magia, buscar alivios fáciles para la pena... —Tom hizo una pausa—. Eres más fuerte que cualquier magia que creas necesitar, mi pequeña Lulu.

El cuerpo de la chica se puso rígido.

—Me has llamado así más veces esta semana de lo que lo has hecho en años.

¿Por qué despertar los recuerdos que traía aquel apodo? Recuerdos de Kari llorando mientras creía que Lu dormía, diciéndole a Tom que odiaba que la vida los hubiera obligado a usar a su hija de espía. Recuerdos de Tom enseñándole cómo defenderse con una espada. Recuerdos de él esperándola después de sus misiones, sujetándola mientras ella temblaba en sus brazos.

«Mi pequeña Lulu», había dicho él. «Lo siento tanto... Estoy tan orgulloso de ti, mi pequeña Lulu...».

Ella inclinó la cabeza a un lado como si intentara apartar los recuerdos. Aquella época había terminado. Las cosas que había hecho, los actos que había cometido, habían llevado a la paz. Y habían sido obra de Tom, como él le había dicho. No era culpa de ella: era culpa de él.

¿Cuántas veces se había repetido eso a sí misma?

Ahora, Tom sonrió.

—¿Recuerdas al perro con el que solías jugar después de la guerra?

Esperó hasta que ella asintió.

—Íbamos al mercado —dijo él—. El animal saltaba a tu alrededor. Te hacía tan… feliz. —Hizo una pausa, con los ojos llorosos—. Así deseo que seas. Mi pequeña Lulu feliz.

Los ojos de Lu se llenaron de lágrimas.

—Padre…

Pero él la interrumpió con otro beso en la frente y se marchó.

De nuevo, la necesidad de hundirse bajo la pena por poco la desarmó. Sus padres siempre hacían aflorar sus verdaderas emociones, por mucho que las reprimiera.

Fue lo que necesitaba para regresar a la habitación donde Teo dormía.

Los padres de Lu tenían a los suyos buscando posibles conspiraciones, aunque era probable que Argrid hubiera esperado represalias semejantes y que las justificaran. Pero nadie esperaba a Lu. Y nadie esperaría que ella utilizara la ayuda del pirata más famoso de Gracia Loray para encontrar a Milo Ibarra.

Sus padres eran los líderes, coordinando y organizando. Pero Lu era el soldado.

La idea de ser otra vez esa persona, sumado a que aún le afectaba la forma en la que Tom la había llamado «su pequeña Lulu», hizo que el horror recorriera su cuerpo. Miró sus manos como lo había hecho durante la guerra… a veces, estaban cubiertas de sangre. Pero la mayoría del tiempo, estaban limpias.

No. Lu sabía la verdad. La desconcertaba que sus manos se mancharan. Incluso en mitad de un callejón a medianoche, actuando en defensa propia contra un hombre borracho que la había seguido desde una taberna a la que Tom la había enviado como espía. La noche había sido tan negra que todos los colores se disolvían en la nada… Aún podía sentirla, en las grietas entre sus dedos.

Sangre.

¿La agitación era un castigo por haber pensado que podía tener paz? Haberla ilusionado con la idea de estar cerca de un lugar en el que podría pasar los días haciendo pócimas mágicas, solo para arrebatárselo, era un recordatorio cruel de que ella no había hecho nada para merecer esa vida.

Annalisa estaba muerta. Gracia Loray estaba amenazada. Lu quizás no merecía la paz, pero otros sí, y ella haría lo que había hecho durante la guerra: lucharía por ellos.

Primero, un cambio de ropa: sin corsé, sin siquiera una enagua; su chaqueta más suelta y su falda.

Después, frascos y frascos de plantas. Combinaciones que había elaborado a lo largo de los años, desde explosivos a bálsamos curativos, tantos como pudo introducir en su bolso. Después, una nota.

Las consecuencias de mis actos recaerán solo sobre mí. Actúo sin la provocación de mis padres o del señor Bell.

El acto de escribir deshizo la fachada que había erigido desde que la guerra había terminado. Podía destruir las posiciones de sus padres a pesar de declarar que ellos no estaban involucrados. El Consejo vería que la hija de un miembro superior había liberado a un criminal en mitad de aquel desastre.

Lu arrugó el papel y comenzó de nuevo.

Con la muerte de Annalisa, comprendí lo breve que es la vida... Y debo seguir a mi corazón, lo que me lleva a Devereux. Madre, padre, perdonad mi rebeldía. Esto es lo que debo hacer.

Por poco sintió arcadas al escribir la mentira. Pero el resultado sería menos problemático: los soldados corroborarían que ella había visitado antes a Vex y la conclusión sería que se había fugado con un pirata para huir de la desesperación que sentía por el fallecimiento de Annalisa.

Nada de política. Tan solo pena por sus padres y furia de que ellos hubieran sido tan poco severos con su hija.

Dejó la nota sobre su escritorio, mirando por encima del hombro para asegurarse de que Teo dormía.

En el fondo de su armario, enterrado debajo de los corsés, las enaguas y las prendas sedosas con las que se había vestido durante los últimos cinco años, yacía un bolso que Lu había intentado olvidar. Lo extrajo, las armas en su interior tintinearon y Teo gruñó en su sueño. La mitad de Lu deseaba que se despertara y le hiciera preguntas que la detuvieran.

Lu, ¿qué estás haciendo? ¿Qué hay en el bolso? ¿Tú también me abandonas?

Se tragó su arrepentimiento, le dijo al sirviente que limpiaba el festín del desayuno que cuidara a Teo y salió de la recámara de su familia.

Había dos explicaciones para la desaparición de Milo: o él la había fingido o había sido secuestrado… Algo poco probable dado que el resultado se había alineado a favor de Argrid y ningún otro partido había hecho pedidos o había afirmado tenerlo en su poder. Sin importar la causa, el Consejo culparía a los piratas y la guerra comenzaría. ¿Cómo podía socavar los intentos de Argrid de pintar a los piratas como villanos que el Consejo debía erradicar?

Con un pirata que devolvía a Milo a la corte, siendo no un captor, sino un heroico salvador.

Si Lu conseguía que Devereux Bell buscara a Milo Ibarra, lo encontrara y lo arrastrara de regreso ante el Consejo, los argridianos admitirían su gratitud… de otra forma, su conspiración quedaría expuesta. Los piratas también estarían agradecidos por haber sido salvados de otra guerra brutal y poder probar su inocencia. Incluso podían hacerlos jurar lealtad al Consejo de Gracia Loray, tras observar los beneficios que este ofrecía, a diferencia de los sindicatos.

Argrid quizás esperara que personas como Kari y Tom enviaran espías en busca de la verdad… pero no que una chica uniera fuerzas con un pirata y utilizara los canales del bucanero para buscar lugares en los que un argridiano podría estar escondiéndose en la isla.

Devereux conocía Gracia Loray mejor que nadie: y Lu haría que él encontrara a Milo Ibarra.

Avanzó con rapidez por el castillo, sin permitirse pensar qué significaba eso. Que ella buscara por voluntad propia a Milo. ¿Argrid quería venganza por la revolución? ¿Buscaba reclamar el dominio sobre Gracia Loray? No importaba. Lu encontraría a Milo. El tratado se disolvería y Argrid por fin, después de mucho tiempo, dejaría en *paz* a Gracia Loray… Posiblemente conseguiría una paz más poderosa de la que había visto hasta ahora, si los piratas cumplían y se unían a ellos.

Sería bueno. *Debía* ser algo bueno.

Había dos guardias en posición firme en la sala de los soldados, los mismos dos que habían estado en guardia la última vez que había visitado el lugar.

—¿De regreso, señorita Andreu? —dijo con sorna uno de ellos. Ahora la conocían.

¡Fue Adeluna!, les dirían a sus padres. *Su hija nos atacó…*

Lu se acomodó el bolso. Sus prendas holgadas ocultaron su puño entre los pliegues de su falda… y el junco largo y delgado que tenía sujeto en su palma.

—¿Sería demasiada molestia ver al señor Bell? He oído decir que irá a juicio y… bueno, estoy segura de que no ha recibido mucho apoyo…

El soldado rio, mientras llevaba la mano al llavero de su cinturón. Sujetó una llave en particular: negra, más larga que las otras. Era todo lo que ella necesitaba.

La dama correcta desapareció. Ahora necesitaba ser un soldado.

Alzó el junco a sus labios y sopló. El extremo del artilugio se abrió y liberó parte del humo de helecho soporífero encerrado dentro. Una nube de niebla gris rodeó la cara del primer soldado y después la del del segundo cuando Lu volvió el junco hacia él.

No tuvieron tiempo de mirarla boquiabiertos: inhalaron y perdieron la consciencia.

Lu cubrió su propia nariz y boca mientras el helecho soporífero flotaba en el aire, y robó la llave del cinturón del soldado.

Con cada día que pasaba sin la aparición de un miembro de su tripulación, Vex dudaba de su plan. Bueno, había dudado de su plan en cuanto lo habían reconocido en la celda común, pero *realmente* había comenzado a dudar cuando pasaron tres días y ni siquiera recibió un mensaje en código sobre un rescate inminente. Él, Nayeli y Edda habían logrado salvarse mutuamente de cada sindicato pirata en la isla, al igual que de otras cárceles del Consejo… esta no debía ser distinta.

Cuando la puerta se abrió de nuevo, Vex estaba sentado en el banco, con los codos sobre las rodillas mientras repasaba posibles rutas de escape en su mente. Y se le ocurrieron un total de cero planes.

Dejó caer la cabeza con un gruñido.

—Señorita, no podemos permitirle pasar hoy.

Vex alzó rápidamente la cabeza. La chica estaba de pie frente a su celda, haciendo un mohín ante los guardias.

—Ah, pero los otros hombres dijeron que no supondría un problema. —Su voz era más femenina que la que había utilizado para hablar con Vex... Nayeli hacía eso cada vez que quería manipular hombres para que acataran su voluntad.

La chica tramaba algo.

Tenía las manos detrás de la espalda. Cuando un soldado avanzó para interceptarla, alzó un junco y sopló una nube en su rostro.

El soldado se desmayó. La chica pasó a su lado y sopló el resto del humo en el rostro del soldado que quedaba. Él cayó y se unió a su compañero en lo que sería una larga siesta.

Para ese entonces, Vex estaba de pie, con las manos extendidas; su cerebro emitía un alarido largo y agudo.

La chica alzó un llavero.

—El general Ibarra está desaparecido —le dijo—. Los argridianos utilizaron su secuestro para aprobar una ley para erradicar a los piratas en Gracia Loray. Y tu muerte será una de las primeras. Puedes quedarte y morir o puedes venir conmigo.

Vex frotó su ojo.

—Estoy alucinando. También me has drogado.

—Si lo hubiera hecho, no serías consciente de ello hasta que los efectos ya se hubieran apoderado de ti.

En el tiempo que Vex la había conocido, la chica había sido un cliente común del mercado, la hija racional de una política, una experta en magia botánica y ahora... una asesina, aparentemente. Los guardias no estaban muertos, pero ella no parecía en absoluto conmocionada por lo que había hecho.

—¿Qué quieres que haga?

—Para evitar la guerra, quiero que me ayudes a encontrar al general Ibarra... y a descubrir la verdad acerca de lo que le sucedió.

—Espera: ¿quieres que te ayude a rescatar a uno de los políticos que me quieren muerto?

—Si un pirata lo salva, será más fácil ganar el apoyo público contra ellos. Y tú conoces Gracia Loray mejor que nadie. Conoces partes de esta isla que yo no, en las que podría encontrarse un hombre desaparecido. Y tienes acceso a, digamos, sujetos *despreciables* que tal vez han oído noticias que no llegarían a una sociedad respetable. Más allá de mis razones, te ofrezco la oportunidad de ser libre. ¿Por qué vacilas?

Vex sonrió, pero la expresión era fría.

—Estoy tratando de descubrir qué razón tendría una de las hijas remilgadas de Gracia Loray para hacer un trato semejante. Sabes lo que dicen sobre mí, ¿verdad? ¿O mi encanto sin restricciones y mi apariencia despampanante te han hecho olvidar que soy *un criminal*? ¿Qué evita que me vaya cuando salgamos de este castillo?

La chica alzó el junco vacío.

—Te daré la pócima de magia botánica que desees. Pócimas con las que otros piratas ni siquiera han soñado aún.

Vex se encogió de hombros con desinterés.

—El helecho soporífero es tan común en mi profesión que tendrías que darme cargamentos enteros de esos juncos para que valieran siquiera cien galles.

Las fosas nasales de la chica aletearon.

—Aquel bálsamo que te di —dijo ella—. ¿Lo has usado?

Vex enderezó la espalda. Obviamente lo había hecho: su cara estaba curada, sus magulladuras y sus cortes habían desaparecido.

—Sabes que no era muerte digestiva. —Hurgó en su bolso y extrajo otro frasco—. Esto, sin embargo, *es* un veneno. Turba dulce. Su consumo disuelve los órganos internos de cualquiera, pero lo que muchos no saben es que su efecto puede usarse en... otras cosas.

Lanzó el llavero a un lado antes de verter el contenido del frasco en la cerradura. El veneno comenzó a corroer el metal; en cuestión de segundos, la cerradura era una mancha de espuma en el suelo.

Vex emitió un silbido. Se había topado antes con turba dulce, y siempre la había destruido. El veneno era tan poderoso, sin plantas que lo neutralizaran, que no confiaba en que pudiera revenderlo: las cosas como la turba dulce casi le hacían comprender por qué la Iglesia había condenado la magia.

Pero nunca había oído hablar de aquel uso. Escapar de celdas, entrar en bóvedas de seguridad... un solo frasco de turba dulce con aquel potencial valdría unos cientos de galles para el pirata adecuado.

Prácticamente podía oír el chillido apasionado de Nayeli. Retirarse a una mansión en alguna parte quedaría en el olvido: pócimas como esa podrían permitirles comprar una maldita *ciudad portuaria* entera.

—Con esta clase de magia, podrías ser millonaria —dijo él.

La chica guardó el frasco en el bolso.

—Mis negocios son honestos. A menos que la situación requiera lo contrario.

Él le sonrió.

—*Princesa* traviesa.

—Política.

—No sé por qué continúas alardeando de eso.

—¿Tu respuesta? —insistió ella.

Era una salida. Podía conseguir suficiente magia para que él y su tripulación se retiraran a un lugar bonito y también elegante, sería idiota si perdía la oportunidad.

Pero maldición, esa chica tocaba sus sentimientos de culpa y responsabilidad. Su plan sonaba lo bastante cuerdo: hallar a ese tal Ibarra y regresarlo al Consejo.

Vex estuvo a punto de contarle toda la verdad... pero dudaba de que ella trabajase con él si descubría que tenía conexiones argridianas. Ellos lo *estaban* extorsionando, pero de todas formas...

Asintió. La chica no perdió ni un segundo y comenzó a avanzar por el pasillo, mientras recogía sus rizos negros en un moño.

Vex salió de la celda. La cerradura derretida siseaba en las piedras. *Vaya.*

Cuando llegó a la sala de los soldados, su mezcla de perplejidad y asombro solo aumentó. Los otros dos guardias estaban inconscientes… y la chica estaba *quitándose el vestido.*

Logró razonar lo suficiente como para notar que había otro atuendo debajo de sus prendas: pantalones, botas, una camisa negra, chaleco y fundas para toda clase de armas amarradas a su torso. Pero todo en el cuerpo de Vex se puso rígido.

—Te has quitado el vestido —dijo. Debería haberle preocupado más el maldito arsenal que ella tenía en el pecho, pero su cerebro no apartaba ese otro hecho.

Ella frunció el ceño.

—No creí que fueras alguien a quien le importaba el decoro.

Oyeron pasos en la escalera. Vex miró hacia el sonido, pero la chica avanzó primero.

Un soldado entró en la estancia. La chica apoyó las manos en el suelo, extendió la pierna y golpeó los talones del guardia. Él cayó de espaldas y la chica se puso de pie para colocar su talón en el cuello del hombre con presión suficiente como para dejarlo inconsciente como a los demás.

—No sabía si recordaría cómo hacerlo —admitió.

Vex se ahogó, rio y se ahogó de nuevo.

—¿Quién *eres*?

Ella tardó un instante en recobrar el equilibrio, pero cuando miró a Vex, sonrió.

Era la sonrisa que Nayeli tenía cuando estaba a punto de sugerir que hicieran estallar a alguien.

—Soy Adeluna… Lu —respondió la chica—. Exsoldado de la revolución.

Azalhumo

Disponibilidad: bastante común.
Ubicación: depósitos de arcilla en los
   lechos del río.
Aspecto: arbustos de flores que contienen
   vainas color café.
Método: lanzar la vaina contra una
   superficie rígida.
Usos: cortina de humo.

11

—**S**oldado —repitió el pirata—. Durante la revolución. *Eras soldado durante la revolución.*

Lu apretó la mandíbula, ya se arrepentía de haber divulgado aquella información, y comenzó a bajar la escalera que salía de la sala del calabozo. Vex la siguió.

—¿Cómo? —preguntó él, sin molestarse en bajar la voz hasta que ella se lo indicó—. Eras una niña durante la revolución. Es imposible que hayas sido una soldado.

Lu se detuvo en mitad de la escalera y volvió. Vex no retrocedió, incluso ahora que sabía con qué clase de persona hablaba.

—¿Deberíamos hablar o escapar? —dijo ella—. En este momento, prácticamente no me importa.

Vex le indicó que avanzara con la mano.

—Está bien, *Princesa*. No oirás ni una palabra más de mi boca.

—Lo dudo.

—Ah, ¿ves? Ya nos conocemos muy bien.

Lu continuó caminando —a pisotones— por la escalera. Llegaron al rellano, un pasillo largo corría paralelo a la corte del Consejo. Cuatro puertas cubrían las paredes: dos llevaban a la corte, otra a la entrada del castillo y otra al sector de los sirvientes.

Solo dos puertas ofrecían una vía de escape. Sin embargo, la entrada era casi tan peligrosa como sacar a Vex a través de la corte.

El sector de los sirvientes. Salir por la cocina. O por una ventana… sí, por una ventana.

Con el plan en mente, Lu abandonó la escalera y corrió hacia la puerta a la derecha. Vex la siguió, y a pesar de su insensata charla previa, ahora avanzaba en silencio: tuvo que mirar hacia atrás para asegurarse de que él no había huido.

¿Y si lo hace? ¿Qué harías?

Mentir, fue su respuesta inmediata. *Admitir que su fuga salió mal. Y hallar otra forma de salvar Gracia Loray.*

Lu abrió la puerta de los sirvientes. Un pasillo vacío apareció ante ella, iluminado por una hilera de ventanas del primer piso que tenían una vista inclinada a los jardines de la cocina. Al otro lado de ellas, Lu veía la muralla que rodeaba el terreno del castillo, y el cielo azul brillando en lo alto.

Avanzó con rapidez y abrió la primera ventana. Se deslizó con facilidad… con demasiado facilidad. El cristal golpeó el marco con un ruido que resonó en el pasillo.

Lu contuvo el aliento cuando Vex se inclinó a su lado. La seriedad del chico la sorprendió, así que no notó de inmediato que él no miraba por la ventana, sino que miraba hacia el pasillo.

Lu se volvió, obligándose a no esgrimir sus armas.

Pero cuando vio quién era, suspiró.

—¿Teo?

El niño estaba de pie en la entrada del sector de los sirvientes.

—Lu. ¿A dónde vas?

Los ojos de Teo se posaron en Vex. Por un instante, la alegría en su rostro era una mejoría tan bienvenida después de su angustia que a Lu no le importaba qué la había causado. Que fuera feliz.

—¡Lu! —chilló Teo—. ¡Devereux Bell! ¿Qué estáis haciendo? ¡Quiero ir!

Lu le indicó que hiciera silencio, pero lo instó a avanzar y a cerrar la puerta.

—Teo, necesito que vuelvas a mi habitación. Por favor, ahora no puedo explicarlo, pero…

—*No.* —Dio un pisotón—. Vi tu nota. Puedo leer, sabes.

La culpa pesaba en el tono del niño.

Anna me abandonó. Mamá me abandonó. Ahora tú también me abandonas.

El corazón de Lu se ablandó.

—Teo. —Lu se agazapó y sujetó las manos del niño—. Confía en mí, ¿de acuerdo? Te prometo que regresaré en cuanto pueda. Hay… hay algo que debo hacer.

Teo retiró sus manos y observó a Vex.

—¿Con él? Iré. Te seguí hasta aquí, ¿no? ¡Puedo hacerlo! No deberías estar sola, ¿sabes? Nadie debería estar solo.

La calidez invadió la mirada de Lu, estaba al borde de las lágrimas.

Al otro lado de la puerta, las bisagras chillaron.

Era el contingente que buscaba a Vex para que fuera frente al Consejo.

Cundió el pánico, pero Lu sabía qué hacer con el pánico: se enfocó en su plan, solo en su plan, y en respirar, solo en respirar.

Por la ventana. A través del jardín. Sobre la muralla del castillo. *Vamos.*

—Teo, regresa a mi habitación —ordenó Lu.

El niño exhaló, el chillido de un grito comenzaba a escapar. Lu avanzó hacia él, pero un par de brazos lo sujetaron.

Vex alzó a Teo y lo sentó sobre su cadera.

—No nos hemos conocido. Soy Devereux Bell.

Teo se quedó boquiabierto, asombrado.

—Soy Teo. Casales. Soy Teo Casales.

—Dime, Teo Casales —Vex miró la ventana—, ¿cómo de bueno eres escalando?

—¡Soy el mejor!

—Me alegra oírlo. No es mucho trayecto, pero ¿crees que podremos conseguirlo?

—¡Basta! —Lu sujetó la ventana. Vex inclinó la mitad del cuerpo hacia afuera, mientras Teo se aferraba de su cuello, los dos asomándose y viendo la caída de un piso—. Él no vendrá —declaró ella.

Teo se enfadó.

—Devereux Bell quiere que vaya.

—¿Crees que tenemos tiempo de llevarlo de vuelta a tu cuarto? —Vex señaló la puerta con la cabeza.

Los soldados sin duda ya estaban en la sala. Tenían segundos. Menos que eso.

Teo le sonrió, triunfante.

Vex no le dio oportunidad de discutir. Colgó a Teo de su espalda, las piernas del niño rodearon la cintura de Vex, y sus brazos, el cuello del pirata.

—Sujétate, pequeño —dijo él. Subió a la ventana a horcajadas y saltó.

Lu chilló ante su descenso, pero solo pasó un segundo antes de que llegaran al césped.

Vex alzó la vista hacia ella, sonriendo.

—¿Vienes, *Princesa*?

—Sí, *Princesa*; ¿vienes? —repitió Teo.

Detrás de Lu, alguien gritó. Los soldados habían encontrado los cuerpos en la sala.

Ella saltó por la ventana detrás del pirata desquiciado y del risueño Teo, asegurándose de que ambos vieran su expresión de furia mientras avanzaba delante de ellos por el jardín.

De camino a la muralla, pasaron junto a un grupo de sirvientes que cosechaban patatas dulces. Los soldados los interrogarían.

¡Sí, era Bell!

¿Secuestró a la señorita Andreu? ¿Y al joven Casales?

No, ¡la señorita Andreu era quien guiaba el camino!

Lu abrió la puerta que llevaba a la cocina desde los jardines con más fuerza de la necesaria. La salida más cercana estaría en el establo, uno de los primeros lugares en los que los guardias buscarían.

O podrían trepar la muralla y descender por el peligroso acantilado hacia el lago Regolith y avanzar por la costa hasta llegar a una playa por la que cruzar…

Deberían correr el riesgo con el establo.

Lu siguió la cerca del jardín por el terreno, esforzándose por oír cualquier sonido que proviniera del castillo. Cada minuto contaba en su mente, y le generaba desesperación. Pero Vex le siguió el paso con Teo sobre su espalda, y en cuestión de segundos se ocultaron detrás del granero mayor.

—Bien. —Lu asomó el cuerpo por la esquina, mirando el espacio entre ellos y la puerta abierta—. Hay cinco soldados: dos en el parapeto de la caseta de los guardias y tres en el suelo.

Vex llamó a Lu con el codo. Cuando ella lo observó, exasperada, él extendió la mano.

—Arma, por favor.

—No.

—He dicho *por favor.*

—No.

—Si tenemos que luchar, necesitaré…

—*No.*

Vex resopló.

—¿Qué? ¿Acaso eres la única que tiene permitido andar por ahí desmayando personas? Mi vida está en riesgo, *Princesa.* Permíteme luchar por ella.

—Perdiste aquel privilegio en el instante en que…

—Em. ¿Lu?

Lu miró a Teo. Él alzó la vista hacia el castillo.

Después, ella lo oyó: la campana de la señal, repiqueteando alto y rápido.

—Mierda —maldijo.

Vex y Teo la miraron boquiabiertos con la misma expresión de horror. Lu suspiró, mil cosas que quería hacer se disputaban en su mente, pero decidió señalar a Vex.

—Sígueme. Haz exactamente lo que te digo. —Y salió de su escondite detrás del granero.

Vex la siguió a trompicones.

—¿Qué estás *haciendo*?

Uno de los trucos que había aprendido durante la revolución: si actuaba con seguridad, las personas no le prestaban atención. Al menos media docena de veces había salido de lugares fortificados de donde nadie solía escapar.

Los tres soldados en el terreno hablaban con un soldado recién llegado, quien sin duda estaba informándoles del escape de Vex. Pero estarían buscando un solo prisionero, no un grupo de tres personas, y no uno con un niño.

La puerta funcionaba con un sistema de pesos y poleas, principalmente una cadena de hierro sujeta a una manivela en la base de la caseta de los guardias. La manivela estaba junto a los soldados que hablaban. Lu cerró los puños, pensando.

Se acercó a la puerta abierta, caminando como si fuera una criada que se marchaba después de un día de trabajo. Vex caminaba tras ella encorvado, permitiendo que su pelo ocultara su cara y sus facciones distintivas. Teo se aferraba a él, con los ojos abiertos de par en par, pero lo único que Lu oía que el niño decía era una canción suave susurrada.

—*Fluid amigos, fluid conmigo…*

La canción de la revolución.

Dos pasos y estarían fuera del castillo.

—¿Señorita Andreu?

Lu se paralizó. La puerta estaba sobre ellos. Movió la mano detrás de su cadera mientras se volvía, indicándole a Vex que continuara avanzando. No había considerado aquella opción: si la atrapaban, pero Vex escapaba con Teo.

Si eso ocurre, ahogadme ahora mismo.

Lu esbozó una sonrisa mientras uno de los soldados se apartaba de los otros: Branden, el capitán de la guardia.

Maldijo de nuevo. Pero se percató de dónde se encontraba el hombre, justo frente a la manivela de la puerta.

Branden se sonrojó al notar la ropa poco habitual de la joven.

—Em, señorita Andreu, ¿qué...?

Miró detrás de ella, a Vex, encorvado por el sendero con Teo en la espalda.

Antes de que Branden pudiera unir las piezas, Lu extrajo la cosa más inofensiva que pudo: una bolsa de muérdago disciplinado que había modificado y convertido en una granada sonora. Las hojas blancas y verdes solían incendiarse para crear explosiones, pero aquella bolsa contenía hojas de muérdago que Lu había suavizado, humedeciéndolas en turba dulce concentrada. Un tallo de igneadera dentro se encendería con el impacto, y las hojas de muérdago disciplinado estallarían. Inofensivas pero estridentes.

—Capitán —dijo Lu, retrocediendo unos pasos—. Lo siento.

Branden hizo una pausa frente a la manivela de la puerta.

Lu aplastó la granada contra el suelo. El impacto encendió la igneadera, que primero emitió una chispa... pero alcanzó el muérdago, y la bolsa entera se rompió con un *BUM* grandioso y trepidante que hizo que Branden cayera de espaldas. Golpeó la manivela, lo cual soltó los engranajes, y la puerta en alto gruñó, crujió y se precipitó hacia la calle polvorienta con un golpe estridente. Pero Lu ya estaba al otro lado, corriendo por la calle con Vex y Teo.

Vex tenía la sensación de que tendría que acostumbrarse a que Lu lo dejara en un estado de perplejidad, horror y, si era honesto, atracción por igual.

La campana del castillo competía con los gritos de los guardias que luchaban por abrir la puerta. Vex celebró la victoria en el aire, sin dejar de correr.

—¿Cómo has hecho eso? —preguntó él—. Muérdago disciplinado, ¿verdad? Pero no lo ha matado... Vaya, *Princesa*, eres un enigma. Debes explicarme esto.

—No debo explicarte nada —respondió Lu, agitada—. Te daré el muérdago disciplinado modificado, pero nunca prometí que explicaría cómo lo...

—No me refería a eso.

El sendero angosto los llevó a una calle más amplia. A la derecha, conducía a la entrada principal del castillo; a la izquierda, a Nueva Deza. Lu los guio hacia la izquierda, y Vex la imitó cuando ella redujo la velocidad para caminar junto al tráfico del puerto. La humedad hacía que todo fuera pegajoso, pero Vex descubrió que no le importaba el calor o el hedor de los cuerpos que les daban la bienvenida a Nueva Deza.

Vex cambió de postura para poder entrelazar los dedos debajo de Teo y así crear un asiento más cómodo para el niño.

—Me refería a cómo sabes *todo esto* —prosiguió él—. Eres hija de políticos, pero puedes escapar de un calabozo en menos de... ¿qué? ¿Diez minutos? Mierda, *Princesa*, ¿desperdicias ese talento escuchando reuniones del Consejo?

—¡No desperdicia nada! —Teo habló en su defensa, moviendo las piernas con entusiasmo. El niño era más fuerte de lo que parecía: hizo tambalear a Vex, que hundió su bota en un charco de agua aceitosa a un lado de la calle—. Se esforzó mucho por ayudar a mi hermana con magia. ¿Verdad, Lu? ¡Cuéntaselo!

Vex miró a Lu en busca de una aclaración. Ella hizo un gesto de dolor mientras se movía para permitirles el paso a unas criadas cargadas de paquetes en mitad de la multitud.

—No tiene importancia. —Lu se detuvo fuera de una zapatería que tenía las ventanas abiertas para permitir la entrada de la brisa inexistente—. Te he liberado del calabozo, pirata. Ahora, es tu turno: ¿cómo encontramos a Milo Ibarra antes de que Argrid convenza al Consejo de comenzar una guerra civil?

—Ah, bien. Al menos no hay nada importante en juego.

Lu no se rio.

El primer pensamiento de Vex fue: *Sí, ¿cómo encontramos a Milo Ibarra?* Pero iría paso a paso, como siempre hacía. Lo primero que necesitaban era transporte fuera del puerto. Incluso si alguien en Nueva Deza los ayudaba, sus descripciones estarían por toda la ciudad en menos de una hora. ¿El *Vagabundo veloz* estaría atracado donde él lo había dejado antes de que lo arrestaran? Ah, valía la pena intentarlo.

Vex sacudió a Teo.

—Sujétate, pequeño: será un viaje difícil. —Miró a Lu con una sonrisa traviesa—. Espero que puedas mantener el paso. —Y comenzó a avanzar, a través de la multitud, mirando hacia atrás para asegurarse de que Lu no lo hubiera perdido. Ella lo seguía de cerca y parecía lejos de estar satisfecha.

Avanzaron a toda velocidad sobre las calles empedradas, pasando entre los carruajes a caballo que cruzaban los puentes sobre los canales. Después de que Vex los guiara por la cuarta calle donde tuvieron que pasar sobre un pirata mecht medio inconsciente debido a la enredadera Narcotium, Lu sujetó el brazo de Vex.

—¿Hay una ruta más civilizada que podamos tomar? —preguntó ella, mirando a Teo rápidamente.

Vex le dedicó una mirada incrédula.

—Claro. Perdamos una hora entera para atravesar los tres bulevares bonitos de Nueva Deza. ¿Quieres dar un paseo o quieres salir de aquí?

Lu deseaba negarse, pero su irritación disminuyó.

—Hay más de tres caminos que están menos…

Se detuvo, pero Vex sabía a qué se refería ella y se lo hizo saber con una sonrisa burlona.

—¿Menos infestados de piratas? Tal vez este puerto es distinto a lo que era durante la guerra, pero eso no significa que ahora sea un lugar *decente*.

La molestia de Lu regresó.

—Estoy harta de oírte insultar esta isla y a su gobierno. Ahora es un lugar decente, sin importar lo que creas. La vi en su peor momento, y si bien aún no ha conseguido su mejor forma, está lejos de ser…

Vex adoptó una expresión que Nayeli solía usar para callarlo: puso su ojo en blanco, y sacó la lengua mientras imitaba la forma de hablar de la chica. Lu gritó, pero él aceleró el paso y giró en otro callejón.

Pronto, Vex llegó a un paseo bonito que rodeaba la parte norte de los muelles de Nueva Deza. Le lanzó a Lu una mirada que decía: *¿estás contenta ahora?*

Los cafés y las tiendas delineaban la calle, llenos de personas elegantes cenando o desperdiciando galles en chucherías lujosas. A Vex no le servía de nada lo que Nayeli llamaba *el área asquerosamente cara* de Nueva Deza. No se detuvo en ninguna de las tiendas, ni siquiera cuando Teo lo asfixió y gritó: «¡Chocolates!». Corrió por los escalones de la muralla de contención hasta el muelle.

—Allá vamos. —Vex se detuvo en un embarcadero que iba desde el muelle militar más al norte hasta los muelles mercantes más al sur. Los puestos del mercado estaban junto a la muralla de contención, los vendedores traficaban con magia y con otros bienes traídos en los barcos atracados en el puerto.

En todo momento, en todos los mercados portuarios de la isla, los vendedores y los compradores por igual hacían su mayor esfuerzo por pasar desapercibidos cerca de los soldados. Se debía en parte a su instinto por los años opresivos de Argrid; y en parte era supervivencia debido a la actividad ilegal que no querían que saliera a la luz.

Las personas del lugar solían correr de puesto en puesto, evitando el contacto visual con los soldados mientras proseguían con su día como ciudadanos perfectamente normales.

Pero cada soldado en patrulla tenía una burbuja amplia de espacio entre él y cualquier cliente. Unas mujeres con bolsos repletos de compras del día se reunieron en un lado de la calle, esperando que dos soldados pasaran, y solo después prosiguieron con su camino. Un vendedor lanzó una lona sobre su mercancía para cerrar su puesto antes de que un soldado pasara por allí. La campana del castillo, repiqueteando a lo lejos, hacía estremecer a las personas mientras miraban con preocupación a los guardias más cercanos.

Lu sujetó la pierna de Teo para evitar perderlo en mitad de la multitud. El hedor era peor allí que en la zona más alta del puerto, por el sudor y los alimentos en estado de descomposición.

—¿Qué hay aquí que nos ayudará a encontrar al general Ibarra? —preguntó Lu.

Vex señaló la multitud con la cabeza.

—¿Hay algo que te parezca extraño?

Lu miró. Frunció el ceño.

—¿Es un truco? ¿Qué se supone que debo ver?

Vex puso su ojo en blanco. Quizás imaginaba cosas. Todas esas conversaciones sobre la conspiración argridiana y el secuestro fingido habían afectado su cabeza.

Apartó aquellos pensamientos y señaló con la mano los barcos atracados en el muelle. La mayoría eran barcos a vapor de varios pisos construidos para navegar las aguas profundas del lago Regolith; otros eran barcos con mástiles que habían navegado los ríos mayores del océano Ovídico.

—Escoge uno —dijo Vex.

Lu se rehusó.

—¿Vamos a robar un barco? ¿Uno de *esos* barcos?

Alzó la voz, pero se detuvo cuando vio que él le sonreía.

—Estás bromeando.

—Sí —dijo él—. Venganza por no haberme dado un arma. —Lu frunció más el ceño, pero Vex alzó las manos, rindiéndose—. Hablando en serio —prosiguió—, mi bote debería estar…

Un cuerpo chocó contra Lu y la empujó con tanta fuerza que su mano en la pierna de Teo fue lo único que evitó que la multitud la arrastrara. Vex se molestó durante un segundo —*Maldita sea, no tenemos tiempo para ladronzuelos*— antes de ver quién era: Nayeli.

Sonrió. Bien. Su tripulación probablemente había supuesto que la campana del castillo sonaba debido a su escape y se habían colocado cerca de los muelles con la esperanza de que él apareciera.

Los rizos negros y voluminosos de Nayeli hacían que sus ojos parecieran mayores y aún más aterradores mientras señalaba a Lu con una pregunta implícita: *¿Debo matarla?*

Vex sonrió y movió la cabeza de un lado a otro.

Lu recobró el equilibrio y se volvió hacia Nayeli, quien sacudía un cuchillo en la mano.

Lu tocó su funda, palpó la falta del arma y gruñó.

Ah, sería divertido verlas juntas.

Vex hizo un mohín.

—¿Por qué *ella* tiene una de tus armas y yo no? No me parece justo.

Lu avanzó y Nayeli la esquivó a un lado, evitándola con una risita. Vex abrió la boca para explicar, pero Lu sujetó el brazo del pirata y tiró de él hacia la persecución. Él la siguió, su risa quedó ahogada por el barullo de la multitud.

Nayeli avanzó por el muelle, esquivando puestos, saltando carros aparcados. Cada poco, miraba hacia atrás… no para ver si había escapado, como Lu creía, sino para asegurarse de que Lu la perseguía. Hacía una pausa antes de virar a ciegas, y esperaba si el tráfico retrasaba a los otros.

Ya casi estaban en el muelle donde él había dejado al *Vagabundo* cuando Lu se detuvo fuera de una pescadería. Barriles llenos de bagres en mal estado hacían que el aire oliera salado y agrio, y la mirada en el rostro de Lu hizo que Vex tuviera una imagen vívida de ella hundiéndolo en uno de esos barriles.

—¿Quién-es-ella? —vociferó Lu. Apretó los dedos alrededor del brazo de Vex.

—Ay, ay, *ay*....

Él titubeó, Teo chilló y Lu lo soltó.

—¡Nayeli! —gritó Vex. Después, le dijo a Lu—: Ella es... bueno, ella es Nayeli.

Explicarlo le llevaría demasiado tiempo.

Lu inhaló de una manera que sin duda precedía a una observación incisiva, pero Nayeli apareció y presionó con discreción el cuchillo de Lu contra sus costillas.

—*Shhhh*. —Nayeli se llevó un dedo a sus labios—. No está bien gritar.

Lu parpadeó y la miró.

—A menos que quieras que rompa tu mano, *devuélveme mi cuchillo*.

Nayeli le ofreció la empuñadura.

—¿Estamos listos? Está al final del muelle. ¡Oh, es adorable! —dijo y se acercó a Teo, cuya cara estaba color escarlata.

—¿Si estamos listos para qué? —preguntó Lu.

—¿A qué te refieres con «para qué»? —repitió Vex—. Me has liberado para que usara mis contactos para encontrar a ese argridiano, ¿verdad? Bueno, te presento a uno de mis contactos.

Lu miró a Nayeli.

—Ella es parte de tu tripulación.

Vex asintió. Observó mientras Lu contemplaba el área. No era el sector más sórdido del muelle, pero tampoco era el más bonito, y sin duda no era un área reclamada por el sindicato mecht.

—Tu barco está aquí —supuso ella.

Como respuesta, Vex comenzó a avanzar por uno de los muelles. La multitud se hizo menos numerosa en cuanto pisaron las tablas de madera que crujían bajo sus botas. Pasaron al menos junto a media docena de barcos a vapor atracados en pilares de madera antes de que Vex mirara con rapidez a Lu, quien alzó la mirada, pálida.

—¿Cómo es posible que tu barco esté aquí? —preguntó ella con demasiada calma.

Vex apartó los brazos de Teo de su cuello y se inclinó hacia adelante, dejándolo en el suelo.

—Ahora puedes caminar, pequeño. Ya casi hemos llegado.

—¿Sí? —El entusiasmo de Teo era tan tangible, que podrían haberlo embotellado para venderlo. Nayeli se rio.

—¡Te encantará! ¿Quién eres?

Agarró la mano de Teo y lo guio mientras él respondía y le hacía preguntas: el nombre del barco, el tamaño, la velocidad. La mano de Lu sobre el hombro de Vex evitó que él los siguiera, su tacto era más suave que hacía unos instantes. Aquella suavidad era más intimidante.

—¿Cómo es posible que tu barco este aquí, Vex?

Él fingió estar ofendido.

—Tengo mi propio plan de escape, gracias.

—Fuiste capaz de contactar a tu tripulación… ¿La que habías perdido cuando intentaste robarme en el mercado? ¿Cómo te han encontrado?

—¿Por qué te lo iba a decir? ¿Y si necesito escapar de nuevo del calabozo del castillo?

—Con que planeas que te arresten por segunda vez, ¿verdad?

—Si me es útil.

Lu se acercó más. Vex por poco se apartó, pero después comprendió que eso era lo más cerca de él que ella había estado hasta entonces. Un temblor surgió del centro de su estómago y se extendió por sus brazos.

Permaneció donde estaba.

—Quizás no sé a qué estás jugando, pero créeme, lo descubriré —dijo Lu, rozándolo con su pecho. Las gaviotas chillaron sobre el rugido de la multitud en el muelle—. No te conozco, pirata, pero tú tampoco me conoces. No tienes idea de lo que soy capaz.

Vex reflexionó.

—Tienes razón; no te conozco. Pero sé quién quieres ser, *Princesa*, y eso tal vez sea más peligroso para ti.

Lu no apartó la mirada de la de Vex.

—Si lo que haces interfiere en la misión de encontrar a Milo y llevarlo ante el Consejo, utilizaré la pócima de turba dulce en algo querido para ti.

Deslizó su rodilla hacia el área de la que hablaba, un roce suave que no dolió... sino todo lo contrario.

Vex se estremeció y un espasmo en su torso hizo que avanzara y chocara contra ella. Un hilo ininterrumpido de insultos atravesó la cabeza de Vex. No hubiera debido sentirse atraído hacia alguien tan dispuesto a mutilarlo.

Cerró su ojo por un segundo, para recobrar la compostura. Cuando la miró, se permitió bajar la guardia; su humor y su altanería desaparecieron.

—No te traicionaré —le dijo.

Ella se mantuvo quieta, observando su cara, esperando que su sinceridad desapareciera. No sucedió.

—De acuerdo —respondió ella—. Ahora, ¿dónde está tu barco?

12

Que Vex pudiera pasar de reservado a sincero en un segundo era exasperante. Cuando alzó su codo hacia ella y le dijo *milady*, Lu le dedicó una mirada poco impresionada y avanzó por el muelle.

Nayeli estaba de pie en la cubierta, con los brazos extendidos hacia Teo, que estaba en el muelle. Él vaciló y miró a Lu, perdiendo brevemente su espíritu aventurero.

Ella sonrió, agradecida de que él pudiera generar ese efecto, agradecida de tener a alguien cuya vida dependiera de ella, que le recordara lo que estaba en juego.

Pero debajo de aquella gratitud, sentía asco de sí misma.

Estaba exponiendo a un niño de seis años a un peligro inconmensurable. Pocas de las cosas que había hecho durante la guerra contra Argrid la habían hecho sentir tan… desalmada.

Teo sujetó la mano de Lu y su amarre fuerte la regresó a la realidad.

—¡Aborde, capitán Casales! —dijo Nayeli, balanceándose como las nubes, un constante movimiento alegre que Lu sospechaba que podía transformarse en una tormenta con demasiada facilidad. Sus descontrolados rizos negros acentuaban su piel dorada y el rostro suavemente redondeado que decía que gran parte de su ascendencia era tunciana. A diferencia de Vex, su mano no poseía una marca pirata, lo cual solo significaba que la Iglesia de Argrid nunca la había capturado.

Lu presionó los dedos de Teo y analizó el barco de Vex.

El navío era pequeño, hecho para no más de cinco o seis personas. Habían pulido el cedro rojo y habían sellado la parte inferior, lo que le daba al casco un color a baya oscura. El suelo y el interior eran tablas de teca de distintos tonos, dependiendo del estado de restauración. La cubierta tenía una pila de cajas amarradas a la barandilla a estribor, una escotilla y, bajo la chimenea, la timonera. Dentro de ella, Lu veía un timón de madera y una mesa cubierta de mapas y cartas de navegación, cuidadosamente ordenadas.

Vex se detuvo junto a Lu.

—Es impresionante, ¿verdad?

Lu no pudo evitar la perplejidad en su tono de voz.

—¿Este es tu barco? Y por *tuyo* me refiero a…

—No lo he robado. —Vex saltó de la cubierta y aterrizó junto a Nayeli. Le dio unas palmaditas al casco, su orgullo era innegable—. Bienvenida al *Vagabundo veloz*, *Princesa*.

Lu resopló. Nayeli y Vex compartieron una mirada curiosa antes de mirarla y Lu se tragó la broma que había estado a punto de hacer. El amor que ellos sentían hacia aquel barco era evidente: sería mejor no insultarlos antes de que Vex hubiera cumplido con su parte del trato.

Lu subió a cubierta. Cuando volvió en busca de Teo, sus ojos vieron algo en el muelle. La multitud se movía con el ajetreo habitual del mediodía, pero dos movimientos intensos avanzaban entre la gente como peces que atraviesan la superficie de un lago.

El más cercano llegó al muelle, los pasos pisoteaban las tablas.

—¡Se aproximan soldados! —gritó la mujer mientras corría.

Subió a bordo, y la presencia de Lu hizo que la mujer balbuceara, parpadeara y la fulminara con la mirada. Las arrugas alrededor de sus ojos indicaban que su expresión habitual era tener el ceño fruncido, pero su altura hacía que fuera intimidante incluso sin expresión alguna.

El leve acento de la mujer afianzó la impresión de que era oriunda de las Mechtlands. Era alta, musculosa, tenía el pelo rubio y la piel clara y rojiza de una forma que resaltaba la marca blanca en su muñeca.

Lo diversa que era la tripulación de Vex no era sorprendente. Después de todo, no tenían afiliación política, pero aquello igualmente asombró a Lu. Una de las razones por las cuales las tripulaciones sin sindicato eran tan poco frecuentes era que los piratas con ascendencias distintas rara vez se llevaban bien, y ni hablar de ser compañeros.

Vex hizo una seña entre ella y la mujer mecht.

—Edda, Lu. Y él es Teo.

Después de las presentaciones, la cubierta estalló en una ráfaga de movimientos.

—¡Nayeli! Leva anclas. Edda: ¿la caldera tiene suficiente combustible por ahora?

Edda le lanzó una mirada cortante que decía: *¿Era necesario que lo preguntaras?*

—Excelente. Ah, *Princesa*, tal vez podrías…

Lu había sujetado a Teo en brazos en el instante en que Edda había corrido por la cubierta, pero ante las palabras de Vex, sentó al niño en el suelo.

—¿Qué debo hacer? ¿Podremos salir del muelle a tiempo?

Edda hizo una pausa mientras iba a la timonera.

—¿El muelle? Vienen en barcos a vapor, están haciendo una barrera en el muelle.

Pero Vex llegó primero a aquella conclusión. Extrajo un catalejo y avanzó hacia el lateral del puerto, moviendo el *Vagabundo* mientras plantaba un pie en la barandilla y alzaba el catalejo hacia el muelle.

Lu lo siguió, y le señaló el alboroto que había visto en la multitud.

Después de un segundo, Vex bajó el catalejo.

—¿Qué has dicho antes? *¿Mierda?*

—¿Quién es?

—Parece que Pilkvist nos ha encontrado. —Vex corrió hasta la timonera, mientras tiraba de las palancas y las perillas en la pared—. ¡Nayeli!

—¡Listo!

—¿Edda?

—¡El canal está despejado!

Lu gritó por encima del caos:

—¿Qué tengo que hacer?

—¡Nada! —Vex tiró de una palanca, viró el timón y envió al *Vagabundo veloz* lejos del muelle.

Lu cayó hacia atrás. Teo se aferró a la proa, gritando mientras el barco se balanceaba en las aguas abiertas del lago Regolith. Pero a través del rugido del motor del *Vagabundo veloz* apareció un estallido agudo que Lu conocía bien: disparos.

Lu avanzó aferrándose por la cubierta y tiró de Teo hacia abajo. Él cayó sobre su trasero.

—Lu, ¡nos persiguen piratas! ¡Estamos en el barco de Devereux Bell! ¡Y ahora nosotros también somos piratas!

Ella lo ignoró para mirar por encima de la barandilla. El *Vagabundo veloz* navegó a través de la extensión angosta de agua entre su muelle y el siguiente. A través de los espacios entre los barcos atracados, Lu veía hombres corriendo por el muelle, siguiéndoles el paso a duras penas mientras Vex aceleraba el barco.

La apariencia de los perseguidores indicaba que eran piratas: prendas raídas, armas en la cintura y en el pecho, varios rasgos que señalaban la pertenencia a los mecht: pelo rubio, cuentas de madera en la barba de otro, botas de piel de cocodrilo. Uno disparó una pistola, la bala aterrizó en la pared de un barco. Nunca serían capaces de apuntar con los barcos en el camino… pero cuando el *Vagabundo veloz* saliera del puerto, quedaría expuesto durante el momento breve en que estuviera a rango de tiro.

Lu hurgó en su bolso. Turba dulce… Enredadera Narcotium… ah, por fin.

A veces, la magia botánica de Gracia Loray funcionaba bien tal y como era. En ese caso, una hoja sin modificar de muérdago disciplinado sería suficiente.

Lu se puso de rodillas. Teo se agazapó a su lado, reprimiendo una risa contra la palma de la mano.

La parte de Lu que había pasado su infancia haciendo eso —luchando por sobrevivir, no solo viviendo— la había lanzado a aquel precipicio, donde ella sujetaba una planta botánica mortal y miraba al hermano de su amiga.

En aquel instante, se vio a sí misma más joven, mirando a su padre con una inocencia que había perdido debido a situaciones como esa. Se vio a sí misma sujetando una pistola, y aún oía el eco del estallido, veía la chispa que había creado luz en las sombras de la jungla, aunque su padre había jurado que estaría oscuro.

«Aquel árbol, mi pequeña Lulu, ese», le había dicho Tom. «Espera a que haya movimiento. Lo obligaré a salir. Esto no recae sobre tus hombros, ¿me oyes? Dispara cuando veas el primer movimiento. No verás nada, te lo prometo».

Ahora, Lu permaneció quieta. Lo único que podía mover eran los ojos, que alzó mientras el barco ganaba velocidad hasta salir a aguas abiertas. Los piratas mecht avanzaron a trompicones hasta el final del muelle.

El sudor frío cubrió la frente de Lu. La hoja en su mano pesaba más de lo que podía soportar, y hundió el puño hacia la cubierta.

Le estoy haciendo a Teo lo que mi padre me hizo a mí.

¡No me arrepiento de esa vida! ¡Ayudó a la guerra!

Pero —su corazón se rompió— *no se la desearía a nadie.*

Oyó ruido detrás de ella. Giró y vio a Nayeli sobre una pila de cajas, sujetando un puñado de plantas.

—Mantened todos la calma —anunció—. Estoy a punto de volar mierda por los aires.

—¡Nay! —Vex gritó desde la timonera—. Ahora tenemos un niño a bordo, ¿de acuerdo?

—Lo siento. Estoy a punto de *recolocar caóticamente* cierta mierda.

—Ese no era el problema… —comenzó a decir Vex en el mismo instante en que Lu gritó:

—No…

Pero Nayeli llevó una mano junto a su oído.

—No te oigo. La explosión es demasiado fuerte.

Retrocedió y lanzó el manojo de plantas; cayó sobre el muelle, pero lo único que generó fueron algunos estallidos y unas chispas que quemaron las prendas de los piratas: igneadera. La planta relativamente inofensiva y no letal cobró vida en destellos anaranjados que mantuvieron a los piratas muy ocupados mientras el *Vagabundo veloz* se alejaba de su alcance.

En el puerto, apareció un barco del Consejo, con el emblema de Gracia Loray flameando junto a la chimenea. Sin duda formaba parte del bloqueo que Edda había mencionado, lleno de barcos en busca de Vex. Pero él y su tripulación estarían bastante lejos cuando aquel barco llegara a ese muelle.

El *Vagabundo veloz* pasó con rapidez junto a otros barcos. Un grupo de ellos parecía a primera vista ser otra patrulla del Consejo. El navío mayor del grupo de seis tenía la bandera de Gracia Loray, pero antes de que Lu le gritara a Vex que los evitara, notó que era un grupo de recolección, un barco del Consejo que vigilaba mientras media docena de naves civiles ancladas a su alrededor enviaban campanas de buceo al lago para extraer plantas mágicas. Las burbujas cubrían la superficie del lago indicando los puntos de inmersión abajo.

Aun así, Vex apartó al *Vagabundo* del grupo. Doce o más marinos de Gracia Loray solían tripular los barcos patrulla, asegurándose de que los ciudadanos que acataban la ley justificaran cada planta extraída del lago o del lecho de los ríos.

Pero nadie miró al *Vagabundo*, y Vex aceleró el barco, hacia el este, lejos de Nueva Deza.

Lu cayó de rodillas, lo bastante en calma como para analizar su error. ¿Por qué no había pensado en usar igneadera? ¿Por qué había elegido una planta que mataría a los piratas? ¿Fue realmente su instinto de nuevo, después de todos esos años?

No, se dijo a sí misma. No había escogido una planta letal cuando había enfrentado a Branden en la puerta del castillo. Podía encontrar a Milo sin perderse a sí misma.

Lu apartó aquel pensamiento y se puso de pie, dejando que Teo observara fascinado el agua mientras ella caminaba hacia la ventana de la timonera. A través de ella, clavó la mirada en Vex.

—¿Qué es lo siguiente, pirata?

Vex sentía a Edda fulminándolo con la mirada en su espalda. Lu lo fulminaba con la mirada de frente. En el lateral de la cubierta, Nayeli estaba cruzada de brazos, esperando, pero no asesinándolo con la mirada. Aún.

Lu quería que él utilizara sus recursos para hallar al argridiano desaparecido. Se le ocurrió solo una cosa, un grupo que tenía acceso a la mejor herramienta en la isla para localizar personas.

Pero acudir a ellos en busca de ayuda enfurecería mucho, pero *mucho* a Nayeli. Vex tosió.

—Presentaciones —dijo, en cambio—. Nayeli es nuestra buzo residente y la especialista en explosivos. Si necesitas recolectar o detonar algo, ella es tu chica.

Nayeli sonrió y le guiñó un ojo a Lu.

—Y Edda. —Vex señaló por encima de su hombro—. Nuestros músculos y experta en motores.

Edda frunció el ceño.

—No has dicho quién es *ella*.

Vex observó a Lu un instante, pensando.

—Ella es… una inversora.

Lu parpadeó, probablemente sorprendida de que no hubiera dicho algo desagradable.

—Soy Adeluna —añadió ella—. Lu. He contratado al capitán para encontrar a Milo Ibarra, un general argridiano desaparecido.

Edda alzó las cejas. Posó los ojos en Teo, quien estaba asomado sobre la proa y gritaba:

—¡Un tiburón! ¡Un tiburón! ¡He visto un tiburón!

No había tiburones en el lago Regolith.

La emoción de Edda se transformó en compasión.

—¿Ibarra es tu esposo?

Lu tuvo arcadas.

—*No*. Él es…

Vex le entregó el timón a Edda, pero se detuvo a medio camino hacia la escotilla. Si bien Ibarra era un diplomático argridiano, la repulsión de Lu parecía… ¿personal? Él esperó, pero ella se detuvo como si no pudiera decidir qué comentar a continuación o como si no pudiera hacer que las palabras salieran de su boca.

Edda se encogió de hombros.

—Conserva tus secretos. Pero quiero que sepas que, si pones en peligro a esta tripulación, te lanzaré por la borda.

Teo volvió desde la barandilla.

—¡No, no lo harás! —replicó él—. ¡No te lo permitiré!

Una sonrisa apareció en los labios de Edda. Vex retrocedió un paso entero. Edda solo sonreía después de una pelea satisfactoria… y *aquella* sonrisa no era *esa* sonrisa, suave y casi dulce.

—Edda. ¿Estás bien? —preguntó Vex.

La sonrisa de Edda desapareció.

—Es un niño valiente —dijo y centró la atención en el horizonte.

Vex rio. La puerta de la escotilla golpeó la cubierta con un ruido sordo, y él bajó por la escalera sin decir una palabra más.

Un pequeño altercado sobrecubierta, y Teo se lanzó a través de la escotilla. Vex intentó atraparlo y el niño le propinó una patada limpia en la sien.

—¡Ay! —Vex apoyó a Teo en el suelo y frotó su cabeza donde lo había golpeado. Por un segundo, se le nubló la visión.

Vaya… con su fuerza, el niño sería un buen pirata.

—¡Lo siento!

Lu bajó por la escalera con más gracia. Aterrizó junto a él y primero observó a Teo y después a sus alrededores.

El pasillo era tan angosto que Vex tocaba las paredes con los codos. Dos de las tres puertas estaban abiertas, y tenían catres dentro. El espacio era oscuro y reducido y olía a fuego —culpa de Nayeli o del motor— pero, dios, no había mejor lugar en el mundo.

—Mi camarote —dijo él, señalándolo—. El camarote de Nayeli y de Edda. La letrina está en su habitación. Por aquí, tenemos… —Vex abrió la última puerta, una barrera gruesa de hierro hecha para soportar el calor del motor—: la sala de máquinas.

Entró agazapando la cabeza. Había pasado la mayor parte de los dos últimos años en ese barco, pero la calidez del motor bien alimentado golpeó su cabeza. Lu lo siguió y trastabilló, jadeando… él se encogió de hombros a modo de disculpa.

Contra el muro derecho, una pila de carbón yacía en un contenedor, mientras que la caldera resplandecía anaranjada en la pared opuesta. Había un catre en una esquina donde Edda dormía durante viajes nocturnos largos.

Aquello le dio una idea a Vex. Ah, Lu odiaría eso, pero no estaba seguro de haberla perdonado por el asunto de *este bálsamo tal vez te cure o tal vez sea venenoso. Que tengas un buen día.*

—Carbón, caldera. —Vex señaló las cosas mientras las nombraba—. El carbón va en la caldera, el barco funciona.

—¿Qué? —preguntó Lu.

Vex señaló de nuevo.

—Carbón. Caldera.

—¿Por qué…? —La comprensión golpeó a Lu—. ¡No! No voy a alimentar el combustible de tu barco mientras…

—¿Mientras qué, *Princesa*? —Vex apoyó el brazo en la puerta abierta, cuya altura baja le permitió inclinarse cerca de la chica. El calor de la sala de máquinas cubrió de sudor su frente y vio que Lu también tenía gotas de condensación deslizándose por su rostro—. No hemos hecho ni un cuarto de camino por el lago Regolith. Dudo que Pilkvist abandone su territorio, y supongo que el Consejo aún está buscándonos en Nueva Deza, pero cuanto más espacio pongamos entre *tus* perseguidores y nosotros, mejor.

Lu hizo una mueca, pero no tembló, no se estremeció ni hizo nada que demostrara debilidad. Sin duda había creado un caos considerable cuando lo había liberado.

—No me persiguen *a mí* —dijo ella, recobrando la compostura—. ¿Y ese es tu plan? Navegar por el lago Regolith… ¿y después qué? Te contraté por un motivo y espero que cumplas, *pirata*.

Miró a Teo, quien estaba ocupado cantando una canción suave y algo deprimente, viendo si podía saltar desde la puerta de un cuarto a la otra.

Lu se acercó más a Vex, lo cual lo sorprendió bastante y estuvo a punto de pasar por alto su pregunta.

—Eres argridiano —susurró ella—. ¿Así vas a encontrar a Milo? ¿Tienes contactos?

No profundicemos aún en ese detalle en particular.

—No, *Princesa*. Utilizaré… otros medios. ¿Conoces a Cansu Darzi?

Lu movió la cabeza de un lado a otro.

—Bien. Es un grano en el trasero. Pero es la Líder del sindicato tunciano en el puerto de Mesi-Teab, y han creado cierta magia que quizás nos ayude a encontrar a Ibarra.

—No existe una planta botánica que funcione como rastreador…

—No es un rastreador. Es… bueno, es complicado. Confía en mí. Seré un *pirata* —dijo con aversión exagerada—, pero tengo ciertos estándares de integridad. Dado que *tú* me *sacaste* de prisión, supongo que no tienes nada que contribuya a esta búsqueda. Así que sé útil.

Señaló de nuevo la caldera, y cuando Lu la miró, Vex salió al pasillo. Estaba en mitad de la escalera cuando notó a Teo detrás de él, caminando de una forma enérgica y extraña.

Vex parpadeó. ¿Acaso el niño intentaba imitar su modo de andar?

De ser así: ¿realmente caminaba de esa manera tan rara?

Miró hacia atrás. Lu salió de la sala de máquinas, con el ceño ya fruncido.

—Ah, vamos, pequeño —dijo Vex—. ¿Sabes navegar?

—¡No! —exclamó Teo.

—Nunca es demasiado temprano para aprender.

Vex alzó a Teo y lo depositó en las barras superiores de la escalera para evitar movimientos frenéticos. Teo comenzó a subir a cubierta cuando Lu avanzó rápido.

—Detente. ¡Teo! ¡No te dejaré solo con un pirata!

Vex la miró, herido.

—¿Crees que soy una mala influencia?

—*Sí.*

—Dice la mujer que liberó a un criminal del castillo.

—No lo habría hecho si hubiera tenido otra opción —replicó Lu—. Pero *tú* has elegido cada acto horrible que has cometido. ¿Sientes algo que no sea egoísmo a estas alturas?

Lu abrió los ojos de par en par, lo que le indicó a Vex que ella sabía que había cruzado un límite.

Él se obligó a dibujar una sonrisa cruel.

—Claro que no, *Princesa* —dijo—. Soy un forajido despiadado y para nada bueno. Ahora: carbón. Caldera.

Subió por la escalera y cerró de un golpe la escotilla frente a Lu.

13

Ben estaba sentado junto al trono de su padre, quieto como las estatuas de las Gracias que custodiaban el cuarto en sus altares ornamentados, con velas y ofrendas extendidas ante sus pies de mármol.

La recepción del palacio era un caos de personas. Duques y duquesas, condes y condesas: aristócratas de la esfera más alta de la sociedad y otros que a duras penas tenían propiedades a su nombre. Pero el incendio del día anterior había despertado la pasión en todos, lo cual no cuadraba con los tonos siena sombríos y los azules oscuros que cubrían las paredes.

Mientras Ben observaba a la multitud, un dolor lento y suave se deslizó por sus hombros. Si no se movía, quizás las personas no dirían lo que temía que dijeran.

Los defensores flanqueaban la tarima. Jakes estaba de pie junto a la silla de Ben, y él descubrió que quería mirarlo en busca de seguridad.

Elazar inclinó el cuerpo hacia adelante en su trono, indicándoles a los que rodeaban la tarima que los escucharía. Todos comenzaron a hablar a la vez.

—¡Atacaron al príncipe! ¿Quién está a salvo?

—Pero la Iglesia condenó a la Universidad. ¡Deberían haberla quemado hace años!

—¡Debemos ser puros! —Aquel grito provino de las monxas vestidas con el hábito violeta oscuro del convento Gracia Isaura de

Deza. Mujeres que se unían al convento para formar parte del pilar santo de Gracia Isaura: la honestidad—. ¡El fuego es una señal del Dios Piadoso que indica que debemos continuar con nuestra purificación de la magia! ¡Debemos abandonar el tratado con Gracia Loray y buscar su limpieza y la nuestra!

Elazar alzó las manos para pedir silencio. Movió una cerca de Ben y él cerró los ojos, esperando el impacto.

Pero solo percibió la voz de Elazar.

—Escucho sus preocupaciones —dijo—. Estamos tomando medidas de seguridad para garantizar la protección de los virtuosos. Si siguen las enseñanzas del Dios Piadoso, no tienen nada que temer. Hablaré más en el servicio esta noche, donde honraremos las vidas santas perdidas en el incendio.

Ben le lanzó una mirada a su padre. ¿A qué vidas se refería Elazar? ¿A los once manifestantes que habían iniciado el fuego con la excusa de que era la voluntad del Dios Piadoso, o a los cuatro defensores que habían intentado detenerlos para proteger al príncipe?

Ben recordó las voces exclamando ese nombre, *Príncipe Herexe*, mientras la multitud lo miraba con miedo y odio.

—Les aseguro que los agentes que he enviado a supervisar el tratado con Gracia Loray son los mejores —prosiguió Elazar—. Muchos de ustedes conocen al general Ibarra por su liderazgo devoto durante la guerra. Selecciono solo a las almas más firmes para hacer la voluntad del Dios Piadoso.

El corazón de Ben tembló. Parecía esperar que cada palabra de su padre fuera seguida de: «Y mi hijo ha demostrado ser impuro: esta noche, lo veremos arder…».

Era una trampa, lo sabía… Lo había *sabido*. Pero no se había detenido. Podría haberlo hecho, en cualquier momento, para ahorrarse lo que ocurría en ese instante. Pero había continuado trabajando con magia. ¿Por qué?

Una condesa avanzó y Ben sintió que construían una pira a su alrededor.

—Mi rey, debo limpiarme de una carga —dijo la condesa, haciendo una reverencia. Giró hacia la corona y señaló—. El duque de Apolinar ha admitido simpatizar con aquellos corrompidos por la magia. Por nuestra propia seguridad, la Iglesia debe purificarlo.

Las personas más cercanas al desafortunado duque se apartaron de él. El chico —más joven que Ben— extendió las manos, con una expresión horrorizada.

—¡No lo hice! —gritó él—. ¡Le sirvo al Dios Piadoso! ¡Soy puro!

La condesa se giró de nuevo hacia Elazar.

—Mi rey, le suplico que purifique nuestros rangos.

La sala recibió la acusación con entusiasmo. Los presentes empujaron a otros al frente. «¡Aquí hay un hereje!». «¡Vi a una mujer cuidando del jardín: podría haber plantas malignas creciendo en su propiedad!».

La sala era una tormenta inminente.

Ben no estaba sorprendido. Observándolos, sintió que sabía la respuesta a su pregunta: ¿por qué había continuado trabajando con magia? ¿Por qué continuaría?

Por eso. Por cómo Elazar alzaba las manos y les garantizaba a todos que la Iglesia juzgaría a cada acusado, como era costumbre ahora.

Ben miró a Jakes, cuyo rostro mostraba el mismo horror.

—Calma, mi príncipe —susurró Jakes.

—¿Calma? —la voz de Ben tembló—. No puedo creer esto…

Jakes se atrevió a colocar una mano sobre el hombro de Ben.

—No creo que todos los acusados sean realmente impuros. Probablemente la mayoría se arrepentirá. Su aristocracia no corre ese riesgo.

Ben se quedó boquiabierto. Cerró la boca y se movió hacia adelante.

Él no se había referido a eso. No era imposible que muchas personas hicieran acusaciones… lo que no podía creer era que fueran tomadas *en serio*.

Los defensores intervinieron para llevarse a los acusados con amabilidad, dado que aún eran nobles... pero ningún título excluía a un alma de la corrupción.

—Es un gran sacrificio exponer las impurezas de un vecino —dijo Elazar—. El Dios Piadoso recompensa a aquellos que le son fieles cuando el camino es difícil. El conflicto infecta los corazones corruptos: quieren purificarse, aun mientras pecan. Al entregar a nuestros vecinos, están sirviendo al Dios Piadoso y a sus almas.

—¿Y qué hay del príncipe Benat? —preguntó un sacerdote—. Su alma está en discusión.

Jakes se acercó más a él. Ben se obligó a preguntarse: ¿Jakes lo protegería de las acusaciones o sería el que lo llevaría hasta la Catedral Gracia Neus? Jakes nunca pensaría que Ben no era capaz de arrepentirse. Eso los dividía, al margen de lo fuerte que Ben abrazara a Jakes por las noches: él creía en eso. En la pureza. En la virtud.

Y Ben era lo que la multitud temía que fuera.

El terror se apoderó de sus sentidos hasta que solo quedó Elazar, diciendo:

—Yo trataré con Benat.

El sacerdote no estaba convencido.

—Mi rey, si usted...

—Soy la Eminencia —dijo Elazar, y su declaración resonó en la sala. Si antes había estado silenciosa, ahora parecía muerta, todos recordaron ante quién presentaban sus reclamos—. Ustedes son ovejas de mi rebaño. No tienen la fortaleza ni la capacidad de comprender las decisiones tomadas por su pastor. No me cuestionen más.

El sacerdote hizo una reverencia.

—Eminencia. Es santo y fiel.

Elazar le indicó que se retirara, e hizo lo mismo con el resto al ponerse de pie y darle la espalda a la multitud. Los defensores retomaron la tarea de buscar entre todas las personas, intentando hallar a los acusados, pero era una locura, un desperdicio de miedo.

Ben no se puso de pie. Elazar pasó caminando a su lado, hacia la puerta detrás de la tarima, cuando Ben, en voz baja, preguntó:

—¿Estás intentando matarme?

Elazar se detuvo. Jakes también lo oyó y Ben permaneció sentado entre los dos, entumecido.

Elazar lo miró. Sus ojos eran severos.

—Como he dicho, Benat: las ovejas no pueden comprender las decisiones del pastor. Argrid no maneja bien los cambios repentinos. —Hizo una pausa—. Pero no. Creo que no me darás un motivo para matarte.

Ben asintió, un peso aplastaba su corazón. Su padre había pasado de creer que un poco de magia era tolerable bajo el control de los Inquisidores, a supervisar decenas de quemas por semana para personas que tenían magia y luego a encargarle a Ben que curara a su país a través de la magia.

¿Cuál era real? ¿Cuál perduraría? Ben había estado jugando aquel juego durante años, y estaba cansado del cambio de reglas. Cansado de que su padre cambiara de creencias por capricho.

Había una cosa que Ben sabía: estaba harto de que eligieran sus creencias por él.

El sol lamía el horizonte cuando el carruaje de Ben lo dejó fuera de la Catedral de Gracia Neus. Los ciudadanos de cada rango en Deza avanzaban en procesión solemne dentro de la catedral, con las manos juntas suplicándole al Dios Piadoso.

Más adelante, Elazar descendió de su propio carruaje. Ben no podía negar los estragos que eso había causado en su padre. El semblante de Elazar reflejaba los hombros caídos y los rostros ojerosos de la multitud.

El interior de la catedral complementaba el exterior con esplendor. El techo se erigía alto como el edificio, los arcos ornamentados que parecían hechos de encaje sostenían vidrieras, así que el sol del poniente entraba en tonos anaranjados, rosados y azulados. Cientos de bancos ya estaban llenos, pero los defensores llevaron a Elazar y a Ben por el pasillo hacia la fila de honor delante del altar. Elazar se marchó para comenzar con sus deberes de Eminencia mientras Ben tomaba asiento. Alrededor del altar, las estatuas que representaban a cada Gracia lo miraban. Gracia Neus, quien había construido la catedral; Gracia Loray; Gracia Isaura; Gracia Aracely; Gracia Biel; y decenas más de hombres y mujeres consagrados que, a través de sus actos altruistas e incorruptos, habían hecho del mundo un lugar más santo.

Estaban por todas partes. En el estudio de Elazar. En la sala del trono. En las catedrales. Faros de la Iglesia, siempre observando con ojos vacíos que juzgaban a Ben con la misma intensidad que las personas que ocupaban los asientos detrás de él.

Miró a Jakes, que estaba bajo el entrepiso donde los guardias podían observar el servicio y a quienes custodiaban. Jakes asintió una vez, alentador.

Una puerta junto al altar se abrió y los monxes salieron, cargando velas. Encendieron otras velas debajo de la estatua de cada Gracia, cantando para que el Dios Piadoso les diera a todos en Argrid la fuerza que les otorgaba a aquellos siervos selectos.

Cuando terminaron de encender las velas, los monxes tomaron asiento en la parte trasera del altar, con las manos cruzadas sobre sus túnicas negras. Elazar apareció con la vestimenta de Eminencia: tenía cordones alrededor del cuello, tejidos con colores que representaban cada Gracia; un sombrero alto de color marfil en forma de *V* ondulante; una túnica escarlata y dorada que caía alrededor de sus pies como sangre ornamentada.

Ben comenzó a mover la rodilla.

Elazar se puso de pie frente al altar.

—Hermanos, hermanas —comenzó a decir, sus palabras rebotaban en los muros, un diseño hecho para que el sonido se propagara—. Hoy realizamos el servicio en honor a la tragedia. Las llamas que nacieron del miedo quemaron quince almas. El miedo es una herramienta del Dios Piadoso; es su manera de hacernos distinguir entre los actos puros e impuros. Les suplico a los hijos del Dios Piadoso que escuchen la aprensión en sus corazones. El miedo los salvará de caer en un sendero que condene sus almas.

Elazar hizo una señal con la mano para que los monxes continuaran con el servicio. Ben se sentó, paralizado, mientras la catedral se llenaba de susurros.

Su padre no había repudiado el incendio. De hecho, lo que había dicho parecía tan explosivo como si les hubiera dicho a los fanáticos que continuaran con sus creencias peligrosas.

Elazar podría haber intentado suavizar la transición. Aquellos prejuicios no cambiarían en un día, como le había dicho a Ben.

Pero no cambiarían en absoluto de esa manera.

Ben miró las estatuas de las Gracias. Y se puso de pie.

Elazar observó a su hijo con los ojos entrecerrados. Las conversaciones cesaron, el silencio brotaba de Ben como si él fuera una piedra lanzada en el centro de un lago.

Sus futuras acciones definirían quién era. ¿Sería el pobre príncipe Benat, el joven avergonzado y débil? ¿O el alumno del Inquisidor supremo, su tío, un hereje?

Ya sabía la respuesta.

—Eminencia —habló Ben. Enfrentó a la multitud, y se paralizó al ver cuántas personas estaban allí—. Compañeros argridianos. No es mi intención contradecir a la Eminencia, nuestro maestro compasivo del Dios Piadoso; pero el incendio de la Universidad fue una tragedia ante la que la Iglesia debería responder con indignación.

—Benat —dijo Elazar. Era una advertencia, pero no hizo ningún otro movimiento para detenerlo.

—Personas inocentes perdieron la vida debido a un prejuicio que la Iglesia debería, con toda su sabiduría, repudiar. Las cosas que hago, las hago con la bendición de la Eminencia. Nuestro estado actual de sufrimiento no es un castigo del Dios Piadoso: se debe a nuestra propia ignorancia y miedo.

Ben estaba enfrentando a Elazar. El pavor invadió su cuerpo, pero continuó hablando:

—Le pido, Eminencia, que repudie el incendio y que reincorpore a los Inquisidores. Su expulsión sin duda ha expiado cualquier pecado de su líder. —Aunque no se refirió a Rodrigu y a Paxben por sus nombres, Ben tuvo que esforzarse por continuar hablando claro—. Y no puede negar que Argrid necesita su sabiduría.

Elazar sostuvo la mirada, con frialdad.

—Benat, me deshonras. Aún no cargas con el peso del título de Eminencia, así que aún no tienes el lujo de hacer preguntas arbitrarias. Vete, hasta que tu puesto te enseñe remordimiento y humildad como instrumento en el plan inconcebible del Dios Piadoso.

Ben dio un paso tembloroso hacia atrás. Los ojos de Elazar se oscurecieron y la multitud dio un grito ahogado. La Eminencia real le había ordenado a su heredado que saliera de la Catedral Gracia Neus.

Pero lo único que Ben oía eran las palabras que parecían dedos amenazantes alrededor de su cuello.

Obedéceme sin cuestionamientos. Haz mi voluntad y agradece que eres valioso.

Una mano sujetó el brazo de Ben.

—Vamos, mi príncipe —suplicó.

Ben permitió que Jakes lo condujera. Elazar le habló a la multitud, disculpándose por el exabrupto.

Destinados a la sangre. Ben recordó las palabras de su padre en la cripta. *Nuestra familia es una familia trágica. El Dios Piadoso nos destinó a la sangre.*

14

Vex logró no decirle a Nayeli hacia dónde navegaban en la noche. Teo no dejaba de hablar, bendito sea, y permaneció despierto hasta después del anochecer haciendo preguntas y gritando de entusiasmo al ver peces saltando en el agua. Cuando Lu llegó a buscarlo para llevarlo a una de las habitaciones y preguntó por su avance, Nayeli estaba durmiendo en la proa.

Pero ahora, con el sol matutino brillando sobre sus cabezas y la costa este del lago Regolith a menos de media hora de distancia, Vex sabía lo que se avecinaba.

—¿Ahora nos dedicamos a luchar contra Argrid? —preguntó Edda, desde donde ella y Nayeli estaban haciendo inventario de una de las áreas de almacenamiento—. Creí que los evitaríamos hasta que consiguiéramos dinero suficiente para no tener que luchar o quedar enredados en los problemas de otras personas.

—No lo sé. —Vex se frotó la cara y se recolocó el parche en el ojo por puro reflejo—. El general fue secuestrado, pero Lu no cree que sea verdad… y sinceramente, yo tampoco. Argrid trama algo. ¿Han querido que le entreguemos cada vez más plantas, y ahora uno de sus generales de mayor rango desaparece? No me digas que no es sospechoso.

—Nos retiraremos en Puerto Fausta, ¿verdad? —suplicó Nayeli.

—¿Puerto Fausta? La semana pasada querías decorar uno de esos viejos túneles volcánicos dormidos en las montañas del norte.

—Demasiado trabajo. Además, Puerto Fausta es donde está el alcohol bueno. Juro por los cuatro dioses que si no estoy sumergida hasta el cuello en una tina de vino dentro de unos meses porque tú has decidido hacerte el *héroe*…

—Lu paga. Con pócimas mágicas —afirmó Vex—. Deberías ver lo que es capaz de hacer con las plantas. Nadaremos en galles, lo suficiente como para retirarnos antes de lo previsto.

Los ojos de Nayeli se iluminaron.

—¿A dónde vamos? ¿A dónde creéis que fue el general? ¿Atraparemos a los matones argridianos que continúan persiguiéndonos para averiguar si ellos saben algo?

Vex hizo un esfuerzo para no hacer una mueca ni cerrar la puerta de la timonera y esconderse detrás del timón. Él era el capitán, maldición. No debía tenerle miedo a su propia tripulación.

—No creo que Lu desee acusar directamente a Argrid de fingir el secuestro de Milo sin pruebas…

Como si supiera que hablaban de ella, Lu asomó la cabeza bajo cubierta. Vex observó que ella sabía distinguir la ubicación del barco —la costa sureste del lago Regolith había aparecido a la vista, Nueva Deza estaba muy lejos al oeste, lo único visible era el lago azul— antes de que entrara en la timonera.

—¿Cuánto falta para llegar al sindicato tunciano? —preguntó.

Nayeli clavó la vista en sus pies.

—¿Qué? —preguntó.

Lu lo miró. La compasión de Vex ganó: se merecía la ira de Nayeli, no la de ella.

—Necesitamos a tu tía, Nayeli —dijo—. Sus judías de Budwig nos permitirán saber qué puede haber pasado con Ibarra.

Cada planta de Budwig tenía dos judías. Si se colocaba una en la oreja de una persona, la otra en cualquier lugar o incluso en la oreja de otra persona, las judías transmitían sonidos en toda la isla.

Se trataba de una de las plantas más raras de Gracia Loray: los piratas ocultaban judías de Budwig en los territorios de otros sindicatos para espiarlos; los miembros de la élite del ejército de Gracia Loray las usaban para comunicarse; y crecían solo en la parte este de la isla. Desgraciadamente para Vex.

Nayeli entró en la timonera y le dio un puñetazo a Vex.

—¡Traidor! ¿Tienes idea de cómo será cuando regrese allí? No, porque solo piensas en que *Vex consiga lo que Vex necesita...*

—¿Judías de Budwig? —Lu ignoró la ira de Nayeli y miró a Vex, atónita—. Eso... podría ser útil.

Nayeli salió hecha una furia a la cubierta, sus insultos sonaron amortiguados.

Pero Lu miraba boquiabierta al pirata. Vex sonrió con picardía.

—Lo sé, *Princesa.* ¡Realmente te estoy ayudando! Es sorprendente, ¿verdad?

—Pero asumo por el tono de Nayeli que los tuncianos no son amigables, ¿verdad?

Vex miró a Lu confundido y después comprendió en qué idioma había estado gritando Nayeli.

—Ah. Estaba hablando en thuti: un dialecto de Tuncay. Creí que lo sabrías. Pareces tener sangre tunciana. Pero aunque me encantaría darte una lección de historia...

Lu comprendió a qué se refería antes de lo que él esperaba.

—¿Nayeli era parte del sindicato tunciano?

—¡Capitán! —interrumpió Edda, señalando la costa.

Vex extrajo el catalejo, pero Lu se lo arrebató. Observó la boca del río Leto, una rotura ondulante en la línea de la jungla.

Vex le quitó el catalejo.

—No toques mis cosas.

—Doce barcos a vapor —declaró Lu—. En fila, quietos, sin banderas del Consejo. ¿Son barcos de Cansu? Debe haber supuesto que vendríais aquí.

Vex gruñó.

—¡Nayeli! ¡Edda! Estoy abierto a sugerencias.

Nayeli volvió del sector de la proa donde se había quedado enfurruñada.

—Ah, tengo una sugerencia para ti, imbécil —dijo en thuti y realizó un gesto que Lu pudo comprender sin traducción alguna.

—¿Es muy hostil Cansu? ¿Podríamos negociar con ella? —preguntó Lu.

Vex se encogió de hombros.

—Será mejor que encontremos a la tía de Nayeli, usemos las judías de Budwig que nos dará y sigamos nuestro camino. Cansu no estará contenta si descubre que tú trabajas para el Consejo e intentas salvar a un argridiano.

—También es para su beneficio —replicó Lu—. Si Milo no aparece, Argrid obligará al Consejo a culpar a los piratas...

—Sí, y no le importará. La enfurecerá que asumas que ella necesita al Consejo para proteger a su sindicato. —Vex tiró de una palanca y el *Vagabundo* se detuvo para que pudieran pensar—. Necesito atravesar su bloqueo. Y si...

—El Schilly —dijo Lu—. Ve al norte. Toma el río Schilly. Se conecta al Leto tierra adentro: así podrás evitar a los piratas de Cansu.

—No has mencionado cómo se conecta el Schilly al Leto —respondió Vex.

Lu alzó las cejas.

—¿Te asusta una pequeña cascada?

—¿Una *pequeña* cascada? —chilló Vex, y después oyó el tono agudo de su voz y tosió—. Me preocupa más el sistema del Consejo de plataformas y poleas que bajan barcos por las cascadas. Tienes que pagarles a los soldados del Consejo, quienes tienen la libertad de registrar tu barco si, ah, por ejemplo un diplomático estuviera desaparecido y un convicto en fuga anduviera suelto.

Lu dibujó la sonrisa que le había dedicado antes de que escaparan del castillo. La que Nayeli tenía ahora también, entusiasta y alterada.

Oh, cielos, pensó Vex. *¿He traído a otra Nayeli a bordo de mi barco?*

—¿Y si pudiera hacer que pasaras por las cascadas y por el control de los soldados del Consejo? —preguntó Lu.

—¿Sin Cansu? ¿Y sin soldados? —Nayeli subió por la puerta y rodeó a Lu con un brazo—. Esta chica me gusta *mucho*. ¿Podemos conservarla?

Pero el ojo de Vex estaba clavado en Lu.

—¿Cómo, *Princesa*?

—Mencionaste ante el Consejo que la última vez que trataste con Ingvar Pilkvist fue por algo relacionado con un cargamento de flores aireadas —dijo Lu—. ¿Aún las tienes?

Vex reflexionó.

—Edda, cuida del motor: asegúrate de que tengamos suficiente combustible para subir por el Schilly. Nay, ve a buscar nuestras flores.

—Solo tres —corrigió Lu—. Edda y Teo pueden fingir ser una familia y subir por el ascensor: los soldados no mirarán dos veces a alguien tan inocente. Tú, Nayeli y yo elegiremos otro camino.

Edda descendió obedientemente por la escotilla mientras Nayeli se apartaba de Lu, horrorizada.

—¿Has dicho que no parezco *inocente*?

Lu rio, y aquello detuvo cualquier comentario arrogante que Vex hubiera estado a punto de hacer.

—Ni siquiera un poco —dijo, sonriendo. Nayeli esbozó una sonrisa amplia.

—Bien. Odiaría que comenzara ese rumor.

—¿Nos separaremos? —Vex golpeteó los dedos sobre el casco mientras guiaba el barco hacia el noreste, lejos del Leto—. Suponía que usarías de alguna forma las flores en el barco.

—¿Creíste que podía hacer volar el barco entero?

—Derretiste una cerradura de hierro. Un barco volador no es tan inverosímil.

Lu lo miró con incredulidad.

—Cada uno de nosotros llevará una flor y saltará del acantilado lejos de las cascadas, fuera de la vista de los soldados. En cuanto nos acerquemos al suelo, podremos…

Ella se detuvo, posó los ojos donde Vex golpeteaba los dedos sobre el casco a un ritmo veloz e incesante.

—Tienes miedo —adivinó Lu. La mano de Vex se detuvo.

—¿De morir? Lo sé, es ridículo.

—No vas a morir. El momento debe ser preciso, pero…

—Sabes cuánto dura el efecto de las flores aireadas, ¿verdad? Un suspiro. *Pocos segundos.* Lo cual significa que nuestro margen dura exactamente eso.

Lu sonrió. Vex se avergonzó. Había tenido razón en estar aterrado: hasta ahora, los planes de la chica habían tenido cierto matiz peligroso, como si ella no fuera consciente de lo *mortales* que eran algunas personas.

—Han pasado varios años, pero he hecho esto antes —dijo Lu—. Lo haremos bien.

—¿Varios años? ¿Cuando eras una niña asesina? O lo que diablos sea que los revolucionarios hicieron de ti.

La ligereza en la cara de Lu desapareció. Vex se acercó más, como si pudiera traerla de vuelta al rostro de la joven.

Su expresión se volvió furiosa.

—Si el plan no te gusta, encuentra tu propio camino, pirata.

Antes de que Vex pudiera decir algo más, Lu bajó por la escotilla.

Lu aterrizó en el pasillo cuando Nayeli salía de una habitación con tres flores aireadas. Las bolas puntiagudas no eran mayores que su palma: un ojo sin entrenamiento podía confundir las plantas con erizos de mar.

—¿Ahora qué? —preguntó Nayeli, pero Lu pasó a su lado.

—Pregúntale a tu capitán. Después de todo, para eso le pago.

Lu entró a la habitación opuesta. Teo estaba sentado en la cama que habían compartido.

—¿Lu? ¿Ya ha amanecido? —El niño frotó sus ojos.

Ella se desplomó en la cama y rodeó a Teo con los brazos. Él permaneció quieto.

—¿Lu?

Una vez, cuando era pequeña, sus padres la habían llevado a un servicio religioso en una Iglesia fuera de Puerto Fausta. Los otros parroquianos habían asumido que eran una familia devota, lo cual les había dado la libertad de mantener la fachada para poder rescatar aliados que Argrid había encerrado debajo del edificio principal. Mientras los padres de Lu habían contado las ventanas y las puertas, ella había escuchado a los sacerdotes suplicándole al Dios Piadoso que perdonara a la congregación por los actos impuros que habían cometido.

«Hipócritas». Así había llamado más tarde su madre a los sacerdotes. «¿Dicen que la libertad de pensamiento es impura para poder quemar a un hombre por hablar en contra del rey argridiano, pero la quema no irrita a su dios?».

Lu había asentido con seriedad, olvidando palabras como *impura* hasta el día en que llegó por primera vez a un refugio con sangre en las manos. Comprendió por qué los sacerdotes no rogaban perdón por matar personas. Ni siquiera el Dios Piadoso podía limpiar esa mancha en el alma.

Teo se movió en los brazos de Lu, extendiéndose para acariciar su cabeza.

—Está bien, Lu.

Las lágrimas ardieron en sus ojos. Se sentía muy agradecida de tener a Teo con ella, un ancla a la vida que debía llevar. Aunque él fuera unos años más pequeño de lo que ella había sido cuando su padre la había enviado por primera vez a espiar a los argridianos, le alegraba haberlo traído con ella en esa misión.

Qué débil era, para sentir alivio egoísta por la presencia del niño allí.

Lu abrazó a Teo y respiró.

Llegó la noche, la oscuridad era tan desorientadora que Vex por poco olvidó el plan mientras seguía a Nayeli y a Lu por la costa llena de árboles. La densa jungla se cernía sobre el Schilly, los árboles tenían musgo y lianas que se balanceaban con la brisa. El rugido agitado y furioso de la cascada Schilly-Leto ahogaba cualquier aullido de vida silvestre.

Vex se reunió con Lu donde ella estaba oculta, detrás de un tronco amplio. El agua de las cascadas empeoraba la humedad, y Vex tenía las manos mojadas, su parche sudaba. Se asomó del tronco para ver el área donde los capitanes anclaban sus navíos para pagar la cuota antes de que descendieran por las cascadas… o los registraran.

Los farolillos brillaban desde los edificios de madera bajos en cada margen del río. Los barcos de vapor esperaban a lo largo de cada lado en dos filas largas para que el ascensor los bajara. Los soldados de guardia revisaban los barcos que llegaban a los muelles.

Vex había tomado esa ruta cuando había un soldado de guardia al que podía sobornar. En ese entonces, solo un barco cada cuatro era detenido para una inspección aleatoria. Ahora, el triple de soldados caminaba por las pasarelas, subiendo a *cada* barco.

Algo en la máxima seguridad no cuadraba bien, al igual que le había ocurrido en el mercado de Nueva Deza. Algo había cambiado. ¿Era debido al argridiano desaparecido?

El *Vagabundo veloz* estaba tercero en la fila. Vex apoyó la mano sobre el tronco, con los nudillos tensos.

Sintió atención sobre él y miró a Lu.

—¿Puedo ayudarte, *Princesa*?

Ella retrocedió, con los ojos en blanco.

—No le gusta cuando la llamas así —susurró Nayeli, reclinada contra el árbol. Vex frunció el ceño.

—¿De verdad?

—¿Creías que lo disfrutaba, pirata? —Lu resopló—. ¿Que me estremecía de placer?

—Y ahí está, ¡llamándome pirata! Era un intercambio.

Lu inclinó la cabeza hacia el tronco.

—Bien. No te diré *pirata*. Tú no me…

—¡*Shhh*!

—¿Disculpa? Estoy tratando de…

—¡No! Mira.

Vex señaló. El *Vagabundo veloz* había avanzado hasta una pasarela que se extendía más allá del puesto de pago y los guardias llegaron. Edda fue hasta la barandilla a estribor y alzó la mano a modo de saludo. Vieron la silueta desdibujada de Teo sentado a la mesa en la timonera.

Vex exhaló. Contuvo el aliento. Luchó por respirar.

Mientras los soldados se acercaban a Edda, otros tripulantes de un barco detrás del *Vagabundo* gritaron:

—¡Piratas! ¡Del sindicato tunciano!

Se armó revuelo mientras los soldados sujetaban a la tripulación del barco pirata señalado y la obligaban a salir a cubierta. Los guardias que se aproximaban a Edda se dirigieron al otro barco, para ayudar a sus compañeros y entrar por la escotilla bajo cubierta.

Las náuseas hicieron temblar a Vex, sus rodillas se deslizaban sobre el musgo húmedo. Los recuerdos se superpusieron en aquel instante: ver a los soldados atacando personas solo por parecer sospechosas. Destruyendo sus pertenencias. Gritando: ¡*Herejes!* ¡*Pecadores! El Dios Piadoso os condena...*

El cuerpo de Vex se puso rígido.

¿La ley en la que el diplomático argridiano había insistido, la que buscaba erradicar a los piratas de río, había sido aprobada? Y aunque así hubiera sido, sin duda el Consejo no la habría implementado tan pronto, ¿o sí? Lu le habría dicho algo, ¿verdad?

Edda entró nuevamente en la timonera y el *Vagabundo* avanzó. Desde aquel ángulo, lo único que Vex veía era el balanceo de la popa mientras la corriente empujaba su barco contra la barrera que evitaba que cayera por las cascadas.

Maldición, Vex no pudo sentir nada hasta que el *Vagabundo veloz* avanzó y subió al artilugio del ascensor. Los soldados le habían permitido pasar. Habían aceptado los galles y la historia que decía que Edda y Teo eran familia.

Vex suspiró, con la frente sobre el tronco. Dios santo, necesitaba un trago.

—No había tantos soldados cuando estuve aquí la última vez —susurró Lu. Sus palabras hicieron que el silencio entre los tres fuera más potente, y Vex se dio cuenta de que *todos* habían estado nerviosos.

—Sí. —Él alzó la cabeza, mirando a Lu—. Estamos en territorio de Cansu, maldita sea. ¿Por qué les importaría tanto un barco de ella? No sería inusual verlo.

Ante la mención de Cansu, Nayeli caminó hacia los árboles, enfadada.

—Están buscando a Milo —susurró Lu—. Los argridianos se sentirían insultados si el Consejo no hubiera reforzado la seguridad de los puestos de guardia. —Miró a Vex, y después a los muelles—. Al menos el Consejo puede controlar esto.

Vex señaló a los soldados.

—¿Por qué atacaron el barco tunciano y no el nuestro? El Consejo no piensa que los piratas lo secuestraron, ¿verdad? Deberían estar buscando en todos por igual.

Intentaba lograr que ella dijera: *Ah, pirata, olvidé contártelo: el Consejo trata de acabar ahora con personas como tú. Pero eso no afecta nuestro acuerdo.*

Lu movió la cabeza de un lado a otro, pero frunció el ceño.

—Debemos irnos.

Se puso de pie y Vex se interpuso, lleno de furia.

—Tu Consejo no es tan santo como crees —replicó—. Si los piratas secuestraron al argridiano, será mejor que creas que tenían un maldito buen motivo para hacerlo. La sociedad los rechaza porque tu precioso Consejo se niega a ayudarlos. ¿Recuerdas a Pilkvist gritando que el Consejo robaba dinero? Bueno, *lo hace*. Tal vez creen que no, pero el Consejo se apoderó de la fuente principal de ingresos de los sindicatos cuando comenzaron el comercio con el Continente. Y en vez de ayudar a los sindicatos a llenar aquel vacío, el Consejo los culpa por sufrir. Espero que sea cierto que los piratas secuestraron a aquel argridiano idiota para poder exponer los muchos, *muchos* fallos del Consejo.

—¿Comenzando de nuevo con la guerra? —replicó Lu, en un susurro punzante—. Si esto realmente se trata de piratas en busca de atención por las injusticias, queda comprobado que no sienten amor por Gracia Loray. Ponen en peligro a nuestro país entero, y niegan los cambios que el Consejo ha llevado a cabo para ayudar a otras personas en la isla. A otras personas *que acatan la ley*. ¡Ahora hay trabajos! Trabajos con magia, con el comercio, con la navegación. ¿Cómo es posible que los sindicatos se enfurezcan tanto para ir a la guerra?

—Ninguno de esos trabajos fue para los piratas —dijo Vex—. Ningún apoyo del Consejo ayuda a alguien demasiado pobre para siquiera saber dónde empezar. Yo no soy un gran partidario de los sindicatos, es *evidente* que ellos también cometen errores, pero no son completamente malos. Y el Consejo no es completamente bueno.

Lu abrió la boca, pero se detuvo. Su pausa reveló confusión en su rostro. Como si tal vez él tuviera razón.

—Si nada de esto hubiera ocurrido —prosiguió Vex—, si ese argridiano aún estuviera en Nueva Deza bebiendo té y comiendo pasteles de fruta, ¿habrías siquiera pensado en los piratas?

Lu suavizó su expresión.

—Sinceramente —susurró—, no.

Se fue antes de que él pudiera responder.

Las lianas rozaron la cara de Lu mientras avanzaba con rapidez por la jungla.

Había esperado que el Consejo reforzara la seguridad como respuesta al secuestro de Milo, como le había dicho a Vex. Y no era inusual que los soldados atacaran piratas: ellos eran los criminales de Gracia Loray y perseguirlos tranquilizaría a los argridianos.

La razón por la cual Lu no creía que los piratas hubieran secuestrado a Milo era que desconfiaba más de Argrid. Pero de no haberlo hecho, sentía que hubiera seguido la misma intuición por la que había decidido enviar el barco por la cascada.

¿Podía Lu permitirse sopesar argumentos éticos con una guerra al acecho? No había considerado la moralidad durante la revolución. Había tomado acción decisiva a pedido de sus padres.

Lu miró hacia atrás, hacia el muelle, donde los soldados aún registraban el barco tunciano, sus posesiones desparramadas sobre la pasarela a lo largo de la orilla del río, la tripulación amarrada y en silencio.

¿Por qué estaba luchando? Lu intentaba encontrar a Milo para desacreditar a Argrid, pero también intentaba demostrarles a los piratas que el Consejo podía protegerlos. Eso era lo que quería, lo que debía creer que el Consejo quería… Que los piratas dejaran de tener sus propios gobiernos sindicales. Que se entregaran al control del Consejo.

Pero ella nunca se había preguntado *por qué* los sindicatos se oponían tanto al Consejo. Eran criminales; eran testarudos respecto a sus métodos; luchaban contra el cambio… Las razones habían sido variadas y superficiales. Pero nada real. Nada concreto.

Nada como lo que Vex había dicho, que había vacíos en el gobierno del Consejo que los sindicatos compensaban.

De pronto, se odió a sí misma, con fervor. Ella era mejor que eso. Era mejor que las suposiciones y el prejuicio.

Aquellas cosas se parecían demasiado a Argrid.

Llegado a cierto punto, el acantilado se convertía en llanura, pero les llevaría horas alcanzarlos. La ruta más rápida estaba donde Lu se detuvo tambaleante: al borde del acantilado, debajo del cual yacía una jungla tan densa y oscura que era imposible ver el suelo. Sería como saltar hacia… la nada.

Vex se detuvo a su lado, Nayeli de nuevo estaba con ellos.

—No uséis la flor aireada hasta estar lo más cerca posible del suelo —indicó Lu, feliz de tener aquella tarea sencilla en la que centrar la atención. Había amarrado cada una de las flores a una cuerda alrededor de la cintura de los tres. *Inhala por el agujero de abajo*, se dijo a sí misma. *Los gases en el interior de la planta te permitirán levitar durante un período de tiempo igual a la inhalación.*

Nayeli sonrió, sus dientes eran una tira blanca en la oscuridad.

Detrás de ella, los farolillos de la base del elevador resplandecieron, lo bastante lejanos para ser una mancha amarilla. Nadie los veía.

Nadie sabría si colapsaban contra el suelo, con sus cuerpos rotos por el impacto.

Vex parecía pensar exactamente lo mismo. Preparó la flor en la mano, echando los hombros hacia atrás y estirando el cuello.

—Bien. *Bien*. Podemos hacerlo. Podemos...

—Claro que podemos —dijo Nayeli, mirando a Vex. Su pie golpeó el borde del acantilado—. No te preocupes, estaremos...

Tropezó, se tambaleó y cayó en la oscuridad.

Vex se tambaleó a su lado.

—¡Mierda!

Pero la risa maniática de Nayeli llegó a ellos antes de que las sombras la engulleran.

—Espero que se golpee contra un árbol —protestó Vex. Pero observó la oscuridad, con una oreja alerta, esperando oír un grito de dolor o huesos rotos. Pero no hubo nada.

Vex exhaló, aunque la tensión en su postura no desapareció.

—Me resulta difícil de creer que el infame Devereux Bell tema a las alturas —dijo Lu. Vex la miró con seriedad.

—Si se lo dices a alguien, te...

—¿Qué harás conmigo, Vex? —Lu hizo que su voz sonara sensual y se acercó más a él, intentando distraerlo como había hecho en el calabozo y en el muelle.

Él entrecerró su ojo cuando comprendió lo que ella hacía.

—Creo que te odio.

—No sin motivos —respondió Lu y lo empujó.

Vex cayó en el aire con un insulto. Lu reunió fuerzas y saltó detrás de él.

El viento nocturno la golpeó mientras caía, e hizo que unas lágrimas brotaran de sus ojos. Sintió el estómago en su cuello, rebotó en sus pies, el aire tiraba de su cuerpo en formas que desconocía. Su corazón rugió con adrenalina, y toda calma desapareció hasta que solo oyó el rugido de las cascadas y la suavidad del viento; y su cuerpo flotaba, planeaba, relajado.

Siempre le había gustado viajar de esa forma cuando era niña. Había utilizado como excusa evitar a los soldados argridianos que custodiaban el ascensor para zambullirse en el vacío, y mientras caía ahora, imaginaba las partes rotas de su cuerpo alzándose al cielo. Se imaginaba cómo se ensamblaba, con las mejores piezas, una renovación y un renacimiento.

Las ramas arañaron sus mejillas. Las lianas se rompieron bajo su peso. Cuando el suelo se acercaba a ella, Lu colocó la flor aireada contra sus labios e inhaló. Los gases llenaron sus pulmones, sabían a suciedad y agua dulce de río. Su cuerpo se detuvo tan cerca de la tierra que podía extender la mano y apoyar la palma.

Los gases se evaporaron y Lu cayó sobre sus manos y rodillas: la flor aireada era una de las pocas plantas que Lu usaba por ese motivo. No duraba.

Alguien sujetó sus hombros y la puso de pie.

—¿Por qué diablos has esperado tanto para usar la flor? —gritó Vex. Allí, el ruido de la cascada era ensordecedor.

—Estabas… ¿Estabas preocupado por mí?

—Sí, yo…

Lu alzó las cejas. Vex pareció notar lo que había dicho al mismo tiempo que ella. Él sonrió.

—Aún me debes cualquier elixir botánico que desee.

Nayeli estaba cerca, moviendo el pie.

—*Vamos*… no me gusta este lugar. —Se volvió hacia el río Schilly, donde planeaban reunirse con el *Vagabundo*.

—Y si murieras —prosiguió Vex, caminando junto a Lu—, estaría atrapado con Teo. No me malinterpretes, es un niño genial, pero no me muero de ganas de incorporar a un niño de seis años a mi tripulación.

—Comprendo —dijo Lu, pero sonrió—. Sería algo terriblemente inconveniente para ti que muriera.

—Me alegra que nos entendamos.

El Schilly serpenteaba tras las cascadas, girando en curvas y uniéndose al río Leto. El *Vagabundo veloz* ya estaba anclado en la curva, con las luces bajas para que nadie más lo viera.

Lu subió a bordo, seguida de Nayeli y de Vex.

—¿Teo? —susurró mientras avanzaba hacia la timonera—. Todo va bien…

Un farolillo cobró vida sobre la mesa de mapas.

Lu extrajo un cuchillo de su funda. La mujer que se hallaba cerca del farolillo tenía una pistola en una cadera, una espada en la otra y una marca en la muñeca. Su corto pelo negro rodeaba su rostro y dejaba a la vista una marca en su cuello: cuatro puntos, dos verticales sobre dos horizontales. Un tatuaje tunciano.

—¿Creísteis que me superaríais en mi propio territorio? —La mujer chasqueó la lengua, su piel dorada y morena resplandecía bajo la luz amarilla de la linterna.

La adrenalina recorrió las venas de Lu.

—¿Quién eres? ¿Dónde está Teo?

—Lu. —La voz de Vex detrás de ella era inexpresiva—. Ella es Cansu Darzi.

Cansu dibujó una sonrisa severa.

—El niño está a salvo camino a Puerto Mesi-Teab con mis piratas. Hacia allí os dirigíais, ¿verdad, Nay? Sabes que a Fatemah no le gustan los forasteros. Pero debería haber esperado algo semejante… A ti te importa un carajo lo que queremos.

Lu le lanzó una mirada acusatoria. Bajo la luz temblorosa del farolillo, la expresión en el rostro de Nayeli estaba llena de angustia.

Lo que fuera que ocurría era exactamente lo que Nayeli había temido.

—¿Qué sucede? ¿Quién es Fatemah? —preguntó Lu.

—Fatemah es la tía de Nayeli —dijo Vex con un suspiro—. La mujer que íbamos a ver. La experta en magia del sindicato tunciano.

15

V aya, aquello se había aclarado rápido.

—¿Acaso has pensado que tratábamos de *evitar* un enfrentamiento? —le preguntó Vex a Cansu mientras movía el timón, avanzando por el río. Mantuvo la atención en la proa del *Vagabundo* y en la silueta encorvada de Lu, que lo fulminaba con la mirada. Nayeli había permanecido en cubierta solo durante el tiempo que le había llevado anunciar que supervisaría el motor en lugar de Edda.

Vex sentía la tensión que brotaba de Nayeli. Cuando estallara esa vez, no sería con insultos. Estaría callada, enfurruñada y tendría el maldito corazón roto. Vex cerró los puños sobre el casco para evitar golpear a Cansu. Era probable que la mujer lo hiciera caer en la cubierta antes de que él siquiera pudiera propinarle el golpe, y de todas maneras, Nayeli no quería que él la atacara.

—No puedes entrar y salir de mi territorio cuando quieras. —La voz de Cansu provenía detrás de él, desde su asiento en la mesa—. No necesito que ensucies todo como sueles hacer.

—No te robo —siseó Vex—. Nayeli no me lo permite.

Cansu se aferró a eso.

—Ella no merece tu protección.

—Que digas eso demuestra que ella tuvo razón en marcharse. Ella es parte de ti, Cansu. Es decir, cielos, *ha saltado de un acantilado* para evitar verte… aún quedan sentimientos importantes.

Nayeli iba a matarlo si se enteraba de que él había dicho eso. No, lo castraría y *después* lo mataría.

Cansu se ensombreció.

—No importa. No deberías haber venido. No necesito tus distracciones, no ahora.

Vex la miró.

—¿Por qué no ahora?

Cansu le lanzó una mirada burlona.

—Dioses, has estado en el calabozo del Consejo; no me digas que no oíste lo que está ocurriendo. Han creado una ley para *erradicarnos*. Uno de los delegados argridianos desapareció hace tres días, y creen que nosotros lo secuestramos, por supuesto. ¿Has visto la seguridad en la cascada? Es así en todas partes: el Consejo no perdió tiempo acatando el pedido de Argrid de ponerse en nuestra contra. Dime por qué diablos necesitas ver a Fatemah. Será mejor que sea importante. Tenemos demasiado de qué preocuparnos.

Vex sintió una punzada en lo profundo de sus entrañas. Había sospechado que por esa razón las cosas habían empeorado, pero que ella lo confirmara era prácticamente más de lo que él podía manejar. Señaló a Lu con la cabeza.

—Ella me contrató para ayudar con algo para que el Consejo no...

Cansu le disparó al mapa en la mesa. Vex se estremeció. *Mierda.*

—No eres tan estúpido de traer a una lorayana a mi territorio. *En busca de ayuda.*

—Que Fatemah decida quién recibe ayuda —dijo Vex—. Ese era el trato, ¿verdad? Tú lideras el sindicato, Fatemah lidia con los necesitados y Nayeli termina destrozada por tu guerra emocional.

Cansu abrió la boca, así que Vex dijo lo que sabía que la callaría.

—Tú no eres quien debe recoger los trozos cada vez que haces daño a Nayeli. —Miró de nuevo a Cansu—. Si la quieres como sé que lo haces, nos permitirás ocuparnos de nuestros asuntos y salir de aquí. *En paz.*

Cansu se reclinó sobre la mesa. Momentos como ese desentonaban con su postura de Líder pirata, y hacían que fuera imposible para Vex sentirse intimidado por ella.

Pero todos tenían debilidades. Algo que, sin importar lo profundamente enterrado que estuviera, los pondría de rodillas.

—Sigue adelante —balbuceó Cansu. Vex miró al frente.

—Será un placer.

Mientras el *Vagabundo veloz* aceleraba en la noche, Lu caminaba de la proa a la timonera sin parar. ¿Ahora eran prisioneros de Cansu? ¿Teo lo era? ¿Iban de camino a ver a Fatemah? ¿Debían decirle a Cansu cuál era su misión? Sin duda ella comprendería la importancia de encontrar a Milo.

Pero cada vez que Lu reunía el coraje para entrar a la timonera, veía a Cansu fulminándola con la mirada con ojos de fuego y sangre.

Lu regresaba a la proa.

Después del amanecer, el *Vagabundo veloz* se unió a otros barcos que avanzaban hacia el alboroto ruidoso de la ciudad mayor en el sureste de Gracia Loray: Puerto Mesi-Teab.

Como los otros cuatro puertos principales de Gracia Loray, sus orígenes se remontaban a un asentamiento inmigrante, en este caso, un grupo de tuncianos había fundado la ciudad cuando había llegado a Gracia Loray hacía siglos. Estaba en la confluencia del río Leto y el Draydis, sobre los pantanos del sur. Con el sol saliendo por detrás de la ciudad, el horizonte icónico del puerto dejó a Lu sin aliento: había una antigua fortaleza argridiana de muros de piedra gris en la división entre los dos ríos. La muralla que estaba frente al Leto tenía el símbolo de la Iglesia, un sector monstruoso de piedras blancas en forma de *V* curva.

—El Fuerte Castidad —dijo una voz a su lado. Lu se estremeció, pero no se movió de donde estaba reclinada sobre la parte externa de la timonera. Cansu, a medio camino fuera de la puerta, estaba cruzada de brazos—. Lo último que algunos tuncianos vieron en esta isla. Al menos, fue una vista bonita.

—¿Por qué aún está en pie? —preguntó Lu. Nunca había pasado mucho tiempo en Puerto Mesi-Teab, pero en otras ciudades, los ciudadanos habían desmantelado o readaptado con rapidez cualquier cosa que había sido utilizada por Argrid. Ver el símbolo de la Iglesia intacto era poco frecuente.

—Para recordar —respondió Cansu—. Los argridianos lo llamaron *Castidad* porque decían que los tuncianos eran prostitutas por tener cuatro dioses y no venerar al único suyo. Cada vez que lo vemos, recordamos de dónde venimos y quiénes somos, y que nadie puede quitarnos eso.

Vex, en el casco, emitió un silbido agudo.

—Baja, Cansu. Ya casi hemos llegado.

Cansu le dedicó una sonrisa fría a Lu y descendió de nuevo a la timonera.

La abuela de Lu —la madre de Kari— había sido tunciana. Lu solo tenía recuerdos vagos de ella, la guerra se había llevado pronto a los padres de Kari. Y con el derramamiento de sangre y los cañonazos como parte demasiado habitual de su vida, Kari no había podido transmitirle la cultura de su historia. Las tradiciones familiares se volvieron tan raras como el azúcar: deliciosa cuando la conseguían, pero no crucial para sobrevivir, y mientras la guerra avanzaba, Kari le contaba a Lu mucho menos.

Lu sabía cosas generales sobre los tuncianos. El tatuaje de cuatro puntos que algunos tenían como homenaje a sus dioses; algunas recetas que Kari hacía para ocasiones especiales, una pasta dulce de judías para cumpleaños o un plato de desayuno con especias que permanecían en la nariz de Lu durante días después de comerlo. Pero Lu no se consideraba a sí misma tunciana, al igual que no pensaba en su ascendencia argridiana por parte de Tom. Ella era lorayana.

La cabeza de Lu comenzó a latir. Culpó de ello a la falta de sueño, y centró la atención en permanecer alerta mientras el *Vagabundo* se deslizaba por el Leto en dirección a Puerto Mesi-Teab.

Decenas de muelles se extendían alrededor del Fuerte Castidad, y albergaban una variedad de navíos bajo el rocío del amanecer. Algunos barcos patrulla estaban atracados en la parte más amplia del río, donde se dividía en dos, vigilando las extracciones del inicio de la mañana mientras las tripulaciones bajaban las campanas de buceo en el agua y recolectaban plantas. Las sombras del Fuerte Castidad oscurecían el río, y más sombras continuaban en sectores aislados donde el fuerte terminaba y los edificios caóticos de la ciudad comenzaban.

Los afluentes más pequeños del Leto serpenteaban hacia el puerto como los ríos que conformaban la telaraña a través de Nueva Deza. Pero mientras Vex avanzaba con el *Vagabundo* por uno de ellos, la diferencia era evidente: así como los ríos de Nueva Deza eran en su mayoría pulcros, rodeados de piedras bien conservadas, debajo de los puentes arqueados por los que pasaban las aguas eran turbias, y el color se oscurecía más cuanto más se adentraban en la ciudad. Los puentes eran de madera decrépita, los bancos del río se desmoronaban en trozos húmedos. De todas maneras, las personas se sentaban junto al agua, con cañas de pescar sumergidas en la superficie.

Lu había oído acerca de aquella pobreza en Nueva Deza. «Si los piratas aceptaran el liderazgo de Gracia Loray», decían los miembros del Consejo, «las cosas mejorarían para ellos. Pero los fondos del Consejo no financiarán a anarquistas desafiantes».

Pero ¿acaso cada alma que sufría bajo esas condiciones era un pirata que se había negado a reconocer la soberanía del Consejo? Y si así fuera... ¿importaba? Eran ciudadanos. Estaban *allí*.

Lu se tragó el aire hediondo. El latido en su cabeza se hizo más potente.

El *Vagabundo veloz* serpenteó dentro de Puerto Mesi-Teab hasta que vieron una maraña de jungla que luchaba contra la muralla trasera de la ciudad. Los edificios en calles agolpadas permitían la entrada de una luz mínima, y encerraban el aire en calles angostas y sucias. Cuando estuvieron tan lejos del Leto que Lu no sabía si podría encontrar el camino de regreso al río, Vex permitió que el *Vagabundo* se detuviera en un muelle.

Cansu salió de la timonera, seguida de Vex. Después de un instante, Nayeli volvió de bajo cubierta, pero no hizo contacto visual con nadie.

—Los tuyos deberían estar dentro —le dijo Cansu a Vex. Su voz era más suave, o estaba más cansada.

Lu observó los edificios en busca de aquel al que Cansu se había referido. Pero las calles estaban casi vacías, salvo por uno o dos mendigos tambaleantes. Las caras se asomaban por las ventanas detrás de las cortinas agujereadas; las sombras bailaban mientras las personas los observaban desde las puertas. El silencio cubrió los barcos que pasaban a su lado, tripulaciones con rostros demacrados y cautelosos.

La sacudida del reconocimiento era tan desagradable como el aire. Así había sido cada puerto durante la guerra: lleno de pavor, personas escondidas con miedo de que los argridianos se los llevaran para purificarlos.

El barco se balanceó, seguido del pisoteo de las botas sobre el suelo. Cansu caminó hacia una calle. Después de todo lo que había hecho para acompañarlos hasta allí, ¿se marcharía en ese momento?

Entonces, no los había interceptado para acompañarlos. Lo que quería decir, era: *este es mi territorio.*

Nayeli bajó del barco de un salto sin decir palabra, y siguió a Cansu hacia el puerto.

—Nayeli era del sindicato de Cansu —supuso Lu—. Se fue para unirse a tu tripulación.

Vex emitió un gruñido que bien podría haber sido una risa.

—Ojalá fuera tan simple.

El barco se balanceó, el lodo a estribor manchó las botas de Vex. Lu cayó a la derecha del chico, y el golpe que hizo al aterrizar a su lado hizo que él cayera hacia atrás. Ella sujetó su muñeca para ayudarlo a recobrar el equilibrio, y Vex sintió un estremecimiento antes de apartar el brazo.

—*Soy ciego de este lado* —replicó Vex, sacudiendo la mano en ese lateral de su cabeza.

—No quería...

—Vamos —dijo Vex, irritado—. No está lejos.

Fue detrás de Nayeli y de Cansu. Lu lo siguió, incapaz de tolerar la tensión acumulada en los hombros de Vex. Lo había ofendido... y odiaba que no solo se percatara de ello, sino que le importara.

Él giró en una esquina y ella corrió para alcanzarlo, se irguió para disculparse...

Pero Cansu estaba de pie en la calle, delante de ellos, sujetando un saco.

Vex extendió las manos.

—No es necesario.

—Siempre es necesario para personas en las que no confiamos.

—Yo confío en ella —respondió Vex y Lu supo que la perplejidad pintaba su expresión—. No se lo contará a nadie. ¿Verdad, Lu?

—¿El qué?

Nayeli cruzó los brazos y suspiró suavemente.

—Ponte el saco. Es más fácil.

Lu se quedó boquiabierta. Adonde fuera que iban, Cansu no quería que ella supiera cómo hallar el lugar. Una guarida pirata secreta, sin duda.

—¿Teo está allí? —preguntó Lu—. ¿Se encuentra en el lugar adonde me llevas?

Cansu hizo una reverencia.

—Sano y salvo, por mi honor como Líder pirata tunciana.

La atención de Lu se posó en Vex.

—Y ese lugar es donde necesitamos ir —dijo ella.

Vex alzó un hombro.

—Fatemah oye todo lo que ocurre en la isla.

Lu agarró el saco de la mano de Cansu. Lo colocó sobre su cabeza y bloqueó la poca luz del sol deprimente que había. Extendió un brazo.

—Vamos.

Unos dedos se cerraron sobre uno de sus codos, guiándola, y lo único que Lu tenía para identificar su ubicación era el suelo bajo sus botas. El lodo suave del sendero; el ruido sordo y duro de los tablones; lodo suave de nuevo. La llevaban en círculos, supuso, para que fuera difícil para ella hallar el camino, pero no le importaba. Quería estar con Teo; dejaría que los tuncianos proporcionaran cualquier pista para encontrar a Milo. Quería que eso *terminara*.

Después de al menos una hora de ardua caminata a través de la ciudad, alguien —¿Nayeli?— siseó a modo de advertencia.

—Soldados —susurró una voz a su lado. Lu comenzó a notar que era Vex quien sostenía su codo, no Cansu. Pero unas órdenes lejanas y bruscas y el estallido de una ventana hicieron que alzara la cabeza, intentando oír más.

—¿Qué están haciendo? —Alzó la mano hasta el borde del saco—. Puedo…

—Quítate el saco y te dejaré aquí —replicó Cansu delante de ella.

Lejos de su escondite —un callejón, probablemente—, alguien gritó:

—¡No sabemos nada! ¡No estamos involucrados!

Otro ruido a cristal roto.

—Ya es más que suficiente que hagáis oler mal nuestras ciudades, pero ahora vosotros, piratas, creáis problemas con Argrid: ¡hacednos un favor y salid de nuestra isla!

Un coro de vítores apareció. Lu se balanceó, desorientada.

—¿Quién es? —susurró ella—. Tenemos que ayudar…

—Los míos lidiarán con los lorayanos —dijo Cansu—. Nosotros debemos elegir un camino diferente.

Un grito de batalla surgió de otra fuente, y alguien dijo con claridad: «¡Piratas tuncianos!». Los ruidos del combate mano a mano resonaron.

Vex apartó a Lu mientras el caos detrás de ellos aumentaba, los gritos y las espadas sonaban.

—No pueden ser lorayanos —susurró Lu—. No es así…

—¿Así como ha sucedido en el muelle? —Lu no veía a Vex, pero oyó el desafío en su voz—. La tirantez con los lorayanos, en especial con los soldados, suele ser alta. Pero no. No siempre es así de tenso.

La sujetó con más fuerza, y sus últimas palabras tuvieron mucho peso. Él intentaba hacer que ella comprendiera algo, al igual que en la cascada.

Pero ella ya lo había entendido. Estaba en aquel viaje porque había previsto aquel desenlace desde el inicio: Gracia Loray en guerra de nuevo.

Ahora sentía la profundidad de ello. La verdadera división en la que el conflicto se originaría.

—Por ese motivo el lugar al que vamos todavía existe —dijo la voz de Cansu—. Creímos que seríamos capaces de cerrar el santuario después de la guerra, pero resulta que cambiamos a un tirano por otro.

Lu no tenía argumentos. El dolor de su cabeza no desaparecía.

De nuevo, los tablones sonaron debajo de sus botas. Una escalera descendió, una puerta se abrió con un crujido, y se detuvieron.

Le quitaron el saco de la cabeza a Lu y ella parpadeó bajo la luz difusa. Un patio se extendía ante ella, rodeado de edificios altos en tres laterales y la muralla de la ciudad en el cuarto, se completaba con lianas enredadas y ramas que intentaban subir por encima. El área estaba llena de chozas, desparramadas con hogueras, cuerdas con ropa lavada y pilas de barriles.

Y personas. Decenas de personas, de rodillas junto a los fuegos o colgando la ropa, hombres, mujeres y niños. La suciedad manchaba la cara de todos; sus ropas eran harapos. Algunos descansaban sobre tapetes, sus cuerpos se sacudían con convulsiones que Lu conocía demasiado bien. La Enfermedad Temblorosa.

Todos eran tuncianos, dado que el idioma que Lu oía no era el dialecto de Gracia Loray, o el argridiano. ¿Cómo lo había llamado Vex? ¿Thuti?

Una voz la sacó de su perplejidad y confusión.

—¡Lu!

Ella avanzó corriendo y Cansu no la detuvo. Nadie podría haberlo hecho: en cuanto Lu vio a Teo corriendo por el sendero de tierra hacia ella, olvidó todo lo demás. Él sonreía, y no parecía herido ni maltratado.

Rodeó el cuello de Lu con los brazos, asfixiándola, pero a ella no le importó mientras lo alzaba con la misma fuerza.

—¿Estás bien? —Se movió para mirarlo—. ¿Estás herido?

—¡Estoy bien! Edda me ha cuidado muy bien. Hizo que los piratas me trajeran un tipo de caramelo; no me acuerdo cómo se llama, pero ¡era *muy dulce*! Como esos bollos que compraste para Annalisa y para mí, ¿recuerdas? ¡Como esos! ¡Tienes que probarlo! ¡Anda!

Teo se sacudió hasta que ella lo soltó, y salió corriendo de nuevo. Edda, que avanzaba por la calle detrás de él, lo atrapó y los dos se dirigieron hacia donde fuera que habían estado.

Lu miró a la multitud. Los que estaban haciendo tareas se detuvieron, y pusieron distancia mientras la observaban.

De pie allí en medio de ellos, Lu sintió el peso completo de todo lo que había comenzado a comprender.

Lu había conocido su país. Había pasado la mayor parte de su vida luchando para mejorarlo.

Pero toda esa lucha no había cambiado nada.

El Consejo había traído la paz a Gracia Loray, pero las viejas trampas del prejuicio y la desunión estaban puestas para que la isla se desintegrara de nuevo como lo había hecho bajo Argrid.

Vex se libró de la multitud.

—No son los mejores dando la bienvenida —le dijo a Lu.

Ella enderezó más la espalda a pesar de la presión creciente por ceder.

—¿Qué es este lugar?

—Un santuario —dijo alguien—. Una parada en el camino.

La multitud se abrió para que pasara una mujer baja y de mirada intensa, con el pelo negro canoso tan largo que prácticamente parecía una capa sobre su vestido anudado. Tenía un tatuaje idéntico al de Cansu, la marca tunciana de sus dioses, aunque la suya estaba delicadamente colocada sobre su nariz redonda. Se detuvo, observando con fastidio e insatisfacción, Lu tenía la ensación de que ambas emociones eran por su culpa.

—Fatemah —supuso Lu.

Fatemah alzó una ceja.

—¿Y tú eres?

¿Cuál era la mejor manera de presentarse? Lu enderezó la espalda.

—Soy… una representante del Consejo.

Fatemah la fulminó con la mirada. Dijo algo en thuti. Vex respondió. Fatemah frunció el ceño, le dijo algo a él y Vex alzó la mano hacia Lu y respondió de nuevo.

—Estoy aquí —dijo Lu—. Ya sé que habla el dialecto de Gracia Loray.

Fatemah la miró frunciendo el ceño.

—Hay *cinco* idiomas en uso en Tuncay —replicó ella—. ¿Cuántos puedes nombrar? Hablo el dialecto lorayano por el mismo motivo que lo hacen todos los tuncianos aquí: porque no tenemos otra opción.

Lu retrocedió un paso.

—Lo siento —fue lo único que pudo decir—. Lo siento, yo…

—No queremos la lástima del Consejo. ¿Por qué has venido? —Fulminó con la mirada a Vex—. ¿Por qué la has traído aquí?

—Necesitamos tu ayuda —le dijo Vex a Fatemah—. Un diplomático argridiano ha desaparecido. Creemos que tal vez tú podrías oír algo respecto de lo que le ha ocurrido, o sobre dónde se encuentra, o…

Fatemah se volvió, excluyendo a Lu de la conversación. Pero en base al tono furioso en su voz y al rubor intenso en su piel morena y dorada, Lu descubrió que no le molestaba perder su atención. Cansu no aparecía por ningún lado: si ella hubiera oído a Vex, probablemente habría dos personas enfurecidas con las que tratar. Pero encontrar a Milo los ayudaría a detener las tensiones con los soldados del Consejo. Las cosas *mejorarían*.

Mientras Lu permanecía junto a Vex y Fatemah, con las miradas negativas de la multitud rodeándola, se sintió más y más como una intrusa. ¿Descubrir la conspiración de Milo y hacer que Vex lo llevara de regreso ante el Consejo repararía los errores que hacían que aquel santuario pirata fuera necesario?

—¿Puedes ayudarnos o no? —interrumpió Lu, aterrada por el desarrollo lento y metódico del plan en el que había depositado su fe.

Fatemah la rodeó. A pesar de la baja estatura de la mujer, daba la sensación de que era más alta que Lu.

—No tienes ni idea de lo que has arriesgado al venir aquí.

—Claro que sí —respondió Lu—. Si no me ayuda a encontrar al general Ibarra, los argridianos obligarán al Consejo a culpar a los piratas por su desaparición.

—El Consejo ya ha culpado a los piratas por su desaparición. —Fatemah señaló personas mientras las nombraba—. Soldados que hicieron una redada en edificios de viviendas obligaron a estas personas a abandonar sus hogares. ¿Esos de allí? Los soldados confiscaron sus barcos mientras buscaban al argridiano perdido. Hay más aquí porque este sindicato ya no posee los recursos para darles empleo, gracias a que el Consejo se apoderó del comercio tunciano con el continente. El Consejo es la razón por la que este lugar existe, al igual que Argrid lo fue una vez: lo que sea que pienses que cambiará al hallar a ese general argridiano, no ayudará. No comprendes los problemas de aquí. Nadie en el Consejo lo hace.

Lu vaciló sin aliento mientras miraba a los niños de ojos bien abiertos y a sus padres demacrados. Recordó a los soldados en la cascada, y a los lorayanos en las calles de Puerto Mesi-Teab.

—No le tememos al Consejo —dijo Fatemah—. Sobrevivimos a la opresión de Argrid. Sobrevivimos durante cinco años mientras el Consejo nos ordenaba que nos amoldáramos, porque si no, quedaríamos desahuciados. El Consejo no habría ganado la guerra sin nosotros. Tuncay venera al Dios del caos y al Dios de la muerte, al igual que a los del renacimiento y la vida. No tememos a…

Nayeli avanzó entre la multitud.

—¿Cuánto tiempo vas a fingir que esto funciona?

Fatemah respondió, pero en thuti. El movimiento de su mano significaba que intentaba ignorar la pregunta de Nayeli.

—¿Qué deberíamos hacer? —Ahora, Cansu apareció. La expresión en su rostro era un reflejo de la de Fatemah, pero estaba más cerca de la angustia que de la furia—. ¿Volvernos *lorayanos*? No es tan fácil para todos abandonar su cultura como lo es para ti.

—No abandoné nada —replicó Nayeli—. Esto *no es* Tuncay. *No somos* tuncianos. No le debemos lealtad a la emperatriz, y ni siquiera hemos visto los desiertos de Tuncay o sus montañas. No puedo seguir viviendo en el medio. —Volvió hacia Lu—. Los tuncianos comenzaron este santuario para proteger a las personas que Argrid intentaba encarcelar en el Fuerte Castidad. Incluso ayudaron a algunos a escapar —señaló el muro acechante— a refugios lejos de la ciudad.

Cansu siseó para pedir silencio, pero Nayeli continuó hablando:

—Deberían haberlo cerrado cuando la guerra terminó, pero todavía permiten que los tuncianos vivan aquí: inmigrantes nuevos y familias que han estado aquí desde siempre también. Dioses, es una locura, ¿verdad? Están tan jodidamente orgullosos que prefieren estar aquí en la miseria, pero aún llamarse a sí mismos *tuncianos*, que tener una vida mejor y ser lorayanos.

Cansu se desanimó.

—Eres tan malvada como el Consejo si piensas que es tan simple.

Fatemah dijo algo en thuti. Nayeli, por primera vez, respondió en thuti, pero bajó la vista al suelo.

Fatemah alzó las manos hacia su cuello y se quitó un collar hecho de piedras. Tintinearon mientras soltaba una de ellas y la lanzaba a los pies de Nayeli.

—Ayudaremos —dijo Fatemah—. Después, te irás. No regreses. Ya no.

La mujer se marchó, Cansu y la multitud la siguieron. Los ojos de Nayeli permanecieron clavados en la piedra.

—Gracias, Nay —dijo Vex.

Ella alzó la vista.

—Por favor. Fatemah es predecible. ¿Y Cansu? Sacude a una mujer de pecho generoso delante de ella y la tienes. No hace falta mucho para que cumplan.

Sus palabras eran suaves, pero su expresión, severa. Se agazapó para sujetar la piedra, y Lu vio un símbolo que no reconocía tallado en la superficie.

—¿Qué significa? —preguntó Lu.

—Ella es mi tía —resopló Nayeli—. Las rocas tienen un significado especial en Tuncay. Robas una cerca del hogar de alguien que quieres y tallas una palabra en ella. Esta dice *familia*.

Nayeli la dejó caer de su mano antes de alzar la vista de Lu a Vex.

—¿Qué estáis haciendo aquí todavía, idiotas? No permitáis que cambien de opinión.

Antes de que pudieran decir más, Nayeli deslizó las manos sobre su pelo y avanzó por uno de los senderos de tierra.

Lu la miró boquiabierta, pero Vex tosió para llamar su atención.

—Esto ocurre cada vez que venimos de visita. Aunque en general suele haber más derramamiento de sangre.

Comenzó a avanzar en la dirección opuesta. Lu lo siguió... después de recoger la piedra.

¿Kari tendría piedras como esa si la guerra no hubiera interrumpido sus vidas? ¿Las tendría Lu si no hubiera estado tan decidida a ser lorayana?

La piedra parecía frágil, una roca golpeada por las corrientes del río.

Lu la guardó en su bolsillo y apresuró el paso para alcanzar a Vex.

16

Ben se sentó en el escritorio de su sala de estar, encorvado sobre el pergamino y la pluma. Escribió hasta que su visión se desdibujó, la vela ardió baja y cada músculo de su espalda pedía alivio.

De las más de cincuenta variedades de magia botánica nativa de Gracia Loray, los inquisidores descubrieron que cuatro eran lo bastante puras como para curar personas.

Una bandeja con pescado al ajillo y tomates se deslizó sobre su escritorio.

—Come —indicó Jakes.

Ben no alzó la vista, exprimía su cerebro para extraer cada gota de conocimiento mágico.

Varios textos de Gracia Loray afirman que hay más, pero algunas, como el helecho soporífero, han resultado ser demasiado peligrosas, dado que sus efectos causan daño o alientan los pecados de los excesos y la intoxicación. Las santas son: la raíz purificante, la curatea, la salvia poderosa y el aloe flauta.

Jakes colocó las manos en la mesa y la llama de la vela tambaleó.

—Dime lo que necesitas —susurró él—. Permíteme ayudarte. Déjame entrar.

Ben cerró los ojos. Necesitaba provisiones. Necesitaba un laboratorio nuevo. ¿Podría aún usar el dinero mecht? También necesitaba plantas, aunque dudaba que su padre le diera más.

Pero necesitaba eso *ahora*. Antes de que Elazar llegara y diera órdenes. Antes de que Ben perdiera su impulso débil de cambio y los defensores lo llevaran a una hoguera de la misma forma en la que él había estado viviendo todos esos años: solo y asustado.

Aunque… eso no era verdad. No había estado solo.

La respiración de Jakes era tranquila y rítmica.

Ben continuó escribiendo, obligándose a recordar todo lo que Rodrigu una vez le había enseñado.

La curatea y el aloe flauta combinados curaban forúnculos. El resultado era instantáneo cuando se aplicaba sobre la piel en una pasta y se la embebía en un tónico licuado.

La salvia poderosa y la curatea curaban la influenza: también aplicadas en pasta y tónico, pero esto sucedía después de repetir el proceso dos días.

Jakes sujetó la mano de Ben y alzó la pluma. Él alzó la cabeza con ella.

—Esto es lo que soy. —Ben habló para que Jakes no lo hiciera—. Un siervo del Dios Piadoso, haciendo la voluntad de nuestra Eminencia.

Hasta que él decida que lo que hago es un pecado. Hasta que revele su verdadera motivación, que siempre fue llevarme a la hoguera.

—Lo sé —dijo Jakes—. Caminas como si el destino de las almas de tu pueblo dependiera de tus acciones. Es una de las cosas que hicieron que me enamorara de ti: te *importa* de una manera que pocos sienten en Argrid. De la forma en la que lo sentía mi familia. —Jakes esbozó una sonrisa torcida—. Cuando veo tu devoción, oigo la voz de mi hermana, hablándole de honor y lealtad a Argrid. Un día, serás el rey que Argrid necesita. Gracia Benat.

Jakes sonrió, esperando que Ben se sintiera honrado. Pero su corazón dio un vuelco.

¿Me querrías si conocieras aquello en lo que creo?

La pregunta hizo que se reclinara en la silla. Cuando todo quedara reducido a la voluntad de Elazar o la de Ben: ¿qué bando escogería Jakes? ¿El del Dios Piadoso… o el bando de un hereje?

Ben inclinó el cuerpo sobre el escritorio mientras la bilis subía por su garganta. Si perdía todo para crear ese tónico y demostrarle a Argrid que la magia podía ser buena, prepararía la mejor medicina que el mundo había visto, maldición. Curaría todo, incluso la Enfermedad Temblorosa, como Elazar quería.

Pero ¿por dónde empezar? Ben no había avanzado más después de moler algunas plantas antes del incendio tres días atrás. ¿Cómo las combinaría en un tónico curativo? ¿Cómo lo probaría?

La tinta en el pergamino se emborronó y las palabras se derritieron, y lo único que veía eran llamas extendiéndose desde la vela y apoderándose de su mundo.

Ben saltó como si lo hubieran quemado. Era un idiota. *El guerrero mecht.* El que su patrulla inquisitiva había capturado junto a la tripulación pirata. Le habían perdonado la vida al hombre porque sabía cosas sobre magia botánica que nadie en Argrid sabía, sin embargo, Ben no había hecho nada por interactuar con él.

Se puso de pie y dio pasos decididos alrededor de su escritorio. Jakes lo interceptó.

—¿A dónde vas?

Ben se detuvo, fingiendo indiferencia.

—A Gracia Neus.

—¿Ahora? ¿Estás…?

—No necesito tu ayuda —le dijo Ben.

Le suplicó.

Quédate aquí. No veas lo que debo hacer. No veas este lado de mí. Por favor, por favor…

—No, está bien. Prepararé el carruaje —dijo Jakes y desapareció.

Ben se hundió en el borde del escritorio. Jakes lo seguiría hasta las celdas. Lo que fuera que le dijera al mecht, Jakes lo oiría.

Pero Elazar aún no le había dicho que dejara de trabajar en la poción. Debía actuar con cuidado… antes de perder más de lo que sería capaz de soportar.

La Catedral Gracia Neus nunca cerraba: el Dios Piadoso siempre les daba la bienvenida a los hijos que necesitaban guía. Cuando Ben entró, no se sorprendió al ver almas obstinadas apiñadas en los bancos, monxes y un sacerdote encendiendo velas para las Gracias.

Avanzó rápido por un lateral; entró por una puerta al frente de la catedral, una que había atravesado con su patrulla inquisitiva cientos de veces. La puerta llevaba a una escalera que lo guio, junto con Jakes, a una intersección de pasillos llenos de celdas.

Allí, el color de la catedral se encontraba con su opuesto. Los muros, el suelo y el techo eran de piedra gris oscura, con antorchas que proveían luz intermitente. Durante los servicios, el suelo resonaba con el canto suave del coro de los monxes y los sermones de la Eminencia, un diseño intencional para permitir que cualquiera presente allí oyera, meditara, se arrepintiera.

—No deberías estar… —comenzó a decir un monxe que salía de un depósito a su izquierda. Abrió los ojos de par en par al reconocer a Ben—. Mi príncipe. ¿En qué puedo ayudarlo?

—He perdonado a un pirata mecht —dijo él—. Necesito hablar con él.

Detrás de Ben, Jakes enderezó la espalda, pero permaneció en silencio.

Los hombros del monxe se volvieron rígidos.

—Sí. Sígame.

Comenzó a caminar. La mayoría de las celdas por las que pasaban estaban ocupadas, y Ben reconoció a los aristócratas de la reunión del día anterior. Dormían en camas o se arrodillaban ante un grabado que decoraba la parte trasera de cada celda: las manos en cuenco orando a la Iglesia.

El monxe se giró de nuevo y se detuvo ante una celda cerca del final del pasillo.

La resaca que Ben había tenido y el caos de aquella patrulla inquisitiva hacían que el recuerdo del pirata fuera borroso. Lo único que recordaba era el sol en lo alto del cielo y el pelo rubio del hombre.

Cuando Ben miró dentro de la celda, emitió un gemido audible.

El mecht tenía puestas las mismas prendas con las que Ben lo había atrapado, ahora manchadas. Estaba encorvado de rodillas, con los brazos amarrados a la base de la columna con cadenas que serpenteaban hasta la pared, la cabeza inclinada, el pelo enmarañado. El pirata gruñó como si le requiriera esfuerzo físico mantenerse en pie.

—El príncipe desea hablar contigo —le informó el monxe al pirata mientras abría la celda—. El Dios Piadoso observa cada uno de tus movimientos.

El mecht resopló, pero fue difícil oír el sonido. Alzó la cabeza y Ben vio por qué: los monxes había colocado una máscara de hierro sobre su boca y su nariz.

Ben había visto piratas encerrados, los más rebeldes estaban amarrados. Pero aquel ni siquiera tenía permitido *respirar* con libertad.

Era culpa de Ben que el hombre estuviera encadenado así. Era su culpa que el mecht hubiera sido transformado de un sol a la llama débil de una vela.

—Está a salvo —le dijo el monxe a Ben—. Esto es para recordarle el control que debe demostrar como hijo del Dios Piadoso.

—Déjenos solos —ordenó Ben con voz áspera. El monxe hizo una reverencia y salió. Sin él, había silencio, y Jakes permaneció tan callado que Ben lo miró para asegurarse de que aún estaba allí.

La atención de Jakes estaba en una celda que se encontraba al otro lado, donde un hombre yacía sobre una cama andrajosa. Su cuerpo experimentaba temblores que retorcían sus extremidades. Cuando esto no sucedía, parecía inconsciente.

La Enfermedad Temblorosa.

—¿Estás seguro de que quieres estar aquí abajo? —preguntó Jakes, con voz frágil—. ¿Cómo te ayudará esto a preparar el tónico?

Como respuesta, Ben entró en la celda del mecht. El hombre entrecerró los ojos, con furia o con atención… era difícil de saber.

—¿Puedes hablar? —preguntó Ben—. ¿Te has retractado?

La mirada que el mecht le dirigió a Ben sin duda era de furia. La ira en sus ojos inyectados en sangre era tan poderosa que las profundidades azules se oscurecieron.

—Tomaré eso como un no —dijo Ben. Se agazapó en el suelo, para estar a su nivel. Por el Dios Piadoso, Ben había olvidado lo inmenso que era el hombre, su tamaño era intimidante incluso cuando estaba amarrado.

El mecht se sobresaltó ante aquel movimiento, y su camisa se levantó en su pecho. La luz de las antorchas del pasillo iluminó brevemente su esternón, mostrando unas marcas rojas que hicieron que Ben se acercara más.

—¿Qué ha ocurrido? —Ben se atrevió a sujetar el borde de la camisa del mecht. Aquella proximidad hizo que se ruborizara con el calor que la piel del hombre emanaba—. ¿Los monxes han hecho esto? Si están…

—Los tuyos no pueden lastimarme —dijo el mecht—. En las Mechtlands, nos enseñan a venerar a Visjorn: el espíritu oso, devastador y brutal, eternamente hambriento. No le temo a tu dios insignificante de palabras y obediencia.

Ben se paralizó, sus dedos sujetaban la camisa del mecht. Aquellas palabras y la herida en su pecho fueron lo que hicieron que se detuviera: cuatro líneas ondulantes que salían de un círculo. Parecía una marca, pero las líneas eran temblorosas e inestables, como si alguien hubiera pintado la herida a mano.

—Es un emblema —dijo Ben. Alzó los ojos hacia los del mecht—. La marca de un clan, supongo.

El mecht no respondió, pero sus palabras y su actitud le dieron esperanza.

—Hay cosas que quiero saber. —Ben soltó la camisa—. El Ojo de Sol es…

Una risa grave resonó dentro de la máscara del mecht. Cuando habló, lo hizo en un idioma que Ben no comprendía, una entre los cientos de lenguas de las Mechtlands.

—¿Disculpa? —insistió Ben.

—He dicho que *el príncipe argridiano es…* —El mecht hizo una pausa, las comisuras de sus ojos se arrugaron—. *El príncipe argridiano es…* como tonto, pero peor. Solo que no sabes que lo eres.

—No pido que me cuentes tus secretos —le aseguró Ben—. Quiero…

¿Qué quería?

El mecht alzó los hombros para subir su camisa y cubrir su marca lo mejor posible. La temperatura de la celda aumentó de pronto y el sudor cubrió la columna de Ben.

—Tu magia es permanente —susurró Ben.

El mecht inclinó la cabeza, confundido.

Ben se arriesgó a mirar hacia atrás. La atención de Jakes estaba en el hombre enfermo en el pasillo. Durante un instante, tenían privacidad.

—No me interesa el Ojo de Sol —susurró Ben—. Me interesa que sea permanente. No hay otras plantas con efectos que duren tanto. ¿Cómo lo conseguiste?

—No les dan el Ojo de Sol a aquellos que hablan —replicó el mecht, y Ben tuvo la impresión de que sus labios estaban sellados de modo inquebrantable como su bozal de hierro.

—¿Cuántos de los tuyos han muerto en Argrid? —preguntó Ben. El mecht apartó la vista—. Todos, porque este país teme tanto a la magia que prefiere matar a quienes la usan en vez de comprenderla. Yo puedo hacerlos entender. Pero necesito que me ayudes.

El mecht no lo miró. Ben probó otra táctica.

—No puede ser a través de los métodos tradicionales. No una pasta, sino un tónico. Pero no inhalable.

El mecht no reaccionó. Los ojos de Ben cayeron a las partes de la marca que podía ver. Prácticamente se parecía a una quemadura que Ben había recibido en un banquete cuando era niño. El azúcar derretido había estado en un cuenco para que los invitados sumergieran la fruta allí, y cuando había probado un poco, un hilo del líquido fundido había tocado su brazo. Durante días había tenido una marca roja desagradable en la piel, como la cicatriz del mecht.

—¿Un jarabe? —preguntó Ben en voz alta. Más espeso que un tónico, más condensado.

El mecht alzó la vista con expresión ilegible.

Rodrigu había disuelto vainas de curatea en agua hirviendo, y se disolvían otras plantas para preparar tónicos, pero Ben nunca había oído hablar de una reducida más allá de ese punto. Y había visto una vez una flor Ojo de Sol, en un cargamento hacía mucho tiempo: no tenía vainas de néctar, ninguna parte de ella contenía aquel jarabe en estado natural.

Ben se acercó tanto al mecht que, si no hubiera llevado el bozal, el hombre solo hubiera necesitado suspirar para quemar la cara de Ben. Pero él avanzó, y antes de que se diera cuenta de lo que había hecho, apoyó un dedo sobre la cicatriz del mecht.

Las llamas que habían quemado a Rodrigu y a Paxben no habían estado así de calientes. Aquel calor era frenético, y Ben se puso de pie de un salto, mirando su mano como si esperara verla en llamas.

El mecht alzó la vista hacia él, los ojos abiertos de par en par con miedo.

—Te marcaron con el líquido —supuso Ben. Pero aquello no funcionaría con las plantas curativas. Podía reducirlas a un líquido espeso y calentarlas lo suficiente como para crear una cicatriz, pero eso había sucedido con una flor Ojo de Sol: emanaba su propio calor natural. Probablemente eso era lo que hacía que marcara la piel.

Ben miró hacia atrás. Jakes estaba de espaldas hacia ellos, aún observando al hombre enfermo. ¿No había visto a alguien con la Enfermedad Temblorosa?

Después Ben lo recordó: la hermana de Jakes y sus sobrinos habían muerto a causa de ella.

El silencio de Jakes de pronto fue más potente. Estaba demasiado afligido para siquiera tararear esa canción.

Las extremidades de Ben se llenaron de ansiedad: necesitaban marcharse.

Se puso nuevamente de rodillas frente al mecht.

—¿Hicieron que la bebieras? ¿Cómo la ingeriste? *Debes* haberla consumido. Debe haber algo más.

Si Ben podía hacer que el efecto de las plantas curativas fuera permanente, como sucedía con el Ojo de Sol, podría mostrarles a los argridianos que no debían temerle a la magia. Que el bien podía surgir de ella. Podría hacer que su país no dependiera más de la Iglesia, de Elazar, y…

El mecht siseó en su propio idioma una maldición inconfundible.

Ben extendió los brazos detrás de la cabeza del hombre.

Jakes entró a la celda.

—Mi príncipe…

Pero Ben ya estaba quitando el bozal. Si el mecht había ingerido la mezcla que había quemado su pecho, también tendría cicatrices en la boca.

El bozal cayó. El mecht curvó su labio superior.

—Príncipe tonto —gruñó y sopló.

Ben saltó a un lado, pero no apareció fuego alguno, solo un hilo largo de humo. Se volvió y vio al mecht tosiendo. El hombre se reclinó a un lado, sus cadenas evitaban que pudiera recostarse, y permaneció allí con los brazos detrás de la espalda y todo el cuerpo temblando.

Jakes sujetó a Ben de la cintura y lo ayudó, pero él plantó los pies.

—No están alimentándolo —afirmó Ben.

—Con buen motivo —dijo Jakes—. La posesión del Diablo es demasiado fuerte en él.

Ben movió los hombros para apartar a Jakes y agarró el mentón del mecht. Aquellos ojos azules furiosos lo miraron. Su ira era más intensa ahora que todo el rostro estaba descubierto.

Ben alzó los dedos de su mano libre. La mandíbula del mecht era cálida contra su palma, el calor se expandía en el cuerpo de Ben y generaba urgencia en sus entrañas. Ninguno de los dos se movió.

Un hechizo de perplejidad los unió: Ben, asombrado de que el mecht aún no lo hubiera apartado; y el mecht, quizás asombrado de que Ben fuera tan amable.

Obligándose a romper el hechizo, Ben separó los labios agrietados del mecht.

Este apartó la cabeza. Jakes confundió el movimiento por un ataque y golpeó al pirata, cuya cabeza impactó en la pared. Gritó, su cuerpo tembló, pero las cadenas lo mantuvieron erguido, incapaz de descansar, incapaz de recostarse.

Ben había sentido la carne áspera en el interior de la boca del mecht, contra sus dientes.

Tenía los labios con cicatrices.

—¡Monxe! —gritó Ben.

El monxe apareció, con las manos aferrando su túnica.

—Dele comida y agua a este hombre —ordenó—. Quite sus cadenas. Nosotros no…

Por poco no dijo: *nosotros no asesinamos personas aquí.*

Pero era mentira. Y él le había obedecido a la Iglesia sin cuestionarla, porque ¿qué podía hacer para detenerla? Él había sido parte del problema durante años.

Él había sido tan asesino como Elazar.

Los mecht habían creado un jarabe con el Ojo de Sol. El método exacto de la preparación era un misterio, y ¿quién sabía con qué habían combinado la flor para lograr el estado deseado? De todas maneras, la magia curativa sería diferente, otra combinación de plantas. Pero la información era un comienzo... y con ella, Ben liberaría a su país.

Salió de la celda del mecht. Jakes lo siguió, esperando hasta que hubieran llegado a los primeros dos escalones antes de sujetar el brazo de Ben.

—*Nunca* más vuelvas a hacer algo semejante —gruñó él—. Estoy acostumbrado a que seas imprudente, pero esto ha alcanzado un nuevo nivel de riesgo que no estoy dispuesto a permitir que corras.

Ben lo apartó.

—Estoy dispuesto a hacer lo que deba hacer. Si tú no puedes, encontraré un guardia que...

Se detuvo, mirándolo, porque nunca creyó que diría algo como eso. El rostro de Jakes se volvió frío.

—Sí, mi príncipe —dijo—. No lo cuestionaré de nuevo.

—Jakes...

—*No.* Seré quien necesitas que sea, si eso significa mantenerte a salvo.

Ben colocó la mano sobre la mejilla de Jakes.

—Te quiero —le dijo en la escalera de la Catedral Gracia Neus, con almas condenadas debajo y fieles devotos arriba—. Cuando infringimos el decoro, un príncipe y su guardia, contra el pilar de la castidad. *Te quise.* Eso siempre ha sido verdad.

Jakes entrelazó los dedos alrededor de la cintura de Ben.

—Qué...

Pero Ben quería que aquel momento permaneciera puro porque, un día, Jakes comprendería que el resto de Argrid tenía razón sobre él.

El príncipe Benat es un hereje, decían. *Es irredimible.*

Ben comenzó a subir las escaleras hacia la luz.

Lu siguió a Vex dentro del refugio tunciano. Vieron tiendas de pieles de animales y pequeñas chozas de piedra o madera desgastada: algunas eran estructuras temporales, otras eran permanentes.

Cuando pasaron junto a un grupo de niños jugando con un balón, Lu preguntó:

—¿Qué hacen exactamente aquí? —Habló en un susurro, aplastado por las otras cientos de preguntas que esperaban detrás de la que acababa de formular.

—Si te lo digo, no puedes volver a justificar al Consejo delante de mí otra vez —dijo Vex.

Lu vaciló, considerando si lo haría, pero él interpretó su silencio como un sí.

—Fatemah ayuda a cualquiera que tenga ascendencia tunciana —dijo Vex—. Los inmigrantes nuevos acampan aquí hasta que puedan conseguir casa y empleo, y cualquier tunciano que ya vive en Gracia Loray puede ocultarse aquí si está amenazado o si necesita un lugar en el que quedarse durante un momento difícil. De estos ha habido muchos últimamente. —Señaló a una familia, una madre curando la rodilla raspada de un niño en el exterior de una tienda.

—Entonces, los obligan a unirse al sindicato de Cansu —supuso Lu—. Se convierten en criminales.

La mandíbula de Vex tembló.

—No son criminales. Son personas.

—Pero se unen al sindicato. Roban plantas de los ríos del Consejo y las venden bajo la bandera de Cansu en vez de bajo la de Gracia Loray. ¡Tienen otra opción! Esto es lo que me frustra tanto. No tienen que ser criminales o…

—Son *personas*, Lu —replicó Vex—. Sí, algunos se unen al sindicato de Cansu como piratas, pero la mayoría quiere llevar una buena vida honesta, y eso es lo que Fatemah les ayuda a conseguir. Porque en cuanto llegan aquí, el Consejo los da por perdidos, o peor: los acosa.

Lu movió la cabeza de un lado a otro.

—Muchos tuncianos han venido a Gracia Loray y han ayudado al país a progresar. Ayudan a construir un sistema que…

—Sí, los afortunados. Los que tienen contactos, o los que encuentran a alguien dispuesto a darle una oportunidad a un pirata o a un inmigrante. Pero realmente no hay un sistema que ayude a las personas a *convertirse* en lorayanas… Lo sabes, ¿verdad? El Consejo ganó la guerra y esperó que las personas instantáneamente consiguieran empleo y vidas estables, y cuando ellas no pudieron hacerlo, las culparon por sus problemas. Ese es el motivo por el cual hay tantos piratas… Y todos están furiosos porque el Consejo les quitó su fuente de ingresos y les grita por no ser *miembros productivos de la sociedad.*

Lu se obligó a crear una réplica. Ahora había empleos… para las personas que los buscaban. Había vidas adecuadas… para las personas que trabajan para conseguirlas. Pero ¿para aquellos que llegaban a las orillas de Gracia Loray, como el barco inmigrante mecht que había visto en el mercado hacía unos días, con nada más que esperanza? ¿Y para aquellos que habían estado en la pobreza bajo el gobierno de Argrid, sin forma de cambiar su situación cuando el Consejo había tomado el control?

Había grupos enteros de ciudadanos lorayanos destinados al fracaso.

El Consejo desestimaba a piratas e inmigrantes por igual diciendo que creaban sus propios problemas. Pero si el Consejo quería que su país funcionara para todos, necesitaba recolocar a todos: y también comenzar a hacerse responsable de todos.

Lu observó cómo sujetaba el brazo de Vex, sintiendo que su mente se había separado de su cuerpo.

—Lo siento —dijo con rapidez y angustia, como si disculparse con él fuera a curar esas heridas—. Debería haber funcionado para todos. Lo siento.

Vex alzó las cejas.

—No es tu culpa —respondió. No sabía por qué ella se disculpaba.

Lo es.

—¿Por qué me has traído aquí si este lugar existe debido a los errores del Consejo? —preguntó Lu.

Vex le sonrió. No respondió hasta que se detuvo fuera de una choza en el límite este del santuario. El humo salía de un agujero en el techo, emanando olor a hierbas de plantas en cocción.

—¿Dices que debería hacer un peor trabajo ayudándote? —Vex trató de entretenerla.

Lu no lo alentó.

—Quiero entenderlo.

La sonrisa de Vex desapareció. Se inclinó hacia ella, acercando el cuerpo. Lu se sobresaltó, pero Vex se apoyó en la puerta que estaba detrás de ella y la abrió; la sonrisa traviesa en su cara indicaba que había sido su intención ponerla nerviosa, al igual que ella lo había hecho con él en la cascada.

Funcionó. La calidez recorrió el cuerpo de Lu y su mente quedó en blanco, pero Vex amplió su sonrisa.

—Después de ti. —Hizo un gesto para que avanzara. Lu se agachó al entrar mientras lo fulminaba con la mirada.

La choza podría haber entrado en la cubierta del *Vagabundo*. Unas alfombras de cuero trenzado y teñido cubrían el suelo, mientras ramilletes de plantas en proceso de secado colgaban del techo, llenando el espacio con el aroma térreo en el que Lu se había recluido durante años.

Por un instante, sintió que estaba en casa.

Lu conocía la magia. Todo lo demás podía ser caótico, pero ella resistiría porque sabía que la incris otorgaba velocidad y anulaba el efecto de la lazonada inmovilizadora, y que la acacia contrarrestaba el efecto del helecho soporífero, y...

Cansu se puso de pie y abandonó la alfombra.

—Ayudaremos, pero no os necesitamos aquí.

Fatemah estaba sentada junto a un pequeño fuego en el centro de la choza, revolviendo un cuenco sobre las llamas. No les prestó atención alguna a Lu o a Vex, y permitió que Cansu hiciera de guardia.

—¿A qué te refieres con que *ayudaréis?* —preguntó Vex—. Solo necesitamos a Fatemah.

—Mi sindicato, mis plantas. No confío en que lo que sea que estéis haciendo no hará daño a los míos de alguna forma.

La manera en que Cansu decía *los míos* hizo que el corazón de Lu se retorciera con la molestia que había estado acumulando durante horas.

—Puedo ayudar. —Lu señaló a Fatemah—. He estudiado cada planta en esta isla. Estás usando Budwig, ¿verdad? Supongo que tenéis judías desparramados por la isla y que guardáis sus parejas aquí. Puedo escuchar a través de algunas...

Fatemah la miró con incredulidad. Alzó una judía, pero cuando Lu extendió la mano en esa dirección, la mujer la lanzó en el cuenco frente a ella. Lu se inclinó y miró la mezcla; tenía el mismo color café oscuro que la judía, con un aroma picante intenso que ardía en su nariz.

—¿Lo estás disolviendo? —Lu frunció el ceño y se puso de rodillas en el suelo—. Creí que las judías de la planta de Budwig se colocaban en las orejas, para permitir que las personas pudieran comunicarse en grandes distancias.

Cansu rio.

—¿Has memorizado pasajes de *Maravillas botánicas*?

Instintivamente, Lu movió la mano a su lado, donde solía estar su bolso. Pero lo había dejado junto a su libro en el *Vagabundo*. Lu había experimentado solo con las plantas que más abundaban y que funcionaban en estado líquido. Cocinar Budwigs, o usar cualquier planta en un estado diferente...

Enderezó la espalda.

—Es evidente que no lo has leído, o sabrías que estás desperdiciando magia poco frecuente en una preparación que nunca ha aparecido en el libro.

—Los colonos originales de Gracia Loray escribieron ese libro hace más de dos siglos —dijo Fatemah—. ¿Qué te hace pensar que ellos sabían todo sobre la magia? ¿Qué te hace pensar que tú, una lorayana, demasiado ocupada con la guerra y con controlar el mundo, conoce los secretos de esta isla?

Lu retrocedió.

—¿Disculpa?

Vex se sentó junto a ella.

—Sé amable, Fatemah.

—Te equivocas —dijo Cansu—. Lo que ella intenta decirte es que estás equivocada. Nadie en ningún sindicato sabe más de magia que Fatemah.

Una respuesta subió por la garganta de Lu, pero no podía permitir que saliera de sus labios.

Estaba equivocada... o lo había estado, respecto de tantas suposiciones sobre los piratas y los inmigrantes, y admitirlo le daba náuseas.

Recobró el equilibrio en el suelo, extendiendo los dedos sobre la alfombra. ¿También estaba equivocada respecto de la magia botánica? Después de la guerra, su objetivo había sido aprender lo máximo posible. Eso era lo único que había querido, encontrar algo que la conectara de modo puro con esa isla. Algo *seguro*.

Fatemah miró a Lu a través de las volutas de humo.

—Os ayudamos porque eres tunciana, por mucho que quizás lo hayas olvidado. Nuestros dioses no te han olvidado —dijo Fatemah. Lu abrió los ojos de par en par. Habían reconocido su ascendencia—. Y porque uno de los nuestros lo ha pedido.

—No estoy haciendo esto por Nayeli —balbuceó Cansu. Había una tensión más profunda en la reacción de Cansu, algo distinto a la traición familiar que emanaba de Fatemah.

—El conocimiento que adquieras aquí es tuyo para hacer lo que desees —dijo Fatemah—. Pero si el Consejo descubre este lugar por ti, morirás.

Lo dijo de una manera tan directa que Lu no tuvo más opción que inclinar la cabeza.

—Lo usaré honorablemente. Tienes mi palabra.

Fatemah asintió; si lo había hecho a modo de aceptación de la promesa de Lu o porque sabía que los tuncianos serían capaces de matarla si no cumplía, Lu no lo sabía.

—Cansu —dijo Fatemah, y se sentó sobre sus talones.

Cansu agarró la cuchara que Fatemah ofreció y tomó una cucharada del Budwig que ahora parecía jarabe. Clavó una mirada intensa en Lu.

—¿Cuál es el nombre del argridiano?

—Yo puedo hacerlo —dijo Lu—. Sé que no tienes afecto hacia Argrid, pero no es necesario que te involucres más allá de esto. Vex será quien entregue a Milo y pruebe que los piratas no lo secuestraron. Dime qué debo…

—No creas que te necesitamos —ladró Cansu—. Obtendré la información que requieres, y te irás. Esto no cambia nada entre el Consejo y nosotros. Ahora dime a quién estoy buscando, o te sacaré de aquí sin importar lo que Nayeli diga.

Lu cedió.

—Milo Ibarra.

—¿Dónde lo vieron por última vez?

—En Nueva Deza. En el castillo.

Cansu asintió, respiró hondo y emitió una exhalación larga y fuerte. Después, otra vez. Con una inhalación final, llevó la cuchara a sus labios y tragó una cucharada del Budwig disuelto.

Lu se inclinó hacia ella mientras Cansu gemía, el líquido sin duda quemaba su garganta. Pero Fatemah intervino, e interrumpió los intentos de Lu por ayudar. El movimiento hizo que un aroma emanara de ella: coco y especias y un recuerdo especial de Lu acurrucada en el regazo de su madre.

—Ha hecho esto antes —dijo Fatemah—. Tenemos Budwigs en muchos lugares de Gracia Loray. Con estas judías disueltas y concentradas, el efecto se intensifica. Esto le permitirá oír todas las plantas de Budwig a la vez. Requiere mucho esfuerzo concentrarse a través de los sonidos que cada Budwig recopila... así que, si no te importa...

Fatemah movió la mano hacia la puerta. Vex ya estaba levantándose de las alfombras en el suelo.

—Gracias, Fatemah —respondió, sujetando el brazo de Lu—. Haznos saber cuando escuches algo.

Vex arrastró a Lu fuera de la choza y sonrió con suficiencia.

—De nada —dijo, extendiendo las manos como si hiciera una reverencia—. Te dije que ayudaría.

—Cansu... ¿Puede oír cada Budwig que han colocado en la isla? —*¿Puede oír noticias de Nueva Deza?,* era lo que quería preguntar. Había logrado no pensar en los horrores con los que quizás estarían luchando sus padres en ese momento: argridianos furiosos que exigirían justicia por Milo y castigo para el prófugo Devereux Bell; la búsqueda de Milo, tanto a través del Consejo como de los espías leales de sus padres; mientras prorrogaban las negociaciones del tratado.

Aunque parecía que retrasar el fin del tratado y la ley de Milo para eliminar piratas del río no evitaba que los soldados actuaran contra ellos.

Kari también hubiera experimentado asombro ante aquel santuario. Hubiera sentido la familiaridad. La conexión. La culpa.

Lu era terriblemente consciente del ardor en sus ojos.

—No sabía nada de todo esto —susurró.

Vex se encogió de hombros.

—No seas tan severa contigo misma.

—Ah no, merezco esta culpa. Lo que no puedo descifrar es por qué tú no sientes ni una pizca de ella. ¿Los has ayudado? ¿Por qué no has hecho nada? Si sabías lo insuficiente que era la ayuda del Consejo para los inmigrantes y los piratas, ¿por qué no buscar apoyo para cambiar las cosas?

Vex la miró boquiabierto, cada músculo de su cara cambió de postura para afirmar la mirada.

—Esta no es mi lucha —aseguró él—. Y lo he intentado, así que no actúes como si fuera un monstruo. Haría lo que fuera que me pidieran, pero lo único que han pedido es que mantenga en secreto este lugar y lo que hacen aquí para que el Consejo no lo haga pedazos.

Lu abrió la boca.

Durante cinco años, su fe apasionada en el Consejo de Gracia Loray había sido su faro. Pero el Consejo era mucho menos efectivo de lo que ella había creído, y no tenía el poder de cambiarlo. Con solo mencionar aquella guarida secreta, los soldados la invadirían para desmantelarla… ¿Antes o después de que el Consejo tomara medidas para compensar la ayuda que Fatemah ofrecía allí?

Lu sabía la respuesta. *¿Inmigrantes? ¿Escondidos aquí? ¡Son piratas! ¡Arrestadlos!*

Y las cosas que Fatemah había hecho con las judías Budwig. ¿Qué otro conocimiento sobre plantas poseía? ¿Cuánto cobraría por sus secretos? ¿Qué podía lograr? ¿Cuántas enfermedades podrían curarse?

Lu estuvo a punto de caer de rodillas allí mismo.

¿Acaso la cura para la Enfermedad Temblorosa había estado a su alcance todo ese tiempo? Si hubiera molido las plantas, las hubiera convertido en líquido, aunque ese paso nunca fuera mencionado en *Maravillas botánicas de la Colonia de Gracia Loray*, ¿podría haber salvado a Annalisa? ¿Y a Bianca, la madre de Teo?

Lu siempre había creído que el objetivo del Consejo era propagar la igualdad en una isla que había sufrido durante demasiado tiempo bajo la crueldad de Argrid. Pero ¿quién se beneficiaba con su justicia? Las personas que usaban el refugio tunciano, no; y sospechaba que tampoco los demás grupos de inmigrantes. Ni los piratas que, si bien eran criminales, no merecían ser tratados inhumanamente.

El sistema por el que Lu había luchado con sangre no era el sistema que la isla necesitaba.

—No somos lo suficiente —fue lo único que Lu pudo decir.

Vex alzó una mano como para sujetar el hombro de la chica.

—Fatemah y Cansu no esperan que...

Ella se apartó con los brazos cruzados, y comenzó a caminar hecha una furia por uno de los senderos serpenteantes.

Lu era hija de la revolución. Había hecho cosas terribles para ayudar a crear un país basado en la igualdad y la lealtad, en el trabajo y la justicia. Pero había mirado al futuro con gafas empañadas, había esperado que los beneficios del nuevo país fueran tan *evidentes* que no había considerado los sentimientos de nadie más. ¿Quién no querría un nuevo comienzo? ¿Quién no querría ayudar a construir algo tan grandioso y lleno de potencial como el Consejo? Aquellos piratas que corrompían el sistema estaban equivocados, así que ¿por qué el Consejo debía prestarles atención?

Pero no. *Lu* estaba equivocada. Siempre había estado equivocada.

Caminó sin rumbo hasta que llegó a un claro. Una fogata mantenía a raya las sombras de la noche en un círculo de tiendas y chozas. Los tuncianos ocupaban el área y Lu notó en ese instante las marcas en muchas de sus muñecas, la *R* detrás de la *V* ondulada de Argrid. Edda ayudaba a Teo a asar comida en el fuego mientras Nayeli, sentada en la sombra de una tienda, clasificaba plantas en su regazo.

—¿Fatemah te ha enseñado la *magia*? —Nayeli movió los dedos mientras Lu se ponía de rodillas a su lado.

Lu asintió. Sí, la magia. Y demasiadas cosas más.

Deslizó una mano sobre su cara, aún no tenía fuerzas suficientes para hablar al respecto. Hizo una pregunta fácil.

—¿Cansu está enfadada solo porque no estás de acuerdo con el santuario? Algo más debe haber sucedido para que no formes parte de su sindicato.

Nayeli sonrió, pero no reveló nada.

Un misterio tan simple como el pasado tortuoso entre Nayeli y Cansu era reconfortante. Lu inclinó la cabeza.

—Todavía la quieres.

Nayeli abrió los ojos de par en par, y un rubor cálido tiñó sus mejillas, pero ella disipó la sorpresa con una risa.

—Eres demasiado inteligente. Puede que eso no me guste con el tiempo.

—Ahora sabemos por qué nos ayudó —prosiguió Lu—. Fue por ti.

—No —respondió Nayeli, con demasiado énfasis—. Sería más probable que tú y Vex terminarais juntos en la cama. Bueno, en el catre. El *Vagabundo* no tiene camas. Y son muy ruidosas, Dioses, así que, si decides acurrucarte con él, haznos un favor a todos y fornicad en otra parte a menos que...

Lu palideció.

—¿Dices todo lo que cruza por tu cabeza?

—Muchas personas me han dicho que debería pensar antes de hablar —reflexionó Nayeli. Una expresión de horror puro atravesó el rostro de la chica—. Maldita sea. Nunca podré decir de nuevo algo divertido.

—¡Lu!

El pánico en la voz hizo que se pusiera de pie. Vex corrió hacia el claro, movía su cabeza de un lado a otro hasta que la vio y se acercó a ella.

Detrás de él, por el sendero que había recorrido, Cansu avanzaba hecha una furia.

—¡Piratas, conmigo! —gritó, justo cuando Vex llegó a Lu y dijo:

—Ha encontrado a Ibarra. Él está… Es malo, Lu…

Más personas y piratas surgieron de caminos laterales, avanzando entre las chozas para reunirse alrededor de la fogata como Cansu había ordenado. Las llamas anaranjadas se agitaron violentas cuando ella alzó un puño en el aire para marcar sus palabras.

—Hemos vivido demasiado tiempo en la miseria, esperando que el Consejo cumpliera con una promesa que nunca tuvo intenciones de cumplir. Hemos permitido durante demasiado tiempo que nos traten como una plaga en sus alcantarillas: ¡ahora nos prepararemos para defendernos!

Lu sentía que su sangre estallaría en sus venas.

—¿Qué ha ocurrido? —Volvió hacia Vex—. ¿Qué…?

Pero Cansu avanzó hacia ellos.

—El Consejo nos traicionó cuando tenía solo la corazonada de que los piratas habían secuestrado al argridiano. Tú misma lo dijiste: en cuanto descubran que los piratas lo *secuestraron*, declararán la guerra contra nosotros.

Lu trastabilló hacia atrás, sus pulmones carecían de aire. Sintió una mano en su espalda. ¿Vex?

—Lu —dijo él—. Lo siento.

—El sindicato mecht lo tiene —declaró Cansu con agresividad—. Los piratas de Pilkvist secuestraron al general argridiano.

18

Todo invadió a Lu a la vez, su mente luchaba por encontrar sentido en mitad del caos.

Tres días atrás, había liberado de prisión al pirata más famoso de Gracia Loray. Había desafiado a sus padres y sin duda había generado caos en el Consejo. También había arrastrado a Teo con ella, apenas medio día después de la muerte de su hermana.

Ante eso, un recuerdo apareció en su mente.

Plantas utilizadas con métodos inusuales. El helecho soporífero, en una tetera...

Había estado muy segura de que Milo y Argrid habían fingido todo. Había basado cada una de sus acciones en la corazonada de que el helecho soporífero no podía funcionar en aquella preparación... pero había visto a Fatemah hirviendo el Budwig para aumentar su potencia, una planta que Lu nunca habría pensado en preparar de esa forma.

Lu alzó los dedos temblorosos hacia su frente.

Había estado equivocada respecto del modo en que veía a los inmigrantes y a los piratas. Había estado equivocada sobre el alcance de la magia botánica de Gracia Loray, y sobre cómo podían llevarla más lejos, potenciarla.

¿Había estado también equivocada sobre el secuestro de Milo?

Una mano presionó su hombro, y comprendió que lo único que evitaba que perdiera el control de sí misma era la mano suave y constante de Vex. Él la miró a los ojos con pura compasión.

Debía tener un aspecto miserable como para generar esa reacción en él.

—¡El Consejo lo verá como un acto de guerra! —gritó Cansu ante la multitud de tuncianos reunidos; piratas y familias por igual—. Ya estaban planeando usar nuestra sangre para pagar la paz con Argrid. Hemos permitido que jugaran a ser nuestros dioses durante demasiado tiempo. Ni siquiera habrían ganado la revolución si no hubiera sido por la ayuda de los sindicatos piratas. ¡Esta isla nos pertenece!

Se oyeron vítores en todas direcciones. Algunos puños en el aire tenían las marcas piratas; otros tenían el tatuaje tunciano. Pero las distinciones no importaban cuando se gritaba por la batalla: eran tuncianos, eran lorayanos, eran argridianos. Lu movió la cabeza de un lado a otro, en su interior crecía la desesperación por detenerlo, por detener los cantos, por *detener la guerra...*

—¡No podéis hacerlo! —imploró Lu. El fuego ardía intenso y brillante, avivando su frenesí—. Mi madre es miembro superior del Consejo: ¡escuchará vuestras peticiones! Ella fue quien negoció una alianza con los piratas durante la revolución. ¡Puede hacer que el Consejo entre en razón!

—Solo les importará que Pilkvist haya roto el tratado que intentaban firmar —replicó Cansu—. No ven a los sindicatos como entidades separadas. Atacarán a cada pirata, y ni por asomo permitiré que no seamos nosotros quienes demos el primer golpe. Hemos permitido que convirtieran esta isla en un desastre, ignorando nuestras necesidades, intentando hacer de Gracia Loray algo que no es. ¡Esta isla es una isla de piratas! Nunca hemos necesitado un gobierno: ¡nosotros controlamos nuestra propia vida!

Lu quería protestar, pero sabía la verdad. Si el sindicato mecht había secuestrado al diplomático argridiano, el Consejo iría a la guerra para solidificar su control y hacer justicia por Milo. De todas maneras, ya habían dado pasos en esa dirección, y sin evidencia.

El plan de Lu para evitar eso había sido regresar con evidencia capaz de probar que Argrid había fingido el secuestro de Milo. Pero los piratas lo habían secuestrado. Gracia Loray estaba autodestruyéndose, y aunque Argrid no lo hubiera planeado, podía aprovechar aquel conflicto para entrometerse y recuperar el control de una isla debilitada.

El mundo latía y cambiaba, y Lu no podía recobrar el equilibrio lo suficiente como para pensar más allá del horror que sentía.

Está ocurriendo de nuevo.

Alguien se movió a su lado: Nayeli.

—No quieres luchar contra el Consejo, Cansu —gritó ella—. ¿Cuál es tu objetivo? ¿Una isla gobernada por sindicatos piratas en guerra? ¿Esa es la vida que quieres?

—Queremos *libertad* —replicó Cansu—. Queremos caminar por nuestras calles sin miedo a que nos arresten. Queremos oportunidades y seguridad. Argrid sin duda no nos ha dado eso; pero el Consejo tampoco lo ha hecho. ¡La única forma de cambiar el destino de esta isla para mejor es que *nosotros* tomemos el mando!

Más cantos surgieron de la multitud. La atención de Lu pasó de persona a persona, con el corazón en la garganta...

Teo estaba de pie a su lado, mirándola con ojos abiertos y asustados.

Una voz atravesó la cabeza de Lu, y dio un paso tembloroso hacia Cansu.

«Lo has hecho muy bien en las misiones», había dicho su padre. «Pero necesitas mantenerte a salvo si las cosas se vuelven peligrosas. Esto es la guerra, mi pequeña Lulu: debes estar preparada».

Había logrado mantener la racionalidad la primera vez que había tenido que matar a alguien, y la segunda: había sido en defensa personal, eso había razonado. Hombres que se volvían violentos cuando descubrían que ella estaba escuchándolos.

Pero la tercera vez, Tom había besado su frente antes de que se fueran del refugio y se dirigieran a una parte de la jungla en lo profundo del territorio argridiano.

«Esta es… distinta. No lo pediría si no fuera necesario».

«¿Mamá no puede ayudarte?», había suplicado Lu. «No quiero hacerlo…».

«Kari no conoce a este enemigo. Será algo que la ayudará mucho, a ella, a la guerra. Por este motivo eres mi pequeña Lulu: porque puedes guardar un secreto tan bien que es como si tragaras una planta mágica para sellar tus labios. Ahora, solo realizaremos un viaje rápido. No verás nada, lo prometo».

—¿Lu? —Vex rozó su brazo—. ¿Qué…?

La guerra había destruido para ella toda oportunidad de tener una infancia. Lo demás, sus preocupaciones, la culpa y su mentalidad cambiante, se había centrado en el deseo de evitar que Teo viviera la clase de vida que la guerra le había impuesto a ella.

Lu empujó a Cansu.

La Líder pirata trastabilló hacia atrás. Un grito ahogado recorrió la multitud, y el canto se detuvo; todos miraban boquiabiertos a la chica que se había atrevido a insultar a la Líder tunciana.

Pero Lu estaba fuera de sí.

—No vas a ir a la guerra —afirmó ella—. Cancela tu ataque. *No vas a comenzar una guerra.*

Cansu avanzó y golpeó el pecho de Lu con su antebrazo.

—*Nunca* me toques.

—¡Lu! —La voz de Teo era aguda por el miedo—. ¡Basta! ¡Por favor, basta!

La realidad cayó sobre Lu y jadeó, inhalando aire que hizo añicos sus órganos. Cada cara que veía mostraba una mezcla que había visto demasiadas veces. Cansancio, confusión, repulsión.

—¿Lu? —Vex colocó una mano sobre su hombro—. Oye, mírame…

Ella lo apartó y se alejó del claro, con las manos sobre las sienes.

No se detuvo hasta llegar al muro de piedra áspera del puerto. Allí, cayó de rodillas, los trinos de la jungla se alzaban sobre la barrera.

Aquel viaje había sido un error. Liberar a Vex había sido no solo una locura, sino algo imperdonable. Necesitaba llevar a Teo de regreso a Nueva Deza y recoger los fragmentos de todo lo que ella había roto… y terminar con aquel alboroto también. ¿Qué había esperado? Solo la destrucción seguía cuando se rendía ante el monstruo que solía ser, el que luchaba por causas y nunca cuestionaba qué ayudaba a alcanzar.

Las hojas crujieron mientras alguien se sentaba a su lado.

—Ahora no, Vex —dijo Lu—. Déjame…

—Ha sido una maldita estupidez lo que acabas de hacer —dijo la voz de Edda—. Pero no puedo decir que no he querido empujar a Cansu yo misma algunas veces.

Lu la miró, entrecerrando los ojos.

—No estabas en el claro.

Sin embargo, había estado allí. Lu había visto a Edda al otro lado de la fogata antes de que…

Antes de que Cansu declarara que el sindicato mecht había secuestrado a Milo.

Edda se encogió de hombros.

—No estaba segura de qué opinaba Cansu de los mecht después de la noticia de Pilkvist, así que retrocedí. Sin embargo parece agradecida, ¿verdad? —Miró con intensidad a Lu—. Pero creo que no he sido la única que ha abandonado ese claro por miedo a lo que soy. ¿Quieres decirme qué ocurre? Has estado en guerra contigo misma desde que pusiste un pie en nuestro barco.

Guerra. La palabra hacía que fuera imposible para Lu responder. Edda debió ver la agonía en su rostro.

—Maté a mi marido —dijo Edda, sinceramente. La confesión hizo que Lu se quedara atónita y saliera de su propio dolor.

—¿Qué?

Edda asintió.

—Fue en defensa propia. Él era un monstruo. Me había atacado a mí y a otras demasiadas veces, y yo... —Se encogió de hombros—. En las Mechtlands, nos enseñan de niños a aceptar esa brutalidad en nosotros mismos: lo llaman el Visjorn, el espíritu del oso. Pero cuando *haces* algo como eso, te cambia. Y hui de ello durante años. Hice todo lo que pude para fingir que no era capaz de ser tan despiadada. Pero ¿sabes qué? *Lo era.* Desearía poder decir que me arrepiento, o que podría haber buscado otra salida. Pero llegué a un punto en el que comprendí que no podía vivir con una fantasía de bondad, no con sangre en mis manos.

»Lo que quiero decir es que lo que sea que temes tanto respecto de ti misma, es parte de ti. Puedes seguir luchando o cambiar tus expectativas, pero sea lo que sea que decidas, debes comprometerte con ello. Este ir y venir es lo que hará daño a las personas, y es mi trabajo mantener a salvo a esta tripulación. Lo que significa que no toleraré a nadie que pueda poner en riesgo esa seguridad.

Edda miró a Lu con una convicción desarrollada tras años de construcción meticulosa.

—¿No has oído lo que Cansu ha dicho? —A Lu le dolía el corazón—. Al Consejo no le importará ningún sindicato: atacará a todos los piratas, y aun si Argrid no ha planeado esto, nos destruirá de todas formas. Volveremos a ser las peores versiones de nosotros mismos. No puedo...

—Mentira —la interrumpió Edda—. Mira a tu alrededor, niña. Quizás la guerra está acercándose a nuestras orillas, pero aún no está aquí, ¿verdad? Y ahora *tú* sabes la diferencia entre los sindicatos. Tienes el oído del Consejo, así que díselos hasta que escuchen o hasta que la guerra llegue, pero no permanezcas sentada aquí especulando con los *tal vez* o los *quizás*. Es un desperdicio de energía.

Edda se puso de pie.

—No siempre fue en defensa propia —susurró Lu.

Edda hizo una pausa. Pero Lu no podía mirarla a los ojos. A ella le costaba respirar.

—¿Has...?

¿Has matado a alguien? ¿Has disparado una pistola en la oscuridad y oído un cuerpo caer al suelo? ¿Has dormido al son de las canciones de tu padre para no escuchar los balbuceos de quienes morían en tus recuerdos?

¿Has hecho cosas atroces y después has comprendido que no tenían sentido?

Lu se arrepintió de haber hablado. Apenas conocía a esa mujer y no confiaba en su capitán. Sin embargo, había abierto una puerta, una rendija que no había abierto para nadie.

—Perdónate a ti misma por lo que has hecho —le dijo Edda—. Admite tus errores. Aprende de ellos. Y mejora.

Edda se fue y la dejó en el suelo con un consejo que no sabía cómo aplicar.

Perdonarse a sí misma. Una idea sencilla, una que nunca había merecido, no después de las vidas que había quitado, los hombres que había matado sin darles la oportunidad de luchar.

Todo para construir un gobierno que comprendía a las personas de esa isla tan poco como Argrid lo había hecho.

Lu alzó la vista, observando las sombras moverse sobre los edificios.

Perdonarse a sí misma quizás era una tarea demasiado grande para aquella noche, pero había otras cosas que podía reparar. Teo, por ejemplo: ¿cómo se disculparía con él?

Pero primero: Edda estaba en lo cierto. La guerra aún no había llegado y Cansu debía entrar en razón. Sus preocupaciones eran válidas, pero la guerra civil no debía destruir a Gracia Loray. No se recuperarían de otro conflicto sanguinario, y Argrid no debía tener otra oportunidad para entrometerse.

Hablaría con Cansu y la convencería de ello. Incluso podrían reunirse con los piratas mecht y discutir también sobre sus preocupaciones, descubrir por qué se habían llevado a Milo. Lu escucharía a Cansu, a Pilkvist y a todos los piratas en la isla, y a cualquiera que necesitara ser escuchado.

Insistiría en lo mismo con el Consejo. Se negaría a ceder hasta que admitieran que sus prioridades no eran lo que Gracia Loray necesitaba; los piratas y los inmigrantes merecían algo mejor que prejuicios. Kari, al menos, la escucharía y la apoyaría.

Tenía que intentarlo. Tenía que luchar por una solución pacífica.

Lu se dirigió al santuario. El claro estaba vacío cuando llegó, la fogata había sido reducida a cenizas. ¿Todos se habían marchado para cumplir con las órdenes de Cansu? ¿O se habían ido a dormir y habían dejado la guerra para las horas matutinas?

Caminó por los senderos, buscando a Vex, a Nayeli o a cualquiera que pudiera llevarla hasta Cansu. Terminó fuera de la cabaña donde Fatemah había disuelto las judías Budwig. La luz titilaba debajo de la puerta. Alzó el puño para llamar cuando escuchó unos susurros amortiguados que provenían del interior de la casa.

A través de una de las grietas entre las tablas desgastadas de la choza, Lu vio un atisbo de Nayeli sentada en la alfombra junto a Vex. Él dijo algo en thuti y Nayeli respondió.

Vex se inclinó hacia adelante, los codos sobre las rodillas.

—¿Eso quieren que haga? —preguntó en el dialecto de Gracia Loray.

Nayeli se encogió de hombros.

—¿Crees que ha sido fingido?

Vex miró la alfombra polvorienta que se hallaba debajo de él.

—Pilkvist es lo bastante inteligente como para conocer las repercusiones de llevarse a Ibarra por capricho. La guerra es la única consecuencia posible, ya sea porque Cansu la empezó o porque otro lo hizo. Siempre supe que era imposible que yo fuera el único pirata de la isla que estaba en el bolsillo de Argrid. —Movió la cabeza de un lado a otro, su voz se volvió aguda—. Tengo un mal presentimiento, Nay. Un presentimiento horrible.

En el bolsillo de Argrid.

Vex trabajaba con los argridianos.

—Debería sentirme insultado. ¿También han estado usando a los mecht? Y yo que pensaba que era especial. —Vex miró a Nayeli, intentando ser gracioso, pero fue en vano. Ella era una fuerza imparable de alegría la mayor parte del tiempo, pero cuando estaba seria, Dios… y él sabía que lo que fuera que saliera de la boca de esa mujer era cierto.

Nayeli colocó una mano sobre la rodilla de Vex. Él no había notado que había estado moviéndola.

—Diría lo que fuera para salir de Puerto Mesi-Teab —dijo ella—. Pero necesitamos encontrar a tus contactos argridianos y descubrir qué está pasando antes de que Cansu haga que mueran muchos tuncianos. Es hora de dejar de huir de Argrid y hacer que respondan por lo que han hecho.

Vex sonrió con picardía.

—¿Qué? ¿Incluso si eso significa que no estarás…? ¿Cómo dijiste…? *¿Sumergida hasta el cuello en una piscina de vino* en pocos meses?

—En una tina de vino. —Ella suspiró—. A pesar de lo que piensa Cansu, tengo corazón. Y… —Hizo una pausa, apartó la vista de los ojos de Vex—. Tú nunca quisiste esconderte en un agujero como yo. No hubieras estado satisfecho con retirarte y permitir que el caos continuara.

Vex nunca se había preguntado qué quería. Él, Nayeli y Edda habían planeado retirarse hacía meses: pero eso había sido cuando

Vex creía que solo Argrid estaba tras él. En cuanto había sospechado que se trataba de una conspiración mayor, había permitido que la rectitud de Lu lo infectara como una plaga.

Encorvó los hombros.

—Deberíamos tomar decisiones importantes de la vida por el otro, de ahora en adelante. Yo haré que vuelvas con Cansu y tú puedes convertirme en una clase de héroe.

Nayeli apartó la mano de la rodilla de Vex.

—Imbécil.

—Me adoras.

En el exterior de la cabaña, el golpe de una pisada los hizo callar. Pero cuando Vex se puso de pie y abrió la puerta, la calle estaba vacía.

Nayeli apareció tras él y lo empujó despacio.

—Encuentra a Lu. Necesitas explicarle tu conexión verdadera con todo esto.

Vex gruñó, un sonido largo y fuerte, y un poco infantil.

—Sí, madre.

Ella golpeó su nuca con la palma de la mano. Él cedió y avanzó en la noche.

Vex se topó con Edda cerca del alojamiento que su tripulación usaba cuando iba allí. Estaba sentada en el suelo, observando a unos tuncianos que lanzaban cuchillos cerca: o era un juego o, después del anuncio de Cansu, práctica para lo que vendría.

Vex tembló. Sí, necesitaba detener eso.

Dio una patada a la bota de Edda.

—¿Has visto a Lu?

Ella señaló con la cabeza una tienda del otro lado.

—He visto que ha ido a hablar con Teo.

Vex entró en el lugar indicado. Estaba oscuro cuando el pliegue de la tienda se cerró detrás de él, así que él la mantuvo abierta para permitir que la luz de las antorchas entrara.

—¿Lu? —susurró—. ¿Estás aquí? Necesito…

Una ráfaga de viento entró por la tienda abierta, pero en vez de rebotar en las paredes, siseó a través de una abertura en la parte trasera. Vex entrecerró los ojos.

Y comenzó a asustarse.

—¿Lu? ¿Teo? —Abrió más la tienda para permitir que la luz iluminara toda la tienda. La abertura en la parte trasera de la tela era lo bastante alta como para que un cuerpo pasara a través de ella, y la cama en la esquina estaba deshecha, pero vacía.

Vex atravesó el corte. Salió a un sendero angosto que corría entre otros edificios, uno que no sería visible desde la calle principal.

Cuando Vex regresó con Edda, Nayeli se había unido a ella. Él temblaba demasiado y agradeció que ambas lo miraran: sabía que se moverían con apenas una palabra. Pero solo podía pensar en esa pisada en el exterior de la choza, que había escuchado mientras hablaba con Nayeli. Sobre *Argrid*.

Esbozó una expresión sombría.

—Creo que se han ido.

19

Los piratas habían secuestrado a Milo. Y Vex, todo ese tiempo, había estado trabajando para Argrid.

El terror de Lu hizo foco en la información que aún no conocía: ¿hasta dónde estaba involucrado Vex? ¿Seguía a Argrid por lealtad, o era un peón? ¿Su arresto días atrás había sido parte de algún plan después de todo? Pero *¿por qué?*

Lu podía quedarse con él y su tripulación hasta que uniera más las piezas. Vex no sabía que ella lo había escuchado…

Y se hubiera quedado, de no ser por el niño que sujetaba su mano. Había tolerado la presencia de Teo porque había creído, en alguna parte cuestionable de su mente, que tenía el control de ese viaje.

Ahora sabía que no tenía el control en absoluto.

Debía llevar a Teo de regreso a Nueva Deza. Iría al castillo a escondidas y hablaría con sus padres antes de que la noticia de su regreso se propagara: Kari y Tom serían capaces de comprender los eventos intrincados, la tensión creciente con el sindicato de Cansu, la amenaza definitiva de Pilkvist. Es más, serían capaces de perdonarla por huir con Devereux Bell.

Lu no tenía derecho a sentirse traicionada. Vex y su tripulación nunca habían prometido ser nada más que lo que eran: piratas. Criminales.

Resopló ante un pensamiento repentino: si Vex estaba conectado con Argrid, ¿era posible que Pilkvist también lo estuviera? ¿Era posible que el secuestro de Milo hubiera sido una farsa? Un sindicato que trabajaba con Argrid para incapacitar a Gracia Loray implicaba que las amenazas llegarían al Consejo por dos frentes: interno y externo.

Cansu había instado a su sindicato a atacar bajo la creencia de que el poder militar del Consejo era débil. Y lo era. Los revolucionarios habían necesitado el apoyo de los sindicatos piratas para derrocar a Argrid... ¿Y si Argrid y los piratas atacaban al Consejo? Todo se derrumbaría.

La amenaza era demasiado grande como para que ella la controlara sola: prejuicios, miedos, conspiraciones, odio, guerra. Una desesperación autocomplaciente la hizo gimotear. Quería ver a sus padres. Necesitaba contarles a Kari y a Tom todo lo que había descubierto, y ellos gurdarían la información y harían sus maravillas para mejorar la situación. Al igual que lo habían hecho cuando era una niña.

Mejorarían todo. Siempre sabían qué hacer.

Lu se detuvo entre dos chozas silenciosas y se puso de rodillas delante de Teo, deslizando sus pulgares sobre sus muñecas.

—Lamento haberte asustado antes. No debería haberme comportado así.

Él sonrió en el crepúsculo.

—Estás triste. Las personas hacen muchas cosas cuando están tristes.

Lu colocó la mano sobre la mejilla del niño. No merecía su sonrisa.

—Debemos... —Ah, él odiaría dejar a Vex y a su tripulación, y Lu no podía decirle la verdad sobre ellos—. Ahora debemos jugar un juego. Debemos llegar al *Vagabundo veloz* sin que nadie nos descubra. ¿Puedes hacerlo?

Teo se iluminó.

—Oh, *sí*.

Agarró la mano de Lu y comenzó a correr, tirando de su brazo tan fuerte que le crujió el hombro. Lu se esforzó por seguirle el paso y corrigió su camino antes de que él los llevara en la dirección incorrecta.

Corrieron entre las chozas, evitando el ruido de los tuncianos, hasta que alcanzaron al límite del santuario. La puerta a través de la cual Lu había llegado estaba en el muro de uno de los imponentes edificios de viviendas, simple y sin ningún distintivo. ¿Habría guardias al otro lado?

La mano de Lu se posó en la funda de sus armas. La bajó y guio a Teo hacia la puerta.

La abrió con bastante facilidad, y apareció una escalera que se alzaba. En cuanto la subieron y cerraron la puerta detrás de ellos, la oscuridad los engulló.

Teo sujetó su mano con más fuerza.

—¿Lu?

—¿Sí?

—Gracias por traerme. —Suspiró—. A mamá y a Anna les habría gustado. Me refiero a ser un pirata.

No, dijo Lu por poco, la palabra era como una patada en su garganta. *A Bianca y a Anna no les habría gustado esto. Es peligroso y demasiado parecido a cómo solíamos vivir. No se lo merecían. Y tú tampoco.*

Apretó la mano de Teo, su corazón se hizo añicos.

—Lo sé. —Fue todo lo que pudo decir.

Guio a Teo por la escalera, con una mano apoyada en la pared resbaladiza por la humedad. Todo estaba en silencio, excepto el crujido del edificio de noche y un ronquido distante ocasional.

Llegaron a otra puerta que conducía a un pasillo. La caminata de arriba abajo por galerías sombrías terminó cuando se encontraron en una sala con un par de puertas. Un aire más limpio se filtraba a través de ellas.

Lu tomó el picaporte con la mano, pero se detuvo.

Había estado a ciegas cuando habían llegado allí, y Cansu la había desorientado aún más. ¿Cómo encontraría al *Vagabundo veloz*?

¿Y si Vex lo había movido? ¿Y si, mientras llevaba a Teo por Puerto Mesi-Teab para hallarlo, se tropezaba con una situación más peligrosa que merodear por pasillos de edificios de viviendas?

—¿Lu? —Teo tiró de ella—. ¿Y ahora?

La ansiedad la invadió. En cualquier instante, Vex podía ir a buscarla. Edda podía descubrir que Teo había desaparecido.

Ignorando el grito de objeción de su parte más sabia, se acercó más a Teo.

—¿Ves esa esquina, justo allí, junto a la puerta? —Señaló las puertas dobles de la sala—. Quédate allí. Iré a ver nuestro camino.

Teo cruzó los brazos.

—Puedo ir. ¡Se supone que yo también debo encontrar el barco!

—Lo harás, pero necesito que permanezcas aquí y hagas guardia. Si ves algo, grita… y continúa gritando hasta que regrese contigo.

Si no era el *Vagabundo*, sin duda Lu encontraría un transporte opcional dentro del rango cercano de ese edificio.

—Creí que el juego era guardar silencio.

Lu hizo un gesto de dolor.

—Eso fue antes de salir. Esto es diferente. —Señaló el suelo—. Siéntate aquí y espera a que vuelva. No tardaré, lo prometo.

Teo asintió.

—Me portaré bien. Puedes confiar en mí.

Se sentó, se hizo un ovillo y miró fijamente la puerta.

Lu avanzó antes de que pudiera reconsiderar dejarlo solo en aquel edificio decrépito, donde cualquiera podría salir y ver a un niño indefenso. ¿Qué opciones tenía? No tenía idea de qué merodeadores poblaban Puerto Mesi-Teab.

Se tragó sus objeciones y su odio hacia sí misma y se obligó a salir.

La noche había despejado parte de la humedad densa, y hacía que fuera más fácil respirar. Lu oía gritos estridentes a la izquierda junto al gimoteo de un instrumento de cuerdas: una taberna. Se dirigió a la derecha, intentando oler el camino hacia el río. Pero cada calle apestaba a lo mismo, el almizcle del moho y la acidez de desperdicios putrefactos.

Se esforzó por oír cualquier ruido desde atrás, Teo gritando o voces buscándolos... cada paso que daba, pesaba. Cortó camino por una calle, y serpenteó a través de las sombras para evitar a hombres que se dirigían en la dirección opuesta; hizo una pausa para pensar debajo de un toldo lleno de agujeros.

Un río no podía ser tan difícil de encontrar. ¿Había ido lo suficiente hacia el oeste? ¿Debería...?

—Reconozco tu aspecto.

El corazón de Lu subió a su garganta. Cansu estaba reclinada sobre la entrada de una carnicería cerrada, su cuerpo envuelto en sombras.

—Lorayanos egocéntricos que venderían piratas por medio galle —prosiguió Cansu—. Te diriges a advertirle al Consejo sobre nuestra rebelión, ¿verdad? Fatemah te lo dijo: no sobrevivirás si nos traicionas.

Lu continuó avanzando como si Cansu no le pareciera una amenaza.

—No os traicionaré. Esto no tiene nada que ver con los tuncianos.

Dobló en una esquina, Cansu estaba detrás de ella... y por fin, un río apareció entre los edificios. La orilla opuesta del canal exhibía la ciudad sumergida en las horas tardías en un tono negro azulado, con siluetas humanas moviéndose por las calles.

Lu miró río abajo, y después arriba. La luz de la luna creciente era débil, pero iluminaba lo suficiente como para que ella pudiera ver un barco amarrado a pocos pasos, en la orilla opuesta. ¿El *Vagabundo*? Dudaba que tuviera tanta suerte.

Algo metálico tocó su caja torácica. Un cuchillo.

El terror derretido corrió por la columna de Lu.

—No me vas a matar aquí —dijo ella.

—Soy una Líder pirata. He matado personas en todos estos ríos. No permitiré que una mocosa lorayana le advierta al Consejo que...

—Has matado personas en todos estos ríos —repitió Lu. Miró por encima de su hombro con una sonrisa sombría—. Yo también.

Lanzó el codo hacia atrás. Cansu la esquivó, lo suficientemente desorientada como para que Lu tuviera tiempo de volverse y deslizar el pie bajo las piernas de Cansu, lo cual hizo que la Líder pirata cayera sobre la calle lodosa. Lu corrió por la orilla del río. La pasarela era angosta, los edificios se amontonaban tan cerca a su izquierda que dejó una mano sobre la madera áspera para mantener el equilibrio, las piedras de la orilla se desintegraban debajo de sus botas. Un ruido sordo corría detrás de ella: Cansu la perseguía.

Lu aceleró a medida que se acercaba al barco amarrado. Calculó la distancia del río que la separaba de él: tendría que nadar. La idea de sumergirse en el agua contaminada y aceitosa le daba arcadas, pero respiró hondo...

Y tropezó; se sujetó a una ventana en un edificio. Detrás de ella, Cansu subía con dificultad por la pasarela, pero Lu la ignoró para ver mejor qué la había hecho caer.

Un tronco. Deslizó los dedos debajo de él. La corteza no se pulverizó en sus manos: podría soportar su peso a través del río.

Pero todos sus planes se hicieron trizas cuando el tronco... se movió.

La madera áspera se retorció contra su palma. Lu saltó, su pie golpeó la orilla resbaladiza del río, y cayó al suelo. Las sombras inclinadas como el tronco se movieron, y nadaron... y la miraron, dos ojos cristalinos parpadeando por encima de un hocico lleno de dientes.

Un cocodrilo.

Lu no se movió. No respiró. Mantuvo los ojos clavados en los del cocodrilo. Sus nervios estaban demasiado tensos como para funcionar.

Los cocodrilos poblaban los pantanos del sur. Pero fuera de eso, era raro verlos: tan raro que Lu quedó petrificada.

—¡Quieta ahí! —exclamó una voz. No era Cansu.

El barco del otro lado del río había navegado hacia Lu, su motor traqueteaba. El casco oscuro, gastado por falta de mantenimiento, se detuvo tan cerca de ella que podría haberlo tocado.

No era el *Vagabundo*.

Los farolillos cobraron vida en la cubierta. Uno de los hombres a bordo enlazó el cuello del cocodrilo con una cuerda, y lo amarró al extremo de una vara larga.

—Vaya, ¿qué ha atrapado mi mascota esta noche para mí? —dijo él, arrastrando las palabras.

Lu no necesitaba mirarlo para saber quién era. Aquellos piratas eran los únicos que podían tener animales del Pantanal: piratas del sindicato mecht.

Río abajo, Lu no oía nada. Se arriesgó a mirar: la pasarela estaba vacía.

Cansu se había marchado para dejarla luchar con esos hombres sola.

El lodo empapó la espalda de Lu mientras miraba al cocodrilo a los ojos. La correa alrededor de su cuello no era reconfortante: un movimiento, y el animal podría cerrar las fauces sobre su tobillo. Y arrastrarla a lo profundo del río. Sacudirla en el fondo, una y otra vez hasta que sus pulmones quedaran llenos de agua. Teo quedaría solo hasta que Vex lo encontrara, o Cansu, que era lo más probable.

Lu movió la mirada del cocodrilo al pirata mecht. Él sonrió, sus mejillas se veían pálidas y sudorosas bajo la luz de los farolillos de su barco.

—Mirad lo que tenemos aquí. —Alzó una pierna sobre la barandilla, masticando mientras la miraba con desdén—. He oído un rumor de que habían visto a Bell en el área. No eres lo que esperaba, pero serás útil. Ahora, ¿dónde está tu capitán?

¿Querían a Vex? ¿Cómo sabían que ella estaba con él?

—Él no es mi capitán —dijo Lu. Pero... maldita sea, ¿qué postura sería mejor? ¿Funcionaría hacerles creer que ella era prisionera de Vex, miembro de su tripulación o una transeúnte errante? El mecht tiró de la correa y el cocodrilo hizo sonar la mandíbula en una amenaza que la sobresaltó.

—Estaba buscándolo —añadió ella, su voz era aguda y veloz—. Creí que tu barco era el suyo.

—Ajá —respondió el mecht—. Verás, no estoy seguro de creerte. No tiró esa vez: permitió que la caña donde el animal estaba amarrado quedara inerte. El cocodrilo se lanzó sobre ella, abriendo su inmensa mandíbula. Parte de Lu sabía que sería otro truco, un siseo y un mordisco en el aire solo para asustarla.

No podía procesar la sensación de los dientes en su pierna.

Observó, mientras el animal desgarraba músculos y carne de su pantorrilla izquierda con su mandíbula. La sensación llegó despacio, su mente estaba disociada, por lo que el dolor subió por su pierna y trepó por su estómago hasta que estalló de su boca en un grito.

Como si una docena de dagas pesadas seccionaran su pierna. Como la fuerza de cien balas estallando en sus nervios al mismo tiempo.

Lu cerró su boca, un alarido roto se filtró a través de sus labios sellados.

El mecht tiró de la correa, para mantener a su mascota lo bastante cerca mientras el cocodrilo sostenía la pantorrilla de Lu como una cadena. La sangre caía entre los dientes de la criatura y sobre el lodo mientras el cocodrilo hundía sus garras en la orilla, preparándose de nuevo, con la *necesidad* de arrastrarla dentro del río.

Lu reprimió el deseo de retroceder, de luchar. Sus necesidades eran tan fuertes como las del cocodrilo, frenéticas y salvajes, y lo único que ella quería era agarrar uno de sus cuchillos y clavárselo a la criatura entre los ojos. Pero incluso el movimiento de su respiración hundía más los dientes del animal en su pierna.

—Ahora, pregunto de nuevo —dijo el mecht—, ¿dónde está Devereux Bell?

—Arde en el Infierno —respondió Lu con voz ronca, el sudor caía sobre su rostro.

El mecht sonrió con sorna.

—Esa es mi intención. Pero te llevaré conmigo.

Le hizo una seña a parte de su tripulación, que descendió del barco y aterrizó junto a Lu. El capitán chasqueó la lengua dos veces y el cocodrilo abrió la mandíbula y soltó su pierna. Los dientes desenterrándose en su piel eran más dolorosos que la mordida: Lu mordió su propia lengua para evitar gritar de nuevo.

No llames la atención. Es probable que Teo ya te haya escuchado.

Estaba tan distraída por el dolor y la certeza de que Teo llegaría en cualquier instante que olvidó a los hombres hasta que ellos sujetaron sus brazos. La alzaron de una forma extraña que hizo que todo su peso recayera sobre la pierna herida. Gimió, cerró las manos en forma de puños temblorosos.

La tripulación la lanzó abordo. El capitán se agachó delante de ella sobre la cubierta mientras sus hombres subían de nuevo al barco y el motor cobraba vida; el vapor flotaba hacia el cielo.

Ahora que Lu estaba más cerca, veía las venas inyectadas en sangre alrededor de las pupilas del capitán, las magulladuras debajo de sus ojos, propias de alguien drogado con enredadera Narcotium.

—¿Crees que Vex vendrá a salvarte? —preguntó él, arrastrando las palabras.

Lu jadeó y dijo:

—No necesito que él me salve.

El mecht hurgó en uno de los hoyos causados por los dientes de su cocodrilo en la pierna de la chica, moviendo el dedo en su músculo.

Las estrellas nublaron la visión de Lu. Solo veía oscuridad, latente y ardiente, y cayó a un lado, retorciéndose en la cubierta mientras la oscuridad se hacía demasiado poderosa, demasiado tentadora.

—Será mejor que tengas esperanzas de que venga a por ti —añadió el mecht, poniéndose de pie para mirarla desde arriba—. Si no lo hace, podrás ver más hospitalidad de los piratas sureños.

No te desmayes. Lu intentó centrarse y escupió el vómito sobre las tablas. *Observa. Planea. Actúa.*

Pero cada parpadeo nublaba más su visión, su cuerpo se balanceaba en una corriente de dolor debilitante. Dolor como el que ya había experimentado una vez.

El recuerdo hizo que su pulso errático zumbara.

Había conocido a hombres como ese, pero eran soldados argridianos. Una noche como esa, cinco años atrás. El cuartel de los rebeldes en vez de un barco a vapor. Amarrada a una silla en vez de tumbada en una cubierta.

Después, el tintineo de unos frascos. Una voz.

—Drógala.

Lu la oía tan clara en su memoria que cuando vio al capitán mover los labios, negó con la cabeza, sin comprenderlo hasta que él añadió:

—Lazonada. La mantendrá tranquila hasta que regresemos.

Lazonada. Rara, hojas verdes con forma de moneda. En pasta. Frotar sobre la piel.

Causa inmovilización. El receptor mantiene la consciencia. Contrarrestada por la planta incris, que otorga velocidad.

La desesperación tiraba de cada sentido en dirección a una maraña colectiva.

Lu se apoyó en sus manos y lanzó su cuerpo hacia la barandilla con impulso suficiente como para comenzar a caer por la borda, pero el cocodrilo del mecht detuvo su escape: saltó contra el barco, el agua del río la salpicó, los dientes ensangrentados apuntaban a su cabeza.

Lu cayó de nuevo hacia atrás, su pierna herida quedó atascada en una caja junto a la barandilla.

Quedó inconsciente antes de caer sobre la cubierta.

Vex y su tripulación no encontraron a Lu o a Teo en el santuario, y ninguno de los tuncianos los había visto. Lo cual dejaba solo la ciudad a su alrededor. O la jungla.

Así que, podían estar en cualquier parte.

Vex quería continuar deambulando por las calles del santuario como un loco, pero se obligó a detenerse. Necesitaba pensar como Lu. ¿A dónde iría una política asesina experta en magia botánica cuando creía que la habían traicionado?

Bueno, *creía* no era la palabra correcta.

Él había sabido desde el comienzo que ella estaría furiosa cuando descubriera que él tenía contacto con los argridianos. Pero maldito sea el Dios Piadoso en el cielo, él no había secuestrado a Milo Ibarra, y había estado *huyendo de Argrid* cuando había terminado en la prisión, lo cual le habría contado si ella hubiera permanecido allí en vez de huir. Testaruda, irritante…

Un momento. ¿Era tan terrible que ella se hubiera ido? Él no la necesitaba. Podía hacer lo que Nayeli había sugerido: encontrar a sus contactos argridianos, ver si Argrid tenía algún plan en pie para recobrar Gracia Loray y ver si él podía evitarlo.

Pero el pago de Lu lo tentaba. Se burlaba de él. Cualquier pócima mágica que quisiera.

Un escalofrío recorrió la columna de Vex. Incapaz de tener una revelación brillante sobre el paradero de Lu, le gritó al suelo. Lo cual no ayudó y no lo hizo sentir mejor.

Vio movimientos en dos direcciones: su tripulación, que salía de un sendero a su lado, y una sombra frente a él, hacia la que giró la cabeza.

Una puerta se abrió en uno de los edificios. Cansu salió corriendo de ella, arrastrando algo —¿a alguien?— detrás. Su expresión era tan extraña que Vex tuvo que mirarla dos veces. ¿Arrepentimiento?

—¿Qué diablos…? —La atención de Vex se enfocó en lo que había detrás. Teo.

Lu no estaba con ellos. No salió tras sus espaldas.

Nayeli y Edda se unieron a él. Vex estaba bastante seguro de que su pecho estaba a punto de estallar.

—Lo encontré sentado junto a la puerta —explicó Cansu y depositó a Teo frente a ellos.

—¿Dónde está Lu? —preguntó Teo, con los puños cerrados—. La he escuchado; creo que la he escuchado…

Miró a Cansu con cautela. Con miedo.

—¿Qué *has hecho*? —Nayeli se puso a la altura de la mujer.

Edda fue hacia Teo y lo alzó, y el niño pareció relajarse, aunque no apartó la vista de Cansu.

—La descubrí huyendo —respondió Cansu—. Iba a traicionarnos. Tal vez… tal vez la ataqué. —Sus palabras fueron menos agresivas—. Unos mecht aparecieron. Te estaban buscando, Vex.

Él apretó los puños, imitando a Teo.

—La atraparon, pero no me vieron. —Cansu deslizó una mano sobre su pelo. No miraba a nadie a los ojos—. Tenían un cocodrilo y permitieron que mordiera su pierna. Creyeron que ella les diría todo, dónde encontrarte, así que me preparé para crear un alboroto. —Cansu por fin alzó la vista—. Pero ella no dijo ni una maldita palabra. De todas maneras, se la llevaron.

Vex sentía cientos de cosas distintas, cada una de ellas era nueva.

Lu quizás se había ido por miedo a su traición, pero no era vengativa. Quizás él podría convencerla de que no era el criminal desalmado que ella creía.

Pero durante años, él había sido desalmado. Ignoraba las injusticias. Vivía solo para sí mismo.

De pronto, a Vex le importaba que Lu supiera que él era una buena persona. Que no lo odiara. Con aquella necesidad, o quizás debido a ella, una furia enceguecedora lo invadió.

Señaló a Cansu.

—Nos vas a ayudar.

Ella retrocedió.

—¿Disculpa?

—Mira, esto también es por tu culpa, ¿de acuerdo? Lu no habría huido si tú no hubieras amenazado con comenzar una guerra.

—Bueno, probablemente habría huido al descubrir que Vex estaba involucrado con los argridianos, pero daba igual—. ¿Crees que puedes hacer que Gracia Loray sea una isla de sindicatos sin ley? Argrid volverá a quemar gente muy rápido. Por ese motivo consiguieron el poder la última vez: porque ningún sindicato es suficiente para detenerlos. Lu tenía razón. Hay otra manera.

Cansu cruzó los brazos, furiosa, pero controlada.

—¿Qué manera es esa?

—Rescatar a Lu. Encontrar a Ibarra, como ella quería. —Vex temblaba; nunca se había sentido así antes. Algo similar a *valiente*—. Llevarlos a los dos ante el Consejo y resolver este desastre. *Pacíficamente.* El Consejo tendrá que reconocerte como alguien separado del sindicato mecht si llevas a Ibarra de regreso y estarán dispuestos a escuchar. No quieres la guerra, Cansu. Nadie quiere una.

—La paz siempre es mejor —añadió Edda. De toda su tripulación, a Vex le gustaba que ella hubiera hablado: era imposible replicarle cuando estaba tan convencida de algo—. Quizás la guerra suena como una causa noble, pero observar cómo masacran a tu familia no lo es. Es mejor herir tu ego con el compromiso que alimentar tu propio orgullo con sangre.

Cansu frunció la nariz. Parecía cerca de aceptar, así que Vex no permitió que lo pensara demasiado. Miró a Nayeli, quien asintió, y fueron a la choza más cercana para comenzar a planear cómo recuperar a Lu. Edda se sentó junto a él con Teo.

Los mecht aún buscaban a Vex. Si ahora eran lacayos argridianos, probablemente estaban cazando a cualquiera que intentara escapar del ejército de Argrid. No sería raro que oyeran que Lu estaba en su tripulación e iban a llevársela para hacerlo salir de su escondite.

Ah, sí que lo habían hecho salir, claro que sí. Si necesitaba un empujón para comprometerse y tomar una postura contra Argrid y el infierno que había desatado, era ese.

Nadie se metía con su tripulación.

Nadie.

20

El día después de la visita al mecht en la Catedral Gracia Neus, Ben estaba en estado de shock.

Al límite de la consciencia, sintió a Jakes moviéndose por su habitación. A veces, oía silencio; a veces, la voz exhausta y distante de Jakes. Ben solo sabía sobre las plantas en su escritorio, las anotaciones en sus cuadernos, los morteros, los fregaderos y la *posibilidad*.

Tenía plantas del cofre que había salvado del incendio en la Universidad: no muchas, pero suficientes. Sorprendentemente, había sido capaz de acceder al dinero de los mecht, lo que le había permitido obtener lo que necesitaba.

Elazar aún no había intentado detenerlo.

Ben encendió una vela bajo un cuenco de hierro y vio los ojos azules del mecht, agitados como el mar. Molió curatea y aloe flauta, y vio al mecht doblado en el suelo, luchando por no perder la consciencia.

Un día gobernaría a un país que capturaba personas y llamaba maligna a su resistencia. Un país que nunca había necesitado un ejército fuerte porque la fe promovía la obediencia en cada argridiano, en su alma y su ser. Y cuando las personas se resistían, la Iglesia las mataba.

Colocó el recipiente cóncavo sobre la raíz purificadora y la rompió.

Una vida después se desplomó en la silla de su escritorio. El hollín y el sudor manchaban los bordes de su camisa remangada mientras unía los dedos y los posaba sobre sus labios y miraba el frasco de cristal en el borde de su escritorio.

Curatea. Aloe flauta. Raíz purificadora. Las tres plantas curativas que él había guardado en el cofre. Había seguido los métodos que Rodrigu le había enseñado, pero los había llevado más lejos, moliendo y disolviendo y cocinando para que lo único que quedara fuera la esencia de la magia de las plantas.

Ben sentía que alzaría la vista y vería a Paxben apoyado sobre su escritorio, haciendo comentarios o girándose para hacerle una pregunta a su padre. Y Rodrigu le daría una palmadita en el hombro a Ben y diría que aquella inocencia era la clase de pensamiento que los inquisidores valoraban.

Lo había logrado. Quizás. Fuera lo que fuera que hubiera hecho, había suficiente para probar en una persona, en dos si limitaba las dosis a sorbos.

Reclinó la espalda en la silla, y su esperanza dio rienda suelta a más complicaciones. ¿Cómo lo probaría? No tenía aliados reales. Quizás alguno de los contactos de Rodrigu estaba vivo, pero ¿cómo los encontraría si ellos habían evadido a la Iglesia tanto tiempo?

No; debía hacerlo solo. Si regresaba a las celdas debajo de Gracia Neus, podía probar la poción en aquel hombre que había visto con la Enfermedad Temblorosa. No lo lastimaría: en el peor de los casos, simplemente no funcionaría. En el mejor de los casos, lo curaría, y Ben podría ir por Argrid administrándoles salud *permanente* a los enfermos, explicando en su camino que era debido a la magia, no al Dios Piadoso.

Se puso de pie, tapó el frasco y estaba a medio camino hacia la puerta cuando Jakes la abrió.

La tensión había rodeado a Ben y a Jakes desde aquel momento en la escalera de la catedral. La sensación se hizo tangible cuando Jakes vio el frasco en la mano de Ben.

—¿Has terminado? ¿Es la poción curativa?

El cuerpo de Ben se entumeció.

—Necesito probarla —dijo; una verdad, al fin—. Aunque no estoy seguro de que...

Algo en la expresión de Jakes cambió. Apareció una grieta en ella.

—Sé cómo puedes hacer que funcione —susurró Jakes—. Sé a quién necesitas curar.

—¿Qué?

—Confía en mí. —Sonrió. Ben accedió sin cuestionar, dejándose llevar por la alegría en el rostro de Jakes, por la esperanza dentro del frasco en su mano.

Ese era el momento. El comienzo que había esperado. El inicio de una Argrid nueva y más fuerte.

Si Jakes veía lo que él podía hacer, quizás podían cambiar Argrid juntos.

Los dos avanzaron a toda velocidad bajo el amanecer naciente. Ben había pasado un día entero encerrado en su habitación. Apenas había sentido el paso del tiempo... y estaba tan concentrado en pensar en el desarrollo del tónico que no se había dado cuenta de en qué dirección iban hasta que su carruaje se detuvo.

Miró el edificio alto y gris.

—¿Gracia Neus?

—Confía en mí —repitió Jakes; abrió la puerta y bajó.

Ben lo siguió. La catedral estaba más ocupada ahora, los monxes y las monxas iban de un lado al otro, limpiando. Muchos visitantes ocupaban los bancos, las conversaciones llenaban el aire.

Jakes lo llevó al lateral del pasillo, hacia la escalera por la que habían bajado una noche atrás. Allí era donde Ben había querido ir para probar su poción. ¿Por qué Jakes también lo conducía allí? Quizás él también había recordado al prisionero con Enfermedad Temblorosa.

Pero ¿por qué su estómago se retorcía?

En el piso inferior, Jakes avanzó. Caminaron junto a celdas con personas de rodillas, otros azotados y llorando en sus pequeñas camas. Los monxes estaban en una celda, rezando por alguien que gritaba su inocencia.

Las injusticias habían sido más fáciles de ignorar de noche.

Llegaron a la celda del mecht. Obedientes ante la orden de Ben, los monxes lo habían desatado y le habían quitado el bozal, y ahora estaba tumbado en el suelo con la espalda hacia la pared. No se movió cuando pasaron, mantuvo los ojos cerrados.

Ben tocó el frasco en su cadera y dejó una promesa silenciosa en su celda de que aquello concluiría pronto. No más dolor. No más ignorancia. Solo comprensión.

El paciente con la Enfermedad Temblorosa se tambaleaba en la celda frente a la del mecht. En el exterior, había un hombre de pie, observando al prisionero pudrirse.

El cerebro de Ben tropezó cuando vio al hombre, pero Jakes avanzó, sonriendo como si hubiera esperado que aquel visitante estuviera allí.

Ben movió la cabeza de un lado a otro. No comprendía qué ocurría.

Elazar, en las celdas de la Catedral Gracia Neus. Elazar, *sonriendo*.

Y Jakes diciendo:

—Ha terminado. El príncipe está listo para unirse a nuestra cruzada sagrada, Eminencia.

21

Lu despertó con un hedor a vómito y moho. Un instante antes de hacerlo, había recobrado los sentidos, sus músculos se estiraron y latieron. El alivio la invadió... aún podía sentir su cuerpo, lo cual significaba que los piratas mecht no habían usado lazonada, como habían amenazado.

Su gratitud desapareció cuando la herida en su pierna gritó de dolor.

Se incorporó con un siseo. En algún momento del delirio, le habían proporcionado una tira de tela manchada para detener la hemorragia, pero sin duda había duplicado el riesgo de infección. Aunque estar en la bodega de un barco donde la limpieza no era lo primordial tampoco ayudaba demasiado.

Lu dejó una mano sobre su rodilla, lo más cerca que se atrevía a las marcas de los dientes, y observó la habitación. Las cuerdas sujetaban cajas y barriles a las paredes, y asumía que la única puerta de hierro que había conducía al resto de la cubierta inferior. Los mecht le habían quitado las armas y, a juzgar por los gritos de actividad sobrecubierta y las vibraciones en el suelo, estaban en movimiento.

Pero Teo está a salvo. Quizás corrió de regreso al santuario... o tal vez Cansu ha dado con él.

Lu tragó saliva y se puso rígida. El miedo por Teo no haría nada más que entorpecerla. Él era inteligente... y Cansu no podía ser tan cruel de herir a un niño. Él estaría bien, y Lu escaparía de ese barco y regresaría con él antes del anochecer.

Pero… ¿*debía* escapar? Era prisionera del sindicato pirata que había secuestrado a Milo… ya fuera para protestar por el trato injusto del Consejo o porque Argrid los había convencido para fingir el secuestro. Si Lu permanecía allí, podría descubrir si Argrid había planeado todo para debilitar a Gracia Loray o si los mecht solo buscaban una guerra civil.

Era sorprendente que Lu ni siquiera pensara en la frase *solo una guerra civil.*

Pero ahora Vex era un factor. Vex, cuya motivación era un misterio, y quien había mentido desde el comienzo. Si él era un peón de Argrid y decidía que las acciones de Lu no funcionaban a su favor, Teo podría convertirse en un rehén.

Lu no sabía si su razonamiento era lógico o si provenía de aquel lugar aterrorizado en su pecho que se negaba a quedar a merced de cualquiera. Aquella situación se había salido tanto de su control que, si pensaba demasiado al respecto, le sería imposible respirar.

Regresar al santuario. Buscar a Teo. Después llevar la información que he reunido y permitir que mis padres organicen un plan.

Lu sujetó la caja más cercana y se impulsó hacia arriba; se puso de pie sobre la pierna sana. El mareo la hizo tambalearse, pero cojeó un paso y abrió la primera caja.

—He salido de situaciones peores que esta. Como la cuarta misión que hice, en Puerto Fausta —dijo, hablando para combatir la agonía. Dentro de la caja había cientos de paquetes envueltos, colocados como los bollos de la panadería donde había comprado dulces para Annalisa y Teo—. *Esa* fue mala. Todos en la taberna eran soldados argridianos.

Lu alzó un paquete y lo abrió. Raciones, carne seca. Colocó la cubierta de nuevo sobre el contenedor y se dirigió a la siguiente caja. Vendajes limpios, o al menos tela limpia. Agarró uno e inclinó el torso para envolver de nuevo su pierna; su visión dio vueltas mientras retiraba la venda vieja que cubría las heridas profundas y ennegrecidas.

«Había una niña que estaba fuera de lugar en aquella taberna». Lu se incorporó con una inhalación. «Escapé deslizándome por el vertedor de basura. Fue la primera vez que me dispararon».

Lu trastabilló y aterrizó sobre su pierna herida; las náuseas la atravesaron, un velo gris titiló ante sus ojos.

«Creo que prefiero que me disparen», siseó y abrió la siguiente caja.

Dentro, había frascos de plantas. Lu sujetó uno, su cuerpo se entumeció en una oleada de esperanza. ¿Una planta curativa? Sacudió el frasco, observando las hojas verdes. ¿Menta brillante?

No era inusual que los mecht tuvieran menta brillante, famosa por su habilidad para aumentar el estado de alerta; podrían haberla comprado en cualquier mercado. Lo perturbador era el hecho de que estuviera en frascos. Se trataba de una planta que se encontraba al norte del lago Regolith... *No* en el territorio del sindicato mecht. Podrían haber realizado un intercambio para obtenerla, pero ¿para qué necesitarían los mecht tanta menta brillante? No era particularmente lucrativa en ningún mercado.

Lu cojeó hasta la siguiente caja y halló filas de enredadera Narcotium amarrada en ramilletes. Ah, eso sí podía ser útil. Si encontraba el suministro de vino o agua, podría limpiar su pierna lo mejor posible y lanzar dentro la enredadera Narcotium. Cuando la concentración era alta, sus jugos causaban alucinaciones, y en dosis más pequeñas inducían a la relajación. De cualquier forma, sería cuestión de esperar hasta que la tripulación bebiera y que la planta hiciera efecto para que ella pudiera escapar.

Pero el capitán había estado masticando enredadera Narcotium, algo por lo que los mecht eran muy famosos: sin duda la mayoría de su tripulación tenía la misma adicción y tolerancia a la planta. Lu debería colocar una gran cantidad de hojas en el suministro de agua para marcar alguna diferencia. ¿Qué otra opción tenía?

Agarró los ramilletes de enredadera Narcotium y observó la habitación. Había tres barriles en la esquina delante de ella, pero cuando se movió, el barco se sacudió, rechinó y se detuvo. Ella cayó y aterrizó sobre sus antebrazos mientras su pierna destrozada golpeaba el suelo. Chispas de dolor recorrieron su cuerpo.

En la cubierta superior, oyó pisotones, el ruido de más piratas de los que había habido a bordo antes.

Lu se arrastró por el suelo y sobre los barriles. Introdujo los dedos debajo de la tapa de uno, las astillas se partieron en sus uñas mientras oía pasos bajando por la escalera.

Era como estar de nuevo en la taberna de Puerto Fausta. Solo que esta vez, la escotilla que la había liberado en la noche no sería tan útil.

La puerta se abrió, Lu se dejó caer y se aferró inerte al barril cerrado, la enredadera Narcotium sin usar cayó al suelo.

En la puerta, Ingvar Pilkvist estaba de pie. Su pecho estaba descubierto debajo del chaleco de piel de cocodrilo, tenía pistolas amarradas a su torso y un machete en su cintura. Los botones alargados se balanceaban en su largo pelo blanco, y sus ojos azules podrían haber sido amables salvo por la forma en la que la observaba, con las manos en la cadera y los labios retraídos en una sonrisa.

Si el Líder del sindicato mecht se había ocupado en persona de ir a verla, aquello era tan fatal como Lu había temido. Y no tenía otro plan.

Por ahora.

El sindicato mecht había declarado el tercio sur de Gracia Loray como su territorio, así que era lógico que una de sus bases estuviera en las profundidades de un área que incluso los extractores mágicos legales preferían no visitar: el Pantanal.

El pantano cubría la extensión completa de la costa sur de Gracia Loray, una maraña inundada de cipreses, sauces y manglares, y otros árboles que hundían sus raíces en las aguas cenagosas. Las ramas formaban un techo continuo que incrementaba la humedad, y los ríos hinchados se habían fundido en un cuerpo íntegro. Los cocodrilos y las serpientes —más gruesas que el muslo de un hombre— se deslizaban entre los bungalós deteriorados; los animales pertenecían a los residentes más poderosos y la oscuridad gobernaba el área, un mundo donde el sol no llegaba.

Horas más tarde, Lu y sus captores llegaron al destino. Los soportes sostenían un edificio —si podía llamarse así— sobre el agua, cada pilar estaba tenso bajo el deterioro del lodo del río y el peso de la construcción. Los muros, el techo y el suelo eran tablones de madera que habían resistido demasiado tiempo el clima húmedo del Pantanal. Los muelles que flotaban alrededor del bungaló estaban inclinadas hacia el agua, cedían bajo los piratas mientras ellos bajaban su cargamento. Había más bungalós a lo lejos; de uno escapaba música de violín, otro estaba repleto de piratas borrachos y tambaleantes. Una comunidad de forajidos.

Lu los miró con ojos nuevos. ¿Forajidos... o mecht sin ninguna otra opción? Aquella área parecía tan pobre como Puerto Mesi-Teab, pero resultaba más difícil sentir empatía por aquella situación cuando un pirata la había colocado sobre su hombro y la había bajado del barco.

Pilkvist desembarcó y guio a su grupo hacia la estructura principal. El pirata que tenía a Lu sobre el hombro tuvo que hacer equilibrio con ella para subir la escalera. Sorprendentemente, la escalera no se rompió, y tampoco el bungaló cuando entraron y el pirata dejó a Lu en el suelo.

Las pieles colgaban del techo. Animales tallados decoraban los muebles; uno en particular, una silla de roble inmensa, tenía en el respaldo un relieve intrincado de un oso blanco, con las fauces abiertas y los labios curvos en un gruñido agresivo y feroz. Una mesa tenía jarras de cerveza y bandejas de carne deshilachada y pescado. Todas características de las Mechtlands, un país del que aquellas personas habían partido hacía mucho tiempo, o que quizás nunca habían visto.

Pilkvist se sentó en una silla de la mesa. Uno de los piratas que lo habían acompañado avanzó rápido, sujetó una jarra y vertió un tembloroso hilo ámbar de cerveza en su interior antes de retroceder como un sirviente intimidado.

Lu se incorporó, tenía la pierna extendida delante de ella, y la sangre atravesaba la venda. El sudor empapaba sus prendas y su pelo pegado al cuello y a su cara mientras luchaba por calmar su respiración entrecortada.

Pilkvist bebió un sorbo.

—Recibimos noticias de que una dama había escapado con Devereux Bell. Primero, creí que era un engaño suyo, pero ahora que te veo… —Exageró al observarla con detenimiento, lo cual intensificó el odio en la mirada de Lu—. Sí —dijo Pilkvist con una sonrisa de suficiencia—. Él vendrá a buscarte.

El pirata posó los ojos en la pierna de Lu y dijo algo en otro idioma: las Mechtlands tenían casi tantos idiomas como clanes. El pirata que sirvió la cerveza fue hasta un cofre que estaba en una esquina, con los brazos temblorosos.

Sostuvo un frasco con pasta anaranjada y lo lanzó sobre el regazo de Lu. Curatea.

—No puedo permitir que mueras antes de que él venga. —Pilkvist se puso de pie y se recolocó su chaleco—. Ahora, esto será mucho más fácil si tú…

Inclinó la cabeza. Lu necesitó un segundo para oír el ruido de unos escalones.

Después, un golpe en la puerta.

Pilkvist alzó una ceja mirando a Lu mientras le indicaba a uno de sus hombres con la mano que respondiera.

—Parece que alguien nos ha seguido. Buen trabajo, niña.

Pero cuando abrieron la puerta no era Vex, como Pilkvist y Lu habían esperado.

Cansu entró en la estancia como si perteneciera a su propio sindicato. Tres de sus piratas la siguieron, había armas amarradas a cada extremidad.

La alegría anticipada en el rostro de Pilkvist desapareció. Lu mantuvo el rostro inexpresivo.

Cansu. Vex, ¿no?

Y ¿por qué Lu había asumido en aquel instante entre la pausa y el golpe en la puerta que Vex había venido a buscarla?

—Pilkvist —dijo Cansu, sujetando dos pistolas enfundadas en su cinturón.

Pilkvist la miró, sin molestarse en devolverle la amenaza implícita. El machete largo como su muslo decía lo suficiente, su empuñadura de bronce resplandecía en su cintura.

—No me digas que has venido a por *ella*. —Señaló a Lu con la cabeza—. Mierda; ¿desde cuándo el sindicato tunciano tiene interés en una tripulación sin afiliación sindical? Esto no es asunto tuyo, Darzi. Vete ya mismo de mi territorio.

—No he venido por la chica. He venido por ese argridiano que tienes escondido.

Lu miró a Cansu con el ceño fruncido y tenso. Pero ella no la observaba, y Lu no sabía si era porque no quería revelar algo o porque realmente había ido a hablar sobre Milo.

Una sensación de embarazo carcomía a Lu cuanto más tiempo pasaba Cansu de pie allí, sus piratas miraban a los mecht, la sala entera estaba tensa por la presión.

Pilkvist soltó una risa.

—¿Un argridiano? ¿*Aquí*? Maldita sea, te has vuelto loca.

—Yo no soy la que tiene un sindicato cuyos miembros están drogados por sus propios productos la mitad del tiempo. Así que no, no estoy loca.

La cara pálida de Pilkvist se volvió roja, y sus labios se arrugaron. Pero Cansu continuó hablando, caminando por la habitación con calma. Alzó una jarra, observó las esculturas de madera.

—Debería darte las gracias —dijo ella, deslizando el pulgar sobre el borde metálico del vaso—. Era necesario que alguien le enviara un mensaje al Consejo. Ya es hora de que les recordemos quién los ayudó a conseguir el poder del que han estado abusando. De no ser por nosotros, Argrid hubiera permanecido en control de los cuarteles revolucionarios y la guerra habría terminado de una manera bastante diferente.

Pilkvist enganchó los pulgares en las presillas de su cinturón.

—Bueno, quizás hemos tenido nuestras diferencias en el pasado, Darzi, pero por fin comienzas a sonar razonable.

Cansu apoyó el vaso.

—Entonces, ¿has secuestrado al argridiano?

Pilkvist sonrió. Lu se prohibió respirar.

Cansu respondió a la sonrisa del hombre con una expresión severa.

—¿Planeas atacar? Quiero participar.

—¿Atacar? —Pilkvist rio—. No quiero ensuciar *tanto* mis manos. Mi trabajo ha terminado. Ahora, puedo sentarme, ver al Consejo derrumbarse y cosechar las recompensas.

La fachada de Cansu titubeó, una onda en la superficie de un lago.

—¿Qué?

—Hice que alguien más hiciera el trabajo difícil. Alguien que quiere al Consejo fuera tanto como nosotros. Dale una semana, Darzi. Quizás dos. Ya verás.

Toda la sangre abandonó la cabeza de Lu, lo que hizo que se tambaleara, mareada.

Era imposible que Pilkvist quisiera decir que… No *quería* decir que…

¿Argrid estaba en camino?

Cansu palideció.

—He oído decir que hay soldados del Consejo por toda la isla, arrestando a los míos y a los tuyos porque tú estás aceptando órdenes de *alguien más*...

—No tienes derecho a juzgarme. —Pilkvist la interrumpió. Por primera vez, parecía sincero—. Nada malo ocurre en Tuncay, así que cuando las personas vienen aquí, no están huyendo de nada. Pero ¿las Mechtlands? Mi sindicato entero está formado por personas que vinieron para huir de la *muerte*. Cuando la revolución de Gracia Loray terminó, creímos que significaba libertad. Pero no sabíamos que la libertad sería solo para algunos en esta isla. Estoy cansado de que traten a los mecht como salvajes estúpidos. Estoy cansado de que el Consejo me quite la posibilidad de ayudar a mi propio pueblo. Argrid me ofreció los medios para cambiar las cosas. Y puedes apostar por tu trasero santurrón que lo haré.

—Argrid. —Cansu escupió el nombre—. ¿Ahora te acuestas con ellos? ¿Y van a venir aquí? ¿En qué diablos te has metido...?

—Han cambiado —dijo Pilkvist—. Argrid sabe que lo que hizo no estuvo bien. Incluso han accedido a cambiar el nombre de Nueva Deza a Puerto Visjorn de nuevo. Prometieron que...

Él continuó hablando. Diciendo cosas que fracturaron el corazón de Lu.

En cierto modo, Pilkvist había hecho eso para que el Consejo comenzara a tener consciencia de todo. Lu conocía las guerras entre clanes en las Mechtlands, pero las había desestimado como algo que no era *natural*. El Consejo debería haber analizado la situación con mayor detenimiento, como todo lo que había pasado por alto por no ver a los inmigrantes o a los piratas como personas. Nadie los veía como lorayanos.

Ahora, Argrid se había aprovechado de la desunión en Gracia Loray. Querían que el Consejo estuviera en desacuerdo con sus únicos aliados posibles —los piratas— para que Argrid pudiera terminar la limpieza que había comenzado décadas atrás.

El ataque de Argrid estaba en camino. En... ¿cuánto tiempo había mencionado Pilkvist? Una semana, dos como mucho.

Lu miró a Cansu, quien le devolvió una mirada triste. En aquella tristeza, Lu vio cómo la pirata comprendía que la rebelión que había deseado se estaba volviendo infinitamente más compleja.

—Pilkvist —dijo Lu. Apartó los ojos de Cansu para dirigirlos hacia el Líder mecht, que la observó sorprendido, como si hubiera olvidado que ella estaba allí—. Argrid ha pasado décadas intentando limpiar esta isla de personas como tú. ¿Qué te hace pensar que ahora te darán algo? ¿Son realmente un aliado mejor que el Consejo?

Antes, hubiera hecho la pregunta como un ataque. Ahora, quería una respuesta que la ayudara a comprender por qué él había optado por aquel camino.

Pero lo sabía. El Consejo había prometido justicia y equidad, pero había dado amenazas y culpa. Argrid había matado piratas, pero nunca había prometido nada. Ahora que lo había hecho, ¿en quién hubiera confiado Lu? ¿En alguien que había demostrado ser un mentiroso o en alguien que afirmaba haber aprendido de sus errores pasados?

Pilkvist la ignoró moviendo la mano, y Lu supo que merecía la desestimación.

—Llevadla a una celda. Tenemos que encontrar a Vex. —Volvió hacia Cansu—. No sabes dónde está, ¿verdad?

Lu sujetó el frasco de curatea antes de que unas manos la alzaran. Se tambaleó, reprimiendo un gemido, y los ojos de Cansu se posaron en los suyos de nuevo.

—No he visto a Bell en semanas —dijo Cansu.

¿Qué? Lu mantuvo la confusión lejos de su cara mientras los piratas la obligaban a ir hacia la parte trasera de la estancia.

Los piratas mecht la condujeron a través de un pasillo a un cuarto lleno de barrotes de hierro rústico, que formaban cuatro celdas angostas. Frente a la celda en la que depositaron a Lu, había un prisionero cubierto con una capa llena de parches. Incluso durante la revolución, Milo había vestido el uniforme de su puesto: golpeado y magullado, sujetando la funda de su espada arañada, había mostrado las camisas de seda raídas y los pantalones elegantes. Sea quien fuera el prisionero, no podía ser Milo.

Pero él jamás hubiera estado en una celda. Él no era un prisionero. ¿Quién sabía siquiera dónde estaba ahora? Probablemente, los mecht poseían una cantidad infinita de lugares donde esconderlo, o quizás él también había huido e iba camino a Argrid.

Aunque si la guerra se dirigía hacia Gracia Loray, Milo se quedaría para verla.

Los piratas que habían sujetado a Lu confirmaron que el otro prisionero no era Milo.

—¿Quién es? —preguntó uno.

Otro emitió un gruñido inseguro.

—Deben haber atrapado a un idiota intentando cazar en nuestro territorio.

—Imbécil. —El primer pirata se rio y ambos salieron y cerraron la puerta principal al salir.

Lu perdió su débil autocontrol. El sudor cayó sobre su columna, hizo que tuviera las palmas resbaladizas, pero se prohibió pensar en todo lo que había sucedido. Cayó al suelo y abrió la curatea. Quitó su vendaje para frotar la crema sobre sus heridas. Cada roce dolía, pero obligó a la magia medicinal a penetrar en su piel, un grito silencioso separaba sus labios.

Cuando terminó, sus peores heridas se cerraron bajo el efecto de la curatea. Otra aplicación de la planta y sus heridas desaparecerían.

—Pobrecita —graznó el otro prisionero—. ¿Te ha hecho daño?

Una anciana, a juzgar por su voz, y aquello hizo que Lu odiara más a Pilkvist.

Lu sujetó los barrotes entre los dedos.

—Ahora estoy bien. ¿Tú cómo estás? —Alzó la curatea.

La mujer movió la cabeza de un lado a otro, y la capa se movió.

—Gracias, cariño —murmuró ella—. Pero la última vez que me ofreciste medicina, dijiste que tal vez estaba envenenada, así que perdóname por no confiar en ti.

Lu la miró.

—¿*Vex*?

22

Había sido fácil entrar en la prisión de Pilkvist mientras Cansu los mantenía distraídos. La adrenalina del engaño hizo que Vex sintiera mareos... y que no estuviera preparado para reaccionar cuando vio cómo lanzaban a Lu en la celda frente a la suya.

Sintió un alivio tan fuerte en su estómago que no podía respirar. Podría haberla abrazado, pero dos pares de barrotes evitaban que se comportara como un idiota.

Cuando ella descubrió quién era, Vex se quitó la capucha con una sonrisa pícara.

—¿Sorprendida, cariño? —preguntó, imitando la voz de una anciana.

Lu usó los barrotes para ponerse de pie.

—¿Cómo...? —De pronto comprendió—. Cansu. Creí que...

—¿Que ella había venido a aliarse con Pilkvist? —Vex se irguió—. Lo hizo. O lo habría hecho, si Pilkvist no hubiera estado tan involucrado con Argrid. Pero supongo, por el tono verdoso de tu cara, que o esto ha resultado ser una conspiración argridiana o te han dado carne seca de serpiente de río en mal estado.

Lu no reaccionó en absoluto.

—¿Dónde está Teo?

—Con algunos de los piratas de Cansu en el *Vagabundo*.

Contuvo la emoción, como si exhibirla pudiera darle a él alguna ventaja sobre ella.

—¿Cuál es el plan?

Vex tiró de los barrotes.

—Supongo que no tienes turba dulce a mano, ¿verdad?

Lu lo miró con tanta furia que pudo sentirla.

—¿No tienes un plan de escape? ¿Cansu nos dejará aquí?

Vex reclinó los hombros hacia atrás.

—Oye, hice que Cansu saliera corriendo en cuanto nos contó lo que había pasado. Se suponía que solo debía asegurarme de que no estuvieras *muerta*. Y no lo estás. Así que he tenido éxito. El grupo de rescate debería llegar pronto.

—¿Qué te importa saber si he muerto? Ah, sí: no conseguirías los elíxires que te prometí. Pero creo que tienes más en riesgo de lo que me has hecho creer.

Vex la miró entrecerrando los ojos.

—¿Por qué haces eso?

—¿El qué?

—Tu voz. —Señaló la cabeza de Lu—. Se vuelve formal. Generalmente, cuando intentas intimidarme.

—El mayor problema actual es que te oí hablando con Nayeli.

—Ahh. —Vex asintió para ocultar su expresión de dolor—. Lo supuse.

—Me mentiste. —Se acercó a él lo máximo que le permitían los barrotes. Dos pasos separaban sus celdas, y a Vex le alegró tener aquel colchón de seguridad—. Me hiciste creer que no estabas en absoluto involucrado con la desaparición de Ibarra…

—Hemos vuelto a Ibarra, ¿verdad? ¿Qué relación tienes con él?

—…cuando realmente estuviste siempre en contacto con Argrid —dijo Lu, descorazonada—. Esperaba que me traicionaras. Eres un pirata. Pero fui una tonta, porque creí que incluso un pirata no pondría en peligro a un *niño*. Teo te adora, y por ese motivo, deberías haberme dicho…

Ahora Vex fue quien presionó el cuerpo contra los barrotes de su celda.

—Me estoy cansando de que me acuses de poner en peligro a ese niño. No he hecho más que mantenerlo a salvo desde que comenzamos este viaje desafortunado, mientras que *tú* lo dejaste solo e intentaste huir. Cansu estaba segura de que irías a advertirle al Consejo sobre nosotros... hasta que te negaste a decirles a los mecht dónde encontrarme. Lo cual me parece confuso: alguien que me odia tanto como tú afirmas no me protegería de esa forma.

—No estaba protegiéndote a ti... ¡Estaba protegiendo a los tuncianos! Tú has estado...

Unas voces surgieron del pasillo y se acercaron.

—Esto no ha terminado —siseó Lu.

Vex colocó de nuevo la capucha sobre su cabeza y se acurrucó contra la pared.

Sonrió estúpidamente.

Si los mecht la hubieran torturado, ella no hubiera arremetido contra él con su nivel habitual de pasión. Ella se encontraba bien.

Bueno, estaba increíblemente enfadada con él, pero se encontraba bien.

Abrieron la puerta. Dos personas entraron, empujadas por los hombres de Pilkvist. Vex permaneció lo más quieto posible hasta que los piratas encerraron a los nuevos prisioneros en las dos celdas restantes y partieron.

—¿Tu plan era que capturaran también a Nayeli y a Edda? —preguntó Lu—. Brillante. ¿Cuánto tiempo queda hasta que Pilkvist note que no ha sido una coincidencia que fuera capaz de atrapar a toda tu tripulación?

Vex apartó la capa de nuevo.

—Mira, entiendo que estés enfadada. Te he mentido. Pero juro por lo que más quieras que no estoy, a pesar de tu opinión pobre de mi persona, actuando por egoísmo. Y te lo explicaré, pero maldita sea, ¿podemos salir de este agujero infernal primero? Huele a trasero de cocodrilo aquí.

—Será un placer.

Lu y Vex miraron hacia la celda donde Nayeli estaba de pie, sonriendo.

—¡Lu! —exclamó la pirata—. ¡No estás muerta!

Nayeli se agazapó y revisó los cordones de sus botas.

—Revisan tus zapatos, si son inteligentes, en busca de trucos y otras cosas… pero nunca inspeccionan los cordones.

—¿Ocultaste igneadera *explosiva* en tus zapatos? —exclamó Lu.

—Claro.

Vex se preparó para que Lu dijera lo estúpida que era esa idea. Pero ella rio.

—Estás loca —dijo, sin aliento.

Nayeli le guiñó un ojo.

—Te enfrentaste a Cansu. Y he hecho cosas más arriesgadas por motivos más tontos.

Cuando terminó de desenredar sus cordones, ocho tiras de igneadera yacían en el suelo de su celda.

—¿Edda? —preguntó Vex.

—Estoy en ello. —Edda hurgó en uno de sus bolsillos y extrajo un llavero—. Se los robé a los piratas mientras se marchaban.

Edda salió de su celda y liberó a Nayeli, quien fue hasta la puerta y probó el picaporte mientras Edda liberaba a Vex y a Lu.

Vex salió de su celda extendiendo los brazos.

—¿Qué te dije? Un rescate…

Lu le propinó un puñetazo en el estómago. Vex dobló el cuerpo, y una tos interrumpió el insulto que había logrado articular. Aferró sus entrañas y miró a Edda en busca de ayuda.

Pero Edda se encogió de hombros.

—Te lo merecías.

Músculo a músculo, Vex logró incorporarse.

—Esto comienza a ser habitual —dijo jadeando.

—Al menos esta vez no fue tu nariz —respondió Lu.

—Es cierto.

Nayeli miró por encima del hombro.

—No hay cerradura en este lado. Tendremos que hacerla estallar.

El ojo de Vex miró a Lu, quien probaba su pierna herida. La curatea había hecho maravillas, pero aún estaba débil por la profundidad de la mordida.

La expresión de Lu reveló que no le entusiasmaba la idea. Pero Nayeli hizo retroceder a todos, apuntó y lanzó la igneadera hacia la puerta. Una explosión rompió la madera, emitió humo y lanzó astillas al aire.

Lu alzó el brazo para proteger sus ojos. El polvo aún no se había asentado cuando Nayeli abrió la puerta de un tirón y corrió hacia el exterior; vaciló un instante mientras los demás la seguían.

Había cuatro puertas cerradas en el pasillo. La izquierda los llevaría a la habitación delantera principal; a la derecha, el pasillo terminaba en una puerta con enredaderas que serpenteaban debajo.

Lu avanzó hacia esa puerta, pero Nayeli la detuvo.

—Esperarán que elijamos la ruta más rápida al exterior —dijo, mientras la madera temblaba y unas voces se alzaban al otro lado.

—¡Esperad! —gritó uno de los piratas—. ¡Las llaves han desaparecido!

Edda rio por lo bajo y abrió una puerta que llevaba a una sala frente a las celdas. El resto entró y cerró mientras los piratas se adentraban en el pasillo.

La nueva sala estaba oscura, había una ventana solitaria con vista al lúgubre pantano. Había cajas apiladas contra las paredes y una mesa repleta en el centro. Edda presionó la oreja sobre el marco mientras Nayeli evaluaba sus opciones de escape. Lu avanzó cojeando con los ojos puestos en un mortero y un cuenco sobre la mesa. Junto a ellos, había una campana de cristal como la que ella había usado para capturar el humo del helecho soporífero, al lado de una taza que contenía escalpelos y cuchillos. En la parte trasera de la habitación había más cajas abiertas que contenían plantas como las que había visto en el barco: helecho soporífero, curatea, muérdago disciplinado, aloe flauta y...

—Raíz purificante. —Lu alzó el frasco, mirando asombrada aquella planta excepcional—. Qué...

Miró el cuarto de nuevo. La variedad de plantas; el equipo.

—Es un laboratorio —dijo Lu.

Vex frunció el ceño.

—¿Y?

—Los piratas no experimentan con la combinación de magia botánica. Al menos, nunca lo he oído: ellos venden materia prima. Mezclar plantas para crear tónicos o diseccionarlas requiere una delicadeza con la que la mayoría de los piratas no perderían tiempo, o preferirían usar las plantas individuales por sus efectos particulares.

Lu esperaba que Vex hiciera un comentario superficial, pero movió el mentón hacia adelante para señalar la caja.

—¿Qué podría significar lo que dices?

—Quizás intentan crear un sinfín de cosas. Aunque no podría precisar qué...

Pero recordó al pirata que Pilkvist había tratado como criado. Los temblores que tenía. La mano de Lu se tensó sobre la raíz purificante.

—Uno de los piratas de Pilkvist tiene la Enfermedad Temblorosa. Quizás...

Pero no todas esas plantas eran curativas. La mayoría no provenía siquiera del territorio mecht; tendrían que haber comerciado con los tuncianos para conseguir tanta curatea, y con el sindicato grozdano del noreste para obtener aloe flauta. Los sindicatos no tenían una relación tan buena como para intercambiar bienes. Por ese motivo había sido tan difícil unirlos a todos durante la revolución: se odiaban.

Entonces, Pilkvist probablemente había robado esas plantas. Pero ¿por qué tantas?

Lu se detuvo. En aquella habitación había decenas de cajas, cuyo contenido debían ser plantas. Y el equipamiento sobre la mesa: frascos, morteros, fregaderos, abrazaderas; un pirata solo necesitaría frascos vacíos para guardar sus plantas mágicas antes de venderlas allí o enviarlas por barco al Continente.

El sindicato mecht estaba equipado para la producción masiva de magia preparada. ¿Qué intentaban hacer? ¿Por qué necesitarían tanta variedad? ¿Estaban adentrándose en magias preparadas para compensar que el Consejo se había apoderado del comercio en el Continente?

La puerta crujió cuando Edda la abrió.

—¡Se han ido! ¡Moveos, ahora!

Nayeli corrió detrás de Edda y Lu guardó la raíz purificadora y algunos frascos más en el bolsillo antes de avanzar. Cada paso la hacía sufrir y flaquear.

Vex avanzó hacia la puerta, maldijo y regresó junto a ella.

—Estoy bien. —Lu intentó apartarlo, pero él colocó el brazo de la chica alrededor de su cuello.

—Cállate y déjame ayudarte o comenzaré a llamarte *Princesa* de nuevo.

Lu obedeció y siguieron a Nayeli y a Edda.

Nayeli tenía razón: los piratas asumieron que sus prisioneros habían usado la puerta trasera. Mientras los hombres de Pilkvist revisaban la parte de atrás del bungaló, Lu, Vex, Edda y Nayeli entraron a la sala principal vacía. Lu no podía suponer a dónde había ido Cansu.

Edda robó una espada de un estante. Nayeli encontró una pistola sobre una mesa. Vex se armó con un cuchillo del set de cubiertos y le entregó uno a Lu. Ella lo guardó en su cinturón, su mente aún estaba en el laboratorio.

Podía tratarse de algo simple, como Pilkvist intentando encontrar una nueva forma de ganar dinero para su sindicato, después de que el Consejo les quitara su método de ingreso.

Pero la simplicidad parecía demasiado conveniente. No para el sindicato que había fingido el secuestro de Milo Ibarra, sino para el que estaba aliado con Argrid.

¿Acaso Pilkvist estaba guardando reservas de magia para prepararse para la toma de poder argridiana? ¿Qué planeaban fabricar en ese laboratorio?

Aunque faltaban hilos, un tapiz lleno de parches cobró vida en la mente de Lu.

La humedad del pantano era más fuerte en el exterior, el aire estaba pegajoso. Lu siguió a Nayeli y bajó por la escalera, apoyando el menor peso posible en su pierna herida. Cuando llegaron abajo y pisaron las tablas tambaleantes y hundidas que conectaban los muelles frente al bungaló, encontraron problemas.

Sonó un disparo. Unos piratas mecht se aproximaron, sus barcos de vapor avanzaban sobre el agua pantanosa. Lu y el resto se agacharon y avanzaron por el muelle, pero el ritmo de sus pasos sacudía la madera con cada pisada. Lu, que ya estaba inestable, sujetó el casco de un barco anclado para evitar caerse.

—¡Allí abajo! —gritó un pirata y otro disparo sonó en la oscuridad. Las pisadas resonaron en el bungaló y la puerta se llenó de personas luchando por bajar la escalera al mismo tiempo.

Ahora los piratas estaban detrás de ellos, incluso había más en los barcos a su derecha. No estaba el *Vagabundo veloz* ni los barcos de Cansu.

Vex se inclinó detrás del casco junto a Lu y la rodeó de nuevo con su brazo. Él se estremeció, un espasmo breve e intenso, y la ayudó a ponerse de pie.

Más disparos; el muelle se balanceaba peligrosamente mientras los piratas de Pilkvist lo atravesaban. Edda y Nayeli corrían como si el final del muelle no estuviera cada vez más cerca, como si planearan saltar a las aguas pantanosas infestadas de cocodrilos.

—¡Deteneos! —gritó Lu—. ¡Edda! ¡Nayeli! ¡No!

Un barco apareció en la oscuridad: el *Vagabundo*, su chimenea escupiendo humo, el agua rompiendo contra él con olas irregulares. Cansu manejaba el timón mientras sus piratas les disparaban a los hombres de Pilkvist para cubrir a los cuatro que huían.

Edda, ya en el aire, cayó con un golpe sobre la cubierta del *Vagabundo veloz*. Detrás de ella, Nayeli saltó y se volvió sobre su espalda para sonreírle a Lu e indicarle con la mano que saltara.

La sorpresa hizo que Lu perdiera el equilibrio. El muelle inestable cedió con su pisada y aplastó su pierna herida. El dolor penetró en sus lesiones a medio curar, la separó de los brazos de Vex y la hizo caer sobre la madera.

Vex no la vio hasta que sus propias piernas se movieron. Cayó sobre ella y, mientras el peso de los dos los empujaba hacia el lateral izquierdo del muelle, los piratas lo sacudieron de nuevo… y ambos cayeron al agua pantanosa.

De inmediato, el caos superior se trasformó en silencio. No había disparos, no había gritos, solo el latido del corazón de Lu en sus oídos. Se obligó a abrir los ojos, luchando contra el ardor del agua, pero vio una luz difusa a través de la cubierta de suciedad en la superficie. Siluetas y sombras serpenteaban mientras el agua envolvía sus extremidades grasientas alrededor de ella y la hundían más.

Una mano sujetó su muñeca. Lu se aferró a Vex. En la confusión, vio que él llevaba un dedo a sus labios y señalaba hacia arriba mientras la oscuridad invadía la luz débil.

El agua los había llevado debajo de un muelle.

Vex soltó la mano de Lu y nadó por el mismo camino que habían recorrido por encima del muelle. Lu lo siguió más rápido sin el peso sobre su pierna, pero sus pulmones comenzaron a arder. Necesitaba aire.

La sombra del muelle se alzaba en la luz neblinosa. Estaban a medio camino hacia el casco del *Vagabundo veloz* cuando otra sombra serpenteó sobre sus cabezas. La sorpresa hizo que Lu se percatara de que nadie les había disparado ni una sola vez en el agua a pesar de que habían sido un blanco fácil.

Ahora Lu sabía por qué los piratas habían reservado sus balas.

Se detuvo, su cuerpo flotó: no había nada más que ella, sus latidos, y sus ojos subiendo hacia la superficie.

La sombra zigzagueó de nuevo y se detuvo encima.

El pánico se apoderó de Lu, paralizándola. Miró hacia el frente. Vex no se había dado cuenta y aún nadaba emitiendo burbujas que el cocodrilo sorbía como vino.

Lu dijo el nombre de Vex, atreviéndose a emitir sus propias burbujas de aire, pero no había ruido allí. Solo vista y tacto, el agua era espesa y cálida, su cuerpo, liviano e inútil.

El cocodrilo se retorció de entusiasmo y avanzó por el agua como una bala ágil e imparable.

Segundos antes de llegar a Vex, abrió la mandíbula. Lu se movió.

Avanzó por el agua nadando y sacudiéndose para llamar la atención del cocodrilo. El animal giró la cabeza hacia ella, midiéndola. ¿Competencia? ¿O comida?

Lu rascó las heridas de su pierna y las abrió, lo que permitió que la sangre se reuniera a su alrededor en nubes difusas mientras sus pulmones latían más allá de la desesperación en busca de aire.

Comida, pensó Lu.

El cocodrilo se volvió lanzando agua hacia las piernas de Vex, que aún estaba en movimiento.

Vex se dio la vuelta. Abrió los ojos de par en par. Abrió la boca.

La bestia se dirigía hacia Lu.

Pero ella estaba lista. Sujetó el cuchillo que había guardado en su cinturón.

Cuando el cocodrilo abrió la boca, Lu sujetó la parte superior de su mandíbula. La bestia sacudió la cabeza y viró para quitársela de encima, pero ella giró intentando no deslizarse hacia las fauces del animal ni perder su cuchillo.

Clavó la daga en el cuello del cocodrilo. El animal retrocedió, abriendo y cerrando la boca mientras luchaba por huir del metal clavado en su mentón.

Lu no perdió tiempo. Pataleó, avanzado por el agua con torpeza para poner el mayor espacio posible entre ella y el animal. Las aguas pantanosas comenzaron a nublarse frente a ella, la oscuridad jugaba al margen de su visión: había pasado demasiado tiempo sin aire.

Algo rodeó su cintura y Lu se sacudió aterrada, pero ¿qué sentido tenía? Si el cocodrilo la había atrapado, ya no tenía salvación.

Alzó la vista y vio a Vex, y la alegría la golpeó con una oleada vigorizante. Pero su necesidad de aire era más importante, y nadó, entrelazando los brazos con los de Vex mientras luchaban por llegar a la superficie. Se separaron con un grito ahogado colectivo. La suciedad se desparramaba alrededor, y el fango verde se pegaba a sus rostros.

En cuanto inhalaron, oyeron un disparo, una bala rozó el agua junto a Lu.

—¡Esta es tu advertencia, Bell! —dijo la voz de Pilkvist—. ¡Hay un precio por tu cabeza!

Lu golpeó el casco del barco antes de que unas manos la alzaran y la depositaran sobre la cubierta. Vex cayó a su lado mientras más disparos rebotaban en el *Vagabundo*. El motor rugió y el barco partió a toda velocidad del muelle de Pilkvist. Cansu llevaba el timón y sus piratas, Edda y Nayeli, disparaban sus armas como locos.

Lu apoyó una mano sobre la cubierta y se incorporó. El terror se apoderó de ella hasta que vio a Vex, plegado sobre sus rodillas, inhalando con dificultad en el hueco creado por sus piernas.

Él estaba bien.

El nudo en el pecho de Lu se desató, y le permitió respirar.

Vex la miró, el agua caía de los extremos rizados de su cabello.

—Gracias.

Su actitud genuina era impactante. Había perdido su parche en el agua.

Las cicatrices atravesaban la cuenca de su ojo derecho en una X prácticamente perfecta, irregular, pero curada hacía tiempo, dando cuenta de una herida recibida cuando era demasiado joven.

Lu separó los labios. Cuando miró el otro ojo de Vex, vio que él era presa del mismo pánico que se había apoderado de ella cuando los mecht habían amenazado con drogarla.

El horror de las pesadillas en funcionamiento.

Vex jadeó una vez, un suspiro entrecortado, antes de correr, bajar por la escotilla y desaparecer bajo cubierta.

23

En cuanto Lu llegó a la cubierta inferior, Teo salió corriendo de la sala de máquinas y se aferró a su cintura. No la soltó hasta que ambos estuvieron recostados en un catre dentro de uno de los cuartos del *Vagabundo*, Lu acariciando la espalda del niño y tarareando la canción de la revolución.

Sabía que necesitaba descansar, aunque fuera solo para que Teo durmiera después de la agitación. Pero una voz en su mente aún susurraba su imprudencia por haberlo dejado solo en Puerto Mesi-Teab. No podía negar la paz que sentía ahora que estaba recostada allí junto a él.

Unas horas después, Nayeli entró en el camarote y se lanzó sobre la litera que estaba encima de la de Lu. Dejó caer un brazo por el borde, y la señaló.

—Espero que sepas lo afortunada que eres de que estuviera despierta toda la noche para salvarte. La lista de cosas que pueden mantenerme despierta es como la estatura de Edda: pequeña.

En el catre frente a ellas, Edda susurraba en sueños.

—Gracias —respondió Lu, murmurando para no despertar a Teo. Aunque dudaba que hubiera mucho que pudiera despertarlo: estaban exhaustos—. ¿Pilkvist no ha venido a buscarnos?

Nayeli deslizó el cuerpo por el borde de la litera y miró a Lu cabeza abajo, su pelo caía en una cortina rizada.

—Si lo hace, tenemos a Cansu y a sus piratas como protección. Estaremos bien.

Lu observó la cara de Nayeli en busca de emoción cuando habló de Cansu, pero la luz tenue de la estancia ocultaba las cosas.

—¿Has hablado con ella?

—¿Has hablado con Vex? —respondió Nayeli.

Lu movió a Teo, y lo cubrió con las sábanas.

—No sé a qué te refieres.

—Está en la timonera. No soy buena dando el ejemplo, pero deberías hablar con él. Acaba de salvarte el culo.

Nayeli desapareció de nuevo en su cama.

El motor del *Vagabundo* zumbó, el ruido hacía eco en las paredes.

Lu permaneció quieta durante una larga exhalación antes de retirar su brazo de debajo de Teo, rodearlo y ponerse de pie. Su pierna estaba completamente curada, gracias a otra botella de curatea, que tenía en el bolso que había recuperado. Lo apartó de la pared donde lo había dejado y lo colgó sobre su hombro.

Ahora estaba al nivel de la cama de Nayeli. Ella le sonrió.

—Cuando esto termine —susurró Lu—, si aún estamos vivas, me gustaría que me llevaras de nuevo al santuario. Tuncay es parte de quien soy. —Se encogió de hombros—. Quiero saber lo que significa ser tunciano en Gracia Loray.

El rostro de Nayeli era ilegible.

—De hecho, ese es el motivo.

—¿El motivo de qué?

—De por qué Cansu y yo… no estamos, ya sabes. Por qué Fatemah me lanzó la piedra de la familia. Yo quería que la isla conociera a los tuncianos y a ese santuario, y Cansu y Fatemah querían mantenerlo oculto. Yo creía que tal vez si el Consejo era consciente de cómo eran realmente las cosas, haría algo al respecto.

Lu no se movió, abrumada por el honor que sentía de que Nayeli le contara eso.

—Luché por esta isla para que tuviera una voz —susurró Lu—. Continuaré luchando por ello. Si quieres una aliada, claro.

Una sonrisa apareció en la cara de Nayeli. Habló en thuti y después tradujo:

—Te llamé tonta sentimental.

—¿Podrías enseñarme?

—¿A hablar thuti? Claro. —Le guiñó un ojo—. Si controlas primero algo, no es tan aterrador.

—No quiero controlarlo. Quiero entenderlo.

—Misma idea, mejor enfoque. —Nayeli bostezó y se dio la vuelta, concluyendo la conversación.

Aceptar consejos de Nayeli parecía tan estable como el muelle en la morada de Pilkvist, pero cuando Lu salió del camarote y subió la escalera, se tragó sus propias palabras.

Había luchado a cada instante por tener el control desde el fin de la revolución, para que la guerra nunca llegara de nuevo. Pero aquella misión la había hecho comprender qué poco control había tenido en primer lugar.

El sindicado mecht se había aliado con Argrid y, por algún motivo, estaba acumulando plantas. Lu no había visto a Milo en la guarida de Pilkvist. Pero ¿dónde lo encontrarían, ahora que su única pista había terminado en una carrera por sus vidas? ¿Encontrarlo seguía siendo el mejor camino para convencer al Consejo de la existencia de la conspiración de Argrid? Eso sumado a la cuestión del aún inexplicable vínculo que Vex mantenía con Argrid, y la revelación de Pilkvist de que más argridianos venían en camino —*Dale una semana, Darzi. Quizás dos*—, hizo que Lu sintiera cómo de cazadora se había transformado en presa.

Peor, no tenía pruebas de nada de lo que había visto. Su testimonio tal vez sería suficiente, pero si el objetivo de Argrid era incitar la inquietud en Gracia Loray, los delegados podrían manipular cualquier cosa que dijera para comprar tiempo y ejecutar su plan. Lu necesitaba algo que probara innegablemente que Argrid estaba detrás de los conflictos recientes y que solo los mecht trabajaban con ellos, no todos los piratas. Pero ¿cómo?

Aún estaban en el Pantanal cuando Lu salió a cubierta. El aire resplandecía en un tono verde enfermizo, como si estuviera envenenado por la suciedad del pantano, la humedad era decidida y espesa. El techo de plantas hacía que fuera imposible saber si era de noche o de día, pero se filtraba suficiente luz como para que Lu pudiera ver la cubierta, la timonera y los árboles más cercanos al bote.

El *Vagabundo* avanzaba alrededor de grupos grandes de cipreses, sus raíces se arqueaban en el agua. El vapor salía de la chimenea: Edda había reducido el carbón del motor lo máximo posible para evitar llamar la atención.

Vex estaba solo en cubierta, apoyado sobre el timón, moviéndolo de derecha a izquierda con los codos según fuera necesario. Su ojo estaba en la proa como si condujera solo con la extensión mínima de su instinto, permitiendo que los pensamientos nublaran su mente.

Había conseguido otro parche, el retazo negro cubría su herida.

Lu entró en la timonera y se apoyó sobre la mesa. Las palabras estaban en su lengua, pero solo pudo observar a Vex en silencio. Su mente recordaba el pavor que había sentido cuando el cocodrilo se había dirigido hacia él, la certeza de que él había ido a buscarla a la guarida de Pilkvist, y la decepción cuando había visto a Cansu en la puerta.

No debía permitir que la emoción nublara su desconfianza en él. Era un mentiroso, un canalla y un criminal.

Pero también era alguien cariñoso. Valiente. Y, a pesar de todo, incondicional.

—¿Sin comentarios? —preguntó Vex cuando el silencio de Lu fue demasiado largo—. Después de nuestro interludio en la prisión de Pilkvist, creía que habías acumulado toda clase de insultos para regalarme.

—Creo que primero debería darte la oportunidad de explicarte.

—¿Me estás dando una salida? ¿Detecto *compasión*? No creí que fueras alguien que cambiaría sus opiniones debido a una cicatriz. De haber sabido que serías tan fácil de manipular, te la habría mostrado hace días.

Pero su voz sonaba demasiado forzada, el tono de un hombre que nunca se quitaría por voluntad propia aquel parche.

—Viniste a buscarme —dijo Lu, abandonando la mesa para ponerse de pie junto al timón, para que Vex no pudiera ignorarla—. Pusiste en riesgo a tu tripulación por mí. Has mantenido a Teo a salvo durante todo este tiempo. He decidido que te debo una oportunidad para que me digas la verdad. Acéptala o no, Devereux, pero no te atrevas a desecharla como lástima. No soy tan básica.

Vex apretó la mandíbula, los tendones en su cuello salieron a la superficie. Lu nunca lo había visto tan cerca de estallar. Si bien ella tal vez había usado el silencio en su contra, en aquel momento era extrañamente incapaz de hacerlo.

—Bien —susurró Lu—. Gurda tus secretos. Lo único que pido es que nos dejes a Teo y a mí en el próximo puerto. Te daré tu pago como acordamos. Considera que ya no necesito tus servicios.

Lu se volvió, con el corazón en los pies.

—Los soldados argridianos comenzaron a acosarme —dijo Vex.

Lu se detuvo, todavía de espaldas, su cuerpo enmarcado por la puerta de la timonera.

—Me obligaban a venderles plantas —prosiguió él—. Cosas aleatorias, inofensivas. Creían que yo haría lo que quisieran porque no tengo afiliación sindical. No tengo aliados o lealtades. —Lu lo miró. Vex no le devolvió la mirada, pero relajó los músculos de su cuello—. Siempre querían más, y me cansé de... —Se detuvo, su ojo por fin se posó en los de Lu—. Permití que me arrestaran para no ser más su marioneta. Supuse que, si estaba en prisión, tendrían una herramienta menos en esta isla. Pero ni siquiera era la peor herramienta, ¿sabes? En cambio, los mecht hicieron su propuesta. Y aquí estamos. —Vex extendió los brazos.

Lu cruzó los suyos.

—¿Quién te ha contratado? Argridianos, pero ¿quién en particular? ¿Milo Ibarra?

Vex no dijo nada, y la frustración de Lu llegó al límite.

—Si lo sabías, ¿por qué seguiste mi plan?

Su pregunta resonó en sus propios oídos. Al ver la magia de Fatemah, Lu debería haber comprendido que Vex no necesitaba su pago en tónicos botánicos. De lo contrario, hubiera insistido en obtener algo que *realmente* necesitara, o debería haberla abandonado cuando ella lo había sacado del castillo.

Él la mantenía a su lado por un motivo. Estaba ganando algo.

Lu agarró su bolso para buscar sus armas de repuesto. Cuchillos, hojas de muérdago disciplinado, helecho soporífero, venenos...

Vex tocó un interruptor en la pared. El *Vagabundo veloz* se detuvo y él enfrentó a Lu, con las manos extendidas a modo de rendición.

—Lu, espera... no he querido decir que...

Lu extendió su brazo para evitar que él se acercara demasiado a ella.

—¿Era parte del plan de Milo que me ayudaras? *¿Por qué?* Ay, no...

Milo había pretendido que los piratas de río lo habían secuestrado. Y ella había huido con un pirata. Si distorsionaban los detalles, los argridianos podrían culpar de ambas desapariciones a los piratas y comenzar su guerra con el apoyo total del Consejo.

Kari se opondría a ello lo máximo posible, pero si un ejército argridiano iba a llegar en menos de dos semanas, quizás era demasiado tarde para detenerlo.

Lu se llevó la mano a su frente, y cayó contra la pared; la cabeza le daba vueltas.

—¿Cuántos galles te pagan? —preguntó jadeando. Vex frunció el ceño.

—¿Qué? Nadie me pagó por...

—Entonces, ¿por qué? ¿Qué está pasando?

La pregunta de Lu concluyó en una súplica rota. Se habría odiado a sí misma si su desesperación no hubiera hecho que Vex se mordiera los labios como si el dolor de ella también lo lastimara a él.

Vex cerró el ojo. Cuando la miró de nuevo, ella sintió que podía pedirle que desnudara su alma y que él lo haría.

—Tu libro —dijo él—. En el mercado. Tenías un libro con un agujero de bala en la cubierta.

Los dedos de Lu tocaron su bolso. *Maravillas botánicas de la Colonia de Gracia Loray* estaba dentro. Junto al libro, sintió otro bulto, una protuberancia más pequeña: no era un arma, no era un frasco con plantas. Su mente se puso en blanco un instante antes de recordar la piedra que Fatemah le había lanzado a Nayeli. «Familia», había dicho Nayeli.

—¿Y qué? —insistió Lu, pero mantuvo los dedos sobre la piedra.

Él alzó una mano para masajear la parte trasera de su cuello.

—Oí una historia sobre la noche en que la revolución terminó.

—Evaluaba la reacción de Lu mientras hablaba—. Acerca de una niña que el ejército argridiano encontró cuando irrumpió en el cuartel de los revolucionarios.

Lu no podía reaccionar. Maldita sea, no podía sentir nada.

—La... torturaron, para que confesara dónde estaban escondidos el resto de los rebeldes —prosiguió Vex—. Ella no cedió, ni siquiera les dijo su nombre. Los revolucionarios recuperaron el cuartel esa misma noche con la ayuda de los sindicatos piratas y obligaron a los argridianos a negociar. Pero la chica desapareció.

Los ruidos en el Pantanal se amplificaban en la quietud. Los grillos cantaban. Las ranas croaban. El viento sibilante hacía estremecer las ramas.

—¿Qué importa eso? —preguntó Lu, pero apenas oyó su propia voz.

Vex dejó caer la mano de su cuello y Lu notó que él intentaba sujetar la suya. Ella retrocedió, pero su columna golpeó la pared. La puerta de la timonera estaba a su derecha...

Vex se apartó antes de que ella tuviera que huir.

—Durante la redada —dijo Vex, con las manos en los bolsillos—, los argridianos intentaron matar a la niña. Le dispararon y un libro detuvo la bala. Tenías que ser tú. ¿Cuántas personas llevan consigo un libro con agujeros de bala en la cubierta?

—¿Cómo...? —Lu perdió el control lentamente—. ¿Cómo lo sabías?

—Esto importa —Vex no respondió su pregunta— por cómo te torturaron esa noche. No tienes la Enfermedad Temblorosa. Al menos, no creo que la tengas. No he visto que... demostraras síntomas de ella. ¿La... tienes?

—¿Qué? No, claro que no.

Vex sonrió, aliviado.

—No tienes la Enfermedad Temblorosa —repitió, saboreando las palabras—. Sobreviviste a las cosas que los argridianos te hicieron. Sobreviviste a... —Un estremecimiento lo hizo temblar—. Sobreviviste a los métodos que usa el rey argridiano para torturar personas.

Ahora la confusión de Lu ganó.

—¿El rey argridiano?

—Él fue quien envió a sus espías a buscarme para que le diera la magia de Gracia Loray —dijo Vex—. Él es quien ha estado experimentando con ella durante años. Elazar Gallego. El rey de Argrid.

—Ha terminado. El príncipe está listo para unirse a nuestra cruzada sagrada, Eminencia.

Una sonrisa iluminó la cara de Elazar. Ben nunca había visto a su padre tan aliviado.

Elazar avanzó rápido y rodeó a su hijo en un abrazo feroz. El contacto horrorizó a Ben, las cicatrices en sus recuerdos gritaron, por las otras veces en que su padre lo había tocado. Su cuerpo no sabía qué hacer con aquella muestra de afecto.

Al parecer Elazar tampoco. Retrocedió un segundo después, hundiendo los dedos en los hombros de Ben.

—Benat: ¿has terminado la poción?

En el sótano de la Catedral Gracia Neus, las palabras sonaron como una plegaria.

Ben sintió un nudo en el estómago que hizo que retrocediera. Debería haberse preparado para ello. Pero allí estaba de pie, pasmado, con un frasco de poción curativa en su bolsillo, sin saber cómo continuar con la interacción para ser capaz de cambiar Argrid sin que Elazar manipulara cualquier cosa buena que pudiera suceder.

—No está lista —respondió Ben—. No la he probado…

—Solucionemos eso. Tú, ¡allí! Abre esta celda —ordenó Elazar y un monxe corrió por el pasillo mientras las llaves tintineaban.

Ben comenzó a notar los detalles. El paciente con la Enfermedad Temblorosa —otro mecht, aunque su cuerpo era tan delgado que no se parecía en nada a las personas típicamente musculosas de su tierra— yacía sobre una cama, con los ojos entreabiertos. Magulladuras, cortes y cicatrices cubrían su piel, y una pierna estaba tan torcida que hubiera podido estar rota.

Jakes se acercó más a Ben, y colocó una mano en su cintura.

Está aquí. Está listo.

Sé a quién necesitas curar.

Confía en mí.

¿Es que Jakes estaba del lado de Elazar?

El corazón de Ben gritó, suplicándole a su mente que dejara de diseccionar todo lo que Jakes había dicho. No sabía lo que ocurría, pero sabía que necesitaba tener la mente despejada para ello.

El monxe hizo una reverencia y se ubicó en el lateral de la celda abierta. Elazar entró y se detuvo junto al prisionero, su mirada iba del cuerpo que convulsionaba a Ben.

—¿Cómo la suministras? ¿Bebiéndola, supongo?

Ben miró al monxe, quien esperaba, solemne y sin miedo. ¿Por qué él no suplicaba el perdón del Dios Piadoso? Ben había visto a siervos de la Iglesia estremecerse ante la mera mención de magia… y ahora, cuando Ben estaba a punto de usar magia *en Gracia Neus,* ¿a aquel monxe no le importaba?

Ben dio un paso al frente. Alzó el frasco de su bolsillo y rezó por primera vez en años… que la poción no fuera efectiva. Que tuviera más tiempo para trabajar en ella, para desarrollarla para *él mismo,* y no para Elazar.

—Tiene que beberla, sí. —Ben carraspeó y se puso de rodillas junto al prisionero. La enfermedad había afectado al hombre hasta casi matarlo; no gimió cuando Ben levantó su cuello, inclinando su cabeza para que abriera la boca.

Destapó el frasco, sintiendo los ojos del monxe desde la puerta. Jakes, un defensor de la Iglesia, lo miraba desde el pasillo. Y Elazar, la Eminencia, estaba de pie detrás de él, mientras Ben sujetaba en la mano magia por la que podrían condenarlo.

Había llegado hasta allí, a aquel lugar irredimible, porque Elazar lo había obligado; porque Ben no había tenido la previsión para huir; porque él *quería* eso. Quería ofrecer una cura verdadera a alguien que sufría.

Si lo mataban por ello, al menos moriría con esa satisfacción.

Detuvo su corazón galopante con una respiración profunda, colocó el frasco sobre los labios del hombre y vertió todo el líquido en su boca.

Esperó y observó y creyó oír a una multitud gritando su nombre. *Príncipe herexe.*

Lentamente, la piel del prisionero se regeneró. Los cortes y las heridas en su cuerpo se curaron; los magulladuras desaparecieron; su extremidad rota se enderezó. Incluso sus cicatrices eran más suaves, y si no hubiera estado inconsciente y cubierto de suciedad de la prisión, habría sido la viva imagen de la salud.

A Ben se le cerró la garganta, y luchó por no ahogarse, por respirar. *No, no...*

—¿Ha curado su Enfermedad Temblorosa? —preguntó Elazar.

Como respuesta, el prisionero arqueó la espalda, y las extremidades golpearon las piedras con un temblor.

El tónico curativo había curado todo... excepto la Enfermedad Temblorosa.

Ben emitió un grito ahogado entrecortado. No había funcionado. Tenía tiempo. Podía...

Elazar extrajo una daga de su cadera y realizó un corte sobre el brazo del prisionero inconsciente.

La sangre cayó sobre las piedras e hizo que Ben regresara al presente.

Se puso de pie de un salto.

—Padre, *detente...*

La súplica surgió por voluntad propia, aunque él había dejado de pronunciarla años atrás, cuando había aprendido que solo frases como *admito mis pecados* y *deseo ser el siervo del Dios Piadoso* detenían a su padre.

Jakes no se movía para ayudar. Él y Elazar miraban al prisionero mientras la sangre caía de su brazo sobre el suelo. El monxe también observaba, y el horror de Ben resurgió con todas sus fuerzas.

—No es permanente. —Elazar volvió hacia Ben. El prisionero sangraba y el monxe presionaba un vendaje contra su brazo y el mundo entero de Ben se redujo a esa visión en la que Elazar apretaba los puños—. Esta pócima es inútil para mí. No cura la Enfermedad Temblorosa. No es permanente. Has estado desperdiciando mi tiempo, Benat.

—¿Desperdiciando tiempo? ¿Por qué has hecho esto aquí, en la Catedral Gracia Neus? ¡El Dios Piadoso nos condenará a todos!

—Hizo el rol del hijo devoto, el que estaba a salvo, sin magulladuras y *vivo*.

Elazar deslizó una mano sobre su rostro. Parecía cansado.

—No podía decírtelo por tu propia seguridad. El trabajo que has hecho era para un objetivo más importante.

En el pasillo, Jakes alternaba entre la calma y la intensidad mientras tarareaba la canción que su hermana había escrito. Ben no podía mirarlo. No lo haría.

—Antes de que nacieras, tu tío y yo compartimos un sueño —prosiguió Elazar—. Nuestro ejército luchaba contra Gracia Loray, así que creíamos que el secreto para que los habitantes de la isla se unieran a la Iglesia era hallar un uso santo para su magia. Pero las intenciones de Rodrigu... cambiaron. Comenzó a creer que *toda* magia podía ser buena, mientras que yo adhería a la creencia que nos enseñó nuestro Dios Piadoso: que el Diablo corrompe la mayoría de la magia y condena a las personas que no son aptas para usarla.

»Pero el Dios Piadoso tiene un plan para la magia después de todo. —Elazar se acercó con una sonrisa brillante—. Usaremos la magia para vencer a los pecadores y limpiar nuestro país de la enfermedad y la pobreza que traen. Esa es la razón por la que tu pócima es tan necesaria: los experimentos que ya se han hecho para intentar mejorar la magia no han tenido efecto.

Ben apenas oía a su padre sobre el sonido de su propia respiración. Elazar creía que la magia podía ser *buena*. Nunca antes había oído Ben a su padre hablando a favor de la magia. En el pasado, solo se había referido al *mal*, al *pecado* y a *mantenerse puro* desde la caída de los Inquisidores.

Ben permaneció firme.

—¿Experimentos? —preguntó.

—A lo largo de los años, he contratado los servicios de otros como tú, que pueden diseccionar la magia de manera sagrada con la bendición del Dios Piadoso. Ellos han estado intentado que los efectos de la magia botánica sean permanentes. Imagínalo, Benat: ser inhumanamente fuerte para siempre. Ser capaz de curarte sin importar la herida o la enfermedad. Alcanzar una velocidad incomparable. ¡Ningún mal podría enfrentarse a eso!

—Todo este tiempo —dijo Ben, con náuseas— has tenido personas experimentando con magia. ¿Después de que despidieras a los Inquisidores?

—Rodrigu había corrompido su trabajo. El trabajo que yo supervisaba era puro. Pero el Dios Piadoso me ha permitido ver que no soy yo quien está destinado a crear magia permanente. Los experimentos que yo supervisé consistían en darles a los sujetos cantidades cada vez mayores de plantas... pero cuando alguien consume demasiada magia, los efectos a largo plazo son desafortunados.

Ben siguió con los ojos el gesto que su padre hizo al señalar al prisionero.

—La Enfermedad Temblorosa —supuso Ben—. Tú la causaste...

—Claro que no. No es poco común que los piratas consuman sobredosis del mal. Esto es más evidencia de que el Dios Piadoso los condena... él decide cuándo y dónde los castigará por sus pecados. Pero el Dios Piadoso bendice a aquellos que sufren la Enfermedad Temblorosa debido a nuestras pruebas. Por el bien de la pureza, para deshacer el mal del Diablo en el mundo, debemos hacer sacrificios.

Las piedras que se encontraban bajo los pies de Ben se convirtieron en líquido.

Ben importaba poco para su padre, y se había preguntado con frecuencia, cuando había sido lo bastante infantil para tener esperanza, si Elazar era capaz de ver a *cualquiera* como persona en vez de como una herramienta que pudiera usar. Pero Elazar había estado obligando a las personas a consumir tanta magia que sus cuerpos se deshacían en temblores, y había estado haciéndolo mientras condenaba a otros por usar magia.

Nadie estaba fuera de sus límites. Nadie importaba.

Ben salió tambaleándose de la celda, necesitaba aire, necesitaba luz. Pero lo único que había allí abajo era oscuridad y mentiras, en cada ladrillo y en cada roca.

Jakes se acercó a él. Ben tropezó y se sujetó a los barrotes de una celda en el otro extremo del pasillo. Dentro, estaba el mecht de pie, lo bastante cerca como para que el calor familiar golpeara a Ben.

—Nuestros enemigos no deben conocer nuestro trabajo —prosiguió Elazar—, y para que la pureza de tu mente permaneciera intacta, no podía arriesgarme a que supieras la verdad. El resultado, si bien no es lo que pedí, igual es prometedor: has creado una poción que puede curar incluso viejas heridas. He tenido personas a mi cargo trabajando para desentrañar los secretos de la magia botánica durante décadas. He hecho que los monxes más devotos intentaran salvar a los guerreros mecht que podrían ayudar con nuestra causa, pero sus mentes son presas de la barbarie. Sin embargo, tú solo has creado esta poción curativa mejorada en cuestión de semanas. Con ella, nunca nos derrotarán de nuevo.

—¿Quién...? —Ben corrigió su timbre quebrado y lo niveló—. ¿Quién no nos derrotará?

—Aquellos, como Rodrigu, que creían que el mundo no necesita vivir en pureza y penitencia —respondió Elazar. Su voz se oyó más cerca. Había seguido a Ben fuera de la celda—. Aquellos que permiten que los piratas vendan cualquier magia que deseen. Aquellos que permiten que las personas lleven una vida llena de excesos, violencia y corrupción. Mientras ellos perduren en Gracia Loray, el Dios Piadoso mantendrá a Argrid atrapada en medio de plagas y pobreza como castigo por permitir que el mal de Gracia Loray infecte al mundo. Ya no, Benat. Ya no.

Entonces, ¿personas como yo?, estuvo a punto de preguntar Ben. Pero había estado mintiendo por años, y más allá del dolor y de la traición, el instinto de supervivencia apareció.

Su padre quería hacer que toda magia fuera permanente. Quería pociones para incrementar la velocidad, la fuerza, la regeneración y más.

Los misioneros solo son tan exitosos como los ejércitos que los respaldan, había dicho una vez Elazar.

—Quieres crear un ejército —supuso Ben.

—Sí, los defensores más indestructibles que el mundo haya visto, quienes purgarán el mal que nos ha maldecido. Los usaremos para recuperar Gracia Loray y purificarla; los usaremos para purgar Argrid; los usaremos para asegurarnos de que las enseñanzas del Dios Piadoso nunca sean rechazadas. Estás más cerca de lo que nadie ha estado de alcanzar una solución, y necesitaremos más que curaciones: pociones para la fortaleza, la defensa. Es la voluntad del Dios Piadoso, y creo que eres tú quien él ha enviado para revelar este destino. Confío en que continuarás con tu trabajo. —Elazar apoyó una mano en su hombro. Ben hizo un gesto de dolor—. El defensor Rayen me ha mantenido al tanto de tus avances, y me asegura que tus intenciones están alineadas con las del Dios Piadoso. Juntos, podemos poner de rodillas al mal del mundo.

El defensor Rayen me ha mantenido al tanto de tus avances.

Las palabras eran manos en la espalda de Ben, sacudiéndolo.

Ben le había preguntado a Jakes si él había oído algo sobre esa tarea cuando Elazar se la encomendó por primera vez. Jakes había estado junto a Ben todo el tiempo, observándolo y tomando nota... e informándole al rey acerca de cada movimiento que había realizado. Había fingido ignorancia mientras Ben se había preocupado, había vacilado y había luchado por ocultar cualquier cosa que pudiera contrariar a su padre.

Y todo ese tiempo, Jakes había sido el espía de Elazar.

¿Cuánto le había contado Jakes? ¿Cuántos de los secretos de Ben sabía Elazar?

Resiste, se suplicó Ben a sí mismo. *Resiste, no te derrumbes todavía...*

Ben abrió los ojos. El rostro del mecht cambió: sus ojos azules eran angostos, calculadores.

—Necesitaré más provisiones —dijo Ben, inexpresivo—. Más plantas.

Elazar apretó su hombro.

—Ya he planeado un viaje a Gracia Loray. Los delegados que están allí han tenido éxito. Tu poción magnificará eso.

Ben estuvo a punto de preguntar: *¿Cómo ayudará mi poción a las negociaciones del tratado?*

Pero su padre no había mencionado el tratado.

No, pensó Ben. *¿Qué le has hecho a Gracia Loray?*

Emitió un suspiro y enfrentó a su padre.

—También necesitaré un laboratorio. Uno real, a salvo de los ataques. Y no más mentiras. Sirvo al Dios Piadoso y me involucrarás en sus planes.

Elazar sonrió. Lo único que Ben vio en aquella sonrisa fue locura.

—Somos defensores, y limpiaremos el mundo para el Dios Piadoso. Marchémonos ahora.

Elazar sujetó su brazo para guiarlo por el pasillo. Su control titubeaba con cada roce afectuoso de la mano de Elazar, así que cuando Jakes tocó también el brazo de Ben, lo apartó. Había una cantidad limitada de mentiras que podía decir sin desintegrarse.

—Bendito sea el Dios Piadoso —le susurró Ben a su padre.

Turba dulce

Disponibilidad: moderadamente común.
Ubicación: bancos de turba en el
    Pantanal.
Aspecto: flores vibrantes azul zafiro.
Método: ingesta.
Uso: disolución de los órganos internos.

25

Lu nunca le había dicho a nadie lo que había ocurrido la noche en que la guerra había terminado. Ni a sus padres; ni siquiera a Annalisa, quien había permanecido oculta en la sala del piso superior mientras los soldados argridianos asumían que solo una niña había estado oculta debajo de la cama angosta.

Los argridianos habían matado a todos los que estaban en la cabaña en lo profundo de la jungla, al norte, lejos de Puerto Camden. Pocos revolucionarios habían quedado: la mayoría, incluidos los padres de Lu, se habían ido para apoderarse de un depósito argridiano. Pero aquella pista había sido un truco para vaciar los cuarteles y hacer que fuera más fácil para el ejército argridiano hacerse con el lugar y los secretos revolucionarios que contenía.

Cuando la noche llegó, los soldados irrumpieron en el edificio, y despertaron a Annalisa y a Lu. Lu escondió a Annalisa bajo la cama primero, la que estaba más cerca de la pared. Allí, oyeron el choque de espadas, los rifles; Annalisa lloraba contra la espalda de Lu, ella observaba el suelo bajo el borde de encaje de la manta.

Cuando las botas irrumpieron en la sala, Annalisa intentó reprimir un sollozo, pero no fue suficiente... los soldados, llevados por la sed de sangre, arrastraron a Lu fuera de su escondite bajo la cama, la lanzaron al otro lado de la habitación y le dispararon.

Hasta que un comandante entró, furioso porque los documentos que habían hallado eran solo mapas comunes de la isla. Necesitaban información; necesitaban saber dónde se encontraban los otros cuarteles, los planes de ataque, los nombres de los espías ocultos dentro de las filas argridianas.

«Mantenedla viva», había dicho el hombre. «Ella es nuestra única esperanza de tener éxito en esta misión».

La desesperación de los soldados se había reflejado en sus ojos inyectados en sangre y en la voz áspera del comandante mientras un grupo pequeño de ellos llevaba a Lu al salón principal. La guerra no había sido amable con Argrid durante los últimos meses: aquella era la oportunidad de revertir la situación.

Para mantenerla despierta, los argridianos le dieron mucha más acacia de la que cualquiera hubiera debido ingerir. Cuando ninguno de los métodos la hizo hablar, le dieron croxy, una planta que inducía a la furia, y permitieron que se sacudiera y gritara y rogara que su corazón no estallara.

Cuando aquello no funcionó, le dieron una sola dosis de lazonada para que no pudiera defenderse o hablar. Ella solo pudo observar, prisionera de su propio cuerpo, y para ese entonces, al comandante no le importaba qué información podían obtener de ella. Solo quería verla sufrir, porque una niña lo había hecho parecer como un tonto frente a sus hombres.

Lu regresó al presente, su cuerpo estaba clavado en la pared del *Vagabundo veloz*, las ranas que croaban le recordaron que estaban lejos de aquellos infernales cuarteles invadidos. Pero sus ojos permanecieron en Vex, la timonera entera estaba entre ellos.

Él separó los labios.

—Adeluna —dijo, como una ofrenda.

Ella se hundió en el suelo, llevó las rodillas al pecho y apoyó las palmas de la mano sobre la madera.

Lu nunca le había dicho a nadie lo que los argridianos le habían hecho. Tom y Kari la habían encontrado al fin. Los efectos de la lazonada la mantenían inmóvil, y Tom la sostuvo en brazos mientras Kari se ocupaba rápidamente de los soldados argridianos que habían atrapado. El resto había huido y se unirían a sus compañeros en la rendición por la mañana. Pero las voces que provenían del cuarto donde los revolucionarios mantenían a los prisioneros...

«¡Se han rendido, Kari! ¡No puedes matarlos!».

«Confía en mí», había sido la respuesta férrea de su madre. «No lo haré».

Lu pudo hablar recién horas después. Pidió el libro que había salvado su vida y lo leyó de punta a punta.

El efecto de la lazonada desapareció, pero la acacia, el croxy.... Sintió sus efectos durante días. Una necesidad constante de moverse y *escapar* a causa de las altas dosis de magia que los argridianos le habían dado. Consumió las plantas para contrarrestar el efecto y purgar su sistema, según explicaba *Maravillas botánicas*: helecho soporífero, para combatir la acacia; enredadera Narcotium, para el croxy.

Ahora, un pirata estaba sentado frente a ella, sabiendo lo que podía destruirla: solo tenía que amenazarla con lazonada como los mecht habían hecho.

Las lágrimas inundaron sus ojos a causa del odio que sentía porque era muy fácil de destruir.

—¿Cómo lo sabes? —Recobró la compostura—. ¿Qué tiene que ver con Argrid? ¿Con Milo?

¿Qué tenía que ver con Argrid?

Todo.

Vex se deslizó hacia el suelo frente a Lu. No podía estar de pie mientras le contaba aquello.

—Me ocupé de aprender cada movimiento que Argrid realizó —explicó él—. En especial cuando involucraba torturar personas con magia botánica.

Vex flexionó una mano. El pavor invadió su cuerpo, pero se obligó a moverse antes de que pudiera reconsiderarlo.

Alzó su mano y la extendió. Dios, siempre era muy cauteloso, y controlaba cada maldito músculo en cada maldita extremidad. Pero se relajó, y su brazo comenzó a temblar, las convulsiones llegaron a su cuello y bajaron por su torso.

Miró su mano y después a Lu. Ella lo observó, el reconocimiento era evidente en su rostro.

—Tienes la Enfermedad Temblorosa —susurró ella.

—Fui víctima de la tortura del rey argridiano, al igual que tú —dijo Vex, cerrando la mano sobre su pecho. Pero había encendido una cadena de temblores con aquella muestra, y los estremecimientos aparecieron, ola tras ola. Había aprendido a ocultarlos, a reprimir cada uno con precisión, a flexionar la mandíbula, a mover los hombros—. Y también era joven como tú, y fuerte. Fui uno de los sujetos de los experimentos de Elazar.

Lu abrió la boca.

—Obliga a sus soldados a forzar a las personas a consumir magia. —Vex continuó hablando, con el ojo clavado en el suelo—. Frascos de plantas, nubes de humo, todo; tanto que cuando termina no puedes recordar qué te dieron. Te dicen que es por el Dios Piadoso. Que es para hallar la santidad en la impureza.

Vex miró los ojos de Lu de nuevo. Sentía que eso lo mataba, como si estuviera en carne viva y la mirada de Lu fuera agua salada.

—Después, le suministran a la mayoría de los sujetos la planta menesia, que borra la memoria, hace que olviden lo ocurrido —dijo él—. Pero a mí me marcaron y me devolvieron al mundo, sabiendo qué me mataría.

—¿Te mataría? —preguntó Lu.

Vex hizo una pausa, permitiendo que ella pensara al respecto.

—Eso fue lo que te causó la Enfermedad Temblorosa. —Lu dio un grito ahogado y se apoyó sobre las rodillas—. La magia.

—Elazar deja ir a algunos sin darles menesia —prosiguió Vex, mirando con preocupación la marca en su mano derecha—. Y los extorsiona con causarles una muerte inminente o los amenaza con enfermar a sus familiares con la Enfermedad Temblorosa si no hacen lo que él ordena. Buscan la cura por su propia cuenta, pero escuchan cuando los lacayos del rey los visitan en caso de que Elazar encuentre la cura primero.

Vex se detuvo. Quedaba mucho en él, y se sentía muy cerca de vomitar todo en la timonera. Sabía cuál sería la reacción de Lu. Ella había visto la cicatriz y había respondido mostrando compasión y, maldita sea, él *no* iba a pasar el resto del tiempo que les quedaba juntos viendo cómo ella lo trataba como si él estuviera débil y enfermo.

Si ella cambiaba, y comenzaba a tratarlo, bueno, *de buenas formas*, él la dejaría en el próximo puerto como ella quería. No la necesitaba en su tripulación.

¿Por qué se lo había contado? Él sabía que ella ya había cedido ante la lástima. ¿Qué quería que sucediera?

Con la respiración atascada en los pulmones, Vex esperó, lleno de esperanza.

El *Vagabundo veloz* se balanceaba en la corriente del pantano. Pero Lu se sentía inestable más allá de eso, su cuerpo era una boya en un mar de información.

Annalisa y su madre, Bianca, habían sido inmigrantes de Argrid. Las dos habían muerto por la Enfermedad Temblorosa mientras que Teo, nacido en Gracia Loray, nunca había mostrado ningún síntoma de la enfermedad.

La causa de esta siempre había sido indetectable e incurable por medio de plantas. Los síntomas aparecían de forma intermitente e impredecible. Las víctimas o sus curanderos nunca podían precisar una causa... porque la mayoría no podía recordar a los hombres de Elazar haciendo experimentos con ellos.

Lu veía a Annalisa, amarrada a la cama mugrienta de la enfermería.

Veía a Elazar, un rey sin rostro de una tierra asesina, deslizando un cuchillo sobre su garganta.

—¿Qué quiere Elazar? —preguntó Lu. Vex dibujó una sonrisa triste.

—Afirma que la Iglesia intenta encontrar pureza en nuestra magia maligna. Quiere que los efectos de las plantas botánicas útiles sean permanentes para poder tener un ejército imparable que respalde a la Iglesia. Sus soldados no tendrían que hallar más plantas o beber más dosis: serían perfectamente fuertes, se curarían de modo instantáneo, lucharían sin cansarse y mucho más.

Lu se tambaleó y se abrazó a sí misma en el suelo.

—Por ese motivo los mecht tenían plantas almacenadas —dijo ella—. Para apoyar a Elazar.

El rey de Argrid había hecho que los piratas mecht secuestraran al diplomático para comenzar una guerra civil y crear inestabilidad en Gracia Loray. Quería debilitar la isla lo suficiente como para recuperarla... Pero el ejército de Argrid continuaba siendo pequeño, incluso con un sindicato pirata a su lado. Si el Consejo se aliaba con los otros tres sindicatos, como Lu esperaba que ocurriera, Argrid aún sería incapaz de apoderarse de la isla.

Por esa razón, Lu había querido advertirles a sus padres: si el Consejo dejaba de lado sus prejuicios y obtenía el apoyo de los sindicatos tunciano, grozdano y emerdiano, la unión de sus fuerzas sería suficiente para evitar que los argridianos tomaran el poder.

Pero Elazar también había previsto eso. Se había asegurado de que el Consejo estuviera lleno de odio hacia los piratas, y tenía algo más para inclinar la balanza. No solo magia —el Consejo y los piratas podían igualarlo con la propia—, sino magia permanente.

Cuando Elazar consiguiera que la magia fuera permanente, podría dominar Gracia Loray con un ejército de máquinas asesinas indestructibles e incansables. Ya estaba en camino, según Pilkvist. Lo cual significaba que había encontrado la manera de hacer que la magia fuera permanente, o que estaba cerca de hacerlo.

Lu reparó en otro detalle.

—¿Fatemah no fue capaz de curar la Enfermedad Temblorosa? —preguntó—. Tiene conocimiento de...

—Las plantas curativas no funcionan —dijo Vex—. Fatemah incluso lo intentó con un brebaje de raíz purificante.

Lu frunció el ceño.

—No. Es decir, ella no ha...

Lu abrió los ojos de par en par.

Fatemah no había comprendido qué la curaría. La isla entera trataba esa condición como una *enfermedad*. Lu también la había abordado como tal, porque ¿qué otra cosa podía ser?

—No es una enfermedad —balbuceó Lu, como si hablara sola.

La Enfermedad Temblorosa era un efecto colateral de la ingesta en exceso de magia en el cuerpo de una persona... y ¿cuál era la manera más efectiva de purgar el sistema de alguien? Podrían tomar las plantas que neutralizaban las que habían ingerido. Incluso si habían pasado años desde que habían sido torturados.

Lu, sin saberlo, se había curado a sí misma de la Enfermedad Temblorosa. En aquel momento, había tomado las plantas que contrarrestaban los efectos, tal como indicaba *Maravillas botánicas de la Colonia de Gracia Loray*, porque había querido purgar su interior. Había sido pocos días después de que los argridianos la hubieran

311

torturado, y los efectos quizás no eran tan fuertes. Pero para alguien como Annalisa o Vex, que habían sido torturados hacía una cantidad de tiempo indeterminada...

Lu recordó que Fatemah había disuelto las judías de Budwig para crear un concentrado y aumentar su potencia, un método de administración nunca antes concebido por los autores de *Maravillas botánicas*.

Y Lu sabía cuál era la cura. Conocía la cura para la Enfermedad Temblorosa.

—Lo sabes —adivinó Vex, apoyándose sobre sus manos y rodillas—. Sabes lo que hiciste para evitar contraer la Enfermedad Temblorosa, ¿cierto?

Estuvo a punto de decírselo. Pero reprimió la explicación. Vex todavía trabajaba para Argrid.

Se puso de pie, la determinación aplastó su compasión.

—Me dejarás con Teo en el próximo puerto —repitió como hacía una vida atrás—. Hemos terminado.

Regresarían con el Consejo. Lu les advertiría a sus padres... sin la compañía de Vex.

Vex también se puso de pie. La sorpresa atravesó su rostro, un placer impactante. Ella comprendió que él había estado esperando una reacción similar a la lástima cuando había visto la cicatriz en su ojo por primera vez. Pero ella no había cambiado su trato hacia él y el alivio en el rostro de Vex era innegable.

—No trabajo para Argrid —prometió él, agitado y agradecido. Carraspeó y recobró la sobriedad—. No te traje a esto por Elazar, Lu... por favor...

Él sujetó su brazo cuando ella intentó salir de la timonera. Lu volvió la cabeza, fulminándolo con la mirada y Vex la soltó.

—Lu, te he mentido. Si bien en gran parte fue porque *no quiero morir*, todo lo que he hecho desde que salí de la prisión de la Iglesia ha sido para luchar contra Argrid. Dijeron que les causarían la Enfermedad Temblorosa a todos los que me importan si no hacía lo que pedían. Pero no tienes idea de cuánto odio a ese país. Lo que me hicieron. Lo que me *quitaron*. Si no crees en nada más, cree en que haré lo que sea por ver cómo derrocan a Elazar.

Lu apretó los puños, su cuerpo estaba vuelto a medias, parecía estar muy lejos de sí.

—¿Crees que yo te ayudaré?

—Has descubierto la cura. Tienes el oído del Consejo de Gracia Loray. Y eres bastante mártir cuando se trata de proteger a esta isla.

—La ligereza volvió a la expresión de Vex y dio un paso hacia ella—. Me alcanzaba con escapar de Argrid, pero… toda esta misión. *Tú.* Me han hecho comprender que no puedo continuar huyendo. Así que, sí. Estoy pidiéndote ayuda.

Lu relajó los puños.

—Deberías haberme contado todo esto —dijo ella—. Desde el inicio.

Él se encogió de hombros.

—No soy alguien que confiesa sus secretos a la mujer delirante que me manipula para hacerme caer en sus propias conspiraciones.

Lu se enderezó frente a Vex.

—¿Podemos al menos acordar que confiaremos el uno en el otro?

La sonrisa de Vex se tornó pícara.

—¿Eso significa que te quedarás?

El aire del pantano parecía húmedo en los pulmones de Lu.

—Que me quedaré para entrometerme en tu camino, quieres decir.

Cansu estaba de pie en la cubierta. Nayeli estaba detrás de ella y Edda… Lu había estado tan centrada en Vex que no había notado que se habían acercado. ¿Cuánto habían oído? Sintió un nudo en el estómago, pero encaró a Cansu.

—¿No sigues planeando atacar el Consejo?

Cansu apartó la mirada, y Lu se aferró a su incertidumbre con la ferocidad de aquel cocodrilo que los perseguía.

—Digamos que vas a la guerra contra el Consejo —dijo Lu—. El sindicato tunciano ataca, y el Consejo descubre que el sindicato mecht está aliado con Argrid. Esas dos traiciones, *dos* sindicatos piratas en su contra, destruirán cualquier confianza que pueda haber existido entre el Consejo y los sindicatos, que es exactamente lo que Argrid quiere. Argrid vendrá, y mientras el Consejo está ocupado luchando contra todos los piratas, Argrid nos destruirá con nuestra propia magia. Ese es el único desenlace posible, Cansu. —Lu hizo una pausa—. Lo sabías después de hablar con Pilkvist. Vi cómo te diste cuenta.

Cansu frunció el ceño.

—Quería que esta isla fuera *nuestra*. Libre de opresores. No siempre me llevo bien con los otros sindicatos, pero creí que todos querían esa libertad también. —Hizo una pausa—. Pero si Pilkvist nos vendió a Argrid... y ellos llegarán en menos de dos semanas...

—¿Dos *semanas*? —Vex se atragantó—. ¿Elazar se dirige hacia aquí ahora?

—Alguien se dirige hacia aquí. —Cansu se encogió de hombros—. Elazar, otro noble argridiano o toda su maldita flota. Lo importante es que los mecht le entregan nuestra magia a Argrid. Sin importar lo que Elazar esté haciendo, su plan ya está en marcha y no puedo...

Nayeli avanzó.

—¿No puedes qué? —susurró, pero de algún modo igual sonó desafiante.

Cansu mantuvo los ojos en Lu. Los cálculos invadían su rostro y Lu notó que estaba evaluando la fuerza de sus piratas contra el sindicato mecht, el Consejo y un ejército argridiano mejorado por la magia.

—No puedo luchar contra todos —admitió.

Nayeli se llevó una mano a sus labios y retrocedió, un tambaleo que disolvió su dureza. Su cara era el de alguien que había estado hambrienta durante años y que por fin había hallado sustento.

—No quieres una guerra —añadió Cansu—. Pero tal vez es demasiado tarde para evitarla.

El corazón de Lu cayó hasta sus pies. Ella también había llegado a la misma conclusión.

La inmensidad de aquello se cernió sobre ella.

—¿Qué hacemos? —preguntó Lu, hablando a medias consigo misma.

Había planeado hacer que Milo confesara, hacer que demostrara que el miedo que Argrid había avivado entre el Consejo y los piratas era falso. Ahora aquello parecía inútil. Aunque todas las facciones de Gracia Loray se unieran, ¿sería Argrid aún capaz de conquistarlos con magia? ¿Qué haría que el Consejo entrara en acción en vez de debatir sobre culpas y prejuicios mientras la tragedia llamaba a su puerta?

Una vez más, sintió el pecho tenso de deseo: necesitaba hablar con sus padres. Ellos podrían ayudarla a construir un plan efectivo.

—No es demasiado tarde —sugirió Edda—. Sin importar quién viene, Argrid aún no está aquí. No creí que la gran Cansu fuera alguien que se rindiera sin pelear.

Cansu miró a Edda, entretenida.

—Tal vez no tengo los hombres suficientes para derrotar a Pilkvist, pero algunos de mis piratas tienen ascendencia tunciana y mecht: pueden fingir ser mecht e infiltrarse en su tripulación para vigilar los cargamentos de plantas o su contacto con Argrid. Pueden evitar que Pilkvist haga lo que sea que esté haciendo.

—Quieres desacreditarlo frente a sus contactos argridianos —agregó Nayeli—. Ellos se pondrán en su contra, y terminará con lo que sea que Pilkvist esté haciendo para Elazar.

Cansu asintió.

—Yo lo haré —dijo Nayeli, saltando en el lugar—. Yo me infiltraré en su tripulación.

—Estuviste en la prisión de Pilkvist —intervino Lu—. Sus piratas podrían reconocerte. Y no pareces mecht en lo más mínimo.

Nayeli la fulminó con la mirada. Edda intercedió.

—Tiene razón, Nay. Pero yo sin duda parezco lo bastante mecht. Yo lo haré.

Lu movió la cabeza de un lado a otro.

—También podrían reconocerte....

—Si lo hacen, dejaré que intenten hacer algo al respecto. Me encantará golpear a las personas que mancharon mi país al aliarse con Argrid.

Nayeli rio con malicia.

Los piratas de Cansu —y Edda— podían desacreditar a los mecht y hacer que fueran inútiles para Argrid. El plan eliminaría al sindicato mecht; las amenazas restantes serían el odio del Consejo hacia los piratas y la magia de Elazar.

—Los infiltrados en la tripulación de Pilkvist pueden estar atentos al oír noticas de Milo —añadió Lu.

Cansu frunció el ceño.

—¿Quieres encontrar al argridiano?

—Detener al sindicato mecht no derrotará a Argrid, no si ellos tienen magia para complementar a su ejército. Necesitaremos más que soldados del Consejo: necesitaremos un ejército entero y unificado de lorayanos, como el que detuvo a Argrid la primera vez. Tenemos al menos dos semanas para convencer al Consejo de que pueden confiar en los otros sindicatos piratas. La desaparición de Milo es lo que irritó al Consejo en primer lugar; demostrar de una vez por todas que el secuestro fue una mentira, revelará que Argrid estaba manipulando al Consejo.

—No hay tiempo —dijo Vex, apoyado contra la pared de la timonera—. Tenemos dos semanas *si tenemos suerte*. ¿Y si encontramos a Ibarra y Elazar llega al día siguiente? Si tenemos esperanzas de ganar esto, necesitamos al Consejo de nuestro lado *ahora*. De otra forma, seremos solo... nosotros.

—Entonces, traeremos al Consejo aquí. —Lu enderezó la espalda—. Mi madre es miembro superior del Consejo. Kari Andreu. Si regreso a Nueva Deza y le cuento lo que ha ocurrido, me escuchará. Quizás podrá convencer a otros miembros para enviar soldados, o representantes, o *alguien* que pueda ser testigo hoy, para que no haya atraso alguno. Aunque me temo que el Consejo no cambiará de opinión sin pruebas… por ese motivo aún es urgente encontrar a Milo Ibarra. Él corroborará lo que yo le diga a mi madre.

Cansu sonrió con picardía.

—Espera, ¿tu madre es Kari, la Ola? Ahora tienes mucho más sentido.

Una oleada de orgullo apaciguó a Lu.

—Entonces, ¿estamos de acuerdo? Tus piratas se infiltrarán en la tripulación de Pilkvist y esperarás a recibir información sobre Argrid e Ibarra. Yo regresaré a Nueva Deza para obtener lo que pueda del Consejo.

—Con nosotros —añadió Vex. Lu lo miró, sorprendida, pero él sonrió—. ¿Cómo crees que llegarás a Nueva Deza? Te llevaremos.

La expresión de Edda se oscureció.

—No me gusta la idea de que vayáis a un lugar sin mí para protegeros. ¿Quién sabe cómo podría cambiar la situación en Nueva Deza? ¿Cuántos días podéis perder? Dadme algo de tiempo en la tripulación de Pilkvist. Tres días. Quizás cuatro. Dejadme ver qué información puedo conseguir antes de deambular hacia el peligro.

—¿Podemos esperar tanto? —preguntó Vex. Lu reflexionó.

—Cansu, ¿puedes hacer que uno de tus piratas le entregue una carta a mi madre mientras estamos aquí? Lo antes posible. Un pirata sin duda viajará más rápido que nosotros. De todas maneras… iré a Nueva Deza en cuanto Edda lo permita.

Cansu sacudió la mano para mostrar su acuerdo y fue hacia la escotilla.

—Considéralo hecho. Ahora les explicaré sus roles a mis piratas.

Hizo una pausa y su atención se detuvo un instante suave en Nayeli.

¿Acaso había lágrimas en los ojos de Nayeli o era solo una sombra? Pero ella sonreía, era la única en cubierta que parecía feliz. Cansu le devolvió brevemente la sonrisa y desapareció a través de la escotilla.

Cuando ella desapareció, Vex se volvió hacia Edda.

—¿Crees que puedes encontrar a Ibarra en tres días? No me gusta esperar aquí.

Él rebotó sobre sus pies; el movimiento fue causado por la misma ansiedad que Lu sentía en sus pulmones.

—De hecho, el tiempo vendrá bien —habló Lu en su lugar—. Edda tendrá acceso a mucha magia botánica. Puede conseguirme las plantas que necesito para comenzar a trabajar en tu cura.

Nayeli sonrió.

—Oh… ¡Lu no quiere que te mueras!

—Aún no estoy tan enfermo —dijo Vex—. Además, ver a Argrid derrotado me ayudará más que cualquier cura.

—La cura también ayudará a otros en Gracia Loray —añadió Edda—. Destruirá mucho del dolor que Argrid ha infligido. No es solo por ti, capitán. Lu está pensando en problemas mayores, como siempre hace.

El rubor de Lu se oscureció de vergüenza. Las palabras de Edda eran ciertas, pero en aquel momento, Lu solo se había preocupado por salvar a Vex. La simplicidad de ser capaz de ayudarlo la hacía sentir mucho mejor; era mucho menos inmenso que todos sus otros planes.

Por supuesto que la cura de la Enfermedad Temblorosa ayudaría a otros en Gracia Loray. Por supuesto que contrarrestaría más la influencia de Argrid. Lu debería haberlo notado. De forma egoísta, había querido hacer algo pequeño, fácil y puro, por una vez en la vida.

—Puedo comenzar a trabajar ahora —dijo Lu, obligándose a continuar—. Pero necesitaré plantas, y un espacio de trabajo para preparar los tónicos. ¿Sabes qué plantas te dio la Iglesia? —le preguntó a Vex.

—¿Acaso importa?

—Mucho.

Él puso su ojo en blanco.

—Por supuesto que importa.

—Hay plantas que pueden ayudar a recordar. La menta brillante, por ejemplo. —La mente de Lu comenzó a evaluar posibilidades, varias plantas y qué provisiones necesitaría.

Podía curar a Vex. *Quería* curarlo, y en cuanto se permitió a sí misma admitir aquel deseo, este invadió cada parte hueca de su cuerpo.

No tendría que ver a otra persona que le importaba morir por la Enfermedad Temblorosa.

Vex sonrió con picardía. Lu notó que había pronunciado en voz alta la última parte.

Abrió los ojos de par en par y apartó la mano del brazo de Vex. Él la señaló, sonriendo.

—¿Te importo? —canturreó—. Ah, sabía que esto ocurriría. No estoy seguro de tener energía para un amorío errante, así que cúrame primero; *después* podemos hablar sobre...

—Estaré bajo cubierta —replicó Lu, pero su respuesta hizo que él, Nayeli e incluso Edda, comenzaran a reír—. ¡No! Me refería... Ah, sois intratables.

Lu fue hasta la escotilla, pero comparada con la absoluta miseria que la había ahogado antes, esa felicidad la hacía sentir demasiado bien para soltarla.

Sus labios se curvaron en una sonrisa lenta.

—Aunque si hubiera querido decir que me siguieras bajo cubierta, Devereux, dudo que hubieras tenido la más mínima idea de cómo complacer a una mujer de mi clase.

Bajó por la escotilla en mitad de risas y un gruñido de derrota proveniente de Vex. Los ruidos sonaban amortiguados en el pasillo, y Lu hizo una pausa, obligándose a concentrarse en ello. Aquel descanso le permitió fingir que la risa era lo único que había delante y detrás de ella. Aquella guerra no estaba acercándose. Ella no había insistido en la búsqueda de Milo Ibarra.

Pero ahora, cuando llevaran a Milo al Consejo, un criminal sin afiliación no sería quien lo entregara: un sindicato entero lo haría. Aquello no solo probaría la inocencia de los piratas: marcaría el curso para alcanzar un país unificado entre el Consejo y los piratas. Crearía una nación de aceptación.

Lu alzó los ojos hacia la escotilla. Sonrió y se dirigió al cuarto donde Teo dormía.

26

Los barcos que Elazar eligió llevar eran galeones de estilo antiguo, con mástiles y velas. El barco de Elazar, el de Ben, además de tres veleros de guerra, conformaban una pequeña flota mientras partían de Deza, deslizándose por el océano Ovídico. Las velas tardarían una semana más en llegar a Gracia Loray, y como esos barcos se utilizaban tradicionalmente para ceremonias, no fue sorprendente que Elazar le dijera a Ben: *No es por la velocidad, Benat; navegamos en estos barcos para recordarles a los isleños la época en que caminábamos mano a mano con ellos en las costas de Gracia Loray.*

Antes de la guerra. Antes de que la Iglesia tomara control de la isla y comenzara su misión por purificarla. Hacía toda una vida.

El barco de Ben era *El astuto*. El de Elazar, *El despiadado*.

Ben estaba de pie en el extremo de la proa de *El astuto*, con los codos sobre la barandilla, la cabeza alzada para permitir que la brisa del océano revolviera su pelo. Durante las últimas horas, habían guardado sus pertenencias, habían planeado y atado cabos sueltos en Deza. Ben había dado las gracias por cada tarea, cosas mundanas para mantenerse ocupado.

Ahora todo estaba quieto.

—Nos reuniremos con los proveedores de tu padre en la costa sur de Gracia Loray. —La voz de Jakes no lo hizo girarse—. Ellos tendrán más plantas para tus tónicos.

—¿Quiénes son los proveedores?

—No lo ha dicho.

El barco se tambaleó. Ben inhaló una bocanada de aire salado, y obligó a su cara a permanecer estoica mientras miraba el horizonte azul.

—No le he dado su tarea para el viaje —le dijo a Jakes.

—Ben...

—Tómese libertades, defensor.

—No hagas eso. —Jakes sujetó el brazo de Ben y lo obligó a volverse—. Le dije a tu padre lo que él me pidió que informara, pero mi corazón siempre fue tuyo primero. Le obedecí porque él es mi rey y su visión traerá el cambio que el mundo necesita. El cambio en el que mi familia creía antes de morir. —Jakes respiró, su voz temblaba cuando Ben apartó la vista—. Es también lo que tú quieres, Ben... No hice nada que tú tampoco...

—Me dijo que se unió a los defensores para servirle al Dios Piadoso —dijo Ben. Podía minimizar sus náuseas culpando al movimiento del barco, y no a la repulsión que sentía hacia él mismo—. Debería alegrarle saber que la tarea que tengo para usted, proviene del mismísimo Dios Piadoso. Es su misión sagrada y divina.

Jakes permaneció en silencio. Mantuvo la mano sobre el brazo de Ben, y él no lo apartó.

—Fue muy efectivo como espía de mi padre. Ese rol continuará: defensor Rayen, ahora será un intermediario entre mi padre y yo. Lo enviaré a buscar cuando necesite entregarle mensajes al rey.

—No puedes hablar en...

—Después de este viaje, puede elegir el puesto que desee... siempre y cuando no sea a mi servicio.

—Ben...

Él lo fulminó con la mirada, era la primera vez que miraba a Jakes con algo que no fuera admiración. No lo destruyó como había esperado: estaba demasiado enfurecido para eso.

Jakes tiró de su brazo, intentando acercarlo a él. Ben lo apartó.

—No espere gozar de las mismas libertades que ha tenido previamente —afirmó Ben—. Ha demostrado ser apto para un puesto mientras estuvo a mi servicio, y me refiero a darles información a otros. El Dios Piadoso recompensa a aquellos que ejercen la abstinencia y nosotros nos hemos vuelto demasiado experimentados en pecar, defensor. Esto es un castigo para nuestras indulgencias insignificantes.

Se atragantó con sus propias palabras.

No fue insignificante. No para mí.

Ben se fue enfurecido. En cuanto sus ojos abandonaron a Jakes, su furia desapareció. En su lugar, apareció una angustia dolorosa y destructiva.

Había sido un tonto al pensar... al *sentir*...

Y Elazar había usado eso. Se había aprovechado de Ben. La sensación de haber sido violado subía desde los recovecos del alma de Ben y cubría cada nervio con repulsión.

Ben bajó las escaleras hasta la cubierta principal de *El astuto*; avanzó tambaleante sobre la madera hacia la escotilla central. Bajó, se escondió detrás de una columna en el pasillo del segundo piso y vomitó todo lo que había logrado ingerir desde que su mundo había cambiado.

No había tenido tiempo de sentir nada de eso. Habían salido de las celdas de Gracia Neus, ido al palacio, después al muelle, Jakes a su lado; Elazar se había marchado para ocuparse de sus propias preparaciones. Ahora todo había caído sobre Ben, cada recuerdo de Jakes se deformó y vio a Elazar en ellos también, burlándose de su hijo, quien podía ser manipulado con una cara bonita, un roce suave.

Todos esos días en los que Ben se había permitido tener esperanza. Todos esos momentos pensando que él podía salvar a Argrid y no vivir una mentira. Pero el futuro que le esperaba estaba en conspirar, en sacrificarse a sí mismo para obtener pequeñas victorias débiles sobre Elazar.

Debía ser inflexible. Debía no sentir nada. Debía ser el hijo de su padre.

—¿Mi príncipe?

Era otro defensor. Jakes no lo había seguido.

Ben cayó contra la columna, y sujetó el tabique de su nariz.

—¿Sí?

—Todo está preparado, como lo pidió.

Ben se limpió la boca con la manga. Quería vomitar de nuevo. Quería disolverse.

Enderezó su túnica azul y asintió para que el defensor le mostrara el camino.

Habían construido un laboratorio en la cubierta central de *El astuto*. La habitación era larga y angosta, tenía dos claraboyas que otorgaban luz junto a unos farolillos. Había una mesa contra la pared trasera; había armarios cerrados y llenos de frascos, contenedores, necesidades extra, compradas con lo que quedaba de la contribución económica de los mecht. Una caja contenía las plantas que su padre había pedido para él.

El último pedido de Ben también estaba allí. El pedido verdadero: todo lo demás había sido para ocultar esa esperanza ilusa.

En mitad de la sala, el guerrero mecht estaba sentado en una silla, con cadenas sobre el pecho y las muñecas amarradas a las patas traseras. Una vez más, el bozal cubría su boca, y dos defensores con armas en mano, como si el hombre hubiera podido huir por capricho, lo flanqueaban.

—Denme las llaves de sus ataduras, y retírense —ordenó Ben a los guardias.

Uno de los defensores lo miró horrorizado.

—Mi príncipe, no le aconsejo que suelte a…

—¿De qué otra forma voy a descubrir los secretos de su magia?

—Entonces, nos quedaremos. Para su protección.

—Lo dudo mucho. —Ben avanzó hacia el mecht—. ¿Es peligroso? Sí. Pero estamos en un barco de madera, así que a menos que sea suicida, no creo que se arriesgue a lanzar fuego. De todas maneras, este hombre está en la primera etapa de arrepentimiento. No disgustará al Dios Piadoso. ¿No es cierto?

Ben lo miró. El mecht frunció el ceño.

—¿Ven? Estaré a salvo, defensor —dijo Ben como si el mecht hubiera accedido—. No someteré a nadie al trabajo que hago. No les pido que se queden. El Dios Piadoso me ha encomendado a mí solo esta misión. Si necesito su asistencia, daré la orden.

Los defensores realizaron una reverencia y le entregaron las llaves a Ben. Cuando la puerta se cerró, Ben retiró el bozal del mecht.

—Podrías haberme dificultado las cosas —le dijo Ben—. Gracias.

El mecht lo miró con desdén.

Ben se apoyó contra la mesa, con los ojos en las llaves que movía en su mano. La temperatura de la sala aumentó, o quizás era la expectativa de Ben al pensar que el mecht infectaría el aire a su alrededor con calor.

—¿Qué quieres? —preguntó por fin el mecht—. No he aceptado arrepentirme.

—No te has arrepentido, querrás decir. No puedes «aceptar arrepentirte».

El mecht resopló como si dijera: *¿Quieres hablar de gramática?*

Ben sonrió, pero era una expresión frágil. Cerró los dedos sobre las llaves.

—Mi padre quiere que cree tónicos de efecto permanente, como los mecht lo han hecho con el Ojo de Sol —dijo Ben.

El mecht entrecerró sus ojos azules, el color se intensificó. Ben nunca había visto eso en nadie, ojos que cambiaban con el ánimo de una persona.

—No-te-voy-a-ayudar. —El mecht dijo cada palabra con una precisión letal—. Tus sacerdotes pensaron doblegarme con torturas. No funcionó. Tú tampoco funcionarás.

La sangre abandonó la cabeza de Ben.

—¿Te torturaron? ¿Cómo?

El mecht hizo silencio.

Ben se apartó de la mesa.

—No importa. —*Importa, importa, importa*—. Mi padre quiere esos tónicos. La Iglesia lo respalda. Argrid se regocijará con un arma encomendada por el Dios Piadoso para eliminar a nuestros enemigos y reclamar la gloria de Argrid

Mientras Ben hablaba, la respiración del mecht se aceleraba, el humo salía de su nariz. Ben dudaba de que el mecht no desatara sus llamas infernales en un barco de madera.

Ben se movió alrededor de la silla y soltó las cadenas del mecht, hablando mientras lo hacía.

—No quiero saber cómo hacer que la magia sea permanente. Pero mi padre esperará resultados, y soy lo bastante inteligente y sé que, un día, podría descubrir cómo lograrlo. Tú sabes cómo hacer que la magia sea permanente así que... necesito que me detengas. Si me acerco demasiado, guíame en la dirección opuesta. No me digas por qué. Necesito hacer que parezca convincente, como si estuviera intentándolo, hasta que pueda...

Allí era donde su gran plan concluía. Podía regresar a su única idea débil, hacer la poción curativa y dársela a los argridianos, explicándoles que era magia, y no la Iglesia lo que los había curado. Pero no tendría apoyo suficiente, no con Elazar vigilándolo tan de cerca. Un príncipe hereje no podía derrocar a su padre y a la Iglesia, y convencer a un país devoto de cambiar sus costumbres. Elazar lo quemaría en cuanto Ben comenzara a contradecirlo.

Ben necesitaba tiempo... y eso le daría un poco.

El mecht se puso de pie, frotando sus muñecas. Todavía vestía sus ropa vieja, raída y manchada, pero olía más a fuego que a alguien que había pasado semanas en una celda. Ben se puso de pie detrás de su silla y el mecht se volvió, con expresión severa.

—No puedo confiar en nadie en mi propio maldito país —dijo Ben—. Y por eso tú estás aquí. Me odias, y yo confío en eso más que en las personas a mi alrededor que afirman servirle al Dios Piadoso.

El mecht se permitió un segundo de sorpresa antes de que su furia regresara con más fuerza. Una única llama lamió sus labios.

—Esto es un truco.

—Comprendo que no tengas motivos para pensar lo contrario. Pero no lo es. Ayúdame, y te aseguro que no regresarás a la celda de una Iglesia. Puedo hablar a favor de tu tripulación.

El mecht se encogió de hombros.

—Mátalos. Libéralos. No me importa. Compré un billete en ese barco con servicio, no con lealtad. Me uní cuando salieron de la costa sur de las Mechtlands.

Entonces lo recordó: el capitán del barco mecht, diciéndoles a los defensores en Deza que aquel hombre no era parte de su tripulación, y que la Iglesia podía quedárselo.

—Entonces, sé que tu intención era bajar de aquel barco como un hombre libre —dijo Ben—. Tendrás que arrepentirte. Hacer de cuenta que ahora eres un siervo del Dios Piadoso para que puedas moverte con libertad.

El mecht dio un largo paso hacia atrás.

—Un truco. Lo sabía.

—No es un truco. Es una *mentira*. Para sobrevivir.

—Preferiría morir con la verdad que sobrevivir con mentiras.

El agotamiento de Ben lo había mantenido en un estado de movimiento irreflexivo. Pero aquel hombre se aferraba a la integridad como si Ben fuera un monxe santurrón que entonaba plegarias vacías.

Hubiera gritado si los defensores no hubieran estado cerca. Lo mejor que pudo hacer fue tomar un frasco vacío y lanzarlo al suelo, donde se hizo añicos; el cristal se desparramó alrededor de sus botas.

Tal como había supuesto, no lo hizo sentir nada mejor.

—Alguien habrá oído eso —dijo Ben—. Los defensores vendrán pronto, y te llevarán a una celda en este barco, y después a otra en Argrid... o tal vez solo te matarán, y este país continuará hiriendo personas porque tú no pudiste decir una maldita mentira. Esperaba más de un bárbaro mecht aterrador. No me di cuenta de que me había tropezado con un cobarde.

—No somos bárbaros —replicó el mecht—. Tal vez mi país sea peligroso, las personas mueren en las calles de hambre, la sangre fluye... pero conocemos a nuestro enemigo, y nuestro enemigo nos conoce. Aquí, no hay honor. Son secretos. Son mentiras. No seré un argridiano.

—No estás en las Mechtlands. Aquí no puedes librar batallas como allí.

Alguien llamó a la puerta.

—¿Mi príncipe? ¿Está bien?

Ben mantuvo la vista clavada en el mecht.

—¿Lo estoy?

El mecht cerró los puños.

—No te pido que confíes en mí —dijo Ben— o que te caiga bien. Yo...

Quedó sin palabras. Dios, ¿qué pedía? Lo imposible.

El mecht no dijo nada. Los hombros de Ben se relajaron mientras se acercaba a la puerta, con una mano ya extendida hacia el picaporte, ya recitando lo que debería decir.

El prisionero no es apto para el arrepentimiento. Tenía razón, defensor. Llévenselo.

—Está bien —dijo el mecht.

Ben se detuvo, con los dedos sobre el picaporte.

—Está bien —repitió el mecht cuando Ben lo miró—. Jugaré con las reglas de Argrid. Pero tú *no* eres mi príncipe, y yo *no* soy tu súbdito. Y cuando llegue el momento, haremos la guerra a mi manera.

Ben se obligó a no mostrar expresión alguna cuando abrió la puerta. Un defensor tenía el puño alzado para llamar de nuevo, con una pistola en la otra mano. Había más detrás de él: entre ellos, Jakes.

—Lo siento, defensores —dijo Ben—. Mi nuevo asistente dejó caer un frasco. Los días en una celda pueden hacerle eso a un hombre, según tengo entendido. Pero, por el Dios Piadoso, pronto estará fuerte de nuevo.

Los defensores parecían perdidos. Uno tartamudeó:

—Yo… ¿qué ha ocurrido, mi príncipe?

—El prisionero ha decidido arrepentirse. —Ben abrió más la puerta para que pudieran ver al mecht, quien tenía los brazos cruzados y el rostro con el ceño fruncido.

Maldición, ¿acaso Ben era el único que podía mentir?

—¿No has decidido arrepentirte? —insistió Ben.

—¡Esto es una locura! —gruñó Jakes—. Intentó matarlo, mi príncipe.

El título hizo que Jakes recordara su lugar. Su rostro se desintegró en las expresiones que Ben no había visto cuando había dejado a Jakes al frente de la proa: dolor. Furia. Anhelo.

Ben sufría de nuevo… su padre no había hecho que Jakes sintiera aquel dolor.

—Defensor Rayen, tome nota. —La falta de emoción en la voz de Ben lo sorprendió—. Mi padre deseará saber que estoy asegurándome de que el trabajo del Dios Piadoso esté completo. Mi nuevo asistente está entusiasmado por ayudar a llenar el mundo con la pureza que salvó su alma. —Miró al mecht—. Diles a los defensores que…

No sabía el nombre del mecht.

—Gunnar —completó el mecht por él—. Yo, Gunnar Landvik, soy un siervo… —Tensó los músculos de su mandíbula—. Soy un siervo del Dios Piadoso.

27

La aldea en la que Lu y Vex decidieron detener el *Vagabundo* apenas podía llamarse civilización, dado que las aguas del Pantanal liquidaban el área entera. Cada edificio vacilaba sobre sus soportes, las personas avanzaban entre ellos por puentes hundidos cubiertos de moho. Los muelles inestables se balanceaban bajo el peso de las personas vestidas con capas tejidas o con chalecos de piel de cocodrilo, anclando sus barcos o bajando cargamentos en las aguas infestadas de moho.

El aislamiento de la aldea hacía que fuera fácil olvidar que en las ciudades mayores, los soldados del Consejo aún arrestaban piratas, bajo las órdenes de los delegados argridianos que exigían justicia por el secuestro de Milo. Gracia Loray ya estaba al borde de la guerra civil… eso decían los espías que Cansu había enviado.

Nadie en el Consejo sabía que Argrid había causado aquel conflicto y que venía a romper Gracia Loray cuando se encontraba más débil.

Lu miró por la claraboya del *Vagabundo veloz*, con *Maravillas botánicas* abierto sobre el pecho, mordisqueando sus mejillas. En los frascos que le había robado a Pilkvist, había conseguido dos helechos soporíferos, un aloe flauta y una raíz purificante. El helecho soporífero sería útil si Vex había ingerido acacia. No podía imaginar que la Iglesia *no* le hubiera dado aquella planta para mantenerlo despierto. El aloe flauta no era, hasta donde sabía, el antídoto para ninguna planta, y solo sería para proteger la piel. La raíz purificante tenía muchos usos... si Vex tenía una enfermedad propiamente dicha.

Lu cerró *Maravillas botánicas*, y deslizó el dedo sobre el agujero de bala en la cubierta.

Alguien llamó dos veces a la puerta de la habitación. Lu abrió y encontró a Vex, con las manos en cuenco ocultando algo en sus palmas, y un lateral de la boca curvado en una sonrisa.

Él separó las manos y le mostró un frasco.

—¡Menta brillante! —dijo Lu—. ¡La has conseguido!

—Edda lo hizo. —Extendió el frasco y Lu lo aceptó; analizó cada segmento de la frondosa planta verde—. La tripulación en la que está infiltrada hizo un gran trabajo para conseguirla.

Lu hizo un gesto de dolor.

—¿Ella está bien? ¿Los mecht no la han reconocido?

Vex dibujó una sonrisa elegante.

—Danos más crédito que ese.

Los piratas vivían para eso, había dicho él. Peligro. Entusiasmo. Causar caos en general.

Uno de los piratas de Cansu se había ido la noche que habían organizado el plan, con destino a Nueva Deza llevando una carta para Kari escrita por Lu. Un día después, cinco piratas de Cansu —que tenían una mezcla de ascendencia tunciana y mecht, con cabello rubio y piel más clara para parecer mecht— y Edda habían logrado infiltrarse en varias tripulaciones mecht.

Cuando Kari leyera la carta sobre el vínculo entre el sindicato mecht y Argrid, el abuso de la magia planeado por Elazar y la aproximación de la flota argridiana, se movería y Lu llegaría en pocos días para insistir en obtener ayuda... con suerte, acompañada de Milo Ibarra.

Con las piezas en movimiento, Cansu había regresado a Puerto Mesi-Teab para oír noticias de la aproximación de Argrid a través de judías de Budwig que Fatemah había plantado por la isla. Vex había sugerido permanecer en el Pantanal, donde sus espías infiltrados entre los mecht podían darles informes: uno había logrado hundir uno de los barcos de Pilkvist y que pareciera un accidente; otro había destruido media docena de cajas de plantas... y Vex, usando una judía de Budwig que Cansu había dejado, le informaba todo en Puerto Mesi-Teab.

Era progreso, pero ¿suficiente? Lu dudaba... ya que faltaba solo una semana para la llegada de Argrid si la predicción de Pilkvist era correcta.

Lu apartó su preocupación. Tenía que creer que sus padres vendrían. Su madre, Kari, la Ola, una de las líderes más temidas de la revolución, hallaría un modo de usar la información de Lu, y Tom era igual de ingenioso y sabio.

Pero Lu había pasado los últimos cinco años observando al Consejo discutir por cosas simples. No estaba segura de que fueran a considerar su información como evidencia. Los piratas de Cansu aún no habían conseguido noticias de Milo, o cartas entre Pilkvist y Argrid. No había nada concreto que enviar a Nueva Deza para acompañar su carta.

El pavor de Lu talló un agujero permanente en su pecho.

Ahora se movía alrededor de Vex, en dirección a la sala de máquinas y al laboratorio que habían improvisado con provisiones que habían obtenido en la aldea. El calor de la sala se había vuelto familiar, la tranquilizaba como el libro en sus brazos.

Se ocupó de acomodar los vasos de precipitado en la mesa junto a la caldera mientras Vex tomaba asiento en el catre de Edda.

Él apoyó la espalda contra la pared, y cruzó los brazos detrás de la cabeza.

—Debería haber añadido un niño a mi tripulación hace años. No he tenido tantos días de paz desde... nunca.

Lu le lanzó una mirada amenazante.

—A Teo le fascinaría oírte decir eso.

—No tienes que preocuparte por mí. Ese niño tiene a Nayeli completamente hechizada. Ya ha conquistado a Edda, también. Creo que tal vez ya no podremos separarnos de él.

Vex señaló la cubierta, donde Nayeli y Teo se hacían pasar por hermanos viajeros. Lu debía admitir que esa manera, aunque exponía a Teo, había resultado más segura que otras hasta ahora. Nadie en la aldea recluida les había causado problemas.

Lu rompió la menta brillante. Ya había preparado el helecho soporífero: una campana de cristal llena del humo durmiente esperaba en medio de la mesa, el cristal lo contenía y evitaba que se dispersara. Lu contuvo el aliento y, lo más rápido que pudo, deslizó un plato de pasta de menta brillante dentro del humo del helecho soporífero.

La combinación debía crear un estado de sueño ligero con la función mental aumentada, lo cual podría permitirle a la mente de Vex recordar con qué lo había envenenado la Iglesia.

Después de unos minutos, Lu retiró el plato con pasta de menta brillante y lo cubrió con sus palmas. Vex se había inclinado hacia adelante, con los codos sobre las rodillas.

Su atención pasó de la puerta a ella con una sonrisa forzada.

—¿Lista?

Lu no se acercó a él. Darle tónicos mágicos a Annalisa había sido más fácil, dado que ella no había tenido miedo de la magia botánica. Pero Lu imaginó brevemente la situación contraria, con ella sentada en el catre y Vex preparándose para darle la pócima.

—No tenemos que hacerlo —susurró Lu.

La pequeñez de la sala de máquinas permitió que Vex sujetara la muñeca de Lu sin tener que abandonar el catre, y la empujó hacia él de forma que ella se quedó de pie entre sus rodillas.

—Sí, tenemos que hacerlo —dijo.

No soltó su muñeca. Las rodillas de Vex presionaron el lateral de las piernas de Lu, pero la cercanía hacía que ella fuera incapaz de moverse de todas maneras.

Lu lo miró, él tenía el ojo sobre la menta brillante embebida en helecho soporífero.

—Intenta concentrarte en lo que quieres saber —habló ella, con voz débil.

Ella comprendió lo que pedía: que él reviviera lo que la Iglesia le había hecho. Su corazón latió desbocado, el sudor frío se disputaba con el calor de la sala de máquinas.

Era una locura. Debía haber un modo menos invasivo.

Pero cuando miró a Vex, él sonrió con picardía.

—Estás guapa cuando te preocupas —dijo él.

Lu relajó los músculos de sus hombros.

—¿Tú no?

—¿Si soy guapo? Siempre.

—Si estás preocupado.

Un estremecimiento bajó por los músculos anudados del cuello de Vex, un temblor que él luchó por ocultar moviendo la cabeza de un lado a otro. Pero no dijo nada. Quizás no podía hacerlo.

Lu se obligó a sonreír a pesar de su nerviosismo.

—Repasemos: el temido Devereux Bell le teme a las alturas, al igual que a…

El ojo de Vex se iluminó.

—Se suponía que nunca hablarías de eso.

—No soy la mejor acatando órdenes.

—Lo disimulas muy bien.

Ella usó una cuchara para recoger la mezcla de menta brillante y, cuando habló, la llevó hacia los labios de Vex.

—Oculto muchas cosas, Devereux.

Él tragó la pasta y alzó una ceja.

—Suena como un desafío.

El temblor más mínimo le indicó a Lu que él tenía miedo… o tal vez era por la Enfermedad Temblorosa.

Ahora notaba más síntomas en él. Un espasmo aquí, un temblor allá. ¿Acaso siempre había manifestado síntomas de la enfermedad o ahora ella era más consciente de su cuerpo?

—Ah, no es un desafío: es una propuesta. —Lu colocó el plato vacío y la cuchara sobre la mesa detrás de ella—. Te haré una oferta única en la vida: puedes tenerme aquí y ahora.

El helecho soporífero surtía efecto. Vex se balanceó y se sujetó con una mano al catre.

—Es injusto —gruñó él— hacerle una oferta así a un hombre cuando no puede actuar al respecto.

—Ahh. Hay plantas que pueden solucionar problemas de esa clase.

Vex se recostó en el catre, con un brazo sobre la cabeza, pero hizo una pausa y le sonrió con picardía entrecerrando el ojo.

—No —susurró, cerrando el ojo del todo—. Eso nunca sería un problema. No... no cuando ríes... como *una canción*.

Como una canción.

Lu separó los labios y, en la quietud de la sala de máquinas, se oyó a sí misma suspirando suave e involuntariamente. ¿Había tenido él la intención de decirle algo tan dulce? ¿O era la magia botánica apartándolo de la razón y la realidad?

Repitió las palabras, en un momento de indulgencia... y notó que él las había dicho en perfecto argridiano.

Ya estaba allí, en su mente. En las celdas de la Iglesia.

La cruda realidad atravesó el terciopelo que rodeaba el corazón de Lu. La guerra se aproximaba. Argrid estaba cerca. ¿Quién sabía qué estaba haciendo el Consejo? Pero de todos los problemas en el mundo de Lu, aquel era uno que podía resolver.

Deslizó su mano sobre el brazo de Vex y comenzó a tararear la canción que Teo siempre cantaba cuando tenía miedo, la que Kari cantó después de la muerte de Annalisa.

—*Mugre y arena en la isla entera, las corrientes siempre nuestras serán. Ni dios, ni soldado, ni emperador, ni rey mi corriente robarán. Fluid amigos, fluid conmigo, como uno solo hay que fluir. Ni dios, ni soldado, ni emperador, ni rey lo que hicimos pueden destruir.*

Lentamente, el tónico para la memoria funcionó. Vex recordó flores aireadas después del desayuno una mañana, croxy al atardecer una noche. Sabía que había más, pero Lu hizo una lista de las plantas que podrían contrarrestar las que él había recordado, para comenzar con esas. Vex le dio la lista a Edda, quien continuaría buscando plantas mientras espiaba a la tripulación de Pilkvist.

No había noticias de Milo Ibarra.

Vex sabía que él y Lu empezaban a perder la cordura. No podían ver el sol en el Pantanal, pero eso no evitó que contaran el paso de los días. ¿Cuánto faltaba para la llegada de Argrid?

Más de una semana después de haber hecho los planes con Cansu, Lu, Vex y Nayeli se prepararon para ir a Nueva Deza. Era mucho más tiempo del que Vex había querido esperar en el Pantanal antes de acudir a la madre de Lu, pero Edda continuaba insistiendo en que le dieran tiempo. *¿Quién sabe qué caos tendrá lugar en Nueva Deza? Recuerda que tú eres un criminal buscado y que Lu te ayudó a escapar de prisión.*

No podían esperar más. Pero Vex temía que hubieran esperado demasiado, así que la mañana que decidieron partir, fue demasiado perfecto que Nayeli bajara por la escotilla del *Vagabundo*.

—Edda acaba de traer esto. —Nayeli le lanzó un frasco de salvia poderosa: combatiría las flores aireadas—. Y dijo que os avisara que la tripulación en la que ella está tiene un viaje planeado para esta noche.

Vex extendió la mano sobre la mesa junto a Lu mientras ella colocaba la salvia poderosa en agua hirviendo. Vex volvió la cabeza hacia Nayeli.

—¿Qué? *¿Esta noche? ¿A dónde?*

—Se reunirán con un barco en la costa.

—Dime que es uno de los suyos.

—Si lo fuera, ¿necesitarían reunirse en la oscuridad casi sin previo aviso?

Vex se sacudió, aliviado de poder culpar a la Enfermedad Temblorosa por ello y no a su deseo de hundir el *Vagabundo* en un rincón olvidado de la isla para dejar todo eso atrás.

Habían esperado demasiado tiempo. Toda su esperanza dependía de la carta que Lu le había enviado a su madre, pero ¿había sido suficiente para convencer al Consejo de reaccionar? Si Vex no hubiera escuchado a Edda y hubiera ido a Nueva Deza sin ella como protección, ¿habría sido Lu capaz de cambiar algo?

Vex compartió una mirada con Lu y estuvo a punto de expresar en voz alta todas sus preocupaciones... hasta que vio la cara de la chica, gris del horror.

—¿Esta noche? —Ella volvió hacia Nayeli—. Se suponía que tendríamos más tiempo hasta...

Pero se detuvo. Las dos semanas que Pilkvist había mencionado habían sido una exageración.

—Está bien. —Lu recobró la compostura mientras erigía su escudo irrompible. Vex retrocedió: ¿cómo podía ella hacer eso? Él estaba listo para caer de rodillas y gritar su terror contra las tablas de su barco, y sabía que ella estaba igual de asustada que él—. Debemos decírselo a Cansu. Puede que el hombre de Cansu ya le haya entregado el mensaje a mi madre, y ella ya haya enviado refuerzos, ¿no? Que no hayamos oído nada o que no hayamos podido ir no significa que el Consejo no vaya a ayudar.

La judía de Budwig que Vex había estado usando para comunicarse con Cansu estaba sobre la mesa, y Nayeli la sujetó.

—Se lo diré. —Salió al pasillo.

Lu se inclinó cerca de Vex. Ya fuera por instinto o voluntad, ni siquiera se atrevió a respirar demasiado fuerte para no apartarla.

—Estoy seguro de que tu madre ha enviado ayuda —susurró él—. Si el Consejo está solo a uno o dos días de distancia, podemos explorar los barcos esta noche y conseguir información: descubrir cuántos barcos son, cuántas armas. Dudo que Argrid ataque ni bien llegar. ¿Y si el Consejo ha escuchado hablar de los barcos en camino a través de sus propias fuentes? Tal vez están actuando al respecto por su cuenta.

—Los diplomáticos argridianos probablemente filtrarán información. Pueden mantener en secreto el avance de los barcos —dijo Lu. Miró el suelo. Cada día que pasaba sin que el pirata de Cansu regresara de Nueva Deza o sin que Edda hallara a Ibarra intensificaba la línea de preocupación entre las cejas de Lu.

Alzó la vista. Parpadeó sorprendida ante lo cerca que estaba Vex: él sentía el hombro de Lu contra su pecho, el roce de su aliento en el rostro.

Ella no retrocedió. Dios, él ni siquiera la tocaba, tenía una mano sobre la mesa y la otra en el bolsillo, pero el pulso del chico se aceleraba. Cada vez que ella le permitía estar tan cerca, era como si le permitiera experimentar algo protegido, secreto y completamente maravilloso.

Él lo absorbió, ya que quizás eso era lo más cerca que estaría de ella en su vida.

Un golpe sordo en el pasillo hizo que Lu se sobresaltara y volteara. Vex giró para ver a Nayeli decaída en la puerta.

Ella miró a Lu. La pena en su rostro hizo que Vex avanzara, como si pudiera aceptar el golpe de la noticia que traía.

—No van a venir —susurró Nayeli.

Lu sujetó el brazo de Vex. No estaba seguro de que ella supiera que estaba haciéndolo.

—¿Qué? —preguntó Lu.

—El pirata de Cansu regresó al santuario. Apenas escapó con vida de Nueva Deza. —Nayeli movió la cabeza de un lado a otro—. No llegó a acercarse al Consejo. Los miembros superiores apoyaron a Argrid hace dos semanas y aprobaron el tratado.

Lu se ahogó.

—¿Qué? No... Mi madre dijo que lo retrasaría. Dijo que lucharía...
—Los miembros del Consejo que se resistieron al tratado están bajo arresto domiciliario. —Los ojos de Nayeli se posaron en Vex, como si no pudiera soportar mirar a Lu mientras hablaba—. El Consejo ha declarado que los piratas de río son enemigos del estado. El Consejo no vendrá. Nos ha declarado la guerra.

—¿Lu?

La voz de Vex la trajo de regreso a la superficie.

—Adeluna —dijo él, y ella sitió su mano sobre el brazo de Vex. Permaneció quieto y Lu no pudo soltarlo, no ahora.

—Dado que estamos solos —prosiguió Nayeli, sin emoción en la voz—, Cansu quiere que nos movamos antes de que Argrid ponga un pie aquí. O que avance más, al menos.

Vex frunció el ceño y preguntó:

—¿Qué cree que podemos hacer contra los barcos de guerra argridianos? Si es que eso es lo que se avecina.

—Hacerlos estallar. Enviarle a Argrid el mensaje de que no todos en esta isla están dispuestos a ponerse de rodillas ante ellos como...

Lu avanzó.

—No: necesitamos explorar los barcos. ¿Y si no son barcos de guerra? ¿Y si ni siquiera son de Argrid? Podría ser un malentendido. Tiene que haber una solución pacífica. Tengo que creer que podemos convencer al Consejo a tiempo para formar una alianza con los piratas y detener a Argrid de nuevo. *Debo hacerlo*. No puedo vivir en un mundo en el que Argrid puede destruirnos con tanta facilidad. Por favor.

Le dijo las últimas palabras a Vex. No sabía con certeza por qué: no buscaba permiso, o guía. Pero esas palabras surgieron, y él quería garantizarle que ella tenía razón.

Vex asintió.

—Está bien. —Miró a Nayeli—. Dile a Cansu que exploraremos los barcos en la costa esta noche. No nos rendiremos. Descubriremos quiénes son, de dónde vienen y si son argridianos, encontraremos... —Hizo una pausa, su rostro empalideció—. Encontraremos pruebas. Algo para convencer al Consejo de que los piratas no tienen la culpa de todo esto.

Aunque hubieran ido a Nueva Deza como habían planeado, no habría sido suficiente. Necesitaban pruebas ahora, no testimonios. Necesitaban a Milo, o documentos, o capturar a un soldado argridiano que confesara todo. Aquella era su mejor oportunidad de detener la guerra.

—Argrid no puede ganar la guerra, ni siquiera con magia, si Gracia Loray se une. —Lu ganó impulso, su entusiasmo crecía—. Le temen a la unión, si no, no habrían llegado a estos extremos para separarnos. Debemos intentarlo.

Nayeli inclinó la cabeza con el suspiro agotado de alguien que conocía las probabilidades.

Solo un sindicato lucharía contra la invasión argridiana. Argrid tal vez tenía un ejército pequeño, pero había sido necesario cada sindicato y todos los que se llamaban a sí mismos lorayanos para detenerlos durante la revolución.

Gracia Loray podía perder la libertad que sus ciudadanos se habían esforzado tanto en ganar.

Lu no sabía qué hacer con sus emociones, y mientras Nayeli usaba la judía de Budwig para comunicarle los planes a Cansu, ella regresó a la mesa.

Sus extremidades trabajaron de memoria hasta que hizo caer un frasco con sus manos temblorosas.

Vex envolvió sus dedos en la muñeca de Lu. Apoyó la otra mano en la nuca de la chica, enviándole con el tacto una oleada de calma a su columna. Ella se apoyó contra él, pero lo único que veía era las palabras que atravesaban su mente:

La guerra vuelve.

Todo lo que hice, las vidas con las que acabé, los actos horribles que cometí, no significaron nada.

Edda les dio la ubicación del barco mecht para que pudieran rastrearlo hasta el mar. No podía abandonar su tripulación mecht sin levantar sospechas, pero Cansu dijo que sería un día de viaje desde el sindicato tunciano.

Hasta entonces, Nayeli, Vex y Lu descubrirían con qué contacto misterioso se reunirían los mecht tarde esa noche. Explorarían y obtendrían pruebas de la conspiración de Argrid, y Lu haría todo lo que estuviera a su alcance para que el Consejo entrara en razón.

El *Vagabundo veloz* dejó la aldea del Pantanal unas horas después esa misma tarde. Nayeli se encargó del cuarto de máquinas, Vex se dirigió al timón. Lu permaneció con Nayeli para ayudarla, y Teo se quedó con ellas para mantenerse fuera de problemas.

Después de unas horas, Nayeli dijo:

—Hemos llegado al océano.

Lu se detuvo en mitad de su actividad lanzando carbón dentro de la caldera. Teo estaba sentado en el catre de Edda, hojeando *Maravillas botánicas*.

—Regreso en un segundo, Teo —dijo Lu.

Él emitió un sonido a modo de respuesta, moviendo las piernas sin pensar.

Lu subió a cubierta. Donde antes había monstruosos árboles retorcidos intercalados con las sombras húmedas y musgosas del pantano, ahora había una extensión de cielo azul oscuro lleno de estrellas, y debajo, el océano índigo cubierto de espuma. El aire llenó sus pulmones con sal y frescura, y el viento generó una sensación de ardor en sus orejas; las olas rompían contra el casco del barco.

Había visto el océano pocas veces, y aquella demostración innegable de poder siempre la maravillaba. Allí había una fuerza que nadie podía domar o doblegar.

El *Vagabundo veloz* avanzaba rápido, el humo subía hacia el cielo oscuro. La noche funcionaba a su favor y les dio la ventaja del sigilo cuando apagaron los farolillos. Otros barcos navegaban delante de ellos, con las luces bajas: los barcos mecht, con Edda a bordo de uno de ellos.

Una hora después, los barcos que seguían viraron en una bahía pequeña. Había siluetas nuevas estacionadas en las formaciones rocosas a lo lejos de la costa.

En la timonera, Lu avanzó hacia la puerta.

—Barcos.

—Solo un país posee velas así. —La postura de Vex ante el timón era rígida.

Lu se obligó a decir la palabra que pensaba, a no temerle.

—Argrid.

28

L os tres barcos a vapor que seguían se dirigieron al barco
mayor oculto entre los salientes rocosos. Lu se preparó en la
entrada de la timonera y contó la cantidad de mástiles: tres
pertenecían a los veleros, navíos de dos mástiles equipados para la
velocidad y la protección; y dos pertenecían a los galeones, colosos
para el transporte y la comodidad.

No había barcos de guerra. Pero a duras penas era tranquilizador que no hubieran enviado esa flota para destruirlos. ¿Quiénes se
encontraban en esos barcos? ¿Por qué estaban allí? ¿Había más
barcos esperando lejos de la costa?

Lu reafirmó su decisión de no permitir que Nayeli los hiciera
estallar. Necesitaban información. Sin importar lo que Cansu dijera, o lo que Lu hubiera temido, la guerra aún no había comenzado.
Todavía podía detener eso sin violencia.

El *Vagabundo veloz* redujo la velocidad mientras Vex lo conducía
alrededor de las rocas filosas. Los barcos delante de ellos desaparecieron de vista; la noche los envolvió en el abrazo de la reunión oculta.

—Dos barcos principales —dijo él.

Nayeli se había unido a ellos en cubierta minutos antes de que
el barco argridiano apareciera a la vista, la caldera estaba bien pro-
vista de carbón y Teo estaba a salvo bajo cubierta.

—El grande se llenará de actividad en cuanto lleguen los mecht
—dijo ella.

Como si hubiera llegado el momento, un solo farolillo cobró vida a bordo del galeón mayor. Titiló dos veces, y después se le unió un segundo farolillo. Las luces eran bastante suaves y, si Lu no hubiera prestado atención, habría creído que eran estrellas.

—Además, Edda estará con ellos, así que ella lo inspeccionará todo —añadió Nayeli.

—Cosas —repitió Vex—. Plantas. O armas. O noticias de barcos que no podemos ver.

—No son barcos de guerra —respondió Lu—. Esto no terminará en un baño de sangre. Podemos tratar con cualquier otra cosa.

Vex le lanzó una mirada incrédula.

—Un baño de sangre no es lo peor que puede salir de esos barcos. ¿Quiénes crees que están a bordo? ¿Diplomáticos felices que vienen a celebrar el tratado de paz y que partirán con sonrisas en la cara?

Lu apretó los labios, luchando por reprimir su miedo. Pero Vex hizo que su cerebro comenzara a funcionar. El rey podía estar en uno de los barcos. Su hijo. Generales de alto rango con órdenes de preparar la isla para las próximas oleadas de soldados. O quizás, aquellos barcos habían venido por pedido de Milo, y él estaba a bordo de uno, regodeándose en la satisfacción de su victoria inminente sobre Gracia Loray. ¿Qué tenían para detenerlo? ¿El sindicato de Cansu y los miembros superiores bajo arresto domiciliario?

La esperanza de Lu flaqueó, el último pétalo débil de una flor marchitándose.

Podían detenerlo. Podían subir a esos barcos, hallar evidencia, llevarla ante el Consejo...

Su plan hizo eco y enfocó su mente.

Subir a bordo del barco. Hallar evidencia de que Argrid ha hecho esto. Ir ante el Consejo.

Lu era una soldado. Era una espía. Aquello era lo que hacía: reunía información y se la entregaba a sus padres. Su cuerpo y mente funcionaban con aquel instinto, pero más allá de eso, luchaba.

Lu señaló el galeón más pequeño, a la derecha y más atrás del otro.

—Comenzaremos por ahí.

Vex guio al *Vagabundo* en esa dirección, avanzando detrás de las rocas para dejar espacio entre ellos y los veleros.

El galeón más pequeño estaba atracado en la roca más lejana, como si al capitán le resultara aburrido el proceso y no quisiera desperdiciar tiempo cuando la orden de salir llegara. Vex llevó al *Vagabundo* hacia el lateral izquierdo del barco, el borde derecho del navío estaba detenido contra la roca. Vex redujo la velocidad del motor lo máximo posible, el rugido eterno del océano cubría el zumbido del barco, y a medida que se acercaban más, la emoción recorrió el cuerpo de Lu.

No había sentido eso desde sus misiones durante la revolución. Expectativa, brillante, nauseabunda y entusiasmante, combinada con un pavor exquisito. Pero el pavor fue lo que cubrió todo, lo que se impuso sobre su determinación, su impulso.

Milo Ibarra podía estar en aquel barco.

Vex detuvo el motor. El casco del galeón tenía cuatro pisos de claraboyas, distribuidas en hileras decorativas que Lu sospechaba que resplandecerían por el cobre pulido bajo la luz del sol. Pero aquellas decoraciones serían su entrada: subirían por las molduras, saltarían la barandilla y explorarían cada piso en busca de noticias sobre el próximo paso de Argrid, el avance de Elazar o Milo…

—Nay, mantén el *Vagabundo* oculto detrás de esas rocas. Te daremos una señal cuando necesitemos partir. Pero si las cosas salen mal, ponte a salvo. —Vex dio la orden de pie detrás de Lu. Ella no se movió, sus hombros estaban soldados al marco de la puerta de la timonera—. Lu y yo podemos con esto. ¿Verdad?

Los ojos de Lu se posaron en la cubierta silenciosa del galeón.

Contratar a Devereux Bell para hallar a Milo Ibarra… había sido su único plan.

No había pensado en el futuro, después de todo lo que había ocurrido. O en el momento en que lo encontraran y Vex asumiera que ella lo acompañaba a buscar a Milo… Ahora no era una dama. Ahora era quien solía ser. Una espía. Una asesina.

Milo la vería blandiendo las armas, desafiante y feroz.

Lu se apartó de Vex.

—No. Ve. Fíjate si Milo está a bordo.

Vex la miró con extrañeza.

—En general me sentiría halagado de que tengas una opinión tan buena de mis habilidades, pero no estamos aquí solo por eso. Ibarra es importante, claro, pero él no es…

—Para eso te contraté —le dijo Lu—. Me he infiltrado en lugares mucho peores con mucha menos información, y cuando era *niña*, nada menos.

Lu fue hacia la escotilla y colocó una mano en la barra para abrirla, pero Vex la detuvo con la bota sobre la puerta.

—¿Por qué crees que Ibarra arreglará esto? ¿Qué hará? ¿Confesar todo lo que ha hecho?

Lu alzó la vista hacia él.

—Bajo las circunstancias apropiadas.

Vex retrocedió. Su comportamiento cambió, relajó los brazos y entrecerró el ojo. El barco se balanceó cuando Nayeli se acercó más mientras Vex parecía trágico, exhausto y furioso a la vez.

—¿Cuáles son exactamente las circunstancias apropiadas? —preguntó él.

El corazón de Lu rugió, su mente gritaba, pero estaba vacía. El agua del océano pegaba su cabello a sus mejillas, hacía que sus palmas estuvieran sudorosas y que su cuerpo entero estuviera frío.

Había querido encontrar a Milo Ibarra y arrastrarlo para que enfrentara al Consejo. Pero Milo no confesaría… nunca había confesado nada de lo que había hecho.

Claro que esta vez lo haría. Lu lo *obligaría* a hacerlo.

Aquel deseo brotó en su estómago. Las raíces se hundieron en sus piernas, las hojas se abrieron en su pecho y subieron a su boca hasta que ella separó los labios y supo que, si permitía que el deseo creciera, comenzaría a reír. Que los fragmentos que le quedaban de su identidad caerían de sus dedos y que su deseo cruel y terrible haría desaparecer el dolor porque ella no existiría después de cumplirlo. Sería tan mala como Milo.

Pero no sentía nada. Eso había querido durante cinco años: no *sentir.*

Lu alzó la vista hacia el galeón, las lágrimas ardían.

—Lu —dijo Vex. Su voz le indicó que él no se había acercado, como si se hubiera percatado de que cualquier movimiento la haría estallar—. ¿Qué ocurre? ¿Por qué te importa tanto que Ibarra...?

Interrumpió la pregunta. Lu abrió los ojos y vio que Vex se había topado con la pared de la timonera, boquiabierto.

—¿Qué? —preguntó Nayeli. Ella no conocía la historia de Lu como Vex.

Lu adivinó que él había hecho la conexión. No podía evitar que lo descubriera, y aquella pérdida de control la hizo sentir libre de decir lo que nunca había admitido en voz alta:

—Él fue el comandante argridiano, la noche en que atacaron los cuarteles rebeldes.

Vex abrió las manos y las cerró en puños.

—Has estado sentada a su lado en reuniones del Consejo. —La voz de Vex rechinó—. Le permitiste vivir. Le permitiste *estar cerca de ti.*

—No le he permitido nada —replicó Lu—. Él no sabe quién soy.

Vex jadeó.

—Él no sabe...

Nayeli pareció sentir la gravedad de la situación, aunque no pudiera precisar los detalles.

—Dioses, si lo encuentras a bordo, mátalo.

—Eso haré —dijo Vex. Avanzó hacia el galeón. Tenía un pie sobre la barandilla del *Vagabundo* cuando Lu sujetó su brazo.

—Lo necesito vivo. No para redimirme, sino para evitar la guerra.

El parche de Vex estaba orientado hacia ella, así que no pudo leer su expresión, pero el músculo en el brazo del chico se tensó bajo sus dedos.

—Si viera a las personas que me hicieron lo que me hicieron —dijo Vex—, los mataría. He soñado con ello durante años.

La miró, y Lu se sorprendió al no ver furia en su rostro, sino tristeza.

Vex volvió para sujetar el brazo de ella mientras Lu sujetaba el de él.

—Me pides que lo deje vivir, sabiendo lo que te hizo. Quieres que le muestre *piedad*.

—No quiero matarlo —admitió Lu—. Quiero destruirlo. Eso es lo que más temo. Que, si lo veo en ese barco, sin que el decoro me detenga, no podré... —Se detuvo, bajó el mentón—. No podré sobrevivir a las cosas que le haría. Nunca podría mirar a Teo a los ojos de nuevo, o fingir que sirvo a esta isla con dignidad. Sería lo que era durante la revolución. Y *no puedo* ser una asesina de nuevo.

Lu no lloró mientras hablaba. Lo hizo permitiendo que las palabras flotaran allí.

Vex no mostró reacción alguna. Ni perplejidad ni dolor.

—Si sirve de algo —dijo él—, sé que no eres capaz de ser otra vez eso en lo que tus padres te convirtieron.

—¿Cómo puedes saberlo?

Él sonrió.

—Yo tampoco me convertí en lo que las personas querían que fuera.

La acercó a él un poco más antes de soltarla para que ella pudiera retirarse. No lo hizo.

—Somos más fuertes de lo que ellos jamás soñaron. Tú eres más fuerte. Ven conmigo o quédate: es tu decisión.

Con un guiño y una sonrisa, saltó del *Vagabundo veloz*, se aferró a la claraboya más baja y comenzó a trepar por el galeón.

—Ve —dijo Nayeli—. Te odiarás a ti misma si te quedas aquí.

Lu la miró a través de la ventana de la timonera.

—También podría odiarme a mí misma si voy.

Nayeli negó con la cabeza.

—Ambas sabemos que eso es mentira.

Una ola rompió contra la barandilla y cubrió de espuma las botas de Lu.

Si seguía a Vex a bordo de aquel barco, y la persona que había luchado tanto por no ser reaparecía, se odiaría a sí misma. Pero si permanecía allí oculta en la sala de máquinas con Teo, se odiaría aún más, por permitir que el miedo continuara manejando su vida.

Lu se colocó el bolso sobre los hombros, revisó sus armas y saltó sobre el lateral del galeón. No había tiempo para pensar; no había tiempo para preocuparse.

No había dónde ir, más que hacia adelante.

A Vex le alegraba sentir ese odio intenso hacia Milo Ibarra mientras trepaba por el exterior del galeón. Se concentró en la sensación: su mente quería perder el control.

Reconoció el barco. Le pertenecía a Elazar.

No... Ibarra. Hallar a Ibarra. Y matarlo.

Pero no lo haría, por el bien de Lu. Pero dios, si le daban diez minutos a solas con ese hombre horrible, haría que Ibarra suplicara por la muerte.

Vex oyó un ruido sobre las olas que rompían, y cuando miró, Lu trepaba por el barco debajo de él. No había esperado que ella permaneciera a bordo del *Vagabundo*: Lu era la fuerza más férrea que había conocido. Encontraría una forma de avanzar.

Pero verla relajó la tensión en su cuerpo. No tendría que abordar solo aquel barco.

Ese barco. Uno en el que él ya había estado.

Vex continuó trepando, incapaz de saber si temblaba por su enfermedad o por el terror. Él y Lu encontrarían a Ibarra u otra prueba de aquella locura, y saldrían del barco antes de que algo ocurriera. Detendrían la guerra antes de que Argrid pudiera hundir sus garras en Gracia Loray de nuevo. Antes… antes…

Lu cayó sobre la cubierta segundos después que él y corrió hacia donde él estaba agazapado, detrás de un bote de remos. Aunque estuviera aterrado, no podía evitarlo. Le sonrió a Lu.

—Supuse que no podía dejarte ir solo —susurró ella—. Después de todo, te estás muriendo por una enfermedad que te hace inestable.

Vex puso el ojo en blanco.

—Tenías que mencionarlo, ¿verdad?

Ambos miraron la cubierta. Veían a tres guardias en el alcázar, dos más caminando en la proa. La cubierta principal estaba entre ambos puntos, bastante baja, lo que permitiría que Lu y Vex se escondieran contra la pared, se escabulleran hasta la escotilla central y bajaran hasta la cubierta inferior sin llamar la atención.

—Deberíamos comenzar con la cubierta más baja —susurró Lu—. Y después ir subiendo. Guarda todo lo que encuentres: correspondencia, frascos que podrían contener las pociones de prueba de Elazar, *todo*. Tendremos que ir ante el Consejo después de esto sin importar lo que suceda.

Ella avanzó antes de que Vex pudiera decir algo. Aunque no lo habría hecho.

Las escaleras cubrían la pared debajo del alcázar y había una puerta entre ellas: el camino al camarote del capitán. La escotilla central estaba delante de esa puerta. Sería una entrada directa cuando los guardias de la proa aparecieran.

Vex cayó junto a la puerta segundos después que Lu, jadeando como si hubiera corrido en cubierta. Ella sujetó la muñeca de Vex, y si bien lo hizo probablemente para asegurarse de que corrieran al mismo tiempo hacia la escotilla, Vex se apoyó en ella.

Lu avanzó corriendo y Vex la siguió a trompicones.

La escotilla central se abrió. La luz impregnó la cubierta principal mientras un hombre subía los escalones.

Lu se paralizó, maldiciendo. Pero no era Milo Ibarra.

El hombre sostenía un farolillo para iluminar un papel que leía. No notó la presencia de Vex hasta que estuvo de pie sobre la cubierta superior.

Alzó la cabeza. Lu sacó su cuchillo: tenía la atención clavada en Vex, quien le devolvía la mirada, observando seis años de ausencias, de sueños, de dolor y de muerte.

Él recordaba ese barco. Recordaba estar de pie en él con su padre y aquel hombre, que había sido un niño no mucho mayor que él, antes de que el mundo ardiera en cenizas frente a una multitud expectante...

Vex era consciente de que Lu los miraba.

—¿Vex? ¿Qué...?

El joven no gritó ni alzó la alarma. Dijo un nombre, suave y suplicante, que provenía de cien vidas atrás.

—¿Paxben?

29

Ben tenía siete años y corría por los jardines de la mansión de Rodrigu en Nueva Deza. Más adelante, un arbusto se movió y un cuerpo salió de él: un chico delgado y esbelto, dos meses más joven que Ben, pero más alto que él.

—¡Te atrapé! —gritó Paxben, y lanzó un puñado inofensivo de hojas sobre el pecho de Ben.

Él rio mientras caían al suelo.

—No, ¡finge que es muérdago disciplinado! ¡Se supone que tienes que hacerlo así! —Paxben se sacudió, puso los ojos hacia atrás para exhibir el blanco. Sacó la lengua, lo cual hizo reír más a Ben.

Una sombra pasó sobre ellos.

—¿Dónde has aprendido eso?

Ben alzó la vista, vio a su tío Rodrigu y se puso serio. Paxben, en cambio, nunca lo hizo, era una fuente inagotable de energía en la que Ben podía chapotear.

—En la Universidad —le dijo Paxben a su padre—. Es magia. También sé sobre otras. Sobre el helecho soporífero, el Ojo de Sol, el croxy y...

—Paxben —lo reprendió Rodrigu—. No deberías hablar de esas cosas.

—¿Por qué no? —protestó él—. ¡Tú hablas de ellas todo el tiempo!

Más tarde, Ben recordaría esas conversaciones y comprendería que la intensidad de Rodrigu no había sido una condena justificada. Había sido miedo.

Ben y Paxben tenían doce, y bromeaban sobre su nombre, *Paxben*, y sobre que su vínculo con Ben era más fuerte que el vínculo entre Rodrigu y Elazar.

—Tú también me ayudarás cuando sea rey —dijo Ben mientras se sentaban en un puente del complejo universitario y sus pies colgaban sobre un arroyo ruidoso.

Paxben cruzó los brazos, tenía el cuerpo entrelazado con la barandilla como el de Ben, y el mentón apoyado sobre el cojín formado por sus codos. Permaneció callado durante demasiado tiempo.

Ben comenzó a preocuparse hasta que Paxben le sonrió.

—Por supuesto —dijo él—. Estaré a tu lado. Serás el mejor rey.

Ben movió la cabeza de un lado a otro.

—No seré mejor que mi padre.

Paxben pateó sus piernas más rápido.

—Yo ocuparé el puesto de mi padre. Seremos *irmáns*, codo con codo, ayudando a Argrid.

Ben sonrió.

—Ya somos *irmáns*.

Hermanos.

Ben tenía trece años, estaba agazapado contra la cerradura del estudio de su padre.

—*Rodrigu liberó prisioneros de guerra... compró y vendió la magia de Gracia Loray... Fue aliado de nuestros enemigos, un traidor a la corona, una herramienta del Diablo... y su hijo también.*

No le permitieron a Ben visitar a Rodrigu o a Paxben en las celdas. Los defensores lo detuvieron en la puerta, y Elazar lo consoló con una mano en el hombro.

—Intenté razonar con tu tío y tu primo —dijo Elazar—. Están más allá de la redención. El Dios Piadoso recompensa a aquellos que defienden su pureza bajo el precio de un gran sufrimiento personal. Debemos purgar las almas de Rodrigu y Paxben, Benat, y el Dios Piadoso te bendecirá por el dolor que sientes.

Ben no vio a ninguno de los dos hasta la quema; Elazar le permitió observarlo todo desde la cercanía que él eligiera. *Para la catarsis*, había dicho su padre. Ben se puso de pie frente a la horda.

—*¡Nos purificar!* —gritaban las personas. «Purifícanos».

—*¡Queimar os herexes!* —gritaban otros. «Quemen a los herejes».

Ben observó a los defensores de la Iglesia arrastrar a Rodrigu fuera de la carreta que usaban para transportar a los condenados desde sus celdas. Ya no era aquel hombre risueño y vivaz que había perseguido con pasos pesados a Ben y a Paxben mientras jugaban al escondite en los jardines. Ya no era el político decidido que había guiado a Elazar durante la revolución en curso en Gracia Loray. Ahora era lo que la Iglesia había demostrado que su alma era: impuro.

Había magulladuras violetas bajo sus ojos. Heridas y sangre seca cubrían su cuerpo. Él tropezó, estaba tan débil que los defensores tuvieron que llevarlo a rastras.

Pero no habló hasta que llevaron a Paxben.

Ben sintió la bilis subiendo por su garganta. Paxben se resistía y pateaba a los defensores. Las esposas sujetaban sus muñecas y una mordaza cubría su boca, lo que hizo que Ben centrara la atención en la marca en el rostro de Paxben. No, no era una marca: con el forcejeo de Paxben, el vendaje cubierto de sangre cayó y Ben vio tajos en el ojo del chico.

Rodrigu gritó. Suplicó.

—¡Dejadlo ir! Asentzio, por amor de Dios, no lo hagas...

Ben miró hacia atrás, al mar inmenso de personas entre el frente de la multitud y los escalones de la Catedral Gracia Neus. Allí estaba su padre, demasiado lejos para que Ben pudiera ver si había reaccionado ante el uso que había hecho Rodrigu de su nombre completo.

Le alegraba que los defensores hubieran amordazado a Paxben.

Los defensores lanzaron a Rodrigu contra la hoguera y amarraron su cuerpo. Él se volvió hacia Paxben, quien tuvo que ser llevado de regreso a la carreta para que los defensores pudieran recuperar el control.

—¡Dejadlo ir! —gritó Rodrigu mientras colocaban un saco sobre su cabeza.

Los defensores arrastraron a Paxben fuera de la carreta otra vez, ahora él también tenía un saco sobre la cabeza; el deshonor era evidente. Lo amarraron a la hoguera que estaba junto a su padre, y un defensor con una antorcha se acercó. El humo penetró en la nariz de Ben.

El hombre pasó junto a Rodrigu pero no encendió su hoguera.

La histeria de Rodrigu se desató.

—¡NO MATÉIS A MI HIJO!

Ben inhaló el hedor del humo, y lo contuvo cuando su estómago se convulsionó.

«Son herejes, Benat», había dicho su padre antes de que salieran del palacio esa mañana. «Cuando observes, recuérdalo. Nos bendecirán por el dolor de sacrificarlos».

Ben observó a su tío y a su primo arder hasta morir. Grabó cada llama en su mente y usó el calor para quemar el dolor. Si el Dios

Piadoso podía hacer que las bendiciones surgieran de aquel dolor, él no lo quería. Nada bueno hacía que la muerte de Paxben y Rodrigu valiera la pena.

Ben los había visto arder. Los había visto *morir*.

Era un sueño. Estaba de pie en la cubierta de *El astuto*, el mundo cubierto de negro salvo por el farolillo en su mano que apartaba las sombras de los rostros de las dos personas que se encontraban frente a él.

Una joven que no conocía y un hombre. Ben había pasado seis años intentando olvidar aquel rostro, y ahora era mayor, así que tal vez era un truco... pero su corazón pronunció un nombre que era una plegaria que había jurado nunca más decir.

—¿Paxben?

El hombre —el *fantasma*— le sonrió, porque Paxben hubiera sonreído, porque pocos de los recuerdos que Ben tenía de su primo existían sin aquella sonrisa brillante que competía con el sol.

La realidad se apoderó de Ben y retrocedió, pero se topó con alguien que subía las escaleras detrás de él. Jakes colocó una mano en su cadera. Ben no tenía la fuerza para apartarlo.

—¿Mi príncipe? —dijo Jakes—. ¿Qué...?

Caos. Jakes gritó: ¡*intrusos!* Los farolillos iluminaron la cubierta y se oyeron armas y pasos rápidos.

La sonrisa triste y rota de Paxben permaneció en su rostro.

—Ben —dijo él por fin. Los defensores sujetaron sus brazos—. *Irmán.*

30

Los argridianos le quitaron las armas y el bolso a Lu, y ella se obligó a dejar que lo hicieran. Podía reemplazar los objetos que contenía, incluso la piedra familiar del santuario de Tuncay. Sin embargo, odiaba la idea de que los argridianos tuvieran su bolso.

La celda donde los defensores la encerraron junto a Vex estaba limpia, lo cual hizo que Lu solo sintiera furia por haber estado tan cerca del *Vagabundo veloz*. A través de esa pared, arriba, a una distancia corta a nado. ¿Nayeli había oído el alboroto? ¿Sabía que los argridianos los habían atrapado?

Enfocarse en aquellos detalles menores hizo que Lu recobrara la compostura. La última vez que había estado a merced de los defensores había sido durante la revolución, cuando Tom había grabado a fuego en su mente la importancia de evitar a cualquiera que vistiera uniformes azules con la *V* curva y blanca y las espadas cruzadas.

Ahora, no solo era prisionera de los argridianos; también estaba a merced del príncipe heredero. El hombre que había reconocido a Vex.

Lu escuchó mientras los pasos de los defensores subían por las escaleras de madera antes de voltear hacia Vex. Él estaba pálido, con el ojo clavado en el pasillo delante de los barrotes de su celda, como si esperara que el príncipe apareciera en cualquier momento.

Lo que fuera que Lu hubiera estado a punto de gritar se convirtió en un susurro.

—¿No ha sido un engaño? ¿No estabas fingiendo para darnos tiempo? —Su voz se quebró—. ¿De verdad conoces al *príncipe heredero de Argrid?*

Vex asintió.

—Sí.

Una respuesta honesta. Sin ocurrencias, guiños o una respuesta vulgar.

—Te llamó Paxben —insistió Lu.

Vex volvió con una mirada penetrante.

—Paxben murió hace seis años.

Seis años atrás. La revolución había estado en proceso, así que cualquier noticia que no involucrara la guerra no había tenido prioridad. Pero Lu recordó que sus padres y otros líderes habían hecho un minuto de silencio una mañana: habían dicho que el hermano del rey había liderado a un grupo de simpatizantes rebeldes en Argrid. Los defensores habían descubierto su traición y lo habían quemado, junto a su hijo.

A Lu no le había importado. ¿Por qué debía llorar la muerte de un aristócrata argridiano cuando veía cómo ellos destruían su isla día a día?

—Rodrigu. —Ella dijo el nombre que sus padres habían susurrado. Vex cerró el ojo, el nombre lo golpeó como si ella hubiera gritado—. Tu padre —supuso Lu.

Lo cual hacía que Vex fuera el primo del príncipe heredero de Argrid. El sobrino del rey.

A Vex siempre le había resultado apropiado que él hubiera abandonado Argrid en un barco. Cuando llegó a Gracia Loray y lo lanzaron en una de las prisiones de la Iglesia, sintió que los cimientos de la tierra se habían convertido en agua. Nada era sólido. Nada era seguro.

Hasta que salió de aquel infierno y encontró su propio futuro. Él no era Paxben. Él era Devereux Bell, famoso pirata de río, buscado en toda la isla. No había sobrevivido a todo lo que había vivido solo para que lo derrotara...

Recordó la expresión en el rostro de Ben. Perplejidad. *Esperanza.*

—Sé lo qué piensas —dijo Vex, mirando a Lu a los ojos con seguridad absoluta—. No soy un espía argridiano o un infiltrado de la Iglesia. Mi tío quería que lo fuera... por eso fingió mi muerte, me dejó en esta isla y esperó a ver si sobrevivía o moría. Bueno, no hice ninguna de esas cosas. Me convertí en otra persona.

—Pero tenías que obedecerle —Lu llenó los espacios vacíos—, porque te envenenó. Él también buscaba la cura. Como dijiste...

—Soy tan leal a Elazar como lo eres tú a Milo Ibarra —replicó Vex—. Eso es todo. Maldita sea, no cambia nada.

Lu suspiró.

—Sí que lo hace, Devereux.

Devereux. Él se relajó.

—¿Tu tripulación lo sabe? —preguntó ella. Él asintió.

—Así conocí a Edda. Ella estaba en la misma prisión olvidada donde Elazar me había dejado, al norte de Gracia Loray. Escapamos juntos. —Su tensión se disipó—. A Nay no le importó. Ella tiene su propia historia dolorosa, como has comprobado.

Oyeron pasos en la escalera. Vex se puso rígido, con la mente en blanco, y se sintió más agradecido de lo que podía expresar cuando Lu se ubicó frente a él. Como si pudiera amortiguar el golpe de lo que fuera que se acercaba.

Un grupo irrumpió en el pasillo. El defensor que había dado la alarma guiaba a los demás y, cuando se detuvo, vaciló como si se negara a revelar su cargo.

Pero Ben lo apartó.

—Defensor Rayen, váyase. Ahora. Todos. Salgan de aquí.

Cada palabra era una daga en argridiano perfecto, el peso de un hombre que sería obedecido. Vex estaba prácticamente impresionado. La última vez que había visto a Ben, era un niño tímido y obediente que habría saltado al océano si Elazar lo hubiera pedido.

Los defensores salieron. Rayen hizo una reverencia.

—Mi príncipe —dijo y subió las escaleras.

El agua zumbaba contra el casco mientras Ben avanzaba hacia la celda.

Una maraña de nervios obligó a Vex a controlar la situación. Salió detrás de Lu, manteniendo la postura relajada mientras apoyaba un hombro contra los barrotes.

—El liderazgo te sienta bien —dijo Vex en argridiano.

El rostro de Ben estaba rígido.

—Seis años.

Vex sintió que el corazón se le hundía en el estómago.

—Te vi arder. —Ben aferró con fuerza los barrotes, sus nudillos estaban blancos. No le prestó atención a Lu, su energía estaba centrada en Vex—. Me obligué a permanecer de pie allí hasta que no fuiste más que un cadáver carbonizado. ¿Y eso es todo lo que me dices?

—¿Qué debería decir? —Vex odió que su voz se quebrara—. ¿Tu padre es un tirano tan ciego por la religión que asesinó a tu tío y desterró a tu primo?

Ben separó lo labios. Vex esperó, expectante, que él gritara: ¡herejía!

Pero no lo hizo. Apoyó la frente contra los barrotes y cerró los ojos.

—Él está aquí.

Un vacío largo y lento erradicó la determinación de Vex.

Lo último que había visto en Argrid había sido la imagen de su tío, de pie en los escalones de la Catedral Gracia Neus, segundos antes de que ordenara la quema de Rodrigu. Cada vez que los matones argridianos habían aparecido y amenazado a Vex, él había hecho lo que le habían pedido, porque lo único que veía al cerrar el ojo era a Elazar. De pie bajo las esculturas de los pecados y las Gracias. *Sonriendo*.

Un espasmo recorrió el cuerpo de Vex y lo sacudió tan fuerte que sus dientes castañetearon, pero lo disimuló deslizando la mano sobre su pelo.

Ben sintió la vibración a través de los barrotes y alzó la vista.

—Los defensores fueron a buscarlo —continuó Ben—. Es probable que ya esté abordando.

Él se alejó, de regreso hacia la escalera.

Vex se puso rígido, como si cada músculo estuviera ligado, de nuevo, a su primo. A su *irmán*.

Se habían escabullido en las cocinas en mitad de la noche para comer tantos chocolates importados que habían estado enfermos durante días. Habían trepado lo más alto posible en las torres de la Catedral Gracia Neus y se habían desafiado a trepar sobre las cúpulas. Había sido devastador para Vex pensar que Ben podía ser como Elazar. Ben no había ido a verlo después de que lo arrestaran, tampoco cuando había ido a juicio con Rodrigu, ni cuando habían esperado en la carreta entre la multitud enardecida de la catedral.

«No puedes esperar que Ben traicione a su padre», le había dicho Rodrigu. Vex había reconocido la verdad en aquellas palabras, porque estaba encadenado en una carreta junto a su propio padre, listo para morir por él. Pero Elazar estaba *equivocado*, aunque fuera el padre de Ben. Él debía reconocerlo. Lo vería, y detendría eso, porque eran *irmáns* y eso también importaba.

Vex cerró el ojo. Maldición, no se rendiría ante eso. No tenía que sentir las emociones del pasado porque *no era* el pasado de Devereux Bell... O eso se había repetido a sí mismo, día a día, a veces a cada minuto, durante seis años.

Otro temblor sacudió su espalda, pero no tuvo energía para ocultarlo.

Lu se acercó a él. Vex la miró e hizo un gesto de dolor.

—Debería… haber negociado. Nos matarán por subir a su barco. —Vex tragó—. En especial ahora. Si Elazar está aquí…

Argrid había ido a terminar la guerra por Gracia Loray. Lo peor de todo lo que habían temido estaba ocurriendo…

Pero Lu no dijo nada. Sujetó la manga de la camisa de Vex. El corazón del muchacho trastabilló.

—Lu, no tienes que…

Ella lo rodeó con sus brazos, apoyó el mentón en el hombro de Vex. La perplejidad lo paralizó, pero recobró la compostura y la sostuvo como si ella fuera a desaparecer si él la tocaba demasiado fuerte.

Ella permaneció allí hasta que él se relajó. Hasta que los dos lo hicieron.

Ben mantuvo el autocontrol incluso cuando vio a Jakes en el piso siguiente, esperándolo.

—¿Qué le has dicho? —preguntó Jakes—. Que el Dios Piadoso nos ayude, ¿cómo es posible?

Ben quería gritar. Empujar a Jakes por estar *tan cerca de él.*

Pero lo único que dijo fue:

—Recuerde su lugar, defensor.

Jakes se detuvo y Ben se dirigió rápidamente hacia la cubierta media.

Fue hasta el laboratorio. El catre de Gunnar tenía las sábanas tendidas a pesar de lo tarde que era. Las sombras titilaron en la cama mientras él caminaba el trecho que le permitía la cadena que sujetaba su tobillo a la pared. Jakes lo había encadenado diciendo que, si Gunnar se había arrepentido, debía ganar su libertad.

Lo que hacía que trabajar con Gunnar fuera como trabajar junto a un lobo feroz con correa que podía, si un día lo decidía, estallar en llamas. Gunnar se volvió cuando la puerta se abrió. La luz de la vela en la mesa titiló.

—¿Qué ha ocurrido? He oído gritos —Gunnar cerró las manos, las relajó, las cerró de nuevo, buscando un arma que su uniforme de siervo no tenía.

Ben lo ignoró, cerró la puerta de un golpe y avanzó tambaleándose. Se aferró a la mesa que estaba junto a la pared trasera y un frasco de aloe flauta cayó al suelo.

Paxben estaba vivo. Su primo estaba *vivo*.

Le habían quitado demasiado, demasiados cimientos se habían convertido en arena para que Ben confiara en ello.

Un frasco golpeó el lateral de la cabeza de Ben.

Él fulminó con la mirada a Gunnar, que sostenía otro frasco vacío, y se preparaba para lanzar. Su cadena no le permitía alcanzar toda la habitación.

—¿Qué ha sucedido? —preguntó Gunnar con el tono que un hombre usa para intentar hablar con un insecto.

—Nada que te concierna.

—Estoy en este barco. Me concierne. ¿Ahora estamos atacando?

—No.

Gunnar dijo una palabra en su idioma, algo que Ben le había oído decir al menos una docena de veces. Asumía que significaba *imbécil, idiota*, o una combinación de las dos.

Alguien llamó a la puerta y la abrió, y Jakes apareció en la entrada. Le dedicó a Gunnar la atención suficiente como para comprobar que la cadena estuviera en su lugar.

—Su padre lo espera en el camarote del capitán —dijo Jakes.

Ben cruzó los brazos, fingiendo indiferencia.

—¿Y Paxben?

—Lo están llevando arriba en este momento.

Ben asintió.

—Dile a mi padre que estaré allí pronto.

Jakes vaciló, claramente esperando acompañar a Ben, pero después de una larga pausa, partió.

—Benat —dijo Gunnar cuando cerraron la puerta. Con su acento grave, sonó más bien a *Ben-jay*—. ¡No me dejes aquí, sin información!

Ben avanzó la mitad del camino hacia la puerta antes de sentir pena por Gunnar.

—Mi primo ha regresado de la muerte —dijo, feliz de que sonara tan imposible como lo sentía—. Lo cual es milagroso, considerando que la Iglesia lo quemó por herejía seis años atrás.

—Herejía —repitió Gunnar—. Puedes usarlo. ¿Cómo?

—¿Usarlo? Él estaba muerto... lo vi *morir...*

Gunnar se encogió de hombros.

—La Iglesia intentó matarlo y sobrevivió. O la Iglesia le permitió vivir o tu padre lo hizo. Esto podría cambiar las cosas.

Gunnar tenía razón, maldita sea.

Le habían mentido a Ben. Ya lo sabía... pero había asumido que había descubierto la extensión de las mentiras.

Elazar había fingido la muerte. Era la única explicación que tenía sentido, pero aún quedaban preguntas sin responder. Habían atrapado a Paxben en la traición de Rodrigu. Era evidente que él no tenía lealtad hacia Elazar... a menos que la rebeldía de Paxben hubiera sido una trampa.

Ben necesitaba descubrir dónde yacía la lealtad de Paxben antes de que Elazar realmente lo matara, o manipulara aquel evento para beneficiarse. Pero hacerlo significaba hurgar en las otras emociones que se apiñaban en el pecho de Ben como rocas en un valle después de un derrumbe.

Un frasco rebotó contra su esternón; el golpe fue tan fuerte que le dejó una marca.

—Ve —rugió Gunnar—. ¡No accedí a quedarme aquí para permitir que el enemigo gane batallas!

Otro frasco, pero esta vez, Ben lo atrapó y lo lanzó hacia Gunnar antes de partir.

Minutos antes de que su primo hubiera reaparecido, Ben había estado pensando cuál sería el mejor modo de usarlo.

Paxben tenía razón. El liderazgo le sentaba bien.

31

La cubierta principal cobró vida con los defensores, los de *El astuto* y una docena más de *El despiadado*, la primera señal que indicaba que Elazar estaba a bordo. La mayoría realizó saludos firmes ante Ben y lo llamaron «Príncipe Benat» en tonos breves.

Elazar quería saber que él se acercaba.

El camarote del capitán estaba debajo de la proa, una habitación espaciosa con mesas para mapas y estantes de caoba llenos de equipamiento náutico. Las alfombras gruesas y las sillas acolchonadas hacían que la habitación fuera cómoda, y elegante por los detalles dorados y por la réplica del símbolo de Argrid esculpido en madera pulida en la pared trasera. Ben había pasado poco tiempo allí; le había confiado el viaje al hombre que Elazar había elegido como capitán de *El astuto,* así que no se sentía un instruso como podría haberle sucedido al ver a Elazar ocupar uno de los mejores camarotes del barco.

Jakes estaba firmemente de pie junto a una de las grandes ventanas cerradas para ocultar las luces dentro de la sala. El resto de los defensores presentes eran de la guardia privada de Elazar. El hombre estaba sentado detrás del escritorio bajo el escudo decorativo de Argrid, hablando con otro defensor.

La puerta detrás de Ben se cerró. Elazar alzó la vista.

Ben habló primero:

—Creí que ahora trabajábamos juntos.

Aparentemente, optaría por la furia como su guía emocional. Era más difícil de ejecutar, pero él apenas estaba al límite de la compostura, lo suficiente como para estar furioso y no llorar.

Elazar alzó las cejas.

—Lo mantuviste vivo —prosiguió Ben—. Tenías un agente en Gracia Loray, uno que podría haber sido útil para realizar el trabajo del Dios Piadoso, y tú...

Era una suposición, una puñalada salvaje y furiosa en la noche, así que cuando Elazar alzó la mano, Ben se paralizó horrorizado.

Elazar bajó la mano.

—Tu primo era demasiado irresponsable para ser útil. No te informé que estaba vivo porque no había nada que ganar, y ha sido claro desde hace un tiempo que el Dios Piadoso desea que me libre de él. Así que, ahora, me ocuparé de él.

Los farolillos de la sala eran cuadrados, de cristal grueso, con espacio para agregar oxígeno. Pero Ben saboreó el humo amargo, la ceniza invadía sus pulmones.

El hombre que se encontraba junto a Elazar carraspeó, y Elazar se puso de pie.

—Por supuesto... Benat, como has señalado, es bueno para ti saber los movimientos del Dios Piadoso en Gracia Loray. El general Ibarra ha sido una pieza fundamental de nuestro plan.

Ben centró la atención en el hombre con quien su padre había estado hablando. No era un defensor. Ben había visto al general Ibarra solo una o dos veces, dado que Ibarra había pasado la mayor parte del tiempo en Gracia Loray, liderando el comienzo de la guerra. La última vez que Ben lo había visto, la nobleza de Argrid se había reunido para enviar al contingente que se ocuparía de negociar el tratado en Nueva Deza.

Ben asintió hacia Ibarra, y después notó que debía reaccionar más si quería mantener su fachada.

—General, le agradezco su servicio. No es una guerra fácil de librar.

Ibarra hizo una reverencia.

—Con su asistencia, por fin podremos cumplir con el gran destino de Argrid en esa isla abandonada por Dios.

Pero Elazar ya estaba hablando.

—Mis contactos han resultado ser verdaderos adeptos del Dios Piadoso y nos han enviado plantas para que uses, Benat. Los defensores están descargándolas ahora mismo.

Ben tuvo que obligarse a apartar los recuerdos del humo intoxicante, los cadáveres carbonizados y la sonrisa de Paxben.

—¿Tus contactos?

Elazar señaló con la mano detrás de Ben. La puerta se abrió, una ráfaga de aire marino transportó parte del hedor a humo.

—El sindicato mecht. Gracias a su visita, los hemos convencido de que nos ayuden. Se han entregado a la causa de Argrid y a la causa de purificar el mundo.

Ben abrió la boca. ¿El sindicato mecht? ¿Una visita?

El recuerdo lo golpeó tan fuerte que luchó por permanecer de pie. Vio visitantes semanas atrás: los mecht a quienes les habían pedido ayuda no habían sido oficiales diplomáticos, como Ben había creído, como Elazar *le había dicho*. Habían sido piratas de Gracia Loray.

—Bendito sea el Dios Piadoso —dijo Ben, las palabras cortaban su lengua.

—Bendito sea. Ah, aquí estamos. Benat, Ibarra, pueden retirarse.

Ben volvió, entumecido.

Y se detuvo.

Paxben, con las muñecas y los tobillos esposados, entró al cuarto. La chica estaba detrás de él, sus facciones oscuras retorcidas en una expresión férrea de ferocidad.

Los defensores instaron a Paxben a detenerse a pasos de Elazar e Ibarra, detrás del escritorio. La chica chocó con Paxben y presionó la mano sobre la espalda del chico para no perder la estabilidad.

Los ojos de ella pasaron de los hombros de Paxben, a Milo Ibarra.

—No —dijo ella, escondiéndose detrás de Paxben—. No…

Los defensores la llevaron adelante, ignorando sus súplicas. Ella cayó de rodillas mientras Ibarra hacía una reverencia de despedida ante el rey, con los ojos fijos en Paxben.

La expresión victoriosa en el rostro de Ibarra aumentó con una risa fuerte.

—Vaya, Devereux Bell —dijo él. Paxben avanzó mientras Ibarra rodeaba la mesa, pero los defensores patearon la parte posterior de sus piernas, para ponerlo de rodillas—. Oí que habías escapado.

—¿Quién? —preguntó Ben.

Ibarra miró a la chica, que se inclinaba hacia adelante… no en actitud sumisa, sino más bien como si intentara ocultarse.

—Un pirata molesto de esta isla —dijo Ibarra—. El hombre que tu querido primo fingía ser.

Ben no podía ver el rostro de Paxben, pero quería hacerlo, para ver si el nombre encajaba con la persona en la que su primo se había convertido.

—Lo que no entiendo es quién es *ella* —prosiguió Ibarra—. Uno de mis informantes dijo que su hija enamorada fue quien liberó a Bell. Pero la chica no es más que una dama dócil, no es una…

Ibarra se detuvo. Se agachó y tiró la cabeza de la chica hacia atrás, entrelazando su puño en el cabello de la prisionera. Elazar no hizo nada para detenerlo: ¿por qué lo haría? Eran prisioneros.

Ben luchó contra el instinto que le indicaba intervenir. Al límite de la consciencia, vio a Jakes contra la ventana, observando la situación. *Observándolo.*

Cuando Ben centró la atención de nuevo en Ibarra, tuvo que parpadear para estabilizar su visión, porque aquel hombre furioso con el rostro enrojecido no podía ser el mismo general tranquilo de antes.

Ibarra se puso rápidamente de pie, mirando a la chica mientras sonreía con sus dientes resplandecientes.

—Adeluna Andreu —dijo el general, como si intentara recolocar las letras para crear algo nuevo—. Perra confabuladora.

—Uno de mis informantes dijo que su hija enamorada fue quien liberó a Bell.

Lu abrió la boca.

Uno de mis informantes… Su hija enamorada…

Su determinación había comenzado a fragmentarse desde que le había contado a Vex su pasado. Pero aquello no había sido más destructivo que reconocer el dolor de las heridas de hacía tiempo.

Ese fue el golpe final en el cristal frágil. La última bala para derribarla.

Estaba derrumbándose.

«Lo siento tanto, mi pequeña Lulu. Lamento que esto te haya sucedido. No debería haber pasado…».

Su padre había traído la noticia del depósito que había apartado a sus soldados de los cuarteles la noche de la batalla final. Él había construido la mayoría de los planes rebeldes, sus ataques y cuántos soldados participarían. Kari y los demás habían organizado la alianza con los piratas de río. Tom no lo había sabido hasta que ella ya lo había hecho.

Milo continuó hablando, y Lu recobró la consciencia con un sobresalto. Él ahora sabía quién era ella. Quién era *de verdad*.

—… una espía durante la revolución —le decía Ibarra al rey—. Una niña cobarde e inútil que huyó durante la última batalla. Intentó hacerme ver como un idiota.

Te hice ver como un tonto, quería decir ella.

El rey alzó la mano para silenciar a Milo, y Vex se acercó a Lu.

Elazar la miró entrecerrando los ojos con cierto nivel de estimación, como si estudiara una planta nueva. *¿Cómo puedo usar esto? ¿Me es útil?*

—He oído historias sobre la batalla final. —Elazar miró a Milo—. Los piratas tomaron el bando de los rebeldes. Si recuerdo bien, *usted* fue quien huyó esa noche. Pero no tiene importancia.

La tenía. En la manera en que Elazar fulminaba a Milo, lo rodeaba y centraba la atención en Lu.

Las fracturas vibraron en el cuerpo de Lu, su corazón se enredaba en cosas que ella no era capaz de deshacer.

—Tú eras la niña. La que torturaron —dijo Elazar.

—No —respondió Vex—. Ella es miembro de mi tripulación. Es…

—Cada palabra que dices es tóxica, sobrino. Las impurezas del Diablo te han afectado. —Elazar hizo un cuenco con las manos sobre el pecho—. Pero tu vida no ha sido en vano, bendito sea el Dios Piadoso. Me has traído la clave de nuestra salvación.

Vex frunció el rostro. Lu lo observó, incapaz de mirar a Elazar, cuya voz tenía el tono de la locura.

—Le dio tratamientos a esta niña —dijo Elazar—. Más que suficiente para que contrajera la Enfermedad Temblorosa en un año, según sus palabras, general Ibarra.

Lu se balanceó, y se detuvo. Aquella información era nueva: ella ya sabía que ingerir grandes cantidades de plantas causaban la Enfermedad Temblorosa, pero la dosis controlaba cuán rápido mataba al enfermo. Cuantas más plantas consumía una persona, más rápido la mataba la enfermedad.

Sintió náuseas en la garganta.

Lazonada. Acacia. Croxy. Más y más hasta que su boca había ardido y su estómago parecía estar en carne viva. *Demasiadas*, lo había sabido incluso entonces.

—Sin embargo, ella sobrevivió. De nuevo, según sus palabras, Ibarra.

Lu miró a Milo, quien estaba de pie a un lado.

—Sí —afirmó él—. Es ella, mi rey.

Elazar sonrió.

—Entonces, sin duda hemos sido bendecidos.

—¿Padre?

Lu había olvidado que el príncipe estaba en la habitación.

—Hijo mío. —Elazar apoyó una mano en el hombro del príncipe—. Descubrirás cómo sobrevivió esta chica a la enfermedad causada por la sobredosis de magia. Con esa información, deberías tener todo lo necesario para crear tónicos como ordenó el Dios Piadoso.

Vex le había dicho a Lu que Elazar estaba desesperado por hallar la cura de la Enfermedad Temblorosa; pero ver la alegría en el rostro del rey hizo que Lu comprendiera, horrorizada, lo peligrosa que era.

Sabía cómo curar personas cuando habían consumido demasiada magia. Podía mantener sujetos vivos mientras Elazar los torturaba con sus experimentos. La magia permanente no era imposible: los mecht habían manipulado el Ojo de Sol de algún modo, así que él quizás un día descubriría cómo hacer que cualquier magia fuera permanente.

Con ayuda de Lu.

—Pero, Ibarra. —Elazar no lo miró, sus ojos les daban una orden silenciosa a los defensores que estaban detrás de Lu. Ella los oyó moverse, reafirmando su posición, y Milo enderezó más la espalda—. Dijiste que esta chica era la hija de uno de tus informantes, y sin embargo no conocías su identidad. Tu informante no te dijo que su hija era la chica de la batalla final, y que ella había sobrevivido milagrosamente sin sucumbir ante la Enfermedad Temblorosa. ¿Por qué?

—Yo… —Milo abrió y cerró la mandíbula. Sus ojos cayeron sobre Lu con una mirada acusatoria, como si comprendiera el verdadero peso de la presencia de la chica en su vida.

Ella lo había hecho parecer como un tonto cuando él había sido incapaz de derrotarla de niña; lo había hecho quedar como un imbécil ahora, cuando había expuesto su incapacidad para reconocer detalles. Y además, su incapacidad para controlar a sus informantes.

¿Había sabido Tom la gravedad de lo que Lu había soportado? O él no había sabido lo que implicaba que ella no hubiera contraído la Enfermedad Temblorosa, o la había protegido. Ninguna opción alivió a Lu. Vio a Tom sonriéndole en un sótano lleno de moho.

«Kari no conoce a este enemigo. Será algo que la ayudará mucho, a ella, a la guerra. Por este motivo eres mi pequeña Lulu: porque puedes guardar un secreto tan bien que es como si te tomaras una planta mágica para sellar tus labios. Ahora, solo un viaje rápido. No verás nada, lo prometo».

Lu había asesinado por su padre. Había espiado por él. Las misiones secretas que Kari había desconocido, porque Tom acariciaba su cabeza, le sonreía, la *quería*.

Se dijo a sí misma que eran enemigos, que había matado por defensa propia, pero una vez había sido su intención hacerlo. Había razonado todo el proceso como Tom le había indicado.

Son enemigos, cariño. Sus muertes ayudarán a la guerra.

Pero ¿a qué lado de la guerra había ayudado? ¿A quién había matado?

Vomitó, su estómago dio vueltas… pero cuando se inclinó sobre sí misma, se volvió consciente, demasiado consciente, de que también estaba arrodillándose ante Milo.

—Despejen la habitación —dijo Elazar—. No tú, Ibarra. Debemos discutir tus errores. Benat, haz lo que debas con esta nueva herramienta. Defensores, deshágense de mi sobrino.

El príncipe hizo una objeción mínima.

—Quizás aún lo necesitamos, padre. Permite que viva hasta que pueda descubrir la docilidad de la chica.

Elazar asintió.

—Entonces, llévenlo a la celda.

Mientras la sala despertaba, la mirada fulminante de Milo permaneció en Lu, un odio en el que ella se ahogó.

Estaba a su merced, de nuevo. Esposada y prisionera, con guardias sujetando sus brazos. El príncipe dijo:

—Llévenla al laboratorio. Encadénenla a mi asistente.

De pronto, viajó en el tiempo cinco años atrás. Ella estaba oculta con Annalisa, observando al destino cazarla.

No, había pensado esa noche en el cuartel. *Sea cual sea el destino que vendrá, no es el de Annalisa: es el mío. Solo mío.*

Había sabido que merecía pocas de las buenas cosas que le habían tocado. Su piel estaba demasiado empapada en sangre, manchada de modos que nunca podría limpiar… y entonces creía haber matado personas que al menos se lo merecían, de un modo horrible.

Pero ahora…

¿Qué había hecho? ¿Había matado a lorayanos inocentes, amenazas que Argrid quería fuera del camino? ¿Había asesinado a personas que podrían haber ayudado a que la revolución terminara antes?

Cuando Lu miró a Vex y vio el pánico descontrolado en su ojo, se entregó sin pelear. Los argridianos intentarían usarlo a él en su contra si se resistía, así que no lo hizo. Debía aguantar hasta que Cansu rescatara a Vex.

La tenacidad se apoderó de ella, asfixiante pero familiar. Siempre había sabido cuál era su destino, aunque en el último tiempo hubiera fingido tener una vida normal. Allí la había esperado, una sombra acechando sus pensamientos: la certeza de que no merecía calma y normalidad. Ella había creado aquel futuro en cuanto había obedecido a su padre.

Ahora que sabía la magnitud de lo que había hecho, una calma extraña la invadió. Aquello era lo que merecía, castigo y dolor. Era más apropiado ahora de lo que jamás había sido.

El pánico de Vex estalló cuando ella se puso de pie. Él se incorporó, pero los defensores lo sujetaron.

—¡No cedas a lo que quieren! —gritó Vex—. ¡Lu! *¡Lu!*

Se la llevaron fuera, al aire salado. Lu retorció las manos para que sus palmas quedaran hacia arriba, conteniendo lagos de luz de luna.

—¡Lucha! —gritó Vex detrás de ella—. ¡Te destruirán!

Pero ella sabía la verdad. *Me han destruido hace años.*

32

B en debería haber ido tras la chica. Adeluna, la había llamado Milo. Por el bien de su fachada, necesitaba ir al laboratorio y revisarla, o fingir hacerlo, para descifrar cómo había evitado contraer la Enfermedad Temblorosa.

Ben sentía curiosidad. ¿Realmente la había evitado? ¿Era eso posible?

Ben permaneció fuera del camarote del capitán hasta que los defensores llevaron a Adeluna y a Paxben bajo cubierta. Jakes hablaba con los hombres de Elazar junto a la barandilla, por lo que Ben permaneció cerca de la puerta, contando las olas que rompían, oyendo a su padre reprender a Milo Ibarra dentro del cuarto cerrado.

Llegó a veinte olas y se movió.

Dos defensores custodiaban las celdas en el nivel superior fuera de la escotilla. Adoptaron la postura de atención cuando él se aproximó.

—Que nadie me moleste —les dijo Ben, y cerró la escotilla al bajar.

Era estúpido lo que estaba haciendo. Pero estaba desesperado.

Paxben estaba de pie en el centro de la misma celda cerrada que antes, con las manos en los bolsillos, y la postura relajada. Cuando Ben se detuvo fuera de la celda, vio a su primo temblar.

—¿Qué vas a hacer con ella? —preguntó Paxben.

—Estará a salvo. Lo prometo. Yo…

Estaban solos. Por primera vez en más de seis años.

—Paxben, yo…

—Vex.

—¿Qué?

—Mi nombre. —Paxben parecía intentar mantenerse relajado, pero sus palabras sonaron severas—. No es Paxben. Es Vex o Devereux, si quieres.

El nombre quedó atascado en la garganta de Ben.

—Bien. Necesito decirte…

—No te mataría poner algunos muebles aquí. —Paxben lo interrumpió de nuevo—. Incluso las celdas de Nueva Deza tienen bancos.

—Podrías…

—Pero sospecho que no están hechas para el hospedaje a largo plazo de los prisioneros.

—Pax… ¡Devereux! —Ben sujetó los barrotes de la celda, esforzándose por no gritar y alertar a los defensores de arriba—. ¿Podrías escucharme? Necesito discul…

—No. —Paxben imitó su movimiento y avanzó—. No, Ben. No necesitas disculparte, o ayudarme o hacer nada. No desperdicies tu vida por mí. No te lo permitiré.

Ben quedó boquiabierto.

—¿Intentas protegerme? ¿Por qué?

Paxben rio con frialdad.

—Él es tu *padre*. Lo quieres. Pero sé que también me quieres, así que no te haré elegir. Nunca quise ponerte en esa situación.

—Nunca quisiste… —Ben cerró los ojos al comprender.

Por ese motivo Paxben nunca le había hablado sobre la locura de Elazar. Por eso nunca lo había invitado a la conspiración de Rodrigu. El Ben que Paxben había conocido habría gritado herejía y corrido hacia Elazar, preguntándole a su padre si era verdad. Ben había tenido que ver morir a Rodrigu y a Paxben para comprender que Argrid no era perfecta.

—Fui muy estúpido, Pax —susurró Ben, sin importarle haber dicho el nombre equivocado. No hablaba con *este* Paxben: hablaba con el Paxben de años atrás, quien había luchado mientras los defensores de la Iglesia lo arrastraban a la hoguera pero que nunca había gritado pidiendo la ayuda de Ben. No mientras Rodrigu había gritado por Elazar—. Todo este tiempo, permití que ocurriera. Me sentía culpable, y asustado, y no creí que hubiera otra forma. Me rendí.

Abrió los ojos y sujetó los barrotes.

—Ayudé a matar personas —prosiguió Ben—. Ayudé a *matarte*. Tal vez no seré capaz de hacer algo que los detenga, aún no, pero ya no soy ignorante. Lo siento, Pax… Devereux. Vex. Quien sea que quieras ser. Lo… —Ben se desarmó, inclinó la cabeza—. Lo siento.

—Ya era hora, maldita sea.

Ben parpadeó y vio a Paxben sonriendo con picardía. De todas las reacciones que esperaba —gritos furiosos, resentimiento aplastante— una sonrisa no había sido una de ellas.

—Le dije a mi padre —Paxben vaciló, diciendo la palabra con dificultad evidente— que serías mejor que Elazar. Todo el tiempo que he ayudado a los rebeldes ha sido por *ti*, idiota. Sabía que serías un rey por el que valdría la pena luchar.

—Apenas he comenzado a compensar todo lo que he permitido que ocurra —respondió Ben—. ¿Y tú hablas de reinar? Has visto hasta dónde llega el poder de Elazar.

Paxben asintió, solemne.

—Lo sé.

—Claro… no quería decir que… No sé qué hacer. Nuestro país está enfermo. ¿Dónde está la fuente? ¿Qué hago para curarlo? Y tú has regresado. —Suspiró—. Cada día entiendo más el poco control que tengo sobre todo.

Paxben le ofreció una sonrisa débil. Un recuerdo agrietado de una época pasada hace mucho.

—Te escribí —susurró Paxben. Después rio de sí mismo—. Sabía que nunca enviaría las cartas. Pero necesitaba hablar contigo. Te hablé sobre los planes de tu padre y lo que mi padre y yo habíamos intentado hacer. Te hablé sobre las celdas de la Iglesia, y lo que hicieron y cómo... —La mano de Paxben fue hacia su parche. Ben posó la mirada en él y decidió que lo ignoraría.

Para no avergonzar a Paxben, pensó. *¿O para no revolcarme en mi propia culpa?*

—Te conté todo —prosiguió Paxben—. Te imaginé leyendo las cartas. Imaginé tu comprensión y he tenido esta misma conversación contigo muchas veces, Ben. Imaginé todo lo que podrías decirme.

—¿Incluso esto? —Ben se señaló a sí mismo, al hombre temeroso e incapaz que era.

Paxben rio.

—Siempre me dije que estaría tan jodidamente aliviado de tenerte a mi lado que no me importaría. Podemos conquistar lo que sea juntos.

Ben aflojó el amarre en los barrotes. La celda se derretía, el barco y Gracia Loray lejos, nada interrumpía el momento que Ben había creído que nunca tendría de nuevo.

—Irmán —dijo Ben, con la garganta hinchada.

Te he echado de menos.

Paxben borró la sonrisa.

—*Para sempre* —respondió. «Para siempre».

Yo también te he echado de menos.

La habitación en la que los defensores depositaron a Lu estaba sobre una cubierta lo bastante alta y sus claraboyas dejaban entrar la luz de la luna. En aquella luz tenue, Lu distinguió las mesas de provisiones, los armarios resplandeciendo con frascos. La familiaridad del laboratorio habría sido reconfortante si ella hubiera sido capaz de sentir algo que no fueran las cadenas apretadas en las muñecas y los recuerdos de todo lo que su padre le había dicho.

Los defensores la amarraron a una silla y se marcharon; cerraron la puerta, así que el único sonido era el arrullo suave de las olas detrás de los muros.

Detrás de ella, oyó unas cadenas.

Se enderezó, incapaz de mirar demasiado hacia atrás. ¿El príncipe había llegado al cuarto antes que ella? ¿Ya comenzaría el interrogatorio, en la oscuridad, cuando no podía ver nada acercándose? Su pulso se aceleró. Aunque quería usar sus métodos habituales para inducir la calma, reprimió el deseo: Tom le había enseñado esos métodos.

El ruido de cadenas fue seguido por una voz, áspera y grave, con el acento propio de las Mechtlands.

—Tú causaste el caos en la cubierta.

Lu se aferró a los brazos de la silla. No era el príncipe. Habían mencionado a un asistente, ¿verdad?

Si tenía a un mecht como asistente, el príncipe estaría cerca, demasiado cerca de hacer que la magia fuera permanente. Pero si el hombre era su aliado, ¿por qué el príncipe lo había encadenado?

Los argridianos podrían jugar con su compasión para obligarla a compartir sus secretos.

Lu guardó silencio.

El mecht gruñó ante su negación a hablar.

—Bien.

Pasó un buen rato antes de que abrieran la puerta del laboratorio. Durante ese tiempo, Lu oyó el ruido del agua y gritos dando órdenes: esperaba que fuera Elazar marchándose y llevándose a Milo.

La puerta crujió cuando la abrieron y el príncipe entró, la luz de su farolillo iluminó la sala. Los defensores intentaron seguirlo, pero él cerró la puerta en sus narices como si su mera presencia le molestara.

Las cadenas detrás de Lu tintinearon, el prisionero mecht se puso de pie.

—Gunnar, ¿ella ha hablado? —preguntó el príncipe, con la vista clavada en Lu.

—No.

Ben apoyó el farolillo en la mesa junto a Lu y algo que soltó con un golpe sordo.

Su libro. *Maravillas botánicas de la Colonia de Gracia Loray.*

—No he visto uno de estos en años —susurró el príncipe, hablando, de modo nada sorprendente, en argridiano perfecto. Aumentó la llama, y la luz se proyectó sobre el equipamiento de la mesa a su lado. Un despliegue impresionante, organizado por una mente que comprendía la magia botánica más de lo que Lu había esperado de un argridiano. En especial del príncipe.

Ben notó su apreciación, pero no sonrió; se movió para apoyarse contra la mesa.

—Soy Ben —dijo él.

Lu frunció el ceño. Pero era mejor que *príncipe*, como si le debiera lealtad.

—Tú eres Adeluna Andreu. O Lu —prosiguió Ben—. Eso me han dicho.

La confusión hizo que su ceño fruncido desapareciera.

Él insistió, agotado, como si hubiera remado con una sola mano desde Deza.

—Tengo una propuesta que hacerte.

Lu movió las fosas nasales con furia.

—No ayudaré a...

—No es para mi padre. Es para mí. O, bueno, para el resto del mundo. No soy tan arrogante.

Detrás de ella, Gunnar resopló.

—No tienes motivos para confiar en mí —dijo Ben—. Pero ¿confías en Pax? ¿En Devereux?

Lu mantuvo el rostro inexpresivo. El cuerpo inmóvil.

Ben se inclinó hacia adelante y golpeó *Maravillas botánicas* con el movimiento.

—Él dijo que te dijera... —Deslizó las palabras por su boca—. ¿Que saltes de espaldas de la cascada?

La rigidez de Lu desapareció con un único movimiento de cabeza.

—¿Qué has dicho?

Ben sonrió.

—Que saltes de espaldas de la cascada.

Su respiración se aceleró.

—Él no saltó.

Otra sonrisa más grande que ganaba impulso.

—No. Tú lo empujaste.

Solo ella y Vex habían estado en el acantilado esa noche. Ni siquiera Nayeli lo había visto.

Vex confiaba en Ben.

Como si estuviera acercándose al borde de aquel acantilado, Lu dijo:

—De acuerdo, Ben. ¿Cuál es tu propuesta?

—Mi padre quiere que encuentre una forma de hacer que la magia sea permanente.

Lu ya lo sabía; Vex se lo había contado.

—¿Quieres hacerlo? —preguntó ella.

Pero Ben movió la cabeza de un lado a otro. Después se detuvo y entrecerró los ojos.

—Quiero curar al mundo de mi padre. Él les causó a las personas la Enfermedad Temblorosa. Quiero mostrarles a todos que puedo curarla y que él no puede, y que la Iglesia tampoco.

Lu apartó la vista hacia el equipamiento desplegado sobre la mesa de Ben.

—¿Lo has logrado?

—¿Qué?

—¿Has logrado hallar un modo de hacer que la magia sea permanente?

—No es eso lo que quiero hacer —insistió Ben—. Quiero curar la Enfermedad Temblorosa. Tú conoces la cura. Si me ayudas, podemos...

La expresión de Lu se volvió severa, carente de emoción, su cuerpo respondió del mismo modo.

—Cualquier buena acción que creas que cambiará algo, estás equivocado. Esto es la guerra.

No lo había dicho en voz alta aún. No en las manipulaciones, en la búsqueda de Milo; no en el prejuicio y las amenazas hacia los piratas; ni siquiera cuando Elazar había abordado el barco, en la costa de Gracia Loray.

Tiene que haber una solución pacífica. Sacrificamos demasiado por la paz.

Pero ahora lo sabía. No había habido ningún sacrificio. La guerra nunca había terminado.

Había sido una tonta en muchos aspectos.

Lu se despojó de su rol político, tranquilo y cortés. Se permitió convertirse de nuevo en la chica de sangre y secretos que había pasado su infancia escuchando a sus padres planear batallas y hablar de muertes en el desayuno.

—Si quieres detener a Elazar —dijo—, necesitarás hacer más que desacreditarlo curando a las personas que él ha hecho daño. Quiere magia permanente para poder armar un ejército de defensores indestructibles, pero ¿cómo convencerá a sus soldados devotos para que acepten, y ni hablar de ingerir, la magia?

Ella sospechaba lo que Elazar haría, pero esperó a que Ben respondiera.

Él miró el suelo, pensativo.

—Dirá que provino del Dios Piadoso. Dirá que no era magia botánica, sino bendiciones para los puros.

Lu asintió. Cuando era más joven, había dejado esa clase de planes en manos de sus padres, relajada al saber que la carga recaería en otra persona. Pero había oído varias de sus confabulaciones y había escuchado a escondidas muchas de sus reuniones: podía hacerlo.

Su padre la había hecho muy capaz.

¿Y Kari? ¿Había sabido la verdad?

Lu no pudo permitirse dudar. No había consuelo en saberlo, o ayuda en la respuesta. Lo único que necesitaba ahora era un plan. Ser una hija de la revolución.

Sonrió, aunque se sintió vacía.

—Haremos pociones. Tomaremos salvia poderosa, y haremos que la fuerza sea permanente; tomaremos flores aireadas, y haremos que el vuelo dure más que una respiración. Elazar no será capaz de afirmar que la magia permanente es un regalo del Dios Piadoso si nosotros la obtenemos primero y les decimos a todos que proviene de las plantas botánicas de Gracia Loray.

Ben se puso pálido y miró a Gunnar, y su vacilación hizo que Lu inclinara el cuerpo hacia adelante.

—Puedes hacerlo, ¿verdad? —preguntó ella—. Puedes hacer que toda magia sea permanente.

Ben movió la cabeza de un lado a otro.

—No. Pero entre los tres, podremos descubrir cómo lograrlo.

Gunnar permaneció callado, su silencio pesaba. A Lu no le importó. Estaba más allá de la razón. Estaba completamente rota.

—Entonces, te ayudaré, Ben —dijo ella—. Te ayudaré a destruir a tu padre.

Y al mío también.

Los defensores acompañaron a Lu al exterior, más tarde, y dejaron a Ben solo con Gunnar y el libro que había estado guardado entre las pertenencias de Lu. El libro que la Iglesia había quemado por el mismo motivo que había quemado a Rodrigu: herejía.

Ben había accedido a escapar del barco con Lu y Vex. Ir a un lugar seguro —Lu había descripto un refugio pirata en un puerto al norte de allí— con ellos, ayudar a Lu a crear magia permanente, y a exponerla ante el mundo antes de que Elazar pudiera reclamarla como un regalo del Dios Piadoso.

El alivio recorrió las venas de Ben con un impulso que no había esperado. Desterró su preocupación, seis años de mantenerse a sí mismo bajo un control perfecto, y resquebrajó la armadura que había construido de obediencia, devoción y pecados cuidadosamente seleccionados.

Había accedido a traicionar por completo a su padre. No más escondidas. No más mentiras. No más contener la respiración esperando que lo descubrieran.

Paxben estaba vivo, y Ben ya estaba de camino a ser *libre*.

El farolillo no iluminaba cada rincón del cuarto; la oscuridad cubría a Gunnar cerca de su catre. Ben permaneció donde había estado durante la conversación con Lu, al borde de la mesa, con los tobillos cruzados.

Alzó los ojos hacia Gunnar.

—¿No tienes nada que decir?

Gunnar no se movió. No sacudió los hombros, no flexionó la mandíbula.

—Me tienes aquí para evitar que te acerques demasiado al descubrimiento —dijo Gunnar.

—Sí.

—Detente, Benat. No hagas esto con ella.

Ben-jay, sonó en su cabeza.

Ben apartó los ojos de Gunnar. Habían pasado casi dos semanas en aquel barco, con Gunnar observando cada uno de sus movimientos y haciendo sugerencias inexplicables para evitar que Ben descubriera cómo hacer que la magia fuera permanente. Dos semanas, y Ben se había permitido ese tiempo, esperando que alguna gran relevación apareciera en su mente, una que arreglaría todo.

Pero aquello —hacer que la magia fuera permanente con Lu, y exponerla antes de que Elazar pudiera llevarse el crédito— era lo único que podría crear un cambio. Su plan de curar la Enfermedad Temblorosa había parecido débil, incluso para él. Algo como eso no sería suficiente para cambiar las creencias de un país entero y detener una guerra.

—Esto es distinto —le dijo Ben a Gunnar—. Esto detendrá a mi padre. Tu pueblo usa magia como esta todo el tiempo...

—Sí —interrumpió Gunnar—. Esa magia todavía quema las Mechtlands.

Ben hizo un gesto de dolor.

—Lo siento. También podemos usarla para ayudar a tu pueblo. Si ellos tuvieran...

Gunnar suspiró.

—No, Benat. —Avanzó hacia la luz. Su expresión seria hizo que un escalofrío recorriera el cuerpo de Ben—. Ahora veo que tienes un buen corazón. Pero estás creando un arma. Lo único que le seguirá es la muerte.

Cuando Ben se marchó, Vex esperaba con certeza que los defensores lo mataran, a pesar de que Elazar había accedido a dejarlo con vida.

Aquel acuerdo había sido una mentira por el bien de Ben. Elazar quería a su sobrino muerto; Vex lo había sabido desde la corte en Nueva Deza, cuando había visto a los diplomáticos argridianos. Lo había *sentido* en lo profundo de su alma. ¿Los peones argridianos de Elazar liderando un ataque que llevaría a la muerte de Vex a manos del Consejo? Demasiado conveniente para no ser intencional... y nada sorprendente. Pero Vex no había tenido miedo hasta ahora. Hasta estar allí. Atrapado por su tío de nuevo.

No escaparía dos veces de Elazar, y saberlo hacía que estuviera a punto de desmayarse.

Pero los defensores solo aparecieron para trasladar a Vex a algo más bien parecido a un armario en la cubierta media. Él supuso que habían llevado a Lu a la celda original; los mantendrían separados para usarlos uno contra el otro y enloquecerlos con la incertidumbre.

Maldición, sí que funcionaría.

Vex se obligó a tomar asiento en el suelo del armario angosto. Solo había un haz de luz que entraba por debajo de la puerta. Oía defensores respirando fuera, pero nada más, solo silencio.

Ben no creía en Elazar.

Seis años de Vex diciéndose que era un idiota por escribirle cartas a alguien que existía solo en su memoria. Seis años de continuar con su vida, porque no podía esperar que Ben traicionara a Elazar. Si Ben se hubiera rebelado ante su padre, Elazar lo habría matado.

Vex apoyó la cabeza contra la pared y sonrió en la oscuridad.

Por primera vez en años, se permitió recordar cómo había sido tener esperanzas de que Argrid mejorara. Recordó a su padre contando historias de tolerancia, aliento y crecimiento, y cómo Vex había imaginado que ocurriría: él y Ben, lado a lado. Había matado aquel sueño el día en que habían quemado a su padre.

Pero ahora... Elazar aún tenía poder infinito... y Ben también tenía poder.

Quizás Ben sobreviviría a esto. Quizás cada parte de quien había sido una vez no había muerto.

33

Los defensores no buscaron a Lu el primer día, ni el segundo. Le llevaron comida y agua y la dejaron sola en su celda, donde imaginaba qué estaría sucediendo fuera del barco.

Nayeli había notado que algo había salido mal. ¿Dónde estaba ahora? ¿Qué le había dicho a Teo? No habían hecho planes para aquel escenario, en el que Lu y Vex no regresaban. Quizás Vex tenía un plan propio con su tripulación para semejante circunstancia. Pero Cansu estaba en camino, y dispuesta para ir a la guerra, sin duda. ¿Los argridianos también habían capturado a Edda en la tripulación mecht? Sus compañeros de tripulación no tenían razones para sospechar de ella. Sin duda el rescate venía en camino.

¿Conocía el Consejo la presencia de Argrid en Gracia Loray? ¿O los diplomáticos argridianos habían ocultado la información? ¿Los miembros que se habían opuesto a Argrid continuaban bajo arresto domiciliario? O peor, ¿quién estaba contra Argrid y quiénes, como Tom, eran espías argridianos?

Lu quería arrancar los tablones de su celda para liberar la presión en su pecho. Imaginó la cara de su madre, repasó todo lo que Kari le había dicho, había hecho o había sugerido, buscando agujeros, comparándolo con el engaño de Tom. Imaginó a Branden, el capitán leal de la guardia del castillo. Imaginó a la madre de Annalisa, Bianca, quien afirmaba que había huido de Argrid, pero había

muerto de la enfermedad que Elazar les causaba a las personas…
permitiendo que algunas lo recordaran.

Imaginó a Annalisa. Joven. Inocente.

¿Cuán de profundo era el engaño?

—¡Lu!

Una voz la despertó. El sudor frío la empapaba, su cuerpo se
reconoció en un lugar inseguro antes de que su mente recordara
por qué.

Era imposible determinar el tiempo que llevaba en el interior
del barco, pero Lu parpadeó en medio de la niebla y notó la ausencia de su bandeja de desayuno. Aún no era por la mañana.

Posó los ojos en la persona que estaba fuera de su celda, esperando que fuera un guardia o Ben…

De pronto se lanzó hacia adelante con un sollozo sorprendido.

—¡Nayeli!

Nayeli sonrió. Estaba vestida completamente de negro, su pelo
oscuro sujeto contra el cuero cabelludo. Tenía guantes sin dedos
puestos, y sus manos trabajaban velozmente en las bolsas amarradas a su cintura. Pero tenía la atención puesta en Lu, sus ojos re-
dondeados y felices.

—Debo admitir, Lu, que en el poco tiempo que te conozco, has
terminado en muchas celdas.

Nayeli tomó la planta que había estado buscando. Lu la miró, la
diversión se mezclaba con la incredulidad.

—No —dijo Lu.

—Sí —rio Nayeli.

Oyeron pasos en la escalera. Lu sujetó los barrotes, rígida…
hasta que una persona más apareció a la vista. Edda.

—¿Dónde está Vex? —preguntó ella, mirando las celdas vacías.

—¿Cómo es posible que estéis aquí? ¿Dónde está Teo?

—Teo está lejos, custodiado por los piratas de Cansu. Este barco tuvo un cambio de guardia temprano en la mañana. Dos defensores están inconscientes. Otro... esperamos que sepa nadar. —Edda caminó de un lado a otro del pasillo como si estuviera enjaulada—. Apresúrate, Nay; no tenemos mucho tiempo antes de que esto se vaya a la mierda.

Nayeli emitió un gruñido breve al lograrlo y encendió las plantas en sus palmas.

—¡Retrocede, Lu!

—¡Nayeli! —dijo Lu de nuevo—. No puedes...

Edda vio la planta.

—¡Detente! Puedo conseguir las llaves...

—¡Ups! ¡Demasiado tarde! —canturreó Nayeli y lanzó la planta contra la puerta de la celda.

No era igneadera, la que había usado para liberar a Lu y a Vex de los mecht.

Era una planta mucho más peligrosa, mucho más *destructiva*: muérdago disciplinado.

Todo lo que Ben había planeado con Lu —huir a un refugio de un sindicato pirata, obtener magia permanente antes que Elazar— dependía de la tarea singular de que Ben saliera del barco junto con Lu y Paxben.

Hacerlo parecía problemático.

Nadie de *El astuto* se aventuraba a la orilla, a pesar de estar muy cerca. Cuando era necesario, las provisiones viajaban desde el barco de Elazar hacia el de Ben, pero nunca un bote salía de *El astuto* hacia la isla. Era intencional: los prisioneros estaban a bordo de *El astuto*. Tener una ruta de escape predecible sería estúpido.

Cuando le envió a Elazar una carta a través de Jakes, Ben descubrió que incluso él tenía prohibido ir a la orilla. *Necesito un espacio de trabajo sólido, libre de la humedad y las limitaciones del barco,* había escrito Ben.

Aún no es el momento. Termina tu trabajo, al menos una poción permanente y procederemos. ¿Ya has logrado hacer hablar a la chica?, había respondido Elazar.

Ben arrugó la carta, sintiendo la desconfianza en las palabras de su padre.

Su fachada era precaria. Un movimiento en falso y Elazar gritaría *príncipe hereje* y lo encerraría como a un prisionero de verdad.

Tres mañanas después de la llegada de Paxben, Ben despertó sobresaltado, sueños de plantas y fuego se habían expandido ante un ruido que no tenía sentido. Su espalda gritó en agonía por haberse dormido sobre la mesa; *Maravillas botánicas de la Colonia de Gracia Loray* era una almohada improvisada terrible. Frotó una contractura en su cuello y notó primero la luz tenue del amanecer, después a Gunnar, de pie. Los músculos sobre su pecho desnudo estaban tensos, la manta delgada de su catre estaba enmarañada alrededor de sus pies.

—¿Qué...? —Ben miró la marca del clan de Gunnar. Desde allí, parecía un sol, los rayos se extendían por el esternón y sobre los músculos superiores de sus abdominales.

—Suéltame —exigió Gunnar—. Ahora.

Ben movió la cabeza de un lado a otro para despejarla. Había oído un *pop,* pero más fuerte.

Una explosión en la cubierta inferior.

Ben se puso de pie y tomó velozmente las llaves en su bolsillo.

—Tienen a Vex en un depósito al final de este pasillo —dijo mientras se inclinaba sobre la cadena de Gunnar—. Tenemos que sacarlo. Si algo sale mal, él será la primera persona a la que culparán.

—Ha venido de abajo. ¿Lu? —Gunnar se movió, ansioso, estirando los dedos—. Te dije que debías hablar con ella de nuevo. Ella ha planeado su propia huida.

—No sabemos eso.

Alzó la vista. La intensidad del calor de Gunnar hizo que Ben permaneciera inmóvil, como llamas de una hoguera que lo atraían... y rayos de sol que acariciaban su rostro. No habían estado tan cerca desde la celda en la Catedral Gracia Neus, cuando Gunnar había sido el que estaba de rodillas, mientras Ben sostenía su mentón.

Gunnar inclinó la cabeza, los rizos rubios rozaron la parte superior de la marca del clan. Miró a Ben con fastidio.

—¿Has terminado? ¿Los príncipes no saben cómo funciona un candado?

El candado se abrió con un *clic* y Ben se puso de pie, devolviéndole a Gunnar la mirada enfadada. Pero sintió la debilidad del gesto.

Arriba, sonó una campana. Oyeron pasos: el barco despertaba en mitad de una tormenta de disparos.

Sin importar qué ocurría iban a aprovecharlo, como habían aprovechado todo lo demás.

—Ahora, luchamos —dijo Gunnar.

Esperó la confirmación, pero Ben sabía que, si decía que no, Gunnar lo empujaría y saldría hecho una furia del cuarto, como una bola de fuego imparable. La temperatura a su alrededor ya había aumentado, y la frente de Ben estaba cubierta de sudor.

Gunnar no parecía preocupado de vestir solo los pantalones de su uniforme de siervo. Extendió la mano y una llama apareció en su palma. La luz anaranjada centelleó en sus ojos, del color azul de un cielo tormentoso.

—Sí —dijo Ben; quería vomitar, quería gritar—. Luchamos.

Gunnar sonrió. Era la primera vez que le dirigía a Ben algo que no fuera una mirada amenazadora, y el gesto fue tan paralizante como su calor.

—Por fin —respondió Gunnar y estalló la puerta con una bola de fuego.

Lu se agazapó en un rincón de su celda mientras el muérdago disciplinado encendido golpeaba los barrotes. Hubo una explosión en forma de cúpula, una luz blanca brillante que explotó con un ruido que hizo zumbar sus oídos. Había escombros a su alrededor, trozos de metal y de madera... pero por suerte, no había agua de mar.

—¡Podrías habernos matado! —gritó, con los oídos zumbando. Se puso de pie con dificultad, analizando el desastre que antes había sido la puerta de su celda. Ahora era un agujero humeante, lleno de escombros... y trozos mayores de hierro que habían quedado clavados en la pared lateral del lado del mar.

Nayeli no reconocía ninguno de esos peligros. De hecho, se *reía*.

Edda apareció donde la explosión la había lanzado.

—¡Nay, idiota!

Nayeli señaló sus orejas.

—No te escucho. La explosión ha sido demasiado fuerte.

Edda la fulminó con la mirada mientras avanzaba hacia el agujero en la celda.

—¿Dónde está Vex?

Todas comprendieron. Deberían haber sido más discretas si querían encontrarlo... si Nayeli no hubiera, literalmente, estallado la posibilidad. Cuando Lu comenzaba a gritar de nuevo, oyeron un alboroto. Las voces gritaban órdenes, advertencias; una campana de alarma sonó en el patrón veloz de una llamada.

Los ojos de Lu se posaron en el techo; oyó los pasos esperados bajando para investigar la explosión. Pero además de eso, hubo otro ruido, suave pero claro.

—¿Disparos? —El alivio la invadió—. ¡Cansu!

Nayeli lo celebró, pero no tenía tiempo para más explicaciones.

Corrieron por las primeras escaleras, pasando sobre los dos defensores inconscientes que Edda había mencionado, y llegaron a otra escalera que las dejaría en la cubierta media. Cuanto más se acercaban a la cubierta principal, más caos reinaba.

Lu se detuvo en seco cuando los gritos aumentaron, palabras que ahora distinguía:

—¡A babor! ¡Vienen por la popa! ¡Se acercan más desde la orilla!

—¿Cansu tiene tantos piratas? —preguntó Lu. Pero ¿la cantidad de barcos marcaría la diferencia contra los veleros argridianos y los galeones? El sindicato de Cansu era el único grupo en la isla que luchaba contra Argrid: no podían permitirse perder a nadie en batalla.

Nayeli se encogió de hombros.

—No están atacando. Están creando una distracción.

—Por eso debemos movernos —añadió Edda—. Cansu no será capaz de resistir demasiado tiempo y no tenemos a Vex.

Lu alejó las partes de ella que querían inspeccionar los eventos mayores a favor de su inminente supervivencia. Ben sabría dónde tenían a Vex. Y tampoco podían irse sin Ben... Lu lo necesitaba si quería una oportunidad para detener a Elazar.

—El laboratorio —dijo ella—. Por aquí.

Lu subió como un rayo las escaleras, con la intención de girar a la izquierda hacia la próxima cubierta.

Los defensores que habían ido a investigar la explosión bloquearon su camino. Pero lo que detuvo a Lu en seco, sus pies al borde de la escalera de la escotilla, fue el hombre que los lideraba.

Milo le apuntaba con una pistola.

34

A rriba, la pelea se intensificó. Los disparos se superponían con los gritos... y en las partes distantes del barco, Lu oía el ruido del metal girando, preparándose.

Cañones.

Lu extendió las manos, sintiendo su propia falta de armas mientras Milo apuntaba con su pistola. Detrás de ella, Nayeli y Edda estaban en el pasillo, apuntadas por las pistolas en manos de los defensores que se hallaban detrás de Milo.

—Ha terminado —se obligó a decir Lu—. El ataque de los piratas te llevará de regreso a Nueva Deza y el Consejo detendrá a Argrid. Ha terminado.

Una mentira. Lu no tenía idea de cómo terminaría aquello, ni cuántos piratas de Cansu había allí, ni cuántos defensores de Argrid había que enfrentar. Pero ese era el resultado ideal... Cansu derribaría al menos aquel barco, y ellos arrastrarían a Milo hasta Nueva Deza con un informe entero de sus errores y de los planes del rey argridiano...

Lu sabía que era un sueño frágil. Tendrían suerte de salir del barco con vida.

Milo sonrió con desdén.

—Ah, señorita Andreu —dijo, con la voz que había usado cuando sus hombres la habían capturado hacía tantos años, como si hablara con alguien demasiado estúpido como para comprender el sentido común—. Esta isla pertenece a Argrid.

En algún otro momento, Lu lo habría corregido. *¡La isla pertenece a mi pueblo!*

Sí, Gracia Loray le *pertenecía* a su pueblo. A quienes habían luchado por ella como Lu y a quienes disfrutaban la libertad; quienes
habían huido allí para alejarse de las luchas de su tierra natal y llegaban con estrellas en los ojos y esperanza en el corazón. Ese país
era hermoso debido a la diversidad de su gente, y era fuerte por el
mismo motivo.

Saberlo renovó el coraje de Lu.

—Que Argrid pelee. Los derrotamos una vez; lo haremos de
nuevo.

—Argrid controla al sindicato mecht, y por lo tanto controla el
sector sur de la isla —dijo Milo—. El Consejo también se ha puesto
a nuestros pies. Pero por favor, dime cómo crees que el capricho de
un sindicato pirata cambiará las cosas. Esto demuestra lo que Argrid siempre ha sabido: esta isla está desesperada por que el Dios
Piadoso la purifique.

Las vibraciones resonaron en el barco cuando una sucesión de
explosiones impactó: cañonazos. Pasó un segundo antes de que la
puerta que estaba detrás de Milo y sus hombres, la que llevaba al
laboratorio de Ben, estallara.

Lu retrocedió y se topó con Nayeli. Los hombres de Milo cayeron mientras un rugido de llamas salía por la puerta, el fuego lamía
el aire como dedos hambrientos y curiosos.

A través de las llamas salió Gunnar, su rostro inclinado, a la
par del fuego que controlaba. Se giró hacia la derecha, lejos de los
hombres de Milo y del grupo de Lu, y movió la mano al pasar junto
a las llamas para absorberlas.

Detrás de él, Ben salió por la puerta, tosiendo. La mitad de los
hombres de Milo se recuperaron, y corrieron hacia Ben y Gunnar
por el pasillo.

Milo se puso de pie, su pistola apuntaba de nuevo hacia Lu,
mientras gritaba por encima de su hombro:

—Mi príncipe, ¿está herido?

—No —replicó Ben—. Mi asistente estaba defendiéndome: oímos el ataque. ¡Alto al fuego!

Milo vaciló y bajó el arma.

—¿Qué...?

El fuego estalló de nuevo, y tres de los defensores de Milo gritaron al final del pasillo. Un golpe, un grito y Gunnar regresó a través del humo que aumentaba.

Quedaban solo dos hombres de Milo, divididos entre la orden de Ben y la postura de ataque de Milo.

Pero Lu vio quién estaba detrás de Gunnar, una sombra en el humo, y se movió.

Lanzó su cuerpo sobre Milo, golpeó su mano contra la pared. La pistola cayó de sus dedos y ella la alzó mientras hacía caer a Milo al suelo con una patada en sus piernas. Nayeli lanzó igneadera contra uno de los defensores que quedaba mientras Edda golpeaba el rostro del otro con el codo. Los derribaron, y le dieron a Lu el tiempo suficiente para correr hacia la escalera, con su pistola guiando el camino hacia la cubierta principal.

El amanecer lanzaba una red dorada y azul sobre el cielo, un paisaje demasiado gentil. Los comandantes gritaban que recargaran, apuntaran y dispararan; los defensores gritaban ¡hurra! cuando los cañones daban en el objetivo o ¡abajo! cuando los piratas de Cansu disparaban sus proyectiles. La saliente rocosa junto a la que el galeón había atracado era tan alta como la barandilla a estribor del barco, lo que hacía que la parte superior de la cubierta y los mástiles quedaran expuestos para ataques de ambos lados.

Los barcos de Cansu ametrallaban el agua entre la flota argridiana y la orilla de Gracia Loray, puntos en mitad de las olas azules. Dos de los veleros habían rodeado el barco de Elazar, pero los barcos de Cansu no se enfocaban allí: bordearon las rocas sobresalientes para buscar escondites alrededor del barco de Ben. Contra el tamaño de los galeones y la precisión letal de los veleros, no sería una batalla. Sería una carnicería.

Y esa guerra también lo sería, si Elazar obtenía su magia permanente y nadie en Gracia Loray se unía para detenerlo.

Lu hizo una pausa con el arma inerte cerca de la escotilla central. Nayeli apareció a su derecha, sus dedos se movían alrededor de ramilletes de igneadera y muérdago disciplinado. Edda estaba del otro lado de Nayeli y tenía cuchillos desenfundados. Gunnar, Ben y Vex se unieron a ellos. Gunnar ya tenía bolas de fuego en las palmas de las manos, Ben sujetaba una espada y Vex sonreía, como si aquellas fueran armas suficientes.

Los defensores comenzaron a notar su presencia cuando Milo salió de la escotilla central con sus hombres golpeados y quemados. Dejaron un amplio espacio entre ellos y el grupo de Lu, sin molestarse en intimidarlos ahora que tenían las de ganar. Milo limpió la sangre que caía sobre su mentón y la miró con desdén.

Necesitaba otra estrategia. Algo que les diera un último aliento contra los argridianos que desenfundaban cientos de armas sobre ellos.

La tensión en torno a Vex y su grupo era como una red que los jalaba hacia la superficie, y podía romperse en cualquier momento: una bala perdida, un defensor ciego por la batalla, ansioso por proteger a su príncipe.

Ben volvió hacia él.

—Tómame de rehén —siseó.

Vex lo miró perplejo.

—¿Qué?

Lu también lo oyó. Miró detrás de él a los defensores que mantenían su posición.

—No saben que te has rebelado —susurró Lu. Solo con eso, ella colocó la espalda de Ben contra su pecho. Él había sujetado una espada, pero la soltó cuando Lu colocó el cañón de la pistola contra su sien.

Vaya, no era una situación que Vex hubiera esperado.

Pero los defensores, sí. Ahora que uno de los prisioneros había amenazado a su príncipe, parecían verdaderos asesinos.

—¡Bajen las armas! —gritó Lu—. ¡Vayan contra la barandilla a estribor!

La barandilla del lado del barco que habían atracado en las rocas. El lado a babor quedaría libre...

Mierda. Debían saltar por la borda para huir.

Los defensores no se movieron. Se oyó el percutor de un rifle, el *clic* parecía un trueno.

—¡Ahora! —gritó Lu, presionando la pistola de un modo demasiado convincente contra la cabeza de Ben.

—¡Háganlo! —ordenó Ben, haciendo un gesto de dolor.

Los defensores obedecieron, bajaron las armas y se movieron. Sin embargo, un hombre observó a Ben con mayor detenimiento que el resto de los soldados; como si hubiera planeado algo.

Lu se retorció, haciendo que Ben avanzara hacia atrás por la cubierta. Su grupo llegó a la barandilla lejos de los defensores, y Vex se asomó por la borda para observar.

El agua estaba vacía, pero se hubiera jugado la vida a que había un barco oculto detrás de una de las rocas cercanas, vigilándolos. También se jugaba la vida al lanzarse en caída libre de un barco, como estaban a punto de hacer.

Vex tragó con dificultad.

—¿Tendremos que nadar? —preguntó alguien. El gran mecht.

—No te preocupes —respondió Vex—, hay un barco.

—No hay un barco.

—Confía en mí, lo hay.

El mecht gruñó.

—No-hay-un-*barco*.

—Parece que tú no eres el único que le teme a las alturas —dijo Nayeli. Saltó sobre la barandilla y se lanzó al abismo, lejos del barco, sin vacilar; se sumergió elegantemente en las olas rompientes. La garganta de Vex se cerró, pero ella salió a la superficie y comenzó a nadar hacia la roca más cercana. Como había esperado, un barco salió de las sombras, con Cansu en la proa y una pistola en cada mano.

Edda le indicó a Vex con la mano que era su turno. Lu sería la última, para poder mantener a Ben como garantía durante el mayor tiempo posible.

Todos los miedos se disiparon y Vex avanzó hacia Lu.

—Lu, dame la pistola; déjame...

Ella se volvió un segundo. Un maldito segundo, y el pánico de Vex recorrió su cuerpo antes de saber por qué.

Jakes avanzó.

Se lanzó sobre la cubierta, desenfundando su espada y balanceándola con movimientos amplios. Lu puso a Ben de rodillas para protegerlo del movimiento de la espada y para poder retroceder.

Ben no notó lo que había hecho hasta que el acero de su espada chocó al detener el golpe de Jakes.

Su corazón aceleró el pulso, aplastándose contra sus costillas. Detrás de él, el resto de los miembros de su grupo no se movió, toda la cubierta estaba pendiente del choque de su espada con la de Jakes.

El rostro de Jakes estaba lleno de perplejidad.

—Ben... —dijo.

—¡Saltad! —Ben se lanzó hacia adelante y tomó a Jakes con la guardia baja; el defensor trastabilló.

Los defensores a estribor de la cubierta reaccionaron y se apresuraron a retomar la batalla. Los gritos brotaron de sus gargantas, las botas golpearon los tablones de madera, y lo único que Ben podía esperar era que el resto de su grupo hubiera obedecido su orden y hubiera saltado de cubierta para ponerse a salvo.

La respuesta llegó en un estallido de calor: Gunnar. Un muro de fuego empujó a algunos defensores hacia atrás con gritos de agonía, y Ben usó la distracción para alzar la espada y detener el golpe de un atacante próximo.

Había destruido cualquier oportunidad que había tenido de fingir que no era el príncipe hereje. Sin importar cómo concluyera la batalla, su mundo no sería el mismo.

Lu se preparó en la barandilla, con el arma en la cadera, Edda tiraba de su otro brazo. Abajo, las olas balanceaban el barco de Cansu mientras Nayeli hacía señas desde la cubierta.

Necesitaba saltar. El sacrificio de Ben solo les daba un breve instante.

A su lado, Vex observaba a Ben con expresión sombría.

Si partían, Ben sería condenado por ayudarlos. Más que eso... si Lu dejaba aquel barco sin él, la guerra la engulliría.

La consciencia de Lu se apartó del caos. Imaginó a Edda zambulléndose frente a ella mientras ella y Vex, espalda con espalda, luchaban contra los defensores. Vio a Milo en el extremo de la cubierta, apartando defensores del camino, con la espada en la mano y los ojos en ella.

Un barco tunciano disparó una bola de muérdago disciplinado que hizo que todos en cubierta se agazaparan. Rebotó en uno de los mástiles con una explosión inmensa y dejó el mástil temblando, sin romperlo.

Lu sujetó a Edda en la pausa.

—Saca a Vex del barco —le dijo. Le *suplicó*.

Edda la miró a los ojos, pero Lu se movió y empujó a Edda hacia la barandilla. Ella los cubrió con un disparo de su pistola. Los defensores retrocedieron, crearon espacio. Lu quería mirar a Vex. Pero no pudo. No por el momento.

Tenía la cura para la Enfermedad Temblorosa... podía protegerlos mientras experimentaban con la magia botánica de Gracia Loray.

Ben tenía el comienzo de la magia permanente. Había descubierto solo que concentrar la magia aumentaba su potencia.

Juntos, y con la ayuda reticente de Gunnar, encontrarían la manera de hacer la magia permanente. Salvia poderosa, para la fuerza muscular; menta brillante, para el funcionamiento cerebral. Curación. Velocidad. Defensa. *Todo*. Como Elazar quería... pero ellos lo usarían para huir y para demostrarle a la isla, al mundo, que no necesitaban a la Iglesia o a Argrid. No le temían a ningún atacante, dado que tenían defensas, y podían construir un mundo con su propia fuerza.

Con aquel plan, Lu también garantizaba su propio futuro. Al salvar su isla, se haría tan transparente como Gracia Loray había llegado a ser. Solo su verdad permanecería, el hecho de ser lo que era: una isla de forajidos, de piratas, de pecadores. De lorayanos de tantas formas y tamaños como cantidad de plantas había en sus ríos.

Pero Lu necesitaba que Ben creara magia permanente. Y, de forma egoísta, necesitaba que Ben hallara una cura para Vex. Él sabría, o sería capaz de determinar, qué plantas había usado la Iglesia, las que Vex no podía recordar ni siquiera con ayuda.

La niña que había sido Lu, la que había querido con todas sus fuerzas ayudar a la revolución, gritó ante la posibilidad de ser todavía capaz de ayudar a su isla. Podría compensar lo que había hecho. Se lo debía a Gracia Loray. Le debía todo.

Lu vio a Ben en mitad de la lucha contra dos hombres. Gunnar se acercó a él, incendió a los defensores, lanzó puñetazos y patadas.

—¡Edda, ve! —gritó Lu, volteando de inmediato—. *¡Sácalo del barco!*

Vex la oyó. Edda, leal y decidida, sujetó a Vex y lo llevó hacia atrás, pero él clavó los talones en la madera.

—¡Detente! ¡LU!

Solo importaba que los argridianos no pudieran usar a Vex contra ella. Y que cada miembro de su tripulación estuviera fuera del barco, a *salvo*.

Lu ignoró los gritos de Vex y buscó a Ben de nuevo, mientras rotaba la pistola vacía para usarla como garrote. Derribaría a los defensores más cercanos a Ben con la ayuda de Gunnar y lo sacaría de allí mientras Edda sacaba a Vex, y podrían saltar juntos.

El fuego atravesó su torso, atravesó su estómago y su columna. Lu abrió la boca mientras su mente buscaba una solución prudente.

¿Gunnar la había quemado?

Pero parpadeó, enfocó la mirada, *respiró*.

Milo colocó un brazo alrededor de la espalda de Lu, sujetándola como si bailaran un vals, mientras la orquesta sonaba con disparos de rifles, cañones explosivos y hombres muriendo.

—Prefiero verte muerta antes de que escapes de mí de nuevo —susurró él, presionando los labios contra su oído. El movimiento retorció la espada en el estómago de Lu, más profundo, pero el dolor no llegaba.

Había sentido esa inmovilidad antes, extendiéndose desde un solo punto, paralizando una extremidad, después otra…

Lazonada. Milo había embebido su espada con lazonada.

Todas las cosas horribles que Lu había hecho regresaron a ella, exigiendo una recompensa allí, ahora. Emitió un gemido, y Milo la sostuvo más cerca.

—*Shh* —ronroneó—. No lloraste cuando eras niña. Las lágrimas no son propias de ti.

—¡Lu! —gritó Vex, pero ella no podía girarse, no podía mirar. Milo extrajo la espada y la soltó. Lu cayó, la parálisis de la lazonada se expandía. Se dijo a sí misma que debía estar temblando, que debía sentir *algo*...

—¡ADELUNA! —gritó Vex.

Cuando cayó sobre la cubierta y Ben corrió hacia ella, y alzó su cabeza en el hueco de su codo, vio a Vex, junto a la barandilla. Edda lo sujetaba, y el pánico en su rostro era tan potente que Lu estuvo a punto de retirar su orden. *No, déjalo quedarse, por favor. No me dejes.*

Edda, con una máscara de agonía, lanzó a Vex por la borda mientras saltaba. Los defensores corrieron hasta la barandilla y les dispararon en el océano.

Lu sintió la ausencia de Vex a través de la lazonada. Sintió el dolor de verlo abandonarla en la cubierta del barco, sabiendo que era la última vez que lo vería, y que ahora él también moriría. No sería capaz de salvarlo.

Gimoteó de nuevo, y el barco se movió... o no, era su visión, dando vueltas y desvaneciéndose. El mundo se derritió en colores, el azul del cielo, el anaranjado de las explosiones protectoras de Gunnar y rojo en alguna parte... en Ben, su sangre atravesaba los dedos del chico.

—¡La necesitamos! —gritó Ben—. ¡La necesitamos! —Más débil. Más lejos.

Una ráfaga de imágenes. Un sonido suave.

Y después, el vacío.

Agradecimientos

A quí estamos, amigos, comenzando una nueva saga. Y mientras tengo una cantidad excesiva de personas a quienes darles las gracias por haberme hecho llegar tan lejos, sería negligente si comienzo esta carta sentimental de gratitud sin dirigirme primero a VOSOTROS.

A ti, lector, que me has seguido desde la saga *Nieve como cenizas* o has comenzado con este libro. A ti, lector, que has hecho este viaje posible con cada tweet entusiasta, con cada e-mail cariñoso, con cada reseña llena de GIFs. Estoy muy agradecida porque le dieras una oportunidad a este libro, y porque permitiste que mi pequeño mundo se convirtiera en el tuyo. Espero que encuentres lo que necesitabas: y quizás algunas cosas que no necesitabas también.

Primero, gracias a Kristin Rens, editora extraordinaria, que continúa siendo «la razón por la que mi hija está tan estresada» (como dice mi madre). Pero estresada de la mejor forma posible. En la forma de «ELLA TIENE RAZÓN, ¿POR QUÉ TIENE RAZÓN?» que es la característica de un gran editor. Mis libros siempre son mejores después de haber pasado por tu tamiz.

Mackenzie Brady Watson. Cuando las personas hablan de encontrar al agente perfecto, se refieren a ti. Estoy agradecida todos los días de que me eligieras para ser tu cliente, y mi objetivo es hacer arte que te haga justicia.

Al equipo de Balzer+Bray/HarperCollins Childrens: Kelsey Murphy; Michelle Taormina, Alison Donalty y Jeff Huang, quien me dio otra cubierta increíblemente maravillosa; a Renée Cafiero, Mark Rifkin, Allison Brown, Olivia Russo, Bess Braswell, Sabrina Abballe, Michael D'Angelo, Jane Lee y Tyler Breitfeller.

Tengo que mencionar específicamente a algunos lectores/bloggers/amigos con nombre y apellido: Melissa Lee; Rae Chang; Ben Alderson; Branden (su generosa donación a Aleppo se ganó en este libro el rol de capitán de la guardia de Gracia Loray); a mi resplandeciente consejo de guerra que trajo su pasión desde la saga NCC, en particular a la incomparable Melany; Julia Nollie; y muchos más, tantos más que tengo los ojos llenos de lágrimas y gratitud por no poder nombrarlos a todos aquí. Todos continúan haciendo que esta carrera valga la pena. Gracias.

Amigos escritores, cerca, lejos y en el medio: Kristen Simmons (ESPOSA MÍA), Evelyn Skye (los piratas son muuucho mejores que los ninjas), Lisa Maxwell, Kristen Lippert-Martin, Olivia, Danielle, Anne, Claire, Akshaya, Janella, Madeleine, Samantha, Natalie, Jenn; de nuevo, me siento más que bendecida por haber hecho tantos amigos en esta industria que mi editora está poniendo la música típica para que «cierre el discurso».

A mi familia. Kelson y Oliver: son lugares de calma en una profesión que exige caos. A mis padres, Doug y Mary Jo, por continuar comportándose como si este fuera mi primer libro. A Melinda: no estás en este libro, pero oye, ¡sucede en una isla tropical! A la tía Brenda (llamada con cariño G2A), por permitirnos invadir tu casa. A Nicole, el tío Ed, la prima Lilian y todos los otros maravillosos miembros de mi familia que continúan sintiendo orgullo y entusiasmo, y me envían imágenes de personas leyendo mis libros: no podría pedir un grupo más alentador y amoroso a quien acudir. Todos sois buenas personas.

A Amy Egan, por escuchar mis quejas y aún ser mi amiga después de hacerlo.

Y finalmente, a C. S. Pacat, Seth Dickinson, Valerie Tripp, Michael Dante DiMartino y Bryan Konietzko, y a todos los otros autores, creadores y artistas que me hicieron luchar palabra a palabra para ser la mitad de buena de lo que ellos son.

¿TE GUSTÓ ESTE LIBRO?

Escríbenos a

puck@edicionesurano.com

y cuéntanos tu opinión.

ESPAÑA  /MundoPuck /Puck_Ed /Puck.Ed

LATINOAMÉRICA  /PuckLatam

/PuckEditorial

¡Gracias por vivir otra
#EXPERIENCIAPUCK!

ECOSISTEMA DIGITAL